Bianca Elliott
Emilies Erbe

AF202211

TINTE
&
FEDER

Das Buch

Für die zwanzigjährige Emilie ist das Gut Zimny in Ostpreußen der schönste Ort der Welt. Hier widmet sie sich ganz der Zucht ihrer geliebten Pferde. Doch als die Rote Armee angreift, muss die Gutsherrntochter überstürzt fliehen. Inmitten größter Not trifft sie auf Leutnant Johann Sommerroth, der ihr und den Trakehnern in den Westen helfen will. Erstmals schöpft sie wieder Hoffnung. Dabei ahnt Emilie nicht, welche schweren Prüfungen noch vor ihr liegen.

Während der Vorbereitungen für das diesjährige Familientreffen auf Gestüt Sommerroth sieht Marisa eine alte Dame auf der Allee zum elterlichen Anwesen. Es ist Emilie – ihre lange verschollene Großmutter, über die nie jemand spricht! Nur wenig später wird Marisa klar, die Vergangenheit des Gestüts enthält ein dunkles Kapitel. Aber was genau ist vor dreißig Jahren geschehen?

Die Autorin

Bianca Elliott ist das Pseudonym der deutschen Autorin Joël Tan. Sie ist 1982 geboren und inmitten einer Großfamilie im Bremer Umland aufgewachsen. Später zog es sie nach Hamburg, wo sie Bibliothekswesen sowie Medienwissenschaften studierte und für verschiedene Verlagshäuser und Medienunternehmen arbeitete. Heute lebt und schreibt sie in einem historischen Haus am Stadtrand, das sie mit ihrem Mann und ihren beiden Töchtern bewohnt.

Mit ihrer Sommerroth-Reihe gelingt der Autorin erstmals die spannende Verbindung zwischen der bewegten Zeit ihrer Großeltern, die eine prägende Rolle in ihrem Leben einnahmen, und der gefahrenvollen Rettung der Trakehner Pferde aus dem untergegangenem Ostpreußen.

Bianca Elliott

Emilies Erbe

Gestüt Sommerroth

Roman

Deutsche Erstveröffentlichung bei
Tinte & Feder, Amazon Media EU S.à r.l.
38, avenue John F. Kennedy, L-1855 Luxembourg
Oktober 2020
Copyright © der deutschsprachigen Ausgabe 2020
By Bianca Elliott
All rights reserved.

Umschlaggestaltung: semper smile, München, www.sempersmile.de
Umschlagmotiv: © Anna Matzen / Plainpicture;
© Potapov Alexander / Shutterstock; © Kozlik / Shutterstock;
© superbank stock / Shutterstock; © Ayla Altintas / EyeEm / Getty Images;
1. Lektorat: Angela Kuepper
2. Lektorat und Korrektorat: Media-Agentur Gaby Hoffmann,
www.profi-lektorat.com
Gedruckt durch:
Amazon Distribution GmbH, Amazonstraße 1, 04347 Leipzig /
Canon Deutschland Business Services GmbH, Ferdinand-Jühlke-Straße 7,
99095 Erfurt /
CPI books GmbH, Birkstraße 10, 25917 Leck

ISBN 978-2-49670-289-7

www.tinte-feder.de

Für Herbert und Gertrud

Am Anfang gehören alle Gedanken der Liebe.
Später gehört dann alle Liebe den Gedanken.

Albert Einstein

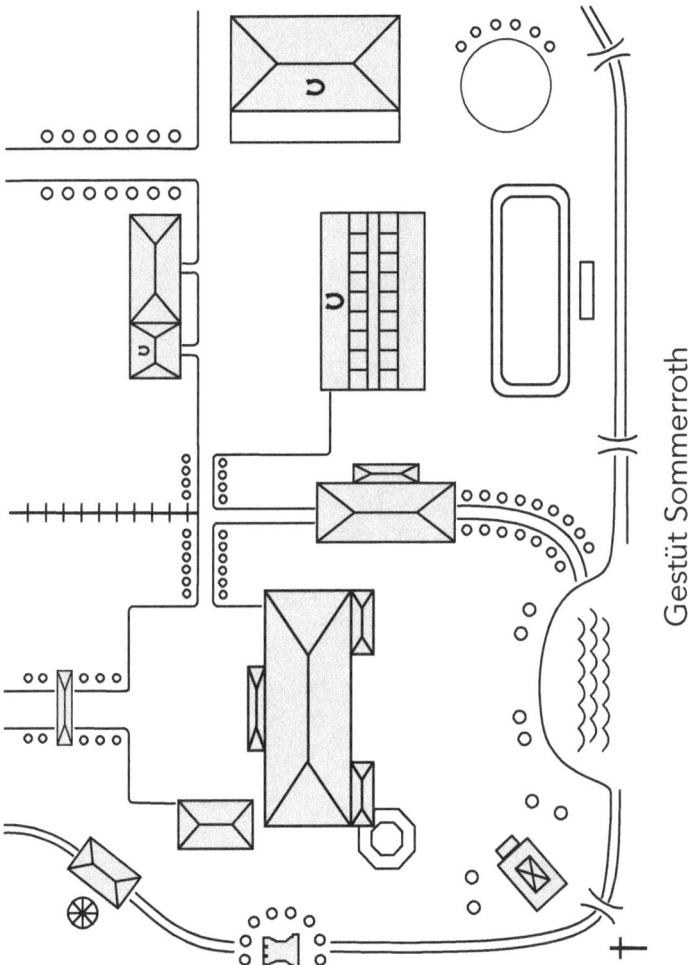

Gestüt Sommerroth

Personenregister

HEUTE

Alexander Bergen	Verlobter von Lisbeth, Tierarzt
Babette Tietjen	Gutsverwalterin Gestüt Sommerroth
Ben von Sommerroth	Bruder von Tom, Halbbruder von Marisa, Lisbeth und Philipp
Caroline von Wendhusen	Tante von Ben und Tom, Schwester von Ellen
Ellen von Wendhusen	Mutter von Ben und Tom, Schwester von Caroline
Hannah Blumenthal	Freundin von Philipp, Forstfrau
Henry von Sommerroth	Vater von Marisa, Lisbeth, Philipp, Ben und Tom
Linda von Sommerroth	Mutter von Marisa, Lisbeth und Philipp
Lisbeth (Lizzy) von Sommerroth	Schwester von Marisa und Philipp, Halbschwester von Ben und Tom, Verlobte von Alexander
Philipp von Sommerroth	Bruder von Marisa und Lisbeth, Halbbruder von Ben und Tom, Freund von Hannah
Tom von Sommerroth	Bruder von Ben, Halbbruder von Marisa, Lisbeth und Philipp
Marisa von Sommerroth-Landau	Schwester von Lisbeth und Philipp, Halbschwester von Ben und Tom, Ehefrau von Mark
Mark Landau	Ehemann von Marisa, Reeder

DAMALS

Charlotte von Sommerroth	Mutter von Johann, Gutsherrin von Gut Sommerroth
Emilie von Zimny	Schwester von Paul, Tochter von Oskar und Wilhelmine
Erich Koch	Gauleiter NSDAP in Ostpreußen von 1928 bis 1945
Ernst Ehlert	Landstallmeister des Hauptgestüts Trakehnen von 1931 bis 1944
Fritz Wittko	Blockleiter, später Ortsgruppenleiter
Johann von Sommerroth	Sohn von Charlotte, Leutnant
Krzysztof Mazur	Polnischer Landarbeiter auf Gut Zimny
Lene (Lenchen) Demke	Mamsell auf Gut Zimny
Martin Heling	Landstallmeister des Landgestüts Georgenburg von 1938 bis 1945
Oskar von Zimny	Gutsherr auf Gut Zimny, Vater von Emilie und Paul
Paul von Zimny	Bruder von Emilie, Sohn von Oskar und Wilhelmine
Wilhelmine von Zimny	Gutsherrin auf Gut Zimny, Mutter von Emilie und Paul

Gut Zimny und Ostpreussen

Emilies Wurzeln

Kapitel 1

Emilie verharrte mit geschlossenen Augen auf der halbrunden Freitreppe des Gutshauses. Es war eigenartig still in diesem Moment. Warm spürte sie das goldene Herbstlicht auf ihrem Gesicht. Die Sonne hatte noch Kraft. In wenigen Wochen allerdings würde der Winter über Ostpreußen hereinbrechen. Für gewöhnlich brachte er bittere Kälte mit sich – ebenso wie einen watteweichen Teppich aus dicken Schneeflocken, der alles bis in den März hinein in eine frostige Starre legte. Wenn es so weit war, das wusste Emilie, würde sie das ebenfalls genießen. Ganz besonders den magischen Anblick ihrer rotbraunen und tiefschwarzen Trakehner, die durch die eisweiße Landschaft galoppierten. Und auch das knisternde Kaminfeuer, an dem sie ihre wintersteifen Glieder aufwärmte, bis sie kribbelten. Jede Jahreszeit hatte ihre Schönheit. Aber noch war es Oktober, und Emilie weigerte sich, den Herbst vorschnell ziehen zu lassen. Denn je länger er andauerte, desto sanfter war der Übergang zur Kälte.

Langsam öffnete sie die Augen und besah ihr Ziel im ältesten Teil des Parks von Gut Zimny. Krzysztof war noch nirgends zu sehen. Dennoch nahm sie leichtfüßig die fünf Stufen und schlenderte die abschüssige Wiese hinab, den Henkel eines Weidenkorbs fest in der Armbeuge. Ihr Weg führte sie durch knorrige Apfel- und Birnbäume, von denen behauptet wurde, sie hätten schon vor dem Gutshaus hier gestanden. Ihr Blätterdach entließ Sonnenflecken und zauberte ein Lichtspiel aus Hell und Dunkel auf das weiche Gras. Ausschließlich zu dieser Jahreszeit, wenn die überreifen Früchte zu Boden fielen und vor sich hin gärten, gaben diese ihren unverwechselbaren Geruch geradezu verschwenderisch ab.

Das süßliche Duftgemisch verfolgte sie noch bis zu ihrem Gartenstück – wohl der einzige Ort auf dem Gut, der keinen nützlichen Zweck erfüllte, sondern allein der Kurzweil und Freude diente. Emilie trat durch die Rhododendronhecke, deren rosarote Pracht bereits verblüht war. Schützend umgab sie das Blumenbeet, in dem Rosen, Chrysanthemen, Astern, Sonnenblumen und Dahlien ihre letzten farbenfrohen Köpfe als Zeugnisse des langen warmen Sommers dicht aneinander-drängten. Es war, als warteten sie nur darauf, einen ausdünnen-den Schnitt von der Schere zu erhalten, die Emilie jetzt zückte.

Sie ging in die Hocke. Ihre Fingerspitzen tasteten nach den rauen und glatten Stängeln der Pflanzen, um eine Auswahl zu treffen. Unauffällig schaute sie dabei nach links und rechts. Keiner außer ihr hielt sich in diesem Teil des Guts auf. Genauso hatten Krzysztof und sie es gestern in aller Heimlichkeit geplant. Dass er noch nicht hier war, beunruhigte sie nicht. Emilie kannte den polnischen Landarbeiter schon ihr halbes Leben lang und vertraute ihm blind. Mit Sicherheit wartete er bloß den richtigen Augenblick ab.

In der Zwischenzeit widmete sie sich ganz ihrem Garten. Viel zu selten war sie in der jüngsten Vergangenheit hier ge-wesen, dachte sie mit einiger Wehmut. Früher hatte sie wöchentlich einen Blumenstrauß für das Speisezimmer geschnitten, damit die Jahreszeiten auch im Haus Einzug hiel-ten. Noch früher, als sie noch keine Frau gewesen war, hatte sie es geliebt hierherzukommen, um Blumenkränze zu flechten. Die Erinnerung daran ließ sie kurz lächeln.

Ein Tag im Hochsommer kam ihr in den Sinn. Sie war vielleicht sechzehn Jahre alt gewesen und hatte so viele Kränze aus Margeriten und Kornblumen gefertigt, dass neben ihren Eltern auch noch der Kämmerer, die Mamsell, der Inspektor, der Stellmacher, die Melkerinnen und der Schmied von ihr aufgefordert worden waren, einen zu tragen. Alle hatten den Spaß mitgemacht. Es existierte sogar noch ein Foto davon, wie sich die Männer und Frauen lachend und mit Blumen auf dem Kopf zwischen den Obstbäumen aufreihten, hinter ihnen das Gutshaus. Vor ihnen knieten die alteingesessenen Instleute, einige Hofgänger, Hausmädchen und Knechte. Rechts von ihnen stand die wertvollste Stute des Guts mit einem Fohlen bei Fuß. Dieses Bild war Emilies größter Schatz. Kein Schmuckstück in ihrer Schatulle besaß denselben Wert für sie. Heute jedoch schien das Foto wie aus einem anderen Leben zu stammen. Die Umstände hatten sich stark verändert. Der Krieg war wieder da!

Emilie vernahm leise Schritte auf dem Kies. Sie klangen bedächtig, nicht gehetzt. Es musste Krzysztof sein, der sich von den Stallungen her dem Haupthaus näherte und sich bemühte, keine Aufmerksamkeit zu erregen. Mit Absicht sah Emilie nicht gleich hoch. Erst im Schutze eines Strauchs Ziergräser wandte sie den Blick ihrem Elternhaus zu, woher die Schritte kamen. Der lange, weiß verputzte Bau mit seinem tief liegenden Mansarddach und dem schmückenden Dreiecksgiebel in der Mitte erschien auf trügerische Weise so glanzvoll wie stets. Dabei wusste sie es besser. Das Innere von Gut Zimny war nicht mehr wiederzuerkennen. Fünf geflohene Familien aus den umkämpften nordöstlichen Gebieten nahe der Front, wo die deutsche Armee die Grenze zu Russland hielt, besetzten die einst so prachtvollen Zimmer. Um ihnen Platz zu schaffen, waren alle Kirschholzmöbel und Knüpfteppiche zur Seite

17

geräumt oder zweckentfremdet worden. Emilie selbst teilte sich bloß noch zwei Zimmer mit ihrem achtzehnjährigen Bruder Paul, der wegen seines Klumpfußes nicht eingezogen worden war, und ihrer Mutter Wilhelmine. Der eigene Besitz wurde stetig kleiner. Sie konnte damit leben – jedenfalls so lange, wie sie ihr geliebtes Foto aus dem Garten behielt und die acht kostbaren Trakehner-Zuchtstuten.

Eine plötzliche Bewegung am Fenster zum großen Speisesaal ließ sie erschaudern. Das typische Feldgrau der Uniformen erschien vor ihren Augen. Jemand zog die Vorhänge zu. In den feinsten Räumen des Hauses hatten zu allem Überfluss nämlich Soldaten und Offiziere der Wehrmacht Quartier bezogen. Und täglich kamen weitere Männer hinzu. Nachschub- und Ersatzeinheiten für die Front – jene Männer, vor denen Emilie und Krzysztof versuchten, sich in Acht zu nehmen. Im nächsten Augenblick erschien seine kurze kräftige Statur in ihrem Blickfeld.

»Fräulein Emilie.« Wie immer, wenn er einem Mitglied der Gutsherrnfamilie gegenüberstand, tippte er sich zum Gruß an den Schirm seiner Mütze. Sie saß schief wie eh und je. Seine Fingernägel waren schwarz von der Arbeit und das Gesicht wettergegerbt. Obwohl er ebenso wie sie zwanzig Jahre alt war, hätte man ihn für älter halten können.

Sie stand auf und linste an Krzysztof vorbei. Ein leichter Wind erfasste ihr fliederfarbenes Kleid. Emilies Herz klopfte vor Aufregung. »Bist du sicher, dass wir ungestört reden können? Das Gut ist so still heute – als würden die Gemäuer selbst lauschen.«

»Die Mamsell hat mit den letzten frischen Früchten ein Blech Zwetschgenkuchen gemacht, um sie abzulenken«, sagte er gewohnt gelassen. Sein polnischer Akzent war auch nach den vielen Jahren, die er nun schon auf dem Gut lebte, noch deutlich zu hören.

Emilie stieß den angehaltenen Atem aus. Lene, die Gute. Auf sie war Verlass. »Dann hoffen wir mal, dass die Männer langsam essen.«

»Sie werden gar nicht essen, Fräulein.«

Urplötzlich durchdrang ein fürchterliches Scheppern die Luft. Dann das übertriebene Jammern und Gezeter der Mamsell. Es brauchte nur eine Sekunde, da verstand Emilie, dass die Wirtschafterin ihr Backwerk auf sein Geheiß hin geopfert hatte.

Krzysztofs kantiges Gesicht bekam einen schelmischen Ausdruck. »Wirklich schade um den schönen Kuchen. Aber jetzt müssen sie erst einmal ihre Uniformen reinigen.«

Emilie zog anerkennend die Augenbrauen hoch. Im nächsten Moment wies sie auf einen Spaten, der an einem Baumstamm lehnte.

»Lass uns keine Zeit verlieren! Am besten verhalten wir uns so, als wärst du hier, um mir zu helfen. Grab einfach ein Loch, als wollte ich etwas pflanzen.«

»Sehr wohl.«

Sie drehten einander den Rücken zu. Das Schippen des Spatens gesellte sich zum Schnippen ihrer Schere. Blüte um Blüte füllte nun den Korb. Emilie wusste natürlich, dass ihr Tun überflüssig war. Wer brauchte schon Blumen, wenn des Nachts die Leuchtbomben und Suchscheinwerfer des Feindes den Himmel erhellten, um Ziele auszuspähen? Alle auf Gut Zimny hatten Angst, obgleich Hitler den östlichsten Teil des Reiches nachdrücklich aufforderte, bis zum Endsieg durchzuhalten, und Gauleiter Erich Koch regelmäßig verkünden ließ, dass »dort, wo die Ostpreußen waren, kein Russe hindurchgelangte«. Schon lange zweifelte Emilie daran, dass ihnen wirklich keine Gefahr drohte, was auch der Grund für ihre heimliche Unterredung mit Krzysztof war.

»Hat meine Mutter heute schon bei der Kreisleitung angerufen?«

»Ja, eben gerade. Es gibt noch immer keinen Evakuierungsbefehl. Alle, die nicht direkt an der Verteidigungslinie leben, müssen weiterhin bei Haus und Hof bleiben. Jeder Fluchtversuch in den Westen gilt unverändert als Hochverrat. Man droht mit der Todesstrafe.«

Kurz umklammerte Emilie ihre eiserne Schere so fest, dass ihre Knöchel weiß hervortraten. Sie befanden sich nur dreißig Kilometer von der Hauptkampflinie entfernt. Dennoch erhielten sie jeden Tag dieselbe Anweisung: striktes Fluchtverbot! Selbst das Vorbereiten einer Flucht stand unter Strafe. Nazifunktionäre überwachten jede Viehschlachtung, die den Anschein machte, als wollten die Haushalte einen Proviant anlegen, sowie jede überflüssig gepackte Kiste, die nach dem Zusammentragen von Habe aussah. Allen voran Blockleiter Fritz Wittko – ein schmieriger Wichtigtuer, der eigentlich lediglich der Sohn eines Schornsteinfegers und durch die Partei zu ein bisschen Macht gelangt war. Er lebte sie aus, indem er jeden schikanierte, der sich den Nazis nicht anschloss. So wie Emilies Vater, Oskar von Zimny. Ohne jede Vorwarnung hatte Wittko ihn vor zwei Wochen zum Volkssturm abgeholt, in dem der Rest des kampffähigen Volkes vereint werden sollte. Seither ruhte die Verantwortung für die Pferde in Emilies Händen.

»Wieder kein Befehl zum Aufbruch also ...«, sagte sie tonlos und dachte an die furchtbaren Kriegsgeräusche der vergangenen Nacht. Mit Mühe kämpfte sie die aufsteigende Panik nieder. »Die sowjetischen Luftangriffe kommen jetzt häufiger, und das Donnern des Artilleriefeuers wird mit jedem Tag lauter. Wollen sie uns wirklich weismachen, dass das der Klang von Sicherheit ist?«

»Es heißt, solange die Soldaten hier sind, gilt das als gutes Zeichen.«

»Und wenn sie einfach ebenso ahnungslos sind wie wir?«

»Dann …«, Krzysztof suchte nach Worten. »Dann ist es jetzt vielleicht schon zu spät.« Mit einem kraftvollen Stoß trieb er den Spaten tief in die Erde.

Emilie zuckte zusammen. »Nein. Das werde ich nicht zulassen. Wir dürfen den richtigen Zeitpunkt zur Flucht nicht verpassen.« Sie sah hinüber zu den Koppeln, wo sich der ganze Stolz der Familie befand: ihre temperamentvollen und leistungsbereiten Trakehner, von denen jedes einzelne Tier ein so ausgeprägtes Wesen besaß, dass sie für Emilie fast wie Menschen waren. Dank ihres klugen Vaters konnten die von Zimnys bereits auf einige hervorragende Nachkommen zurückblicken – besonders von ihrer besten und hoch prämierten Stute Windfarbe und sicher bald auch von deren Tochter Muskat. Erst vergangenes Frühjahr hatten sie fünf der acht Pferde zu einer der staatlichen Deckstationen gebracht. Die Hoffnung auf vielversprechende Fohlen zwischen Februar und Mai, die sie später für einen guten Preis verkaufen konnten, war wie immer hoch.

Entschlossen atmete sie durch, bevor sie weitersprach. »Der Gutsherr würde nicht wollen, dass wir sein Lebenswerk aufs Spiel setzen. Wenn wir noch länger tatenlos herumsitzen, ist es vielleicht zu spät, uns und die Pferde rechtzeitig in Sicherheit zu bringen. Wir müssen dringend handeln.«

Krzysztof verstand offenbar, dass sie etwas plante. »Sagen Sie es mir, weshalb wollten Sie mich hier treffen, Fräulein Emilie?«

Sie drehte sich zu ihm um. Ihre Stimme klang eindringlich. »Reite noch vor Tau und Tag zum Hauptgestüt Trakehnen und suche Dr. Ehlert auf. Du weißt, der Landstallmeister ist ein guter Freund meines Vaters. Vor Jahren einmal habe ich die beiden bei einem Gespräch belauscht. Er erzählte von Plänen einer Evakuierung Trakehnens, sollte es zum Krieg kommen.«

Der Pole zögerte einen Moment, als würde die Aufgabe ihn überwältigen.

»Was genau hoffen Sie, von ihm zu erfahren?«

»Jemand, der solche Vorkehrungen mit dem Landwirtschafts-ministerium zusammen entwirft, wird mit Sicherheit zuerst über den Ernstfall informiert. Wenn also einer die Wahrheit kennt über das, was an der Front wahrhaftig vor sich geht, dann er. Die Bauern Ostpreußens mögen für die obersten Kriegsherren vielleicht ein akzeptables Opfer sein, aber das älteste und angesehenste Gestüt des Landes werden sie nicht so einfach dem Russen überlassen. Sobald Trakehnen geräumt werden soll, müssen auch wir fliehen – mit oder ohne Genehmigung.«

Auch Krzysztof drehte sich nun um. »Fräulein Emilie, was Sie von mir fordern, kann ich vielleicht nicht erfüllen. Wie soll der ehrenwerte Dr. Ehlert mir glauben? Denunzianten sind überall, und ich bin bloß ein Landarbeiter. Zu Recht wird er vermuten, dass mich die Nazis geschickt haben.«

Emilie spähte noch einmal verstohlen zum Haupthaus. Sie waren unverändert allein im Garten. Ihre Finger griffen unter die abgeschnittenen Blumen im Korb und zogen einen Umschlag hervor.

»Zeig ihm das hier! Dann weiß er, dass ich dich geschickt habe.«

»Was ist da drinnen?«

»Die Abstammungsnachweise von Muskat und Windfarbe und somit – nach den Pferden selbst – das Wertvollste, was es auf ganz Gut Zimny gibt.«

Krzysztof sah zwei Herzschläge lang ehrfürchtig auf den Umschlag. Vorsichtig nahm er ihn an sich und verbarg ihn unter seiner Weste.

»Ich hoffe, man wird mich zu ihm vorlassen.«

Sie verstand seine Bedenken. Schließlich war Ernst Ehlers als Herr über tausendzweihundert Pferde sowie dreitausendvierhundert Untergebene, die sich um deren Wohl bemühten, ein viel beschäftigter Mann. »Es wird das Beste sein, du reitest zum östlichen Vorwerk Danzkehmen. Es ist der Verteidigungslinie am nächsten und somit der größten Gefahr ausgesetzt. Der Landstallmeister fährt stets in der Früh dorthin. Auf der Zufahrt bietet sich vielleicht Gelegenheit, ihn aufzuhalten und unbeobachtet zu sprechen. Achte einfach auf seinen geschlossenen Landauer mit den schwarzen Pferden davor. Sein Kutscher, Herr Kowahl, trägt stets einen blauen Frack und einen Zylinder.«

»Sehr wohl«, antwortete Krzysztof folgsam wie gewöhnlich.

»Pass gut auf dich auf und kehre schnell zurück.«

»Ich werde bei Sonnenaufgang wieder auf Gut Zimny sein.«

Emilie nickte ihm zu. Hastig wandte sie sich von ihm ab. Krzysztof sollte die Zweifel in ihrem Gesicht nicht sehen. Der Plan war mehr als gewagt. Wenn man ihn bei seinem Vorhaben erwischte, würde nichts und niemand die Familie von Zimny vor der Gestapo retten können. Mit aller Kraft versuchte sie, die düsteren Gedanken zu verdrängen. Wenigstens einen kurzen Augenblick wollte sie hier noch genießen, in ihrem Gartenstück, wo es den Krieg nicht gab.

Sie ging erneut in die Hocke und schnitt weiter ihre Blumen. Dabei lauschte sie dem Gezwitscher von Spatzen, die in einer steinernen Vogeltränke ein Bad nahmen. Kurz gelang es Emilie, den ersehnten Frieden in sich zu spüren. Nach einer Weile aber schaute sie auf. Die zierlichen Vögel hatten plötzlich aufgehört zu singen. Stattdessen schüttelten sie ihr Gefieder und flatterten ungeordnet in den tiefblauen Himmel davon. Ihr Blick verengte sich. Irgendwas war seltsam. Emilie konnte es nicht sofort greifen, doch die Finger um ihre Schere lockerten sich zunehmend.

Sie verließ ihren Garten und trat an die halbhohe Mauer aus rotem Klinker heran, die den ganzen Gutshof umschloss. Ihr Blick glitt suchend über die abgeernteten Getreidefelder der Zimny-Ländereien, anschließend über die feuchten

Niederungen, wo am Abend Hunderte Frösche quakten, hin zu den bewaldeten Hügeln. Zu erkennen war nichts. Sie verharrte an der Mauer. Das, was sie störte, war etwas Indirektes, ähnlich dem Gefühl beim Betrachten eines Menschen mit verschiedenfarbigen Augen. Man bemerkte ein Ungleichgewicht, ohne es sofort benennen zu können.

Mit einem Mal stieg hinter den Baumwipfeln des schwarzen Waldes eine Staubwolke empor. Im selben Augenblick spürte Emilie das Grollen des Bodens. Er vibrierte unter ihr. Mit den Händen umfasste sie die oberen Mauersteine, als eine vereinzelte Kuh aus dem Wald stob. Emilie stutzte, auf ihrer Stirn bildete sich eine steile Falte. Die Bäume dahinter schienen zu tanzen. Einen Atemzug später stürmte eine gewaltige Herde aus dem Dickicht. Sie quollen zwischen den Stämmen hervor wie dräuende Gewitterwolken. Emilie riss die Augen auf. Eine Gänsehaut überzog ihren ganzen Körper. Was geschah hier? Sie begann zu zählen, doch es wurden schnell zu viele. Irgendwann konnte sie nur noch schätzen. Dreitausend, vielleicht mehr. Und sie schrien!

Unwillkürlich bewegte sie sich rückwärts. Hinter sich hörte sie, wie die Türen des Gutshauses sich öffneten. Bald stießen ihre Mutter und Paul zu ihr.

»Wo kommen die alle her?«

Wilhelmine von Zimny presste sich die rechte Hand aufs Herz, als würde es schmerzen. Ihr wollenes Schultertuch fiel dabei unbeachtet zu Boden. Sie kämpfte sichtlich gegen eine aufsteigende Atemnot an.

Emilie kannte diesen Blick ihrer Mutter. Er zeigte sich jedes Mal, wenn die Erinnerungen an den Ersten Weltkrieg sie einholten.

»Sie kommen von den zurückgelassenen Höfen.«

»So viele?« Eine Weile lang sprach keiner ein Wort. Natürlich hatte Emilie schon davon gehört, dass seit Ende Juli

Trecks aufgebrochen waren, und auch vereinzelt welche gesehen. Anfangs lediglich weißrussische Bauern, danach Litauer und schließlich auch Memelländer. Doch Gut Zimny lag weit abseits aller Haupt- und Nebenstraßen am Ende eines langen Stichwegs, weshalb die Flüchtenden immer wieder aus ihren Gedanken verschwunden waren. Erst jetzt führte ihr die enorme Anzahl der Kühe die Wahrheit vor Augen. Es mussten bereits viele Tausend Menschen und Tiere unterwegs sein!

»Warum schreien sie so, Mutter?«, fragte Paul. Er strich sich das dunkle Haar glatt und hinkte dabei näher an die Mauer heran.

»Sie wurden seit Tagen nicht gemolken. Ihre Euter sind entzündet«, antwortete Wilhelmine. Ihr eigentlich noch ebenes Gesicht wirkte plötzlich alt und faltig. »Diejenigen, die nicht sowieso bald verenden, werden an die Wintervorräte für das Vieh gehen und die Zäune niedertrampeln. Holt die Pferde rein und sichert unsere Heu- und Getreidespeicher zusätzlich.«

Emilie spürte einen Luftzug, als Paul hinter ihr vorbeieilte. Es fühlte sich eiskalt auf ihrer Haut an und ließ sie frieren. Sie wusste, es war der Schrecken, der sie durchfuhr, denn der Tag war warm. Welche unendlichen Schmerzen mussten diese Tiere haben, wenn sie so brüllten? Erst die Berührung ihrer Mutter, die ihr die Hand auf den Arm legte, ließ sie aus ihrer Starre erwachen.

»Wir können nichts für sie tun, Emilie. Und jetzt geh! Paul braucht deine Hilfe – und unsere Pferde auch.«

Kapitel 2

Oskar von Zimny ritzte einen Strich in den Stiel seines Spatens. Vierzehn! Zwei volle Wochen war er jetzt schon hier zum Panzergraben-Schippen. Irgendwo an der östlichsten Grenze Ostpreußens. Vielleicht dreißig Kilometer von Gut Zimny entfernt, vielleicht auch hundertdreißig. Der Lastwagen, in dem er hergebracht worden war, hatte unentwegt angehalten, um weitere Männer aufzunehmen. Und nur zu diesem Zweck war die sonst geschlossene Plane kurz geöffnet worden. Wo genau er sich nun befand, hatte ihm niemand gesagt. Aber den Geräuschen der Bombenangriffe von sowjetischen Schlachtfliegern nach zu urteilen, konnte er nicht weit von der Frontstadt Tilsit entfernt sein.

Oskar blickte sich um. Seine Glieder fühlten sich bleiern an. In seinen Augen rieb der allgegenwärtige Sand. An dieser Stelle war der trostlose Graben bereits zwei Meter tief. Auf den treppenartigen Absätzen, über die sie die abgetragene Erde nach oben beförderten, saßen die Männer des Volkssturmbataillons, dem auch er zugeteilt worden war. Obwohl er wusste, dass er sich zwischen alten Männern und blutjungen Kerlen der Hitlerjugend befand, tat er sich schwer, sie voneinander zu unterscheiden. Sie alle hatten einheitlich schmutzige Gesichter und einheitlich schmutzige Mäntel. Jeder trug eine Armbinde mit der Aufschrift »Deutscher Volkssturm – Wehrmacht«. Alle Standesunterschiede waren ausgelöscht. Oskar ahnte, sein eigenes Äußeres würde sich ebenfalls kaum von dem eines Bauern unterscheiden. Schließlich hatten weder sein sonst so gepflegter Vollbart noch das grau melierte Haar, das er gerne nach hinten legte, in den vergangenen zwei Wochen einen Kamm gesehen.

Man sprach wenig – jedenfalls die Alten. Sie hatten mit sich zu tun. Die Arbeit an den Verteidigungsgräben erschöpfte nicht nur körperlich, sondern ließ seelische Narben aus dem Ersten Weltkrieg aufreißen, die mühsam verheilt waren.

Oskar ging es ähnlich. Wenigstens war jetzt die erste Pause des Tages. Mittagspause – allerdings ohne Essen. Erst zum Abend würde es wieder eine dünne Mehlsuppe geben. Entkräftet ließ er den Hinterkopf gegen die Erdwand sinken und sah blinzend nach oben. Die Oktobersonne schien golden auf ihn herab. Der Himmel war in diesem Moment frei von russischen Aufklärungsflugzeugen. Kurz konnte er vergessen, dass ihn jeder Knochen schmerzte und der Boden unter ihm feucht und kühl war. Seine Gedanken schweiften zu Gut Zimny. Unwillkürlich lächelte er, während die gleißenden Strahlen zwischen seinen engen Lidern tanzten. Seine liebe Frau Wilhelmine erschien vor seinem geistigen Auge. Danach sein Sohn Paul, der zu seiner unendlichen Erleichterung nicht eingezogen worden war. Und schließlich sah er seine Tochter Emilie vor sich. Sie war wie der Sonnenstrahl, der ihm entgegenschien. Das Licht seines Lebens. Sein Lieblingskind, auch wenn man das als Vater eigentlich nicht sagen durfte. Allein ihretwegen musste er durchhalten und es zurück zum Gut schaffen. Sobald der Fluchtbefehl kam, wollte er da sein, um den Treck in den sicheren Westen zu leiten. Dass er kommen würde, daran hegte Oskar keinen Zweifel. Er war mit ganzem

Herzen ein Feind der Nazis, deren kampfbereites und streit-
lüsternes Gebaren seit dem nicht provozierten Angriff auf
Polen vor über fünf Jahren seiner Meinung nach zwingend im
Verderben enden musste.

Plötzlich wurde es dunkel. Die Sonne verschwand hinter
der breiten Gestalt des Gruppenführers der Volkssturmeinheit.
Mit grimmigem Blick schaute er in den Panzergraben. Er war
ein überaus unangenehmer Kerl, der krampfhaft versuchte,
Hitlers Sprechweise nachzuahmen, und sogar dessen Bärtchen
trug. Er passte hervorragend in das Bild, das Oskar von den
Nazis hatte. Laut, aufgeblasen, wütend.

Als hätte der Mann seine Gedanken erraten, brüllte er jetzt:
»Die Pause ist beendet. Alle wieder ran an die Arbeit! Fleiß ist
eine preußische Tugend. Die Verteidigung des Heimatbodens
sollte stets wichtiger sein als die eigenen müden Glieder!«

Oskar richtete sich mühsam auf. Noch einmal wischte er
mit dem Finger das herausgeritzte Holz aus dem hellen Strich
seines Spatenstiels und steckte sein Messer weg.

»Warum tust du das, Zimny?«, rief eine Stimme zu
ihm rüber. Es war Franz, ein gerade mal fünfzehnjähriger
Schuhmacherlehrling aus Ebenrode. Sie kannten sich aus der
Baracke, in der sie sich des Nachts ein Hochbett teilten.

»Wenn die Tage und Nächte sich so ähneln wie unsere
gerade, verliert man schnell den Kopf, mein Junge«, antwortete
Oskar ihm. »So weiß ich wenigstens, dass wir heute den fünf-
zehnten Oktober haben.«

Franz schüttelte den Kopf. »Zeitverschwendung, sage ich.
Wozu soll das wichtig sein? Schwing lieber die Schaufel für Volk
und Vaterland, anstatt sie zu verzieren.«

Oskar warf dem vorlauten Halbstarken einen Blick zu. So
wie viele in seinem Alter war auch er voller Tatendrang und
Optimismus.

»Wenn du eines Tages Kinder hast, eine Frau, Haus und Hof, dann verstehst du mich. Ich zähle die Tage, bis ich zurück zu ihnen kann.« Nach diesen Worten stieß er den stumpfen Spaten so tief es ging in die Erde, die hier unten matschig und schwer war.

Nach nur drei Stichen durchzuckte ihn ein stechender Schmerz im unteren Rücken. Er bleckte die Zähne und hielt kurz inne. Diese verdammte alte Verletzung machte sich schon seit Tagen bemerkbar. Es war passiert, als er eine junge Stute über den Hof geführt hatte, die sich vor einem der vielen Störche auf Gut Zimny erschreckt hatte und ihm in den Rücken gesprungen war. Die gebückte Haltung und das stundenlange Heben des Spatens ließen jene Wunde wieder aufflammen. Oskar hasste es, sich das einzugestehen, aber mit seinen über sechzig Jahren war er nicht mehr der Jüngste.

Franz hingegen schaufelte, als wartete unter der schwarzen Erde ein Topf voll Gold auf ihn. Dabei grinste er über beide Ohren.

»Soso, du zählst also die Tage. Ich hab's nicht eilig, hier wegzukommen. Zu Hause warten nur Schuhe auf mich. Schuhe, Schuhe und nochmals Schuhe. Und die Prügel meines Ausbilders, wenn ich einen Fehler mache. Tausendmal lieber tue ich diese Arbeit hier und helfe dem Führer.«

Oskar zog eine Augenbraue hoch. »Du meinst also, an der Front ist es besser als in Ebenrode, ja?«

Franz' Gesichtsausdruck wurde entschlossen. »Natürlich. Und was ich auch meine, ist, dass Hitler recht hat mit seiner Kriegstaktik. Ostpreußen muss zu einer Insel werden! Wenn die Gräben erst mal fertig sind, dann wird der Russe mit seinen Panzern dumm gucken. Ich kann es gar nicht abwarten, seine hässliche sowjetische Fratze zu sehen, wenn er feststellt, dass er hier nicht drüber kommt, ohne sich zu überschlagen.«

»Die wirst du wohl kaum zu Gesicht bekommen.«

»Warum nicht? Ich habe schließlich vor, mich freiwillig zu melden, sobald ich kann. In einer Woche werde ich sechzehn, dann trete ich den Russen in den Arsch.«

Jetzt war es Oskar schlagartig genug. »Du dummer Junge, was redest du da für einen Unsinn!«, schimpfte er los. »Du solltest dich lieber weit wegwünschen, wenn die Rotarmisten auftauchen. Nach nur einem Tag an der Front werden dir deine verhassten Schuhe vorkommen wie die Blumen im Garten Eden.« Wieder stieß er unter Schmerzen den Spaten in die Erde und trat die Schaufel mit dem Fuß tiefer hinein. Seine Wut half ihm dabei. »Du weißt doch gar nicht, was du redest«, setzte er murmelnd nach und hoffte, der Junge würde nun den Mund halten. Vergebens.

»Und du redest wie ein Feigling«, spie Franz aus und spuckte vor ihm auf den Boden.

Oskar ließ seinen Spaten los, fuhr herum und packte ihn am Kragen. »Nein, ich rede wie einer, der bereits im Ersten Weltkrieg gedient hat«, sagte er grollend. »Hast du je gesehen, wie leicht ein Panzer Häuser zum Einsturz bringt? Wie er durch dichte Wälder rollt und die Bäume umknickt, als wären sie Strohhalme? Nein? Ich hingegen habe es gesehen. Und noch mehr. Ich sah Menschen aus Fleisch und Blut unter ihnen verschwinden. Vorher gaben sie ein kurzes, teuflisches Kreischen von sich, das du nie wieder vergisst.«

Der Schuhmacherlehrling starrte ihn entsetzt an. Sein Gesicht wurde fahl, was ihn erstmals wieder aussehen ließ wie das Kind, das er im Grunde noch war.

»Das … das war im Ersten Weltkrieg. Jetzt gibt es neue Kriegstaktiken …«

»Du meinst also wirklich, diese kleine Rille hier im Erdboden kann die T34 der Roten Armee aufhalten? Niemals!« Oskar ließ ihn los.

Franz sah sich hektisch um und zischte ihm zu: »Pst! Bist du verrückt, so was zu sagen? Was, wenn der Gruppenführer das gehört hätte? Willst du, dass man uns als Defätisten ins Zuchthaus bringt?«

»Nein, das will ich nicht.« Oskar nahm seinen Spaten wieder auf. Er ließ den Blick über die erschöpften Männer schweifen. Der Graben überragte sie nun schon um eine Kopfhöhe. »Glaub mir, Franz. Am Krieg ist nichts Heldenhaftes. Das sind nur Lügen. Jeder noch so mutige Mann ruft im Angesicht des Todes nach seiner Mutter. Dieser Graben hier wird niemanden aufhalten. Was wir tun, ist nutzlos. Die Russen werden genau drei Stunden für diese Hürde brauchen. Zweieinhalb Stunden, um sich kaputtzulachen. Und eine halbe Stunde für die Überquerung.«

Der vorlaute Franz erwiderte ausnahmsweise nichts mehr. Er war regelrecht starr vor Schreck angesichts des Gehörten.

Oskar hingegen schaufelte unter Schmerzen weiter. Noch vier Wochen würde es so weitergehen. Mit Mühe unterdrückte er seinen Zorn auf den Mann, der ihn an diesen Ort gebracht hatte. Fritz Wittko! Beim bloßen Gedanken an das Gesicht des Blockleiters biss er die Zähne aufeinander.

Der rangniedrige Parteifunktionär war für die Überwachung von fünfzig Bauernhöfen und Betrieben zuständig – unter anderem für Gut Zimny. Schon seit Jahren drangsalierte er Oskar und seine Nachbarn. Sie sollten in die Partei eintreten. Viele hatten es irgendwann getan. Oskar nicht, was sein Leben nicht gerade erleichtert hatte.

Wittko konnte ihn deshalb nicht leiden. Oft hatte er mit seinen Helfern das Gut besucht – jedes Mal in der Hoffnung, etwas zu finden, das er dem Zellenleiter berichten konnte. Doch es gab nichts – zu Wittkos maßlosem Ärger. Erst als er zum Zuständigen für die Organisation des Volkssturms im Gebiet von Gut Zimny ernannt worden war, hatte der Blockleiter seine Chance bekommen.

Oskar hatte nach wie vor das aggressive Pochen an seiner Haustür im Ohr. Es war früh am Morgen gewesen. Der Kaffee, den Emilie kurz zuvor in sein Arbeitszimmer gebracht hatte, schmeckte noch auf seiner Zunge. Wittko und seine Männer kamen ins Haus gestürmt und brüllten seinen Namen. Der Blockwart wedelte mit einem Papier und ließ Oskar wissen, er sei ab sofort volkssturmpflichtig und bereits von ihm klassifiziert worden. Vor den Augen seiner Familie zwang man ihn auf einen Lastwagen – ohne jede Möglichkeit, seine Angelegenheiten auf dem Gut zu regeln. Auf Emilies Drängen, wohin man ihren Vater bringen würde, erklärte Wittko zynisch: Oskar sei ein Gutsherr. Er würde höchstpersönlich dafür Sorge tragen, dass man ihn entsprechend behandelte.

Was genau das bedeutete, sollte Oskar bald erfahren. Wittko hatte ihn auf dem Papier jünger gemacht, damit er noch zum »Aufgebot 1« gehörte und volle sechs Wochen außerhalb des Heimatgaus eingesetzt werden konnte. Die Höchstdauer. Es musste ihm zudem eine wahre Freude gewesen sein, den unwirtlichsten Ort des Landes herauszusuchen und seinem erklärten Feind dort einen Platz zu sichern. Hier, in der schwarzen Unterwelt, wie Oskar die Panzergräben im Stillen nannte, war er fündig geworden. Die Bedingungen waren so widrig, dass jeden Tag Männer unter der Anstrengung zusammenbrachen. Wohin man sie brachte, wusste Oskar nicht. Jedenfalls hatte er keinen von ihnen bislang wiedergesehen – weshalb er zu vermeiden bestrebt war, dass er ebenfalls einen Schwächeanfall erlitt.

Als der trostlose Tag sich jedoch dem Ende zuneigte, erreichten die Schmerzen in seinem Rücken einen neuen Höhepunkt. Stöhnend stützte Oskar sich auf den Spaten und presste eine

Hand auf die pochende Stelle. Es dauerte nicht lang, da war der Gruppenführer zur Stelle.

»Was ist los, Volkssturmsoldat? Es gibt keinen Grund, die Arbeit zu unterbrechen.« Sein kleiner Bart zuckte auf und ab.

»Ich brauche eine Pause. Eine alte Verletzung macht mir zu schaffen.«

»Sie wirken auf mich gesund und munter, Zimny.«

»*Von* Zimny, wie ich Ihnen bereits sagte«, knurrte Oskar.

»Halten Sie mich nicht zum Narren! Ich erkenne einen Herrn von Stand, wenn er vor mir steht. In meinen Listen stehen Sie vermerkt als Oskar Zimny, Häusler aus Nemmersdorf. Und jetzt ran an die Arbeit, bevor ich den Zugführer hole.«

Oskar zog es vor zu schweigen. Er wusste, seine veränderte Herkunft hatte er ebenso Wittko zu verdanken, der alles darangesetzt hatte, seine Zeit im Volkssturm so unangenehm wie möglich zu gestalten. Er wollte sich gerade wieder ans Schippen machen, als ein Soldat angerannt kam. Sein Gesicht war puterrot. Er salutierte vor dem Gruppenführer und wollte sogleich lossprechen.

»Der … der … der …« Er schien ein Stotterer zu sein und kämpfte mit wedelnden Handbewegungen um jedes Wort.

»Was wollen Sie sagen, Herrgott?«, fragte der Gruppenführer ungeduldig.

Oskar bekam Mitleid mit dem Soldaten, aus dessen geöffnetem Mund nun kein Ton mehr drang. Seine Augen zwinkerten hektisch. Er zeigte hinter sich und versuchte es wieder.

»Ein … ein … ein …«

Ohne Umschweife verpasste der Gruppenführer ihm eine Ohrfeige. »Spucken Sie es endlich aus!«, brüllte er ihn an.

Es half tatsächlich. »Ein … Leutnant ist a… auf dem Weg hierher. Er h… hat ein Schreiben von Bataillonsführer Schierle bei sich und d… der ist wohl z… z… ziemlich wütend.«

Der Gruppenführer versteifte sich. Der unangekündigte Besuch des ranghöheren Mannes bereitete ihm sichtliches Unbehagen. Nur Augenblicke später ertönte das Motorengeräusch eines Wehrmachtsfahrzeugs. Ein VW-Kübelwagen schoss über das unwegsame Gelände zum Panzergraben.

Oskar beobachtete, wie sich der Gruppenführer hektisch das Haar glatt strich und seine Uniform ordnete.

Der Wagen fuhr ungebremst auf ihn zu. Erst kurz bevor es zu spät war, hielt der Fahrer das graugrüne Gefährt abrupt an. Die Äste, die zur Tarnung daran befestigt waren, wippten vor und zurück. Er stieg aus dem VW.

Oskar besah sich den Kragenspiegel und die Schulterstücke des Mannes, die ihn eindeutig als Leutnant kennzeichneten. Ein großer, stattlicher Kerl von nicht mal dreißig Jahren. Seine Uniform saß wie eine zweite Haut.

»Sieg Heil.« Der Gruppenführer reckte den rechten Arm in die Luft.

Der Besucher erwiderte den Gruß und stellte sogleich den Grund seines Kommens vor. »Ich bin Leutnant Sommerroth. Man hat mich mit einem Sonderauftrag betraut.« Er reichte dem Gruppenführer ein Schreiben. »Gibt es in dieser Volkssturmeinheit einen Gutsherrn mit Namen Oskar von Zimny? Jahrgang 1883?«

Wohl ohne dass er es wollte, schnellte sein Blick zu Oskar in den Panzergraben.

Nach drei Atemzügen fuhr der Leutnant den Gruppenführer barsch an. »Können Sie nicht reden, Mann?«

Dieser holte ein Büchlein hervor und blätterte hastig darin herum.

»Ich verstehe das nicht. Die Liste mit den mir zugeteilten Namen sagt …«

Leutnant Sommerroth wartete gar nicht erst, bis der Mann zu Ende gesprochen hatte. Er sah zu Oskar herunter. »Sind Sie der Gesuchte von Zimny?«

»Der bin ich!«, bejahte Oskar.

»Ich habe Befehl, Sie unverzüglich mitzunehmen. Kommen Sie rauf, wenn ich bitten darf.«

Oskar zögerte nicht. Es blieb ihm ohnehin keine Wahl, und sein geschundener Rücken flehte geradezu um Flucht aus dem Graben. Er umfasste den Stiel seines Spatens so, dass die eingeritzten Striche nach vorne zeigten. Dann hielt er ihn Franz entgegen. »Hier, mein Junge. Jeden Tag ein Strich. Bald bist du wieder bei deinen Schuhen.«

Franz warf seinen Spaten zu Boden und nahm Oskars entgegen. »Ich werde es nicht vergessen … gnädiger Herr.«

Er tätschelte ihm die Wange. »So ist es gut. Leb wohl.«

Oskar bestieg die Erdstufen und verließ den Panzergraben, ohne zu wissen, wohin der Leutnant ihn bringen wollte. In diesem Moment schien es fast egal. Außer der Hauptkampflinie selbst, die unweit von ihnen liegen musste, gab es wohl kaum einen trostloseren Ort als diesen.

Der Leutnant richtete sein Wort noch ein letztes Mal an den verdutzten Gruppenführer. »Der Fall wird geprüft werden. Seien Sie sich sicher, sollte herauskommen, dass Sie etwas mit den gefälschten Daten zu tun haben, wird nur noch der Führer selbst oder Gott Sie vor einer Strafe bewahren können.«

Oskar stieg in den Wagen und labte sich für einen Augenblick am zerknirschten Gesicht des Gruppenführers, der noch fahrig grüßte, aber kein Wort zu seiner Verteidigung hervorbrachte. Ruckartig wandte er sich den glotzenden Männern im Panzergraben zu.

»Was ist hier los?«, donnerte er wieder in Hitler-Manier. »Unerlaubte Pausen sind nicht gestattet. Die sowjetischen

Panzer werden kaum darauf warten, dass ihr fertig werdet mit dem Graben. An die Spaten. Schipp-schipp-hurra …!« Mit hastigem Eifer stimmte er daraufhin ein Lied an, in das unwillig einer nach dem anderen einfiel.

»*Rot ist die Klinge vom Bolschewikenblut. Hell unser Lachen und froh unser Mut. Wenn wir marschieren, erzittert die Welt; und wir marschieren, wohin's uns gefällt. Kameraden, an die Gewehre! …*«

Die singenden Männerstimmen in Oskars Ohren wurden schnell leiser, je mehr der offene Kübelwagen an Fahrt gewann. Er polterte über das unebene Gelände, bis sie eine kleine, verlassene Bunkeranlage im Wald erreichten.

Hier parkte der Leutnant den Wagen und zündete sich eine Zigarette an. Er nahm einen tiefen Zug, legte den Kopf in den Nacken und blies die Wolke in die Luft.

»Wollen Sie auch?«, fragte er und reichte Oskar das Päckchen rüber.

»Ich habe es mir eigentlich abgewöhnt, aber warum nicht.« Oskar ließ sich Feuer geben. Der Rauch brannte in seinem Hals und machte ihn schwindelig. Trotzdem war es ein Genuss, etwas anderes zu fühlen als Hunger. Nach ein paar Zügen musterte er das glatt rasierte Profil des Leutnants. Noch immer wusste er nicht, wer dieser Mann war und was er von ihm wollte. Erneut sog er an seiner Zigarette. Vielleicht hatten die letzten zwei Wochen ihn abgestumpft, aber Angst verspürte er keine.

»Erklären Sie mir jetzt, was das alles hier auf sich hat?«

Leutnant Sommerroth schaute unverändert in den Himmel. »Mein Sonderauftrag lautete, Sie unbedingt ausfindig zu machen. Ich bin seit über einer Woche unterwegs. Es hat tatsächlich einige Mühe gebraucht, Sie zu finden.«

»Wer hat Sie beauftragt?«

»Es war Bataillonsführer Schierle, der dieses Schreiben ausgestellt hat.« Er klopfte sich auf die Brusttasche seiner Feldbluse.

»Diesen Mann kenne ich nicht.«

»Sie und er haben einen gemeinsamen Freund. Und wenn ich das so sagen darf … Dieser Freund muss Sie ganz besonders schätzen, wenn ihm so viel an Ihrer Sicherheit liegt, dass er selbst hohe Offiziere wie Schierle um Ihr Auffinden bittet. Mir scheint, Sie sind ein Ehrenmann, von Zimny.«

Oskar nahm einen letzten Zug von seiner Zigarette und schnippte sie weg. Langsam schüttelte er den Kopf. »Ich enttäusche Sie ungern, Leutnant. Aber ich bin nur ein gewöhnlicher Gutsbesitzer, wie es in Ostpreußen unzählige gibt.«

Sommerroth lächelte und nickte, während er den Wagen wieder anließ. »Sehen Sie. Genau das meine ich!«

Er lenkte das Fahrzeug von der Bunkeranlage weg und fuhr über Nebenstraßen durch den Wald. Die unebenen Wege schüttelten die Männer durch. Oskar wusste, es war notwendig, die Hauptstraßen zu vermeiden, wenn man mögliche Fliegerangriffe umgehen wollte. Es dämmerte, und er begann zu frösteln.

»Und wohin bringen Sie mich jetzt?«

»Um ehrlich zu sein, bloß von einer Volkssturmeinheit zur nächsten.«

Oskar runzelte fragend die Stirn.

»Aber diesmal zu jener, der Sie eigentlich von Anfang an hätten angehören sollen. Für den ›Einsatz bei möglicher Evakuierung‹ auf dem Hauptgestüt Trakehnen.«

Jetzt ging Oskar ein Licht auf. »Ernst Ehlert …«, entfuhr es ihm, während er die Faust ballte und auf das Armaturenbrett des Wagens hieb. »Der schlaue Fuchs! Ich hätte es wissen müssen.«

»Der Landstallmeister erwartet Sie bereits, und unter uns gesagt: Ich schätze, er hat es sich einiges kosten lassen, Sie aus dem Panzergraben zu holen. Wir werden zwei Stunden brauchen, um Trakehnen zu erreichen. Auf der Rückbank liegt ein Mantel.«

Oskar langte nach hinten, zog den Mantel über und schlug dankbar den Kragen hoch. Gefroren hatte er nun schon vierzehn Nächte lang und gründlich die Nase voll davon. Zum Glück hatte das ostpreußische Wetter tagsüber bislang gehalten. In ein bis zwei Wochen jedoch würde der Regen einsetzen, wie Oskar wusste. Dann gäbe es hier nur noch Schlamm.

»Wissen Sie vielleicht etwas über meine Familie?«

»Nein. Ich weiß so wenig über Ihre Familie wie über meine eigene. Tut mir leid. Ich wünschte, ich hätte eine andere Antwort für Sie.«

»Verstehe.«

»Vielleicht schlafen Sie besser ein wenig. An unserem Ziel wird dafür nicht viel Gelegenheit sein.«

Oskar ahnte, was das bedeutete. Ebenso wie Gut Zimny stand Trakehnen mit Sicherheit kurz davor, evakuiert zu werden. Hunderte Pferde. Hunderte Menschen. Hunderte Jahre Zuchtgeschichte … Die bloße Vorstellung, was das für Ernst Ehlert hieß, der sein Leben in den Dienst der edlen Pferderasse gestellt hatte, ließ sein Herz zusammenkrampfen und erschöpfte ihn zusätzlich. So überwältigte Oskar die Müdigkeit wie die Schwärze der sternenklaren Nacht. Seine Augen hielten dem grellen Scheinwerferlicht nicht mehr stand und fielen zu.

Wirre Bilder von fliehenden Pferden, die liefen, aber nicht vorankamen, suchten ihn heim und ließen ihn den Kopf hin und her werfen. Ein Fluchen riss ihn aus dem Schlaf. Als er die Lider öffnete, war es stockfinster.

»Verdammt!«

Oskar setzte sich schwer atmend auf. »Was ist los? Wo sind wir?« Sie standen am Straßenrand. Er hörte den Motor keuchen.

»Der Wagen streikt«, knurrte Sommerroth und versuchte, ihn erneut anzulassen. Es gelang nicht. »Ich befürchte, wir müssen laufen. Bedauerlicherweise habe ich keine Ahnung, wo genau wir uns befinden.«

Oskar sah sich um. Im Schein des Mondes konnte er nur Bäume um sich ausmachen. Ganz in der Nähe vernahm er ein Rauschen.

Die Männer liefen los, und bald hoben sich zwei große Räder einer handbetriebenen Schleuse von den vagen Umrissen der Umgebung ab. Am Ende der Brücke stand ein Wärterhäuschen. Es brannte Licht.

»Danzkehmen«, stieß Oskar aus. »Ich erkenne die Schleuse genau. Als Kinder haben wir hier gebadet.« Er schaute zu Leutnant Sommerroth, der sich nicht auskannte und fragend mit den Schultern zuckte. »Das östliche Vorwerk Trakehnens mit den Jährlingsstuten ist ganz in der Nähe. Von dort aus ist es nicht mehr weit bis zum Gestüt.«

»Gut. Dann lassen Sie uns gehen. Wir haben keine Zeit zu verlieren. Je eher wir Trakehnen erreichen, umso bess…«

Ein plötzlicher Lärm unterbrach die Worte des Leutnants. Soldaten stürmten aus dem Wärterhäuschen und versammelten sich davor. Sie gestikulierten wild.

Oskar wurde vom Leutnant gepackt und vorsichtshalber ins Dickicht gezogen. Von hier aus konnte er die Männer lediglich noch als Schatten wahrnehmen. Es war nicht zu verstehen, worüber sie sprachen. Aber die Stimmen wurden zunehmend lauter.

»Was geht da vor sich?«, wisperte Oskar.

»Bleiben Sie unten mit dem Kopf«, gab der Leutnant flüsternd zur Antwort. »Die sind betrunken und offenbar streitsüchtig. Wahrscheinlich müssen die bloß ihren Schnaps loswerden. Wir warten, bis sie wieder im Wärterhäuschen sind. Je weniger Leute uns sehen, desto besser.«

Oskar lauschte gebannt. Etwas kam ihm merkwürdig vor. Die Männer schienen sich uneins zu sein. Alle redeten durcheinander. Bald war eine wütende Auseinandersetzung im Gange, aus der eine Stimme herausklang. Sie hörte sich zunehmend verzweifelt an. Langsam drehte Oskar sich zu Leutnant

Sommerroth um. »Da stimmt doch was nicht. Vielleicht sollten wir ...«

Plötzlich fiel ein Schuss. Gebrüll brandete auf. Das Trappeln eines Pferdes auf Asphalt hob sich davon ab und wurde schnell lauter.

Im nächsten Moment erhellte eine Markierungsbombe den Himmel. Leuchtend schwebte sie an ihrem Fallschirm zu Boden. In ihrem Schein konnte Oskar einen Mann auf der Straße liegen sehen. Gleich darauf schoss der Reiter im vollen Galopp an ihnen vorbei. Er erkannte ihn genau. Es war sein Landarbeiter Krzysztof gewesen!

* * *

Emilies Augen waren weit geöffnet, obwohl die nächtliche Dunkelheit sie fast nichts erfassen ließ. Nur dann, wenn Leuchtkugeln und Suchscheinwerfer den Himmel erhellten, zuckte Licht durchs Innere ihrer Kammer und zeichnete verzerrte Schattenbilder.

An Schlaf war nicht zu denken – weder für sie noch für ihre Mutter, die stumm neben ihr lag. Das Schreien der Kühe brachte sie beide fast um den Verstand. Dennoch lauschte sie so angestrengt, dass sie bald Wahrheit von Einbildung nicht mehr unterscheiden konnte. Gab es dieses Grollen wirklich? Es kam ihr vor, als rumorte der ostpreußische Boden, auf dem Gut Zimny stand, aus Angst vor dem Krieg.

Es musste bereits weit nach Mitternacht sein, als ein Geräusch an ihr Ohr drang, das die Kühe übertönte. Emilie richtete sich auf. Sofort griff die Kälte nach ihr, dort, wo das wärmende Federbett von ihrem Körper rutschte. Sie horchte. Der schnelle und gleichmäßige Dreitakt wurde stetig lauter. Ein galoppierendes Pferd, dessen Hufschläge plötzlich verstummten. Noch ehe sie ganz verstand, wessen Schritte sie auf der

Holztreppe hörte, wurde die Tür zu ihrem Zimmer aufgestoßen. Mit einem lauten Knall traf sie auf die Wand.

Krzysztof war außer Atem. »Wir müssen fliehen, Fräulein Emilie. Sofort!«

»Was?« Ein Schauer des Entsetzens ergriff ihren Körper, und jedes noch so feine Haar stellte sich auf. Es war die Art, wie Krzysztof es sagte.

Er atmete schwer und schüttelte dabei fassungslos den Kopf. »Dieser Teil Ostpreußens … ich fürchte, er wird im Feuersturm untergehen.«

Für einen Moment bekam Emilie keine Luft. Ihr offener Mund blieb stumm. Sie wollte aufspringen, doch ihr Körper begann bloß zu zittern.

»Bis zum Vorwerk Danzkehmen bin ich gar nicht gekommen. An der Schleuse traf ich auf eine Wehrmachtseinheit. Einen der Soldaten kannte ich, den Heinrich aus Eydkuhnen.« Krzysztofs Stimme bebte. »Er … er hat mich gesehen und ist auf der Stelle … verrückt geworden. Geschrien hat er. Seine Kameraden hielten ihn fest und sagten, er solle still sein. Aber er hörte nicht auf sie und brüllte mich an. Die Propaganda verbreite nur Lügen. Man dürfe nichts davon glauben. Er ist in Russland gewesen. Das deutsche Heer sei zerfallen, meinte er, und die Sowjets wären schon jetzt nicht mehr aufzuhalten. Sie würden jeden Moment durchbrechen.« Er schluchzte auf und schlug sich die große, raue Hand vor den Mund. »Einer von ihnen … er hat eine Waffe gezogen und ihn vor meinen Augen erschossen. Einfach so.«

Emilie nahm verstört wahr, wie ihre Mutter auf Krzysztof zuging und seine Schultern umfasste. »Sag mir, gibt es mittlerweile einen Fluchtbefehl?«

»Nein, gnädige Frau. Und ich denke, darauf sollten wir auch nicht länger warten. Wir müssen fliehen. Packen Sie nur das Nötigste ein. Schnell.«

Schockstarr hörte Emilie ihr eigenes Blut in den Ohren rauschen. Krzysztofs Stimme glitt für einen Moment weit weg. Ostpreußens Grenze sollte fallen? War dies das Ende ihrer Heimat? Das Ende von Gut Zimny? Wo war ihr Vater? Sie musste ihn doch warnen!

Krzysztof schnellte auf Emilie zu und zerrte sie grob am Arm auf die Füße. »Stehen Sie auf! Wir haben keine Zeit, um zu zögern. Haben Sie eine Ahnung, was der Russe mit euch Frauen tut, wenn ihr ihm in die Hände fallt?«

Emilie war, als hätte sie ein Schwall kaltes Wasser getroffen. Ihr Oberarm glühte dort, wo seine Hand sie gepackt hatte. Gleichzeitig wurden ihre Gedanken wieder klarer. Sie schaute Krzysztof in die angsterfüllten Augen, während ihre Mutter ihm Anweisungen erteilte.

»Weck Paul und die anderen und veranlasse, dass alle Leiterwagen und Handkarren aus der Remise geholt werden. Die Pferde und Ochsen müssen als Erstes vor die Fuhrwerke gespannt werden. Wir fahren im Morgengrauen zum Landesgestüt Georgenburg.«

»Ist gut.«

In diesem Augenblick näherte sich ein ohrenbetäubendes Dröhnen. Gleich darauf folgte das Rattern der Flugabwehrkanonen. Mehrere Geschwader flogen über das Gutshaus hinweg. Instinktiv duckte sich Emilie, die Hände über dem Kopf verschränkt, als in der Ferne Granaten explodierten und ein donnerndes Sperrfeuer begann.

»Los, schnell«, trieb ihre Mutter Krzysztof jetzt an, der sofort verschwand. Dann riss sie Emilies Hände runter. »Beeil dich, hörst du?« Wilhelmine von Zimny raffte ihre Röcke und ließ sie allein.

Emilie bebte am ganzen Körper. Es war die pure Angst. Durch die Soldaten auf dem Gutshof wusste sie mehr über den Feind, als ihr lieb war. Der Russe sann auf Rache für das Leid, das er selbst erfahren hatte. Gnade durften die Ostpreußen nicht erwarten.

Mit zitternden Fingern zog sie die erste Schublade ihrer Kommode auf, wo für den Zweck einer Flucht seit Wochen wollene Kleidung bereitlag. Insgeheim hatte sie immer geglaubt, sie nie gebrauchen zu müssen. Jetzt zog sie hastig drei Schichten aus Kleidern und Strümpfen über und rannte in die Diele, wo bereits ein wildes Durcheinander herrschte. Aus allen Fluren kamen die Menschen des Gutshofs zusammen und rempelten sie in ihrer Panik an.

Emilies Mutter hatte einen Schemel erklommen und brüllte Anweisungen über die Köpfe hinweg. »Je drei Familien teilen sich einen Pferdewagen. Beladet die Flächen so, dass die stabilen Kisten als Sitzbänke dienen. Denkt an Kleidung, Decken, Kochtöpfe, Vorräte. Und vergesst nicht das Futter für die Pferde und Eimer.« Mit einer barschen Handbewegung hielt sie zwei Dienstmägde an. Die eine war leichenblass, die andere in Tränen aufgelöst. »Ihr beide, nehmt euch zwei weitere Frauen und lauft zum Gärtnerhaus. Dort findet ihr lange Weidenruten. Die befestigt ihr in Rundbögen an den Leiterwagen. Danach holt ihr die zusammengerollten Teppiche aus den Zimmern und legt sie darüber, als Schutz vor dem Wetter. Verstanden?«

Die Mädchen nickten und rannten sofort davon.

Emilie eilte zu ihrer Mutter, die in diesem Augenblick mit Haut und Haar die Herrin des Gutshofs war. Sie selbst hätte sich am liebsten in ihre Arme geworfen und bitterlich geweint. Das aber ließ Wilhelmine nicht zu.

»Kind, steh hier nicht rum! Dafür bleibt keine Zeit. Mach dich irgendwo nützlich.«

Schon wurde ein weiteres Dienstmädchen von ihrer Mutter am Ärmel gepackt. »Ruth, hol das Tafelsilber. Schlag es dick in Leinen ein, hörst du?«

Emilie drehte sich um, ohne zu wissen, was sie tun sollte, als plötzlich die Doppeltür zum Gartensalon aufschwang. Die Männer der Wehrmacht traten in die Diele, und mit ihnen zog der Geruch von Alkohol herein. Emilie erstarrte, wie alle um sie herum. Keiner sprach mehr ein Wort. Nur das Donnern der Front war noch zu hören.

»Was zum Teufel geht hier vor sich?«, knurrte ein Soldat, der die rechte Hand bereits auf die Pistole in seinem Gürtel gelegt hatte. Es war so still, dass das Knirschen seiner ledernen Stiefel deutlich zu vernehmen war.

Wilhelmine von Zimny stieg von dem Schemel. Stolz schritt sie auf die Männer zu, den Kopf hoch erhoben. »Wir werden das Gut jetzt verlassen, meine Herren. Es wird Zeit.«

Wie zur Bestätigung ihrer Worte detonierten irgendwo drei besonders laute Granaten und übertönten für einen Moment das stete Trommelfeuer.

Emilie beobachtete den Hauptmann. Unbewegt sah er auf Wilhelmine herab, als könne er nicht glauben, was er hörte.

Der zornige Soldat hingegen spie: »Das ist Hochverrat. Es herrscht striktes Fluchtverbot. Eine Anordnung des Führers!« Er zog seine Pistole und zielte ohne Umschweife auf die Stirn der Gutsherrin.

Schrille Schreie aus den Kehlen der Dienstmädchen drangen an Emilies Ohr. Alle duckten sich und zwängten sich in die Ecken, wo sie schützend die Arme über ihre Köpfe hielten.

Emilie blieb als Einzige stehen, wo sie war, als könnte sie ihrer Mutter so beistehen. Ihre Knie schlotterten. Voller Angst stierte sie auf die Finger des Soldaten, die bedrohlich zuckten.

»Beendet sofort die Fluchtvorbereitungen, oder ich schieße«, befahl er grollend.

Wilhelmine von Zimny wich keinen Zentimeter zurück. »Dann schießen Sie«, sagte sie ruhig. »Es spielt keine Rolle.

Wenn wir jetzt nicht aufbrechen, sind wir vor Anbruch des nächsten Tages ohnehin alle tot.«

In diesem Moment wurde die Tür nach draußen weit geöffnet und ließ die schneidende Kälte der Nacht herein.

Emilie sah zu ihrem Bruder Paul, der nur eine Sekunde brauchte, um die Situation zu erfassen. Seine schreckgeweiteten Augen waren auf die Schusswaffe gerichtet. Langsam, mit den unregelmäßigen Schritten seines Klumpfußes, humpelte er in die Diele.

»Wir brauchen Hilfe beim Anspannen der Pferde«, sagte er zu niemand Bestimmtem. Seine Stimme klang auffallend ruhig, als wüsste er, dass jeder unbedachte Ton zur Katastrophe führen konnte.

Drei Atemzüge lang war unklar, was geschehen würde. Da ging ein Ruck durch den Hauptmann, der bislang schweigend neben seinem Soldaten gestanden hatte. Seine Faust umschloss dessen Pistole, er drückte sie gen Boden.

»Waffe wegstecken, Soldat. Das ist ein Befehl.« Danach wandte er sich an Paul. »Wir werden Ihnen helfen, von Zimny. Sehen Sie bloß zu, dass Sie und Ihre Familie von hier wegkommen, bevor die russischen Panzer alles überrollen.«

Erleichtert stieß Emilie ihren angehaltenen Atem aus und schloss kurz die Augen. Die Männer hasteten an ihr vorbei und eilten zu den Ställen. Alle auf der Diele erwachten wieder zum Leben.

Ihre Mutter erteilte erneut Anweisungen, als hätte sie nicht gerade in den Lauf einer geladenen Waffe geblickt.

Emilie trat durch den herrschaftlichen Eingang des Guts, wo der todbringende Lärm der Roten Armee noch lauter war. Der Nachthimmel glühte. Unentwegt zuckten helle Lichter auf, gefolgt von gewaltigen Explosionen, die ihr die Luft aus den Lungen pressten. Den Krieg so körperlich am Ort ihrer Kindheit zu spüren, wollte in ihrem Kopf auch nach den vielen

Wochen der drohenden Eroberung nicht übereinstimmen. Mit einem Mal drang das ängstliche Wiehern ihrer geliebten Pferde zu ihr herüber. Emilie lief los.

Vor dem Stallgebäude standen bald alle Pferdefuhrwerke, Ochsenkarren und Handwagen, die Gut Zimny zu bieten hatte. Mehrere Frauen waren mit dem Anbringen von Weidenruten beschäftigt. An einen der Wagen wurden gerade zwei Pferde mit Geschirren herangeführt. Es waren die beiden noch jungen Fuchsstuten Abendstern und Raffinesse. Die Tiere tänzelten nervös, und die Soldaten hatten alle Hände voll zu tun, sie in der richtigen Position zu halten, um die Lederriemen zu schließen.

»Wartet«, hielt Emilie die Männer auf. »Nicht diese beiden zusammen. Immer ein altes, erfahrenes Pferd mit einer jungen Stute.« Sie schaute ins Stallgebäude. »Nehmt Ottilie aus der ersten Box und spannt sie neben eine der Fuchsstuten. Fürs nächste Fuhrwerk Fanny, die braune mit der breiten Blesse, und die zweite junge Stute. Danach die beiden mit den weißen Beinen ganz hinten und zum Schluss Muskat und Windfarbe.«

Emilie eilte ins Innere der Stallungen, wo Krzysztof eine Kiste packte. Metallene Geräusche drangen zu ihr rüber. Sie sah Werkzeuge in den Behälter verschwinden und Ersatzhufeisen mit Stollen daran. Stollen! Ihr Blick blieb daran haften. Es war doch erst Oktober! Schlagartig wurde ihr eines klar, was sie bislang verdrängt hatte. Sollte die Flucht nach Georgenburg nicht ausreichen, würden sie vielleicht ein ganzes Stück weiter gen Westen ziehen müssen. Möglicherweise waren sie auch im Januar noch unterwegs. Diese Erkenntnis packte Emilie wie eine eiskalte Hand. Die ostpreußischen Winter waren draußen nicht zu überstehen – das wusste sie aus eigener Erfahrung. Einmal hatte sie sich während eines bitterkalten Januars zu weit in den Wald gewagt. Die Temperatur war schlagartig gefallen, als ein Schneesturm aufgezogen war. Minus zwanzig Grad waren nicht bloß kalt. Es fühlte sich an wie ein fortwährendes Stechen mit Nadeln und Messerspitzen. *Der frierende Körper stößt ein lautloses Schreien aus*, dachte Emilie. *Erst danach werden Arme und Beine taub, und dann kommt der Tod.*

»Fräulein Emilie!«

Krzysztof hielt ihr etwas entgegen. Ein Jagdgewehr, das ihrem Vater gehörte. »Bringen Sie das zu Ihrem Wagen. Legen Sie es unter den Kutschbock.«

Emilie griff danach. Ohne Absprache wusste sie, dass er jenes Gespann mit Muskat und Windfarbe meinte. Paul hatte es bereits vor den Eingang des Gutshauses gefahren. Die Hausmädchen wuchteten einen schweren Teppich über die Ruten. Andere bildeten eine Kette und füllten die Ladefläche mit dem, was Wilhelmine von Zimny ihnen zu holen aufgetragen hatte.

Die folgenden Augenblicke erlebte Emilie, als wäre sie nicht wirklich anwesend. Ihre Hände arbeiteten, ihr Kopf nicht. Das alles war wie ein furchtbarer Albtraum – ohne ein Erwachen. Irgendwann waren alle Wagen gepackt. Sie nahm Platz auf der Ladefläche des Fuhrwerks, das ihrer Familie zugeteilt war, und tauschte einen letzten Blick mit dem Inspektor, der auf dem Gut zurückblieb. Auch der alte Schäfer und seine Frau wollten bleiben, um die Tiere zu versorgen. Während die Räder des Wagens sich schwerfällig in Bewegung setzten und auf die Zufahrt rollten, drang das Weinen der Frauen nur leise zu Emilie durch. Sie selbst hatte keine Tränen. Der Schrecken lähmte sie. Verließ sie gerade wirklich ihre Heimat? Würde sie je hierher zurückkehren?

Durch die weiße Farbe war das Gutshaus selbst in der Morgendämmerung deutlich zu erkennen. Bald jedoch versperrten die uralten Eichen der Allee ihr mehr und mehr die Sicht darauf. Emilies Herz krampfte sich zusammen. Sie reckte den Hals, um noch einen letzten Blick auf das Gut zu erhaschen. Sie wollte sich für immer an jedes Detail erinnern können. Ein plötzlicher Stich in ihrer Brust ließ sie aufschrecken.

»Mein Foto!«

Ihre Mutter berührte sie an der Schulter. »Tröste dich, mein Kind. Wir alle müssen viel zurücklassen.«

Emilie wusste, sie hatte recht. Und doch … es war nicht bloß ein Foto. Vielmehr war es ein Tor zu einem Leben, das heute für alle Zeit endete. Nie war ihr das Bild in dem abgenutzten Holzrahmen wertvoller erschienen als jetzt.

Ohne weiter zu überlegen, sprang sie aus dem Wagen und rannte die Allee entlang. Gut Zimny tauchte wieder vor ihren Augen auf. Anders als eben noch lag es geradezu verlassen da. Die donnernden Geschosse aus dem Osten existierten für Emilie in diesem Moment nicht. Alles, was sie wahrnahm, waren der Raureif, der auf den Wiesen schwebte, und die Schönheit des Herbstlaubs, das sich wie ein bunter Teppich auf den Boden gelegt hatte. Noch ein letztes Mal ging sie hinein in die Diele mit ihrem unverwechselbaren Geruch aus abgebranntem Kaminholz und eingemachten Früchten. Die Treppenstufen quietschten wie gewohnt unter ihren Füßen. Ihr Zimmer war plötzlich der friedlichste Ort der Erde. Sanft strichen ihre Fingerspitzen über die geblümten Wände. Sie holte ihr Foto von der Fensterbank und betrachtete das Gesicht ihres Vaters. Wo war er gerade? Wie sollte er sie finden, wenn er von seinem Volkssturmdienst heimkehrte? Wenn …!

Ein letztes Mal ließ sie den Blick aus dem Fenster schweifen. Nie war ihr der ostpreußische Herbst schöner und bunter vorgekommen als in diesem Jahr. Es war, als hätte die Landschaft sich zum Abschied ihr prachtvollstes Kleid angezogen.

»Leb wohl, mein geliebtes Ostpreußen. Ich lasse mein Herz hier, egal, wohin ich gehe.«

Emilie lief nach unten und hinaus, wo der Himmel im Osten allmählich heller wurde. War es der Krieg oder die Sonne? Sie vermochte es nicht mit Gewissheit zu sagen, denn das Bild vor ihren Augen verschwamm in einem Meer aus Tränen.

GUT SOMMERROTH

EMILIES RÜCKKEHR

KAPITEL 3

»Nicht noch mehr Briefe«, flehte Marisa ihre große Schwester Lizzy an, die mit einem breiten Grinsen und einem Stapel versiegelter Umschläge ins Esszimmer tänzelte.

»O doch. Sieht so aus, als wäre dein ungestörtes Frühstück beendet.«

Marisa verschränkte die Arme auf dem Intarsientisch für ganze zwanzig Personen und ließ den Kopf schwer darauf sinken. Ein Klatschen neben ihrem Ohr machte ihr klar, dass Lizzy alle Umschläge gnadenlos neben ihr abgelegt hatte.

Die Zeitung ihres Vaters knisterte, als er umblätterte. »Du wolltest das Familienfest doch unbedingt ausrichten, Schatz.«

»Ja«, antwortete Marisa murmelnd. »Aber da war mir nicht klar, dass die Sommerroths sich alle zwei Jahre wie die Karnickel durch Hochzeiten und Geburten vermehren. Stirbt bei uns eigentlich nie jemand?«

»Na, na, na, Schwesterchen!«, tadelte Philipp, ihr älterer Bruder, gespielt empört. »Redet man etwa so über die feine Verwandtschaft und ihre hervorragende Gesundheit?«

»Es sind jetzt schon über hundertzwanzig Leute. Die große Festscheune platzt laut meiner vorläufigen Sitzordnung bereits aus allen Nähten.«

»In den letzten Jahren gab es tatsächlich keine Todesfälle«, stellte Lizzy mit nachdenklicher Miene fest. »Selbst Bens und Toms Großmutter Estelle von Wendhusen ist mit ihren achtundachtzig Jahren noch so fit, dass sie zum Treffen kommen wird. Ich habe gerade gestern mit ihr telefoniert. Sie hat ihren Brief übrigens vergessen abzuschicken.«

»Noch eine Person mehr …«, stöhnte Marisa verzweifelt.

Henry Sommerroth legte seine Zeitung weg. »Mich wundert die Gesundheit unserer Familie keineswegs. Wir tragen schließlich robustes holsteinisches Blut in uns, das vor Krankheiten schützt.«

Marisa richtete sich auf und tauschte einen vielsagenden Blick mit ihren Geschwistern. Es verging tatsächlich kaum ein Tag, an dem ihr Vater die Herkunft der Familie nicht in irgendeiner Form rühmend erwähnte. In der Hoffnung, dass er seine Lobeshymnen nicht weiter ausführte, gab sie sich einen Ruck und besah den Feind in Papierform. Die sicher fünfzehn identischen Umschläge mit Goldkante und dem Wappen des Gestüts in der Mitte waren eindeutig Rückmeldungen auf die Einladung zum Sommerroth-Familientreffen. Marisas Zeigefinger strich über das erhabene Relief – ein schräg geteilter silberner Schild mit drei blauen Ähren vor dem Turm der Burg Sommerroth.

Lizzy schien ihren Blick zu lesen. »Vielleicht sind es ja Absagen. Guck doch erst mal rein«, forderte sie ihre Schwester auf.

Marisa nahm ihr unbenutztes Frühstücksmesser zur Hand und öffnete den ersten Brief mit einem Schwung. Ein Blick auf das angekreuzte Kästchen genügte. Keine Absage.

»Von wem ist er?«

»Von Benita, unserer Großcousine. Sie wird kommen.«

»Ich nehme an, allein, oder?« Lizzy biss in ihr Brötchen.

Marisa las weiter bis zur entsprechenden Textstelle. Verwundert schüttelte sie den Kopf. »Hat sie etwa schon wieder geheiratet?«

Philipp nahm ihr den Brief aus der Hand und überflog die Zeilen. »Das Wort ›Ehemann‹ lässt darauf schließen.«

»Aber beim letzten Familientreffen vor zwei Jahren war sie doch gerade zum dritten Mal geschieden?«

Henry Sommerroths ohnehin strenge Miene verfinsterte sich, während er seinen Kaffee umrührte. »Ich habe die Kinder meines Cousins nie gemocht. Diese Benita ist eine Schande für die Familie. Hat sie überhaupt eine Ausbildung oder Arbeit?«

Lizzy lachte auf. »Also, ich finde schon, dass es Arbeit ist, die Gelder aus drei vergangenen Ehen zu verwalten.«

Marisa sah belustigt zu ihrer Schwester. Wie immer war es schwer, Lizzys ewig gute Laune zu trüben. Erst ein Hupen unterbrach den fröhlichen Moment.

Philipp trat an eines der sechs hohen Sprossenfenster und sah hinaus. »Da kommen Lieferwagen.«

Marisa fühlte sich nicht angesprochen und griff nach einem Brötchen. Die Vorbereitungen für das große Fest hatten sie schon zwei Kilo auf der Waage gekostet. »Ach ja?«, fragte sie desinteressiert und versuchte, sich zwischen Wurst und Käse zu entscheiden.

»Kannst du erkennen, für wen die Lieferung ist?«, erkundigte sich Lizzy.

»Nicht für deine Pferde jedenfalls«, versicherte Philipp und stieß verächtlich aus: »Alles ist rosa!«

»Meine Kirschbäume!« Marisa sprang auf. Rasch biss sie wenigstens einmal in ihr Brötchen und trank dazu einen Schluck viel zu heißen Kaffee. Dann gesellte sie sich zu Philipp. Ihr Gesicht begann zu strahlen. In der runden Kiesauffahrt drängten sich vier offene Transporter einer Gartenbaufirma. Das viele Rosa stach ihr in die Augen. Sie hatte eine Schwäche für diese Farbe. »Sind die Bäume nicht wunderschön?«

»Was zum Teufel hast du damit vor?« Philipp klang skeptisch.

»Die Scheune dekorieren. Kleine Räume, kleine Deko. Große Räume, große Deko. Vertrau mir. Das ist mein Spezialgebiet.«

Er runzelte die Stirn. »Jetzt weiß ich auch, warum du keinen Platz mehr für unsere Verwandten hast.«

Lizzy trat an Philips andere Seite und schaute hinunter auf den Hof. »Was für eine tolle Idee, Marisa. Ich liebe Kirschbäume.«

»Für mich sind es eher *Kitschbäume*.« Ihr Bruder drehte sich um. »Vater, sag doch auch mal was. Hatte Marisa als Kind keine Barbies?«

Lächelnd griff sie nach einem Apfel und drückte ihrem Bruder noch einen Kuss auf die Wange. Sie wusste, er meinte es nicht so.

»Pass besser auf, was du sagst. Sonst bestelle ich die nächste Lieferung ins Sägewerk deiner Forstwirtschaft.«

Er grinste. »Dort könnte ich sie wenigstens gleich zerkleinern.« Er stahl ihr den Apfel, biss hinein und stieß sich vom Fensterbrett ab. »Ich muss los.«

Kaum war er verschwunden, verabschiedete sich auch Lizzy. »Ich ebenfalls. Der Hufschmied kommt gleich, um Mojo neue Eisen zu verpassen.«

Henry Sommerroth sah Philipp und Lizzy hinterher – vor ihm das halb verspeiste Frühstück. Sein vorwurfsvoller Blick blieb an Marisa haften. »Können wir nicht einmal in Ruhe zu Ende frühstücken?«

Sie zuckte die Schultern und schnappte sich einen zweiten Apfel. Philipp hatte ihr den letzten roten geklaut, also musste sie einen grünen nehmen. »Sorry, Papa. Die Kirschbäume …«

»Ja, ja, lass du mich ruhig auch allein«, beschwerte er sich halbherzig.

»So ist es eben, wenn man seinen Kindern die ganze Arbeit überlässt«, scherzte Marisa und spielte darauf an, dass Lizzy,

Philipp und sie, zusammen mit ihren Halbbrüdern Ben und Tom, seit drei Jahren die Geschäfte leiteten. Mit einem Blick auf ihre Armbanduhr sagte sie: »In fünf Minuten kommt sicher Caroline zum Frühstück und leistet dir Gesellschaft.«

»O nein. Gott bewahre …« Sein Gesicht verlor kurz jede Erhabenheit. Er lugte zu den drei eingedeckten, aber noch freien Plätzen am anderen Kopfende, wo seine ältesten Söhne aus erster Ehe und deren Tante stets saßen. »Dafür habe ich heute wirklich keine Zeit. Caroline hat sich jetzt so ein Notizbuch gekauft, in das sie ihre Ideen zur Gestaltung des Anwesens schreibt. Einmal wöchentlich will sie die nun mit mir durchgehen.«

Marisa biss von ihrem Apfel ab. Er war so sauer, dass sie ein Ziehen bis hinter den Kiefer spürte. »Du meinst solche Ideen, wie die Auffahrt mit einem gigantischen Sommerroth-Wappen pflastern zu lassen?«

Henry faltete seine Zeitung akkurat zusammen. »Das konnte ich ihr zum Glück gerade noch ausreden. Aber sie wird andere Ideen haben und wahrscheinlich erst Ruhe geben, wenn ich sie irgendwie am Geschehen auf Sommerroth beteilige.«

»Na dann, viel Vergnügen, Paps.« Bevor er sie um Rettung vor seiner Schwägerin anflehen konnte, eilte Marisa die geschwungene Treppe zur Eingangshalle hinab. Auch sie konnte bestens auf eine Begegnung mit Caroline verzichten, die es irgendwie zuverlässig schaffte, dass sie sich bereits beim »Guten Morgen« von ihr durchleuchtet fühlte. Seit über vierzig Jahren lebte die Schwester von Toms und Bens Mutter Ellen als Dauergast auf Sommerroth. Ungefähr vierzig Jahre zu lang, wenn man Marisa fragte! Sie war mit den Gedanken schon bei ihren Kirschbäumen, da ertönte über ihr das Klackern von Hackenschuhen.

»Marisa?«, schallte es herunter in die Halle. »Bist du das?«

Sie blieb auf den Stufen stehen und schloss kurz die Augen. Erwischt!

»Seid ihr etwa alle schon fertig mit dem Frühstück? Ich wollte etwas mit euch besprechen.«

Marisa blickte durchs offene Vestibül nach oben, wo Caroline mit perfekt frisierten blonden Haaren erschien und ein Notizbuch schwenkte. Ihr roter Lippenstift passte zu ihrem Kleid, und die großen Perlen an ihren Ohren glänzten. Selten hatte Marisa etwas Nettes über Caroline zu sagen, aber die neunundsechzig Jahre sah man ihr nicht an.

»Tut mir leid, die Arbeit ruft.«

Caroline schüttelte verständnislos den Kopf. »Wenn ich euch einmal um etwas bitte …«

Jetzt tauchten auch Tom und Ben am Treppengeländer auf. Die Maisonne hatte ihre Gesichter bereits gebräunt, was ihre hellblauen Augen strahlen ließ. Sie hätten Zwillinge sein können, dachte Marisa nicht zum ersten Mal.

Tom ruckte mit dem Kinn Richtung Hof und fragte: »Hast du vergessen, dass auch Männer zum Familienfest kommen?«

Sie lächelte ihm zu. »In Blau gab es die Bäume leider nicht.«

»Und wenn doch?«, meldete sich nun Ben zu Wort.

»… hätte ich sie trotzdem in Rosa genommen«, antwortete Marisa wahrheitsgemäß.

»Dachte ich es mir doch«, schloss er.

Marisa konnte Bens Miene nicht entnehmen, ob er scherzte oder nicht. Sie hatte ihren Halbbrüdern nie nahe genug gestanden, um deren Gedanken so lesen zu können wie die von Lizzy und Philipp.

Ben stieß Tom mit dem Ellenbogen an. »Komm, ich sterbe vor Hunger. Lass uns frühstücken.«

Caroline folgte ihnen. Marisa sah noch, wie sie fürsorglich ein paar Fussel von Toms Schultern strich. Es verwirrte sie jedes Mal, wenn sie solch einen mütterlichen Moment bei Caroline beobachtete. Einzig Ben und Tom brachten diese Seite in ihr zum Vorschein. Damals, nach Ellens tragischem

Tod bei Bens Geburt vor siebenunddreißig Jahren, hatte sie die Mutterrolle eingenommen, weshalb Henry Sommerroth in tiefer Dankbarkeit bis heute all ihre Macken ertrug. Furchtbar anstrengende Macken, wie Marisa fand. Es kam ihr zeitweilig so vor, als wäre Caroline im Jahre 1919 stehen geblieben, wo es in Deutschland zur Aufhebung der Stände gekommen war. Noch immer bekämpfte sie diesen Fakt mit feinen Kostümchen und viel zu großen Hüten. Anders als der Rest der Sommerroths, die im Alltag auf ihren Titel verzichteten, bestand Caroline darauf, von den Angestellten des Guts als »Freiin von Wendhusen« oder alternativ als »Baroness« angesprochen zu werden. Wenn sie gewusst hätte, welchen Spott das hinter vorgehaltener Hand nach sich zog …

Marisa nahm die letzten Stufen und schob mit beiden Händen die zweiflügelige Tür nach draußen auf. Im selben Augenblick war Caroline vergessen. Warme Frühlingsluft schlug ihr entgegen und ein blumengeschwängerter Duft, der nur von den rosafarbenen Bäumen kommen konnte. Wie immer, wenn sie des Morgens zum ersten Mal über die Ländereien des Anwesens sah, schien die Zeit für wenige Sekunden langsamer zu laufen. Ihr Blick streifte über den alten Backstein der Reetdachhäuser und die weißen Zäune der Pferdekoppeln auf den geschwungenen Hügeln am Horizont.

Hier, auf Gut Sommerroth, war für sie das Paradies. Jedenfalls dann, wenn sie ihrer Großfamilie auch mal entkam.

Marisa lief nach rechts durch eine kleine Allee mit weißen und lila Fliederbäumen und betrat den Wirtschaftshof, wo sich die große Scheune befand. Das Tor stand weit offen, damit die Männer der Landschaftsgärtnerei die Kirschbäume hineintragen konnten.

»Vorsicht, bitte!«, warnte eine gepresste Stimme hinter Marisa. Sie sprang schnell zur Seite und ließ die drei ächzenden Männer in ihren grünen Latzhosen durch. Die zappelnde

Baumkrone suchte sich den Weg durch die weiß eingedeckten Rundtische.

»Die vier größten Pflanzen bitte zum länglichen Haupttisch ganz am Ende.« Zufrieden stemmte Marisa die Arme in die Seiten. Das Ergebnis ihrer Mühe gefiel ihr schon ganz gut. Sie schaute hoch ins offene Gebälk, wo sich weiße Stoffstreifen wie ein Dach von der Mitte zu den Seiten zogen. Pastellfarbene Pompons und Lichterketten lockerten den rustikalen Look der Backsteinwände und hölzernen Stützbalken auf.

Viel hatte sich hier verändert, seit sie vor drei Jahren angefangen hatte, Hochzeiten auf Gut Sommerroth auszurichten. Damals noch mit bloßen Biertischgarnituren, auf denen selbst genähte Überzüge lagen, und mit Blumenschmuck aus dem, was der eigene Gutsgarten gerade hergab. Heute brachten die fast wöchentlich stattfindenden Hochzeiten und der dazugehörige Hotelbetrieb dem Stammsitz der Sommerroths das meiste Geld ein, und das konnte man durchaus erkennen. In der Festscheune lag ein Boden aus Pitchpine, und auf der Bühne stand ein Konzertflügel. Die cremefarbenen Polsterstühle hatten ein Vermögen gekostet. Sie waren Marisas jüngste Anschaffung und hatten ein so großes Loch in die Kasse gefressen, dass sie sich vor ihren Geschwistern mit einer Notlüge beholfen hatte. Die alten Stühle seien durchgesessen und viele beschädigt. In Wahrheit aber war das Sommerroth-Familientreffen der Grund für den überteuerten Kauf gewesen. Zum ersten Mal würde es nicht im Haupthaus stattfinden, wo es vor zwei Jahren schon mächtig eng gewesen war. Marisa hatte selbst vorgeschlagen, hier in der Scheune zu feiern. Sie wollte die Chance nicht verstreichen lassen, ihrer Verwandtschaft zu präsentieren, was sie aus eigener Kraft aufgebaut hatte.

Ein Klopfen auf Holz erklang hinter ihr. »Hallo, schönste aller Ex-Frauen weit und breit.«

Marisa erschrak und drehte sich um. »Mark, was tust du denn hier?«

Ihr Noch-Ehemann nahm eine Hand aus der flaschengrünen Steppjacke und brach einen kleinen Zweig des Kirschbaums ab, den die Landschaftsgärtner gerade an ihm vorbeitrugen.

»Nicht …«, versuchte sie, ihn aufzuhalten.

Mark ignorierte sie wie so oft. Stattdessen zwinkerte er, und um seine grünen Augen erschienen wieder diese Lachfältchen, die sie vor nicht allzu langer Zeit um den Verstand gebracht hatten. Sein ohnehin schwarzes Haar wirkte durch das Gel, das er neuerdings trug, noch schwärzer.

Er überreichte ihr die rosa Rispe mit einer galanten Verbeugung. »Für dich.«

Marisa nahm den Zweig entgegen und sah dem verletzten Bäumchen verärgert hinterher. »Dreht ihn mit der Lücke in der Krone zur Wand«, bat sie die Männer.

Mark setzte sich auf die Kante eines Tisches und beäugte sie. »Was ist los mit dir? Bist du gestresst wegen des Familientreffens?«

»Hast du die Unterlagen unterschrieben?« Marisa fragte ihn mittlerweile jeden zweiten Tag danach. Aber Mark wollte sich nicht scheiden lassen. In den vielen Diskussionen, die sie mit ihm seit der Trennung vor über zehn Monaten schon geführt hatte, war deutlich geworden, dass er das Gegenteil anstrebte. Er wollte sie um jeden Preis zurückhaben – und er war wie immer siegessicher.

»Noch nicht.«

»Warum nicht? Mein Rechtsanwalt wartet schon darauf, wie du weißt. Das Trennungsjahr ist fast rum, und wir können den Scheidungsantrag jetzt einreichen.«

»Wir können, aber wir müssen ja nicht.«

»Ich dachte, deswegen bist du hier?«

»Nein, ich bin aus dem gleichen Grund hier wie du. Arbeit. Philipp und ich fahren gleich zum Hafen. Dort liegt meine neueste Errungenschaft.« Er breitete die Arme weit aus. Seine Augen leuchteten geradezu, als er weitersprach. »Ein Trockengüterschiff mit über achtzig Metern Länge. Zwanzig Meter mehr als die kleineren, die ich schon besitze. Damit können wir vierzig oder fünfzig Wagenladungen Rundholz auf einmal verschiffen.« Er verschränkte die Arme vor der Brust. »Du darfst mir gratulieren. Ich fülle die großen Fußstapfen meines Reeder-Vaters mehr und mehr aus.«

Marisa fragte sich, ob er nur deshalb hergekommen war, um anzugeben. Dabei war seine Versessenheit darauf, den eigenen Vater auszustechen, einer ihrer Gründe gewesen, sich von ihm zu trennen. Sein Ehrgeiz hatte nämlich dazu geführt, dass Marisa sich wie eine Unsichtbare vorgekommen war. Ein Single mit Ehering. Dieses Gefühl wollte sie nicht zurück, deshalb wollte sie auch Mark nicht zurück. »Ich gratuliere dir. Und jetzt muss ich weitermachen. Wenn du mich entschuldigen würdest.« Sie griff nach den Zetteln, auf die er sich achtlos gesetzt hatte, und zog daran, um ihn zu verscheuchen. »Darf ich? Das ist der Lieferschein meiner Kirschbäume.«

»Sicher, sicher. Ich muss auch los. Erst die Arbeit und dann das Vergnügen, nicht wahr? Wir sehen uns spätestens beim Fest.«

Marisa hielt inne. »Was soll das denn heißen? Ich kann mich nicht erinnern, dir eine Einladung geschickt zu haben.«

»Das habe ich schon getan – jedenfalls mündlich.« Philipp betrat die Scheune. Sein weißer Hemdkragen glomm auf im Licht der Frühlingssonne, die hinter ihm hereinschien. Darüber trug er seine geliebte Wachsjacke mit den zig Taschen, bei denen niemand wusste, was er als Nächstes daraus hervorzog.

Marisa beobachtete, wie er auf Mark zuging und ihn mit diesem lächerlichen Handschlag begrüßte, den sie noch aus der

Schulzeit übernommen hatten. Sie warf ihm einen finsteren Blick zu, worauf er sich zu erklären versuchte.

»Komm schon, Marisa. Genau genommen befindet ihr euch noch im Trennungsjahr, und außerdem wissen die meisten Sommerroths gar nichts von eurer anstehenden Scheidung. Mit Sicherheit wird es mehr Aufsehen erregen, wenn *dein Mann* gar nicht kommt.«

»Das ist doch lächerlich«, protestierte sie.

»Dein Bruder versteht mich.« Mark hob spielerisch erleichtert die Hände.

»Mein Bruder sollte *mich* verstehen.« Wütend funkelte sie Philipp an. Der aber grinste belustigt.

Mark schritt auf Marisa zu. »Ich muss los, sonst wird der Champagner im Auto warm.«

»Was für ein Champagner?«

»Wir taufen das neue Schiff. Ich werde es ›Marisa‹ nennen.«

Sie zog eine Augenbraue hoch. »Was für eine Ehre!«

Er küsste sie auf die Wange und raunte ihr zu: »Ich kann es kaum erwarten zu sehen, für welche Skandale deine Familie dieses Jahr wieder sorgen wird.« Damit verschwand er aus der Scheune.

Marisa wünschte, sie könnte seine Worte als Blödsinn abtun. Aber tatsächlich geschah alle zwei Jahre schier Unglaubliches beim Familientreffen. Vorletztes Mal war ihrer Cousine am Büfett die Fruchtblase geplatzt. Letztes Mal war Alexander, Lizzys Dauerverlobter, dabei erwischt worden, wie er einer der Servicekräfte die Zunge in den Hals gesteckt hatte. Lizzy hatte ihm wie schon so oft verziehen. Doch obwohl die Beziehung noch immer hielt, war die Hochzeit der beiden daraufhin zum dritten Mal verschoben worden. Dieses Jahr, das nahm sich Marisa fest vor, sollte alles reibungslos klappen.

Mark war schon vorgegangen, da fragte Philipp sie mit einem Hundeblick: »Kannst du nicht versuchen, mit ihm klarzukommen?«

»Kannst du dir nicht einen neuen besten Freund suchen?«, stellte sie die Gegenfrage.

»Das würde dich auch nicht von ihm erlösen. Er ist ja nicht nur mein Freund, sondern auch mein Geschäftspartner. Und du und ich, wir halten mit unseren Geschäften schließlich Gut Sommerroth hoch. Mit Marks neuem Schiff fließt das Geld aus meiner Forstwirtschaft noch ein wenig schneller – was auch nötig ist. Wie du weißt, braucht das Haupthaus bald ein neues Dach, das wir bezahlen müssen …« Daraufhin ergänzte er mit einem vielsagenden Grinsen: »… während unsere liebe Schwester nur ein teures Hobby hat.«

Marisa unterdrückte ein Lachen. »Du bist gemein, Philipp. Lizzy ist eine tolle Reiterin.«

»Ohne Frage! Sie reitet fantastisch. Aber ich spiele auch ganz ordentlich Tennis.«

»Stopp jetzt!«, hielt sie ihren Bruder grinsend auf, der ständig Witze darüber machte, dass ihre große Schwester nicht wirklich etwas dazu beitrug, das Gut zu finanzieren.

In diesem Moment fuhr Mark in seinem Sportwagen vor. Er hupte zweimal.

»Musst du nicht los?«

»Ja, bis heute Abend, Schwesterchen.« Er war schon auf dem Weg nach draußen, da drehte er sich noch einmal um und lief zurück. »Das hätte ich ja fast vergessen.« Seine Hand langte in die Innentasche seiner Wachsjacke. Fünf weitere Umschläge kamen zum Vorschein.

»Nicht dein Ernst!«, stieß Marisa aus.

»Leider doch. Die hat mir Babette vorhin gegeben. Sie wollte übrigens noch mal mit dir über die Zimmer sprechen. Es gibt da wohl ein Problem.«

Marisa nahm die Umschläge entgegen, obwohl sie sich am liebsten geweigert hätte. Das Datum für die Zu- und Absagen war schon seit zwei Wochen verstrichen. Das Fest fand bereits morgen statt! Wie typisch für ihre Familie …

»Danke«, murmelte sie Philipp zu, der jetzt verschwand. Danach widmete sie sich endlich den Lieferlisten. Mit ausgestrecktem Zeigefinger begann sie die Bäumchen zu zählen. Obwohl alles wie bestellt geliefert worden war, sah sie sich kritisch um und kaute auf ihrer Unterlippe.

»Gibt es etwa ein Problem, Marisa?«, fragte Falk Jeppson, der Inhaber der Landschaftsgärtnerei, mit dem sie schon seit einem Jahr zusammenarbeitete. »Diesen Blick kenne ich doch.«

»Ich glaube, mir fehlen noch zwei weitere Bäumchen für den Eingang.«

»Die könnten wir bis zum Abend liefern«, sagte er.

»Hast du auch noch größere in deiner Baumschule?«

»Ja, doppelt so groß und doppelt so teuer.« Er grinste.

»Pst!«, gab Marisa schnell zurück. »Nicht laut aussprechen. Sonst ist meine Stimmung für heute dahin. Dieses Fest kostet bereits ein Vermögen. Dagegen ist jede Promi-Hochzeit ein Picknick.«

Falk lachte kehlig, wie es ein Mann von fast zwei Metern Größe eben tat. »Wenn das so ist, lade ich sie einfach still und leise vor der Scheune ab und werfe dir ebenso unauffällig die Rechnung in den Briefkasten.«

»Wunderbar. Mach das bitte, Falk.«

Er verabschiedete sich mit einem kräftigen Handschlag und rannte Babette beim Eingang der Scheune fast über den Haufen.

»Huch …!« Die Gutsverwalterin sprang so geschwind zur Seite, dass ihre kleinen roten Locken nur so hüpften. Trotz ihrer über fünfzig Jahre hatte sie etwas Jugendliches an sich.

»Sorry, Babette!«, entschuldigte sich Falk bei ihr. »Ich hab dich gar nicht gesehen.«

»Kein Problem«, flötete sie zur Antwort mit einer Stimme, die etwas höher war als normal. Dabei lief sie knallrot an. »Dir einen schönen Tag.«

Marisa versuchte zu ignorieren, dass es aus jeder Pore von Babettes Körper schrie, wie verknallt sie in Falk Jeppson war. »Hi, Philipp meint, es gäbe ein Problem mit den Zimmern?«

»Leider ja. Dreimal darfst du raten, um wen es geht.«

»Herrgott, was hat Fürstin Miesepeter denn jetzt schon wieder auszusetzen?«, raunte Marisa so leise, dass lediglich Babette sie hören konnte. Sie war ihre Leidensgenossin, und ihre gemeinsame Rache war, sich heimlich stets neue Namen für Caroline auszudenken.

»Sie hat sich darüber beschwert, dass Theo und Maria von Sommerroth im Zimmer neben ihr untergebracht sind.«

»Wieso? Die haben doch auch letztes Mal dort geschlafen.«

»Das stimmt, aber mittlerweile haben sie ein Kind bekommen, und unser Exzellenzchen befürchtet eine unkontrollierbare nächtliche Lärmentwicklung. Ich glaube, ›unzumutbar‹ war das von ihr verwendete Wort. Sie sei ja nun auch nicht mehr die Jüngste. Zudem hat sie verlauten lassen, dass sie sowieso lieber ein paar Wendhusens neben sich hätte.«

Marisa riss die Augen auf. »Soll ich das Haus jetzt etwa in zwei Lager spalten – rechts die Wendhusens und links die Sommerroths? Reicht es nicht, dass wir diese Aufteilung bereits bei Tisch haben?«

Babette spitzte nachdenklich die Lippen und linste nach schräg oben. »Das könnte ihr tatsächlich gefallen. Bring sie besser nicht auf die Idee.«

»Himmel, du hast recht. Da überdenke ich doch lieber den Zimmerplan noch einmal. Wenn ich hier fertig bin, komme ich …« An Babettes Gesicht konnte sie ablesen, dass das nicht ausreichend war. »Was? Jetzt sofort?«

Die Gutsverwalterin zuckte die Schultern. »Ihre Durchlaucht hat gedroht, sich höchstpersönlich an deinen Vater zu wenden.«

»Ihr Allheilmittel …«, schimpfte Marisa und sah dabei in die Festhalle. Sie hatte eigentlich noch kontrollieren wollen, ob die fünfarmigen Kerzenhalter ordentlich poliert und auf den Tischen platziert worden waren. Aber so wäre das Dreißig-Minuten-Zeitfenster, das einem nach einer Beschwerde von Caroline blieb, geschlossen. In der Folge würde sie zu Henry petzen gehen. Dieser würde verlauten lassen, dass Marisas Planung nicht gut genug war, und schon würde ein Schatten auf der bislang fast reibungslosen Organisation liegen. Nein, das war es nicht wert.

»Gib ihr Bescheid, dass ich in zehn Minuten da bin.«

»Mach ich. Der Zimmerplan ist im Büro. Ich habe einen Vorschlag zum Zimmertausch gemacht – auf einem Post-it daneben. Die Wendhusens aus Kiel könnten mit Theo und Maria Sommerroth tauschen. Sie sind in Lindas Zimmern untergebracht.«

»Stimmt, das könnte gehen«, antwortete Marisa, während ihre Gedanken kurz zu ihrer Mutter huschten. Wie immer zu dieser Zeit im Jahr war diese für vier Wochen auf Kur in ihrer alten Heimat Mecklenburg-Vorpommern. Dabei war es kein Zufall, dass sie so stets das Familienfest verpasste.

»Ich schaue es mir an. Danke!«

»Du findest mich in der Küche. Gleich wird der Fisch für morgen geliefert, und pünktlich dazu sind zwei Kühlschränke gestern ausgefallen. Ich hoffe, der Elektriker kommt bald.« Babette rang die Hände und verschwand so schnell, wie sie erschienen war.

Marisa verstaute die Lieferlisten in ihrem mächtigen ledernen Planer, der sie überallhin begleitete, und verließ die Festscheune. Draußen traf das helle, warme Sonnenlicht auf sie. Ein metallisches Klopfen hallte durch die Luft. Sie sah über den Wirtschaftshof, der rechts von ihr lag. Vor den Stallungen stand der Wagen des Hufschmieds mit offener Schiebetür. Sein Schmiedeofen glühte und fauchte, während er das heiße Eisen mit dem Hammer auf dem Amboss daneben bearbeitete. Lizzy stand bei ihrem schwarzen Hengst Mojo, dessen Fell mal wieder makellos glänzte. Verliebt himmelte sie ihn an, sprach mit ihm und kraulte seine Mähne. Nirgends schien Lizzy so glücklich zu sein wie im Stall. Marisa ließ sie gewähren – im Gegensatz zu Philipp, dessen Kritik an der teuren Pferdehaltung seit Jahren stetig zunahm.

Marisa bog nach links ab und trat in die kleine Allee, die zum Haupthof zurückführte. Das Klopfen hinter ihr wurde leiser und das Gezwitscher der Amseln in den endlich grünen Bäumen lauter. Unter ihren Füßen knirschte der Kies, der hier die Pflastersteine des Wirtschaftshofs ablöste. Marisa hörte jetzt das Plätschern des Burgbachs, der die Sommerroth-Ländereien zur Hälfte umrahmte. Sein Wasser hatte jahrhundertelang die Gutsmühle angetrieben, deren hölzernes Rad sich heutzutage nur noch aus dekorativen Zwecken und mithilfe von Solarenergie drehte. Gerade fuhr ein Taxi an dem uralten Gebäude vorbei und hielt am Torhaus.

Marisa blieb verwundert stehen und blickte die Zufahrtsallee hinab. Kurz fragte sie sich, ob sie eine Ankündigung vergessen hatte. Die Familienmitglieder wollten doch alle erst morgen früh anreisen. Sie beobachtete, wie der Fahrer ausstieg und die hintere Tür öffnete. Er half einer alten Dame beim Aussteigen und deutete Richtung Hof, um ihr daraufhin den Arm anzubieten. Doch die Frau schüttelte den Kopf, so fuhr er davon. Unter den mächtigen Bäumen der Allee, die sie noch kleiner wirken ließen als ohnehin schon, blieb die Dame zurück. Mit winzigen Schritten und auf einen Stock gestützt hielt sie auf den Gutshof zu.

Marisa sah noch einmal zum Haupthaus. Sie wusste, Caroline zählte bereits die Minuten. Aber sie brachte es nicht übers Herz, einer so alten Frau den Rücken zuzukehren. Unter den rauschenden Ästen der knorrigen Bäume ging Marisa ihr entgegen. Der Duft von frischem Gras wehte herüber und der leichte Wind spielte mit ihren braunen Haarsträhnen, die sich aus dem französischen Zopf befreit hatten.

Ein warmherziges Lächeln malte sich auf das Gesicht der alten Frau. Ihr Blick tastete die Umgebung ab.

»Guten Tag. Kann ich Ihnen vielleicht helfen?«, rief Marisa der Fremden entgegen, die nicht darauf reagierte. Je näher sie ihr kam, desto deutlicher wurde ihr hohes Alter. Das Gesicht war von feinen Linien durchzogen. Ihr schneeweißes Haar lugte unter einem bäuerlichen Blumentuch hervor, das unaufdringlich zu dem wollenen Mantel in Burgunder passte. Wer war diese Frau? »Mein Name ist Marisa Sommerroth«, begann sie erneut.

»Auf den ersten Blick hat sich hier gar nicht so viel verändert«, sagte die Frau mit überraschend klarer Stimme.

»Sie waren schon mal hier?« Marisa verlangsamte die Schritte und musterte sie aufmerksam. Auf irgendeine Weise erschien sie ihr seltsam vertraut.

Aus kleinen blassblauen Augen schaute ihr Gegenüber sie an.

»Oh. Entschuldigung. Das Gut mag sich vielleicht nicht verändert haben, aber ich mich in den letzten dreißig Jahren schon. Da warst du auch erst zwei Jahre alt.«

Es fiel Marisa wie Schuppen von den Augen. Die Zahl dreißig hatte auf Gut Sommerroth eine große Bedeutung.

»Oma Emilie?«, rief sie. »Bist du es wirklich?«

Die alte Frau kicherte, was ein wenig wie das Lachen einer Märchenhexe klang. Ihre gekrümmten Finger umfassten den silbernen Griff des Gehstocks fester. Dabei blitzte die polierte

Oberfläche eines Rings auf, der aussah wie das gebogene Ende eines Silberlöffels. »Aber ja. Die bin ich.«

Marisa schnappte nach Luft. Für ein paar Sekunden lief in ihrem Kopf ein Film ab – eine Aneinanderreihung von seltsamen Anspielungen über das, was sich vor dreißig Jahren auf dem Gut zugetragen haben sollte. Emilie war damals einfach verschwunden. Nicht mal ihr Sohn, Marisas Vater, hatte einen Hinweis erhalten, wohin sie gegangen war. In jungen Jahren hatte Marisa das nie hinterfragt – ihrem kindlichen Interesse hatten andere Dinge gegolten als die Streitigkeiten der Erwachsenen. Und dann war viel Zeit vergangen, ohne dass sie je das Bedürfnis verspürt hatte, dieses Thema von sich aus aufzurollen. Somit war alles, was Marisa über Oma Emilie wusste, dass sie aus bäuerlichen Verhältnissen stammte – aus dem östlichsten Teil Preußens. Jenem weit entfernten Gebiet, das früher einmal zu Deutschland gehört hatte und von dem Marisa beschämenderweise selbst heute nicht mal sagen konnte, wo genau es sich auf der Landkarte befunden hatte.

»Hast du deine Sprache verloren, kleine Marisa?«

»Entschuldige«, sagte sie und bemerkte, dass sie ihre Großmutter anstarrte. Marisa rang sich ein Lächeln ab. »Dein Kommen wird für einige eine ziemlich große Überraschung sein.«

»O gewiss. Da bin ich mir sicher. Ganz besonders für Henry. Er war allerdings noch nie ein Freund von Überraschungen.«

Ihre Antwort machte deutlich, dass sie bereits ahnte, was ihr Erscheinen hier lostreten würde. Marisa bot ihrer Großmutter den Arm und führte sie den Weg zum Haupthof entlang, der ihr in diesem Moment ewig weit erschien. Verstohlen spähte sie zur Seite und widerrief dabei ihr bisheriges Bild von Oma Emilie. In ihrer Vorstellung war sie eine eher robuste und schlichte Person, die mit einem seltsamen Dialekt sprach. Doch nichts davon traf zu. Vielleicht war es dem ewigen Naserümpfen Carolines über

Ostpreußens bäuerliche Bewohner geschuldet, die sich nach dem Krieg auf Gütern wie Sommerroth »ins gemachte Nest« gesetzt hatten, wie sie gern betonte.

Das Gutshaus erschien nun wieder in voller Größe vor ihren Augen. Marisa steuerte auf den Haupteingang zu, wo gerade ein Elektriker mit Babette diskutierte. Die Gutsverwalterin sah an dem Mann vorbei. Langsam klappte ihr Mund auf. Marisa konnte sehen, dass Babette dem Mann nicht mehr zuhörte.

»Grundgütiger …«, stieß sie aus und fasste sich in die roten Locken.

Babette hatte Emilie anscheinend erkannt, was Marisa nicht verwunderte. Sie war auf dem Nachbarhof aufgewachsen und hatte bereits als junges Mädchen auf Sommerroth ausgeholfen. Genau wie alle anderen hier kannte auch sie die Geschichte von Emilies plötzlichem Verschwinden, die bereits eine Legende war.

»Das darf doch nicht wahr sein. Kann mich bitte jemand kneifen? Emilie von Sommerroth«, stieß sie ungläubig hervor.

»Hallo, Babette. Wie schön, dich wiederzusehen! Du hast dich kaum verändert.«

Die Gutsverwalterin umfasste Emilies Hände, als müsste sie etwas Zerbrechliches beschützen. Dabei war ihr Gesichtsausdruck weiterhin fassungslos.

»Schnell«, sagte Marisa und holte sie aus der Starre. »Lass alles stehen und liegen und such die anderen. Schick sie ins Gartenzimmer.«

Ohne ein Wort ließ Babette den verdutzten Elektriker stehen und lief los. Dieser hob seinen Kugelschreiber und ein Papier in die Höhe. »He, ich bekomme noch eine Unterschrift!«

* * *

In der nächsten Stunde kam jede Geschäftigkeit auf Gut Sommerroth zum Erliegen. Nach und nach traf die Familie in einer Art Schockzustand im Haupthaus ein – mit Ausnahme von Philipp, der bereits am Hafen war. Die Frühlingssonne hatte die Luft im Gartenzimmer aufgeheizt, das eigentlich ein englischer Wintergarten aus Kupfer, Glas und Sprossen war. Aus dem Kuppeldach mit geöffneter Dachlaterne drang Vogelgesang herein. Die vielen Pflanzen in den Hängeampeln blühten in voller Pracht.

Marisa blickte zu Caroline, die ihr und Lizzy gegenübersaß. Ihr Gesicht war ein Stein. Wie so oft war sie flankiert von Tom und Ben. Wortlos warteten sie alle auf Henry Sommerroth. Die Situation hätte nicht angespannter sein können.

Jetzt sah Marisa zu Emilie. Sie hatte zwischen ihnen auf einem Rattansessel mit übergroßer Rückenlehne Platz genommen, der ihren Kopf wie ein Heiligenschein umgab. Geradezu friedlich lächelnd betrachtete sie die bunten Bleiverglasungen, durch die ein farbiges Muster auf den Boden geworfen wurde.

»Dieses Zimmer kenne ich gar nicht. Es ist wunderschön.«

Caroline sagte nichts. Außer einem »Guten Tag, Emilie« war ihr kein Wort über die Lippen gekommen, was die Nebengeräusche im Raum noch lauter werden ließ – das Knirschen der weißen Korbmöbel unter ihnen und das Klirren der Löffel im feinen Porzellan der dampfenden Teetassen.

Weil sonst niemand etwas auf Emilies Bemerkung antwortete, erklärte Marisa: »Caroline hat den Wintergarten vor einigen Jahren anbauen lassen. Unsere Hotelgäste frühstücken gern hier.«

»Wirklich ganz fein«, antwortete Emilie liebenswürdig und richtete ihre nächsten Worte direkt an Caroline. »So etwas hat dem Haus noch gefehlt.«

»In der Tat«, gab diese eisig zurück.

Zweifelsohne glich das Gartenzimmer einer Oase. Dennoch nannten Marisa und Babette es heimlich »feindliches Territorium«, da es unausgesprochen zu Carolines

Hoheitsgebiet zählte. Neben dem Hotelfrühstück fanden hier nämlich auch seit Jahren die monatlichen Gotha-Treffen statt, zu denen sich die adligen Damen aus der näheren und weiterer Umgebung einfanden. Kurz streifte Marisas Blick über die prominent platzierten Nachschlagewerke, in denen alles über die Abstammung der Familien des deutschen Adels niedergeschrieben war. Die einzelnen Bücher der weit über hundert Bände des Gotha sahen deutlich benutzt aus – jener Band, in dem die Familie von Wendhusen verzeichnet war, am stärksten. Marisa konnte lediglich ahnen, wie oft sich Caroline selbst darin suchte und dabei eine Gänsehaut bekam.

Die Tür knarrte und alle blickten auf, aber es war nur Beeke, eine der drei Auszubildenden aus der Hotelküche. Sie brachte eine Etagere mit Keksen und reichte Emilie dazu ein hohes Glas.

»Wie gewünscht, ein Grog für Sie.«

»Ah, wunderbar!«, rief Emilie schwärmerisch aus. Mit erwartungsfroher Miene pustete sie in das Glas, als ginge sie alles andere nichts an.

Marisa berührte Beeke am Arm. »Hast du meinen Vater schon gesehen?«

»Ja, er kommt jeden Moment.«

Sie nickte und horchte gleichzeitig in sich hinein. War sie gespannt? Oder eher angespannt? Nein, nichts von beidem, schloss Marisa. Die Wahrheit überraschte sie selbst. Sie freute sich – und zwar geradezu diebisch! Sogar so sehr, dass sie ein Grinsen in Carolines Richtung unterdrücken musste. Mit Emilies Erscheinen wurde nämlich ganz offensichtlich an Carolines Hoheit gerüttelt – etwas, das lange überfällig war, und etwas, das ihr Vater aus fadenscheinigen Gründen seit Jahren verweigerte.

Als sich wieder Schritte näherten, schauten erneut alle zur Tür. Henry Sommerroth kam hereingestürmt. Offenbar hatte er den Worten von Babette bis jetzt keinen Glauben geschenkt. Er umrundete den Rattansessel und verharrte ganz plötzlich. »Mutter?«

»Henry. Wie schön, dich zu sehen!«

Marisa nahm Emilie den Grog aus der Hand und half ihr auf. Sie reichte ihr den Gehstock, damit sie ihren Sohn begrüßen konnte. Mit langsamen Schritten hielt Emilie auf ihn zu.

Marisa sah zwischen den beiden hin und her. Ihr Vater stand einfach nur da wie eine Litfaßsäule. Selbst als seine Mutter einladend den freien Arm hob, glichen seine Bewegungen denen eines Roboters. Er beugte sich herunter und schien sich nicht zwischen einer Umarmung von rechts oder einem Wangenküsschen links entscheiden zu können. Als Ergebnis stießen ihre Köpfe fast zusammen. Danach brachte er seine Mutter zurück zum Sessel und plumpste selbst auf den freien Platz neben Lizzy.

»Für Sie etwas zu trinken, Herr Sommerroth?« Beeke lächelte herzlich, wie es ihre Art war.

»Nein … oder doch. Einen Weinbrand«, antwortete er fahrig.

Beeke brauchte den Wintergarten nicht zu verlassen, denn eine Bar war im selben Raum. Sie reichte dem Familienoberhaupt ein filigranes Glas, in dem es goldbraun hin und her schwappte.

»Danke, Beeke. Das wäre alles. Bitte schließen Sie die Tür hinter sich«, sagte Henry Sommerroth.

»Natürlich.«

Er schien sich kurz zu sammeln und fragte dann: »Wen müssen wir jetzt anrufen, Mutter?«

Emilie wirkte erstaunt und nahm den Grog aus Marisas Händen wieder entgegen. »Was meinst du?«

»Na, du wirst doch sicher irgendwo vermisst. Vielleicht ist die Polizei ja auch schon auf der Suche nach dir.«

Emilie begann zu lachen. »Glaubst du, ich bin heimlich aus einem Altersheim weggelaufen?«

»Du bist fünfundneunzig. Wäre es so bizarr, das anzunehmen?« Seine Stimme drohte sich zu überschlagen. »Nach all den Jahren kann ich kaum wissen, wo du zuletzt gelebt hast. Für gewöhnlich wohnen Menschen in deinem Alter in Heimen.«

Lizzy ging zur Bar und schenkte ihrem aufgewühlten Vater ein Glas Wasser ein, das sie gegen den Weinbrand tauschte.

Emilie winkte derweil ab. »Du musst niemanden informieren. Ich bin zwar alt, aber nach wie vor mündig.« Sie setzte nach. »Auch wenn das hier sicher nicht jedem gefällt.«

Da war er, jubelte Marisa innerlich. Der erste Hinweis auf jene totgeschwiegene Familienfehde, auf die sie plötzlich ganz begierig war. Als sie Carolines erschrockenes Gesicht ob der offenen Worte ihrer Großmutter registrierte, wuchs ihre Aufregung noch mehr.

»Aber wo bist du gewesen, Mutter? Du warst dreißig Jahre lang fort.«

»Ich weiß, ich weiß. Aber nun bin ich doch hier.« Sie nippte an ihrem Grog.

»Das … sehe ich …« Henry Sommerroths Worte schlugen seltsame Wellen, wie bei jemandem, der langsam die Fassung verlor. Er rieb sich die Augen mit Zeigefinger und Daumen und begann von vorn. »Warum bist du einfach verschwunden? Ich wusste nicht mal, ob du noch lebst.«

»Auch diese Frage hat sich jetzt beantwortet.« Emilie schickte ihm den liebsten Blick zu, der überhaupt menschenmöglich schien.

Henry Sommerroth sah offenbar ein, dass er hier nicht weiterkam. »Und wo, bitte, ist dein Gepäck?«

»Das wird mir irgendwann im Laufe des Tages nachgeliefert. Oder es sollte schon hier sein. Ich bin nicht ganz sicher.

Der freundliche Mann, der es abgeholt hat, konnte nicht so gut Deutsch.«

»Perfekt.«

Marisa war erstaunt, wie lange ein einziges Wort den ganzen Raum einnehmen konnte.

Caroline räusperte sich. »Wie lange gedenkst du zu bleiben?« Es klang kein bisschen einladend.

»Ein paar Tage«, antwortete Emilie. »Nachdem ich dir Gut Sommerroth so lange überlassen habe, wirst du es wohl für kurze Zeit wieder mit mir teilen müssen.«

Marisa hätte am liebsten Beifall geklatscht. Sie liebte ihre Großmutter jetzt bereits dafür, dass sie Caroline gegenüber so unerschrocken war.

Carolines Lider flatterten, als sie den Kopf schüttelte und murmelte: »Ich hatte fast vergessen, dass Taktgefühl nicht gerade zu deinen Stärken gehört.«

Spätestens jetzt konnte niemand im Gartenzimmer mehr annehmen, das plötzliche Auftauchen Emilies sei Caroline willkommen oder auch nur gleichgültig.

Marisa tauschte einen vielsagenden Blick mit Lizzy aus, die genauso erstaunt schien. Ihre Schwester fühlte sich scheinbar aufgefordert, etwas Nettes zu äußern.

»Ich freue mich, dass du gekommen bist, Großmutter. Erinnerst du dich noch? Du hast mir zum vierten Geburtstag meinen ersten Putzkasten geschenkt. Mit hellblauen Bürsten und Hufkratzern darin. Eine der Bürsten habe ich sogar noch.«

»Wirklich?«, fragte Emilie sichtlich erstaunt.

»Ja, aber sie hat fast keine Borsten mehr«, gab Lizzy schmunzelnd zurück. »Sag mal, weißt du eigentlich, dass morgen das große Sommerroth-Familienfest ist?«

»Aber natürlich, Kind. Das Fest wurde schließlich von jeher am ersten Maiwochenende gefeiert. Deswegen bin ich ja hergekommen.«

»Du hast doch die ganzen letzten Jahre nie teilgenommen«, wunderte sich Ben mit gerunzelter Stirn. »Warum bist du diesmal hier?«

Auf Marisa wirkte ihr Bruder seltsam misstrauisch. Sie führte es auf Carolines Einfluss zurück, die Emilie womöglich all die Jahre vor ihm schlechtgemacht hatte. Ihre Großmutter aber ließ sich nicht beirren.

»Nun, ich bin alt. Ich hörte mal, alte Leute besuchen oft die Stätten ihrer Vergangenheit. Deine Tante kann das vielleicht bestätigen.«

Caroline, die gerade einen Schluck Tee genommen hatte, verschluckte sich jetzt daran. Hustend stellte sie die Tasse ab. Ihr Gesicht wurde rot.

Marisa grinste jetzt doch. Obwohl Emilie die Gefährlichkeit eines Hundewelpen ausstrahlte, fühlte sich Caroline von ihr bedroht. Eine Wohltat! Sie entschied, noch etwas Öl ins Feuer zu gießen. »Dann werde ich an unseren länglichen Haupttisch wohl noch einen Stuhl dazustellen lassen.«

Caroline presste die Lippen aufeinander, bis sie fast verschwanden.

Henry Sommerroth nickte und drehte sich zu Marisa. »Wo kann Mutter schlafen? Ich habe den Zimmerplan nicht vor Augen.«

»Das Gut ist proppenvoll. Die entfernten Verwandten mussten schon auf ein Hotel ausweichen. Aber vielleicht gibt es noch eine Möglichkeit. Wir haben das Zimmer neben Tante Caroline …«

»Nein!«, zischte diese und blickte empört. »Ich bitte dich, Marisa. Da wohnen doch Theo und Maria Sommerroth. Willst du die etwa ausquartieren? Sie haben schließlich ein Neugeborenes dabei, und zudem wohnen sie immer neben mir, was ich sehr schätze.«

Marisa zog eine Augenbraue hoch. »Was du nicht sagst.« Sie verkniff sich jede weitere bissige Bemerkung darüber, dass Caroline sich mal wieder alles so zurechtlegte, wie es ihr passte. Stattdessen fiel ihr etwas anderes ein, das gleichzeitig eine kleine Rache war. Liebevoll blickte sie zu Emilie.

»Wie wäre es mit meinem eigenen Schlafzimmer? Ich ziehe gerne für ein paar Tage auf meine Couch, um Zeit mit meiner so lange verschollenen Großmutter zu verbringen.«

Fahrig klemmte Caroline sich das blond gefärbte Haar hinter die Ohren, riss die Augen auf und atmete hörbar ein.

»Das würdest du für mich tun?«, staunte Emilie.

»Sehr gerne sogar.«

Ihre alte Hand fühlte sich weich an, als sie sich auf Marisas Finger legte.

»Also ist es beschlossen.« Henry Sommerroth stand auf, und die anderen folgten seinem Beispiel. »Würdest du Mutter bitte zu deinem Haus begleiten? Ich werde versuchen, ihr Gepäck ausfindig zu machen. Wenn alles geklärt ist, komme ich rüber zu euch.«

»Ich helfe dir bei der Suche, Vater«, versprach Lizzy.

Zum zweiten Mal bot Emilie ihr den Arm. »Wir beide werden uns bestimmt gut verstehen.«

Caroline stürmte an ihnen vorbei und warf bissig ein: »Hervorragende Lösung, Marisa! Du hast ja jetzt auch Platz, nachdem dein Ehemann ausgezogen ist.«

Marisa tat so, als hätte sie die Gemeinheit nicht gehört, und geleitete ihre Großmutter mit langsamen Schritten aus dem Haupthaus in die ehemalige Wagenremise. Das Fachwerkhaus war krumm und schief, aber sie hatte es schon immer geliebt und von dem ersten Geld, das ihre Hochzeiten ihr eingebracht hatten, gleich begonnen, es zu renovieren.

Hinter Marisa betrat Emilie das lichtdurchflutete Wohnzimmer mit der offenen Küche, über dessen Kücheninsel

Kupfertöpfe hingen. Mit Marks Auszug vor zehn Monaten waren Blümchenmuster aller Art auf Kissen, Vorhängen und Teppichen eingezogen.

»Wie zauberhaft du es hier hast«, sagte Emilie.

»Alles ist etwas verwinkelt und klein. Zum Schlafzimmer geht es diese drei Treppenstufen hinauf. Willst du es versuchen?«

Emilie schaffte sie mit Leichtigkeit und trat sogleich an die drei quadratischen Sprossenfenster, die alle verschieden hoch angesetzt waren, weil das Haus so schief war. Sie sah hinaus. Ihr Blick schien an etwas haften zu bleiben.

»Gefällt dir die Aussicht? Ich liebe es, morgens auf die Burgruine Sommerroth und den Blumengarten schauen zu können.«

Marisa bemerkte, dass Emilie zweimal zu einer Antwort ansetzte. Sie schaffte es jedoch nicht, das auszusprechen, was ihr auf der Zunge lag. Ihre Augen wirkten mit einem Mal wässrig.

»Ich bin wirklich sehr müde. Wenn es dir nichts ausmacht, würde ich mich gerne etwas hinlegen.«

KAPITEL 4

Der Tag des großen Festes hätte nicht schöner beginnen können. Der Himmel zeigte sich in einem märchenhaften Verlauf von Gelb zu Rosa und Blau.

Marisa war schon lange auf den Beinen, und als die Sonne es endlich über die strohgedeckten Dächer des Gutshofs schaffte, rollten bereits die ersten schwarz glänzenden Limousinen auf den Hof und die Weide, die als Parkplatz abgesteckt war.

Vor dem Haupthaus hatten sich auf Babettes Geheiß die drei Auszubildenden aufgestellt. Sie hielten Tabletts mit hohen Champagnergläsern und Erdbeerspießen auf ihren Handflächen.

»Und immer schön lächeln. Egal, wie lange der Empfang dauert«, wies die Gutsverwalterin ihre Schützlinge an.

In Gedanken zählte Marisa die Köpfe neben sich. Von den Sommerroths waren fast alle vertreten, um die Gäste zu begrüßen. Aber nur fast! »Wo ist Lizzy?«, raunte sie Philipp zu.

»Ich weiß es nicht«, antwortete er ärgerlich. »Aber es würde mich nicht wundern, wenn sie jeden Moment auf Mojo angeritten käme.«

Marisa flehte innerlich, dass das nicht passierte. Ansonsten würde ihr Bruder den schwarzen Hengst wohl noch heute eigenhändig zu Wurst verarbeiten.

»Margarete Freifrau von Wendhusen mit Konrad Freiherr von Wendhusen«, murmelte Babette den Servicekräften zur Erklärung zu. So tat sie es bei jedem Gast, der sich dem Haupteingang näherte. »… der Bruder von Caroline Freiin von Wendhusen und seine Frau. Sie nächtigen im Turmzimmer.«

Ein gehetztes Atmen und schnelle Schritte hinter ihr verrieten Marisa Lizzys Kommen.

»Sorry«, flüsterte sie und brachte eine Wolke Stallgeruch mit. Im Augenwinkel konnte Marisas Philipps Kopfschütteln sehen.

Konrad Wendhusen stieg aus dem Rolls-Royce Phantom. Schon zu dieser Tageszeit trug er Frack und Zylinder. Seine Frau hielt ihren extravaganten Kopfschmuck fest, dessen Höhe der leichten Frühlingsbrise eine Angriffsfläche bot.

Philipp konnte sich eine Bemerkung nicht verkneifen. »Was hat sie da auf dem Kopf? Eine Klobrille?«

Lizzy setzte nach. »Ich hätte die Einladung gründlicher lesen sollen. Wir haben dieses Jahr offenbar eine Ascot-Mottoparty.«

Henry Sommerroth mischte sich flüsternd ein. »Könntet ihr eure Frechheiten vielleicht nur denken und nicht aussprechen?«

Caroline zog an ihnen vorbei, um ihren Bruder und die Schwägerin als Erste zu begrüßen. »Margarete, Liebes, du siehst fantastisch aus.« Drei Luftküsschen neben den Wangen rundeten die Begrüßung ab.

Ein weiterer Wagen rollte bereits die Allee hinauf und dahinter der nächste. Bald staute es sich auf dem Hof von Gut Sommerroth. Jede Ordnung verlief sich, denn viele der hundertvierundzwanzig Familienmitglieder hatten sich seit zwei Jahren nicht gesehen, und die Freude über das Treffen überwog die Etikette.

Marisa führte ein paar kurze Gespräche mit lieben Verwandten, doch sie hatte sie wenig später schon wieder vergessen. Ihre Gedanken waren mit dem Fest beschäftigt. Sie sehnte den Moment herbei, in dem sie sich den unzähligen Kleinigkeiten widmen konnte, die es bis zum Abend noch zu erledigen gab.

Als sie es endlich zur Scheune schaffte, liefen die Vorbereitungen zum Glück auf Hochtouren. Der Pianist klimperte bereits die ersten Töne und machte sich Notizen auf seinen Notenblättern. Ein Tontechniker überprüfte das Mikrofon, indem er wiederholt das Wort »Test« hineinsprach. Die Gesichter der zwölf Frauen und Männer in ihren weißen Hemden und schwarzen Hosen waren Marisa alle bekannt. Sie gehörten als Servicekräfte zum Team einer Eventagentur, mit der sie bereits bei vielen Hochzeiten zusammengearbeitet hatte. Nur wenige Anweisungen waren deshalb nötig.

Laut klatschte sie in die Hände. »Einmal zuhören, bitte. Dort drüben liegen die Schürzen mit dem Sommerroth-Wappen. Zieht sie am besten jetzt schon über, damit ihr es nicht vergesst. Lisa, Marie, eure Haare. Bindet sie bitte zu einem Dutt. Ein Pferdeschwanz reicht heute nicht aus. Und du, Finn, kümmerst dich bitte noch schnell um das zusätzliche Gedeck am Haupttisch für Oma Emilie. Vergiss nicht das Namensschild.«

»Wird sofort erledigt.«

»Sehr gut. Dann rasch an die Arbeit. Wir haben nur noch zwei Stunden.«

Nach diesen Worten schwärmten alle wieder aus. Marisa selbst ging mit einem Lineal von Tisch zu Tisch, um die Abstände der Gläser und des Bestecks zu den Tellern zu kontrollieren. Hier und da zupfte sie an den Pfingstrosen und Eukalyptusblättern herum, die sie als Tischdekoration gewählt hatte.

»Es ist kaum zu glauben, was du aus dieser alten Scheune gezaubert hast, Marisa.«

Emilie trat plötzlich in ihr Blickfeld. Sie trug ein marineblaues Kleid mit passendem Bouclé-Blazer und dazu einen dezenten Lippenstift, der sie frisch aussehen ließ. Marisa lächelte.

»Es gefällt dir also?«, fragte sie fröhlich und spürte, dass es ihr überraschend viel bedeutete, was ihre Großmutter dachte.

»Als ich das letzte Mal hier gewesen bin, haben sich in dieser Ecke Säcke mit Getreide gestapelt. Und dort, wo jetzt der lange Tisch steht, war der Kuhstall.«

Marisa sah Richtung Haupttisch, hinter dem gerade flatternd ein Banner mit dem Sommerroth-Wappen entrollt wurde. »Das stimmt. Ich habe die Kuhstände vor drei Jahren entfernen lassen, als ich die Scheune ausbauen ließ. Erstaunlich, dass du dich daran noch erinnerst.«

»Ich sehe es vor mir, als hätte ich Sommerroth gestern erst verlassen.« Emilie war sichtlich in einer Erinnerung gefangen. »Eines Tages hat dein Vater sich zu den Kühen geschlichen. Ich glaube, er war damals fünf Jahre alt. Er muss Lenchen beim Melken beobachtet haben und wollte es wohl selbst ausprobieren. Die Kuh schubste ihn um, und er brach sich den Arm.« Sie schüttelte lächelnd den Kopf. »Er war so wütend auf die Kuh, dass er sie von da an nur noch ›Teufelchen‹ nannte.«

»Was ist dann passiert?«

Emilie grinste Marisa an. »Ich habe ihm Teufelchen zum Geburtstag geschenkt«, gab sie zurück.

»Wie bitte?«

»Ja. Ich dachte, das Klügste wäre, ihm zu zeigen, wie man melkt. Das tat ich, als sein Arm wieder verheilt war. Daraufhin wurden er und Teufelchen für die nächsten vier Jahre die besten Freunde.«

»Diese Geschichte hat er mir nie erzählt – obwohl sie so schön ist.«

»Vielleicht deshalb, weil sie kein gutes Ende nahm. Deine Urgroßmutter, meine Schwiegermutter Charlotte … sie mochte es nicht, wenn Henry in den Ställen herumschlich. Dabei hat er Tiere immer geliebt. Tja, an einem Erntedankfest war Teufelchen plötzlich verschwunden. Dafür gab es am Abend Rinderbraten.«

Marisa sog kurz die Luft ein. »Das ist ja furchtbar.«

Emilie zuckte die Schultern. »Mit der Erziehung des Jungen hat Charlotte es sehr ernst genommen. Ich bin mir sicher, dass Henry sich oft gewünscht hat, das Kind eines der Arbeiter zu sein, statt das eines Gutsherrn.«

»Charlotte hat ihn erzogen?«

»An sich gerissen trifft es eher.« Emilie sprach es fast traurig aus. »So war das damals eben. Aber das ist lange her.«

Marisa hielt kurz inne. Uroma Charlotte hatte sie nie kennengelernt, aber allen Erzählungen nach war sie eine strenge Frau gewesen, der nichts so viel bedeutete wie die Verhaltensregeln der feinen Gesellschaft. Wahrscheinlich hatte sie sich deshalb so gut mit Caroline und Ellen verstanden. Gerne hätte sie Emilie noch weitere Fragen darüber gestellt, aber ein Blick auf ihre Armbanduhr hielt sie davon ab.

»Ich muss mich jetzt leider umziehen.«

»Oh, wie gedankenlos von mir. Ich halte dich auf mit meinen alten Geschichten.«

»Schon in Ordnung.«

»Mach du dich nur fein für das große Fest. Ich sehe mich in der Zwischenzeit in Ruhe um.«

»Ist gut.« Marisa nickte. Plötzlich kam es einfach über sie: Sie nahm beide Hände ihrer Großmutter und drückte sie. »Ich bin so glücklich, dass du hier bist. Versprich mir, nicht allzu bald wieder zu gehen.«

»Ein solches Versprechen ist gewagt, wenn man fünfundneunzig Jahre alt ist. Aber ein bisschen bleibe ich ganz sicher noch.«

Sie lachten gemeinsam.

Marisa schaffte es, in ihr Haus zu gelangen, ohne auf dem Weg von Verwandten aufgehalten und in Gespräche verwickelt zu werden. Wenig später blickte sie in ihren romantischen Standspiegel. Das langärmelige weiße Kleid mit den gelben Tupfen und den Spitzeneinsätzen hatte sie sich extra für diesen Anlass gekauft. Sie setzte sich den gelben Fascinator auf ihr braunes Haar, das sie sich zur Hälfte hochgesteckt hatte, und lief bald wieder hinaus.

»Du siehst aus wie der Sommer höchstpersönlich«, sagte Mark, der offenbar neben dem Haus auf sie gewartet hatte.

Erschrocken drückte Marisa die Hand auf ihr Herz. »Herr im Himmel …!«

Mark stieß sich vom Fachwerk ab und breitete die Arme aus. »Gefalle ich dir?«

Er trug ihren Lieblingsanzug, demnach wäre die Antwort eigentlich gewesen: *Ja, supergut!* Sogar so gut, dass Marisa verstehen konnte, warum seine Erscheinung sie früher atemlos gemacht hatte. Doch sie sagte keinen Ton darüber, wie er aussah. Es hätte nur sein Ego auf die Größe von Amerika anwachsen lassen.

»Was tust du hier?«

»Na, hör mal! Als Ehepaar, das wir offiziell noch sind, sollten wir die Festscheune gemeinsam betreten. Stell dir bloß das Gerede vor, wenn wir es nicht tun.«

Marisa blickte auf seine ausgestreckte Hand – eine Einladung, wie ein liebendes Ehepaar aufzutreten. »Wie immer neigst du zu Übertreibungen.« Statt nach seiner Hand zu greifen, hakte sie sich bei ihm unter.

Seite an Seite traten sie durch das Tor, das von den zwei nachgelieferten Kirschblütenbäumen umrahmt wurde. Die sanften Klaviertöne von ›River Flows In You‹ schwebten ihnen entgegen wie der Orchideenduft der rosa Kerzen. Kurz blieben sie stehen, damit die Fotografin ein Bild von ihnen machen konnte. Anschließend nahm das Fest sie auf die schönste Weise gefangen.

Marisa sah sich um und freute sich über das Gemurmel unzähliger Gespräche. All ihre Pläne waren aufgegangen. Zufrieden ließ sie sich den Stuhl am Haupttisch von Mark zurechtrücken.

»Du kannst stolz auf dich sein, Frau Sommerroth-Landau«, flüsterte er ihr von der Seite aus zu und verwendete dabei ihren Doppelnamen, den sie seit ihrer Hochzeit trug, doch selbst nie benutzte. Mark hingegen tat das gerne, wie Marisa wusste. Vielleicht sogar ein wenig deshalb, um seinen Besitzanspruch an ihr deutlich zu machen. Marisa überlegte, ihn deswegen zurechtzuweisen, da lächelte Mark mal wieder so umwerfend, wie nur er es konnte.

»Dieser Abend wird ganz bestimmt unvergesslich.« Er küsste ihre Hand.

Sie lächelte zurück. Heute wollte sie ihm seine Avancen mal durchgehen lassen. Aber nur heute!

Wenig später drang durch die Festscheune das helle Klirren eines Kristallglases, gegen das ein Messer geschlagen wurde. Es brachte nach und nach alle zum Verstummen. Henry Sommerroth stand auf und entfaltete ein Papier.

Marisa wusste, ihr Vater war aufgeregt. Er hielt zwar jedes Mal die Eröffnungsrede, aber auch nach vielen Jahren noch ging sie ihm nicht leicht von den Lippen. Sie sah ihn schwer schlucken.

»Liebe Familie«, begann er und vergaß prompt das Mikrofon. Der Tontechniker kam herbeigerannt und reichte es ihm, woraufhin alle in der Scheune lachten. Es tat der Stimmung und seiner Aufregung gut. »Jetzt aber«, fing er nochmals an. »Liebe Familie, ich begrüße euch herzlich zum diesjährigen Fest der Sommerroths, das ich als Oberhaupt eröffnen darf.« Henry blickte von einem Ende der Gesellschaft zum anderen. »Noch nie hat es so eine große Anzahl zu uns verschlagen, weshalb wir dieses Jahr in unsere prachtvolle Festscheune ausgewichen sind.« Er wandte sich Marisa zu. »An dieser Stelle möchte ich meiner jüngsten Tochter danken, die die Planung und Ausrichtung allein in ihren Händen hatte. Marisa, das hast du wunderschön gemacht – und zwar nicht bloß an diesem Abend. Seit drei Jahren tragen deine Hochzeiten dazu bei, dass der Stammsitz der Sommerroths weiter besteht. Ich glaube, das verdient einen kräftigen Applaus.«

Alle klatschten und jubelten, und Marisa spürte, wie ihr die Röte in die Wangen stieg. Dies war der Lohn für ihre ganze Arbeit, und sie wollte ihn genießen. Ein guter Grund, nicht in Carolines Richtung zu sehen, die es bis zu diesem Augenblick unpassend und peinlich fand, dass sie in einer Scheune feierten.

»Darüber hinaus möchte ich noch etwas Wichtiges verkünden, bevor wir mit unserem Abend beginnen. Wir haben nämlich einen ganz besonderen Gast in unserer Mitte. Mancher unter euch mag es schon gehört haben: Nach dreißig langen Jahren ist meine Mutter Emilie wieder hier!«

Ein erstauntes Raunen ging durch die Menge. Alle reckten die Köpfe, um sie zu sehen. Nur langsam brandete der Applaus auf – so sehr waren alle noch mit Tuscheln beschäftigt.

Marisa blickte zur Seite. Drei Plätze neben ihr saß Emilie, die jetzt friedlich lächelte und winkte. Es war ihr anzusehen, dass sie genau wusste, was sie auf diesem Fest erwartete. Sie schien gewappnet, sodass Marisa sich nicht um ihre Großmutter sorgte.

»Es gibt wie immer viel zu sagen, aber an dieser Stelle möchte ich meine kleine Begrüßungsrede beenden. Wie wir alle aus Erfahrung wissen, wird es noch einige Reden, Beiträge und Verkündigungen, die die Familie betreffen, an diesem Abend geben – je weiter der Kreis der Sommerroths wächst,

85

desto mehr.« Henry Sommerroth nickte den Servicekräften zu, die daraufhin mit ihren Tabletts durch die Reihen gingen und Champagner verteilten. »Lasst uns alle gemeinsam die Gläser erheben und die ganze Nacht fröhlich feiern nach unserem Motto.«

Alle wussten, welche Worte nun folgen würden, und sprachen sie mit: »Wasser macht weise, lustig der Wein. Drum trinken wir beides, um beides zu sein. Prost!« Es klirrte rundum, und gleichzeitig setzte leise das Piano ein.

Marisa fiel es schwer, die Zeit des Essens still zu sitzen. Insgesamt sechs Gänge folgten aufeinander. Dazwischen wurden Bilder von Hochzeiten der Familie auf einer Leinwand gezeigt und ihre Cousine Georgina sang mit glockenklarer Engelsstimme ›O Mio Babbino Caro‹. Dann war das Dinner beendet und die Tanzfläche wurde eröffnet.

Endlich konnte Marisa sich davonstehlen. Eilig ging sie von einem der Angestellten zum nächsten, um nach dem Rechten zu sehen, doch zu ihrer Überraschung lief alles reibungslos und niemand brauchte ihre Hilfe. Darum stellte sie sich an den Rand, wo das Licht der Scheinwerfer nicht hinreichte, und genoss eine Weile die Aussicht.

Philipp hatte sie trotzdem entdeckt und trat an ihre Seite, nur Sekunden später auch Lizzy.

»Ich glaube, das ist das schönste Familienfest, das wir bis jetzt hatten.« Sie reichte Marisa ein Glas Wein und stieß mit ihr an.

»Wohl nicht, wenn du Caroline fragst.«

»Ich weiß«, bemerkte Lizzy belustigt. »Seht sie euch an. Sie klopft sich gerade zum hundertsten Mal den unsichtbaren Staub von den Klamotten.«

»Ihrem Blick nach zu urteilen, könnte man meinen, wir säßen hier direkt zwischen Kühen«, ergänzte Philipp.

Die Geschwister lachten zusammen.

»Es ist also alles wie eh und je«, schloss Marisa zufrieden und atmete tief durch.

»Wie recht du hast«, sagte Lizzy und spähte zu Alexander, der gerade in ein etwas zu intensives Gespräch mit einer der blonden Servicekräfte verwickelt war. »Alles wie eh und je.«

Marisa legte ihr aufmunternd eine Hand auf die Schulter, als die Rückkopplung des Mikrofons durch die Lautsprecher fiepte.

Der Pianist verspielte sich vor Schreck. Auf der Tanzfläche stockten die schwungvollen Bewegungen.

Mit einem Schlag galt alle Aufmerksamkeit Tom, der gemeinsam mit Ben an die Mitte des erhöhten Haupttisches getreten war, wo jeder sie sehen konnte. Jetzt tippte er vorsichtig mit dem Zeigefinger auf das Mikro, was ein unangenehmes Pochen aus den Lautsprechern zur Folge hatte.

»Entschuldigt. Tut mir leid.« Er räusperte sich. »Wir müssen den Abend an dieser Stelle leider einmal unterbrechen. Ben und ich haben etwas Wichtiges zu sagen.«

Marisa stellte ihr Glas Wein ab, ohne den Blick von ihrem Halbbruder zu nehmen. Sie bekam eine Gänsehaut. Was hatte das zu bedeuten?

»Jetzt, da alle aus der Familie vollzählig versammelt sind, wollen wir die Chance nutzen. Denn das, was wir verkünden, betrifft das Stammhaus der Sommerroths und somit euch alle.«

Marisa sah zu Philipp, der nur mit den Schultern zuckte. »Ich weiß nichts darüber.«

Dann blickte sie Lizzy an. »Und du?«

»Keinen blassen Schimmer, was jetzt kommt«, versicherte ihre Schwester.

Ein ungutes Gefühl machte sich in Marisas Magengegend breit. Wenn ihre Halbbrüder etwas taten, das mit keinem von ihnen abgesprochen war, konnte das kein gutes Zeichen sein.

»Ben und ich haben einen Entschluss gefasst, der einige von euch sicher sehr überraschen wird«, sprach Tom nun weiter. Er hielt sich dabei übermäßig gerade und das Kinn ein Stück höher als normal.

Auf Marisa wirkte er fast trotzig – so, als müsste er seine kommenden Worte durch seine Haltung unterstützen.

»Wir werden Gut Sommerroth schon morgen früh verlassen und uns ins Ausland zurückziehen.«

Marisa fühlte einen kalten Schauer über ihren Körper jagen.

Das Gemurmel von über hundert Menschen brandete auf und verbreitete sich in der Scheune wie eine Welle.

Tom sprach lauter gegen das Stimmgewirr an. »Ich will nach Perugia gehen, um dort Kaschmirschafe zu züchten. Ben möchte den Pflichten der Firma entfliehen, indem er sein Leben zukünftig an die Küste Irlands verlegt.«

Marisas Herz pochte schnell, sie hörte ihren Puls in den Ohren rauschen. »*Der Firma* …«, flüsterte sie verächtlich. So nannten Tom und Ben Gut Sommerroth ständig. Als wären sie alle gar keine Familie.

Tom machte eine beschwichtigende Geste mit den Händen, um weitersprechen zu können. »Wir haben uns diese Entscheidung nicht leicht gemacht, und wir wissen, dass unser Fortgang Konsequenzen für Haus Sommerroth haben wird. Vor drei Jahren, als Vater uns fünfen die Führung des Guts in die Hände legte, machte er eine Sache zur Bedingung. Alle großen Entscheidungen, die Firma betreffend, müssen nach dem Mehrheitsprinzip gefällt werden. Unser privater Entschluss, die Firma zu verlassen, lässt also eine Frage offen: Was passiert mit unseren Rechten am Gut?« Er sah ein letztes Mal zu seinem Bruder, der ihm zunickte. »Für die Zeit unserer Abwesenheit geben wir unser Stimmrecht in die Hände unserer Ziehmutter – Tante Caroline.«

Jetzt riss es Marisa fast den Boden unter den Füßen weg. Halt suchend tastete sie nach dem Arm ihres Bruders, der Gott sei Dank stand wie ein Baum. Sie spürte ihn zittern vor Wut.

»Was für eine Katastrophe!«, raunte er seinen Schwestern zu.

»Das darf einfach nicht wahr sein.« Lizzys große blaue Augen verengten sich.

Marisa fühlte sich atemlos. »Jetzt hat Caroline, was sie schon immer wollte: Entscheidungsgewalt über Gut Sommerroth.«

»Ganz ruhig, Marisa. Zum Glück besitzt sie nur zwei von fünf Stimmen. Gemeinsam sind wir weiterhin in der Überzahl.«

Lizzys Worte vermochten es leider nicht, sie zu beruhigen. Ihr Blick fiel auf Caroline. Zum ersten Mal an diesem Abend lächelte sie. Nein, korrigierte sich Marisa selbst. Sie sah aus, als hätte sie sechs Richtige im Lotto plus Zusatzzahl – so sehr labte sie sich an den Blicken, die ihr jetzt zugeworfen wurden.

Tom schloss mit den Worten: »Das war es, was wir euch mitteilen wollten. Genießt den Abend.« Daraufhin legte er das Mikrofon mit einem Poltern ab. Er und sein Bruder erweckten den Anschein, als wollten sie am liebsten sofort verschwinden, doch Henry Sommerroth hielt die beiden mit zornesrotem Gesicht auf.

Philipp und Lizzy liefen ebenfalls zu Ben und Tom. Sie schienen gar nicht zu bemerken, dass Marisa sich ihnen nicht anschloss.

Fassungslos starrte sie auf die Grüppchen, die sich überall bildeten, um zu tratschen. Mark hatte recht behalten. Da hatte sie ihren diesjährigen Sommerroth-Skandal!

Wenig später begann der Pianist wieder zu spielen, und irgendwo knallten zwei Korken. Es war ein kläglicher Versuch, den Schreckmoment mit Champagner zu überdecken.

Marisa hielt es nicht länger in der Festscheune aus. Sie erschien ihr plötzlich zu eng für ihre beiden Halbbrüder und sie. Ebenso für den ganzen Rest der Großfamilie, in der offenbar kein einziger Tag normal verlaufen konnte. Nicht mal vier Stunden waren vergangen, als sie von Mark überglücklich durch das Eingangstor geleitet worden war. Jetzt gab es für sie einzig und allein einen Gedanken: Flucht!

Marisa eilte über den Hof in Richtung Stallungen. Am Rande des Reitplatzes ließ sie sich auf eine Bank fallen. Die bereits tief stehende Sonne warf ihr goldenes Licht auf den hellen Sand. Wütend kickte Marisa ihre Schuhe weg und grub die Füße in den kühlen Boden. Sie wog noch ab, ob ein hemmungsloses Heulen mehr Befreiung versprach als ein lautes Schreien, da machte sie eine Bewegung im Augenwinkel aus.

»Soll ich wieder gehen?«, erkundigte sich Emilie vorsichtig.

»Nein«, Marisa schüttelte den Kopf. Obwohl sie ihre Großmutter eigentlich kaum kannte, fühlte es sich verrückterweise gut an, sie zu sehen.

Die alte Frau setzte sich neben sie und umfasste ihren Gehstock mit beiden Händen. »Das war ein ganz schöner Schreck, was?«

»Allerdings«, spie Marisa aus. »Ich bin so unglaublich sauer. Wie können meine Brüder uns das nur antun?« Sie war selbst erstaunt, wie offen sie ihre Gefühle teilte.

»Weißt du«, begann Emilie. »Ben und Tom hatten es nach dem Tod von Ellen nicht leicht, ihren Platz im Leben zu finden. Und offensichtlich ist ihnen das hier auf Sommerroth nicht gelungen. Lass sie gehen, und mach das Beste daraus. Auch diese Krise übersteht das Gut – so wie alle anderen davor. Ich habe es selbst erlebt.«

Marisa sah nicht auf. »Wie hast du es nur fünfundvierzig Jahre lang mit den Sommerroths ausgehalten?«

Ihre Großmutter lachte kurz auf. »Auf diese Frage gibt es viele Antworten. Aber das Reden über Vergangenes ändert gar nichts, Marisa. Und deswegen bin ich auch nicht zurückgekommen.

Das, was war, soll ruhen. Nur die Zukunft ist wichtig. Und die Zukunft, das sind jetzt du, Philipp und Lisbeth.«

»Vergiss nicht Caroline«, fügte Marisa bitter hinzu. »Ich mag mir gar nicht vorstellen, wie es wird, wenn sie mitentscheiden darf. Du kennst sie ja.«

»Allerdings. Ich kenne Caroline«, stimmte ihr Emilie zu und hob jetzt den Zeigefinger. »Und zwar gut genug, um eines zu wissen.«

»Und das wäre?« Marisa blickte erstmals hoch.

Aus ihren kleinen blauen Augen sah Emilie sie eindringlich an. »Du darfst ihr nicht das Spielfeld überlassen. Wiederhole nicht meine Fehler.«

Ihre plötzliche Ernsthaftigkeit machte Marisa stutzig. »Was soll das heißen?«

Ihr Gehstock zeigte in den Sand. »Zieh deine Schuhe wieder an und geh zurück. Lauf niemals einfach davon.« Emilie verharrte einen Moment. Dann schaute sie auf zu einem Punkt in der Luft, wo kleine Fliegen im letzten Sonnenlicht tanzten. »Dies ist dein Zuhause, Marisa. Es gibt nur ein Zuhause, und ich habe meines einst verlassen müssen. Du kannst mir glauben, wenn ich sage, dass ich noch heute Narben davon trage.«

Marisa fragte sich, ob sie von Sommerroth sprach oder von Ostpreußen. Zu gerne hätte sie noch ein wenig mit ihr darüber geredet, aber sie sah davon ab, denn Emilie schien mit ihren Gedanken bereits ganz weit weg zu sein.

Ostpreussen

Emilies Land

KAPITEL 5

Emilie kauerte auf der Ladefläche des Leiterwagens unter dem kostbaren bunten Teppich, der gestern noch im Salon gelegen hatte. Sie sah hoch zu dem verworrenen rotblauen Muster. Aus irgendeinem Grund dachte sie in diesem Moment daran, dass täglich eines der Dienstmädchen von Mutter geschickt worden war, die Fransen zu kämmen. Danach mussten alle im Haus stets einen großen Schritt über die Fransen tun, um sie nicht wieder durcheinanderzubringen. Jetzt rieselten Asche und Staub auf das feine Knüpfwerk. Die Luft war erfüllt davon. Natürlich scherte es niemanden mehr, was mit den Teppichfransen passierte. Wie schnell die Dinge doch ihre Bedeutung verloren, wenn das bloße Überleben das einzige Ziel war!

Emilie spähte aus der hinteren Öffnung der provisorischen Überdachung. Sie war beherrscht von der Angst, dort einen russischen Panzer zu entdecken – oder Männer der Partei, die sie mit gezogenen Waffen an der Flucht hindern wollten. Doch alles, was sie sah, waren die drei anderen Pferdewagen und die Ochsengespanne von Gut Zimny, dahinter das unheilvolle Aufleuchten des Horizonts mit seinem rötlich lodernden Himmel. Wenngleich er wie eine offene Wunde wirkte, streckten die uralten Bäume der Eichenallee ihre gelb belaubten Äste weit über den Weg, als wollten sie die Menschen Ostpreußens mit letzter Kraft beschützen.

Bald erreichten sie eine kleine Ansammlung von Bauernhöfen – die ersten Häuser nach dem heimatlichen Gut. Die meisten wirkten verlassen, aber sehr wahrscheinlich nur, weil die Bewohner sich nicht mehr heraustrauten. Bei den Tetzlaffs jedoch stand ein Fuhrwerk vor dem Wohnhaus. Emilie beobachtete, wie die Frau des Bauern gerade das Kleinste ihrer sechs Kinder darauf hob und ihre große Tochter anwies, ihm die Augen zuzuhalten. Emilie bekam eine Gänsehaut. Plötzlich fiel ein Schuss – so laut, dass sie zusammenzuckte. Das schrille Geschrei der Kinder übertönte für einen Moment alles andere. Herr Tetzlaff kam aus einer offenen Remise hervor. Er wischte sich die Augenwinkel. Erst da sah Emilie den treuen Hofhund Kasimir, der zuweilen sogar bis zum Gut Zimny gestromert war, um sich das Ende einer Räucherwurst zu erbetteln. Er lag flach auf der Erde. Sein schwarzes Fell bewegte sich nicht mehr. Ohne sich umzublicken oder die weinenden Kinder zu beruhigen, erklomm Herr Tetzlaff den Bock und trieb seine beiden Pferde an.

Emilie wandte sich ruckartig ab. Wer seinen Hofhund erschoss, der ging für immer! Automatisch blickte sie in die bleichen, erschrockenen Gesichter ihrer Mutter, der alten Mamsell, des Küchenmädchens und von Agnes, Krzysztofs Frau. Letztere hielt den einjährigen Sohn Piotr im Arm, der unentwegt schrie, da der Kriegslärm ihn seit Stunden wach hielt. Allen war anzumerken, dass sie nicht begreifen konnten, was hier gerade geschah. Und auch Emilie war verwirrt von ihren Gefühlen. Einerseits der stechende Schmerz des Abschieds von der Heimat, andererseits die Erleichterung darüber, endlich der todbringenden Roten Armee entfliehen zu können.

Um nicht verrückt zu werden, begann Emilie, sich um die Mamsell von Gut Zimny zu kümmern, die seit jeher eine glühende Verehrerin Adolf Hitlers war. Ihr schien es besonders schlecht zu gehen, da ihr Grundvertrauen auf den Endsieg nicht mit dieser Flucht übereinstimmen wollte. Lenchens Lippen waren blutleer. Ihre krausen roten Locken standen in alle Richtungen. Sie starrte auf einen unbestimmten Punkt in der Luft. Andauernd sprach sie die gleichen Sätze vor sich hin. »Wir dürfen nicht zu weit wegfahren. Die Kartoffeln müssen im Frühjahr in die Erde. Sonst haben wir im Juli keine zu essen. Wir dürfen nicht zu weit wegfahren …«

Emilie hockte sich vor sie und griff nach ihren eiskalten Händen. »Mach dir jetzt keine Sorgen darum, Lenchen. Die Kartoffeln können warten. Zunächst müssen wir uns in Sicherheit bringen.«

Die Mamsell glotzte Emilie verstört an, als hätte sie kein Wort verstanden. Doch sie schwieg endlich.

Minna, das fünfzehnjährige Küchenmädchen, dessen Mutter eine der Melkerinnen von Gut Zimny war und im Wagen hinter ihnen fuhr, fragte stattdessen: »Wann werden wir denn zurückkehren?«

»Das kann nur der liebe Gott wissen«, antwortete ihr Wilhelmine von Zimny. »Eines Tages kommen wir wieder. So, wie nach der Flucht vor dreißig Jahren auch. Aber es kann dauern«, betonte sie nachdrücklich.

»Und wir können wirklich so lange auf dem Gestüt Georgenburg bleiben?« Minnas ebenmäßiges Gesicht sah bekümmert aus.

»Gewiss. Es ist unser Glück, dass Martin Heling ein Freund der Familie ist. Bei ihm im Landesinneren werden wir in der Zwischenzeit eine sichere Unterkunft haben.«

Emilie konnte erkennen, dass ihre Mutter um einen festen Ton bemüht war. Ihren Rücken hielt sie kerzengerade, die Hände im Schoß gefaltet. Einzig Emilie schien zu bemerken, dass sie sich ständig räusperte.

»Dann … dann glauben Sie also auch, Herr Hitler wird bald seine Wunderwaffe einsetzen? Und dann kommt der Endsieg?«, fragte Minna mit bangem Gesicht.

Wilhelmine von Zimny kräuselte die Lippen – ein untrügliches Zeichen, dass sie nicht bereit war, weiter darüber zu sprechen. »Wenn ich mich mit dir über Politik austauschen möchte, gebe ich Bescheid, kleine Minna. Und jetzt nimm der armen Agnes mal das Kind ab.«

»Natürlich. Sehr wohl.« Sofort griff Minna nach dem schreienden Jungen und begann, ihn in den Armen zu wiegen.

Wie typisch diese Antwort für ihre Mutter doch war, dachte Emilie. Nie hätte sie etwas gesagt wie »Das geht dich nichts an, Küchenmädchen«. Wilhelmine von Zimny war streng, aber niemals verletzend. Sie behauptete stets, ihr französisches Kindermädchen sei für ihre exzellente Erziehung zu loben, deren Worte auch manchmal noch aus ihr sprachen. Zum Beispiel, wenn es um schaurige Nachrichten von der Front ging oder eben um kritische Äußerungen über Hitler. *Pas devant les employés,* pflegte sie dann zu sagen, was alle am Tisch dazu aufforderte zu schweigen, bis die Hausmädchen den Salon wieder verlassen hatten.

Piotr beruhigte sich allmählich und schlief sogar ein. Emilie war im ersten Moment froh darüber, denn das Kinderweinen hatte sie dazu eingeladen, sich mit den eigenen Tränen anzuschließen. Jetzt aber kam ihr das Trommelfeuer der Front wieder lauter vor. Ein furchteinflößender Einheitslärm, bestehend aus Dröhnen und Donnern, Pfeifen und Jaulen. Einzelne Einschläge waren kaum auszumachen, so schnell hintereinander feuerten die Sowjets ihre Geschütze ab. Alle auf dem Fuhrwerk lauschten voller Angst, ob sie sich auch wirklich von der Front entfernten oder der Russe womöglich schon dicht hinter ihnen war. Plötzlich setzte sich das Rattern mehrerer Flugabwehrkanonen gegen den Lärm durch. Emilie hielt die

Luft an und ließ Lenchens Hände los. Jeder wusste, was dieses Geräusch zur Folge hatte.

Ein dumpfes Motorengedröhn ertönte, und es wurde stetig lauter. Emilie hastete nach vorne zu ihrem Bruder auf den Kutschbock. In diesem Augenblick donnerten die tief fliegenden Bombergeschwader über sie hinweg. Sie folgten ihnen mit dem Blick, während die erschrockenen Stuten schrill wieherten und ein Ruck durch den Wagen ging. Besonders die erst vierjährige Muskat war ängstlich. Sie riss den Kopf nach oben und tänzelte auf der Stelle. Das Weiße in ihren Augen blitzte auf. Sie begann rückwärts zu laufen und das Gespann Richtung Graben zu drücken.

»Hey! Hey! Lauf vorwärts …!« Paul ließ die langen Zügel ein paarmal auf ihr Hinterteil schnellen, um Muskat anzutreiben. Doch es half nichts. Er warf Emilie einen auffordernden Blick zu.

Sie sprang vom Bock und griff nach den Backenriemen der Stute, die heftig mit dem Kopf schlug und wieherte. Mit größter Mühe presste sie ihre flache Hand auf Muskats Stirn. Dabei senkte sie den Blick zu Boden. »Hab keine Angst. Beruhige dich«, murmelte sie kurz vor sich hin. Die Stute schnaubte noch einige Sekunden lang tief. Endlich wurde sie ruhiger und lief wieder vorwärts.

Niemand wunderte sich über das, was gerade geschehen war, kannten sie doch alle diese seltsame Gabe, die nur Emilies Vater und sie besaßen.

Während Paul ihr wieder hoch auf den Bock half, sah Emilie in den staubverhangenen Himmel. Gerade noch konnte sie die schwarzen Punkte am Horizont ausmachen, die eigentlich sowjetische Flugzeuge waren.

»Sie fliegen nach Gumbinnen«, sprach Emilie das Offensichtliche aus.

»Ich weiß«, antwortete ihr Bruder schwermütig. »Und sie werden nicht viel davon übrig lassen.«

Das Donnern der Bomben im Westen begann kurz danach und hörte lange nicht mehr auf. Der Boden bebte unter den Explosionen. Mehr und mehr Flugzeuge kamen in Sicht. Immer wieder ertönte die Flak der Wehrmacht hinter ihnen, die versuchte, den Feind aus der Luft zu holen. Bald jedoch stieg schwarzer Rauch aus jener Richtung auf, in der die Kreisstadt lag, ebenso wie ein beißender Brandgeruch.

»Geh besser wieder nach hinten, Emilie«, riet Paul. »Du musst das nicht mit ansehen.«

»Schon gut«, brachte sie mit Mühe hervor. Obwohl der Anblick fast nicht zu ertragen war, schaffte sie es nicht, sich abzuwenden. Emilies Gedanken weilten bei all den Menschen, die von dem Angriff überrascht worden waren. Sie hatten nicht fliehen dürfen und waren jetzt in einer lodernden Feuersbrunst gefangen. Der Anblick der Flammen war angsteinflößend. Dennoch spürte Emilie, ihr Verstand war langsamer als ihre Augen. Wie konnte man auch begreifen, dass vor und hinter ihnen der Krieg tobte, aber direkt neben ihnen prächtige Schlösser mit Parkanlagen und feudale Gutshöfe vorbeizogen? Zwischen den Feldern, Weiden und Gärten glitzerten unverändert kleine Flüsse. Noch frische Erntekronen erstrahlten als Zeugnisse des Lebens im Einklang mit den Jahreszeiten in voller Pracht. Was würde aus all dem werden, wenn die Ostpreußen erst fort waren? Emilie krallte sich geradezu an die Gewissheit, dass ihr Fortgang nicht für immer war.

Die Straße, auf der sie fuhren, wurde bald breiter, und je weiter sie nach Westen kamen, desto mehr Wagen mit Frauen, Kindern und Greisen aus den östlichsten Gebieten waren unterwegs. Hier und da erkannte Emilie sogar einige Familien aus den umliegenden Dörfern und benachbarten Höfen. Auch sie waren anscheinend unerlaubt geflohen. Unter anderen

Umständen hätten sie einander freudig begrüßt. Nun reihten sich diese Menschen bloß ein in den Treck – ohne ein Wort und fahl im Gesicht. Manche weinten. Andere umschlangen das Wenige, was sie hatten mit sich nehmen können, mit beiden Armen.

Emilies Blick war noch auf das Elend gerichtet, als Paul sie plötzlich ansprach. »Sieh doch …!«

Vor ihnen lag eine Kreuzung, wo sich die Fuhrwerke bereits stauten. Pauls Finger aber zeigte zum Horizont. Emilie schlug die Hand vor den Mund. Langsam erhob sie sich und stieg auf den Kutschbock, um besser in die Ferne sehen zu können. Soweit das Auge reichte, schob sich ein schier endloser, träger Strom aus Planwagen, Handkarren und Kinderwagen gen Westen. Dazwischen quetschten sich Menschen zu Fuß hindurch. Viele hielten Taschen und Säuglinge auf dem Arm. Andere trieben Kühe und Schafe vor sich her. Es war ein heilloses Durcheinander. Ohne es zu bemerken, war Emilie zurück auf den Kutschbock gesunken. »Heilige Mutter Gottes! Woher kommen die ganzen Menschen? Ist etwa das halbe Land schon auf der Flucht?«

Wilhelmine von Zimny setzte sich zwischen ihre Kinder. »Nein, das sind nur wenige. Es werden tatsächlich noch viele, viele Menschen mehr werden.«

Emilie schaute zu ihrer Mutter. Wieder hatte sie jenen Ausdruck im Gesicht, der darauf hindeutete, dass sie sich gerade an den Ersten Weltkrieg erinnerte. Damals, im Juli 1914, musste sie mit ihrer Familie vor dem russischen General von Rennenkampff flüchten, der ihre Heimat von Nordosten her angriff. Schon drei Wochen danach wurde ihr Vater als Teil der 8. Armee in der Schlacht von Gumbinnen an Händen und Gesicht verstümmelt. Er war noch nicht mal aus dem Lazarett entlassen worden, da starben ihre drei Brüder in der Schlacht an den masurischen Seen. Sie und ihre Eltern blieben traurig und allein zurück in einem Haus, das am Tage stumm geworden war und in den albtraumgefüllten Nächten umso lauter.

Emilie fühlte wieder die Schwere in ihrer Brust, die sie stets überfiel, wenn sie an die traurige Vergangenheit ihrer Mutter dachte. Erwartete sie tatsächlich etwas Ähnliches? Wie weit war die Rote Armee noch weg? Sie blickte nach hinten, wo die Wagen bereits so dicht aufgefahren waren, dass es kein Vor und Zurück mehr gab.

»Was machen wir jetzt? In dieser Geschwindigkeit brauchen wir doch eine Ewigkeit bis Georgenburg. Bleibt uns überhaupt so viel Zeit?« Sie selbst hörte die Panik in ihrer Stimme.

»Verliere nicht die Hoffnung, mein Kind«, sagte ihre Mutter ruhig. »Wir müssen beten, dass die Front lang genug gehalten wird.« Danach ließ sie ihren Worten Taten folgen und holte die alte, ledergebundene Familienbibel hervor.

Emilie seufzte angesichts der vergilbten Seiten. Wie oft hatte ihr Vater ihnen am Kamin daraus vorgelesen? Es war plötzlich, als säße er genau neben ihr. Dankbar für die Erinnerung an ihn faltete sie die Hände, schloss die Augen und lauschte der beruhigenden Stimme Wilhelmines. Ihr Herzschlag wurde wieder langsamer. In diesem Moment gab es nur die vertrauten Worte des Lieblingspsalms ihrer Mutter.

»Dä Herr öss min jooder Hört, doarom ward mi niemoals nich irjentwat fähle. Du bringst mi oppe jreene Weid un zeijst mi, wo dat fresche Woater öss. He moakt, dat min Seelke nur so jubele kann. He jeiht mi voran opp minem Wech, dat eck mi nich verbiestere do. Sin Noame öss doafär dä beste Jarantie. Ook, wenn eck emoal dorche düstere Schlucht joahne mott, bebb eck doch keine Angst, dat mi wat passeere deit, wielt du joa emmer bi mi best …«

* * *

Der Tag verging. Piotr schrie wieder. Agnes weinte leise mit. Minna bemühte sich, beide zu trösten. Irgendwo klapperte Lenchen mit ihren Steinkrügen und Einweckgläsern, um während der Fahrt wenigstens ein paar Brote mit Schmalz zu schmieren.

Tatsächlich war der Zimny-Treck kaum vorangekommen. Als sie die Hauptstraße endlich erreicht hatten, war diese für Zivilisten schon gesperrt gewesen. Sie hatten deshalb umkehren und sich eine Nebenstraße nach Westen suchen müssen – so wie Tausende andere auch. Seitdem schoben sich die Wagen dicht an dicht über den unebenen Boden. Ständig kam alles zum Stehen. Schon längst versuchte niemand mehr, nach der Ursache zu sehen. Man harrte einfach aus, bis der Wagen vor einem wieder Fahrt aufnahm.

Als es zu dämmern begann, hauchte Emilie sich in die hohlen Hände. Weiße Wolken stoben auf in die klare, kalte Luft. Ihre Zähne klapperten. Der erste Frost legte sich über das Land. Er hätte wohl zu keinem ungünstigeren Zeitpunkt kommen können. Ostpreußens Boden war bereits gegen Abend steinhart, und dort, wo die langen Schatten hinfielen, sah Emilie ihn von kühlem Weiß bedeckt.

Sie zog sich ihr Federbett enger um die Schultern und hob es bis zur Nase. Dabei sog sie den Duft ein, der sie so sehr an ihr Zimmer auf Gut Zimny erinnerte. Emilie sah ihre weiße Waschschüssel auf der Kommode. Die leichte Gardine vor dem Fenster, die mit den ersten Sonnenstrahlen stets ein so schönes Licht auf ihre Daunendecke geworfen hatte. Ihr Bett mit den vier gedrechselten Stangen. Schon bald – das wusste Emilie – würde ihre Decke nicht mehr duften. Der bloße Gedanke daran ließ sie mit den Tränen kämpfen. Es war ihr plötzlich, als würde der gesamte Schrecken des vergangenen ersten Fluchttages mit einem Schlag auf sie niedergehen. Sie sehnte sich dermaßen nach Gut Zimnys Wärme und Geborgenheit, dass sie es körperlich spürte. Ihr Atem reichte nur noch bis zur Brust, und in ihrem Kopf war ein furchtbarer Druck. Sie wollte sich verkriechen. Weinen. Aber das konnte sie den Menschen von Gut Zimny nicht antun, die sich auf Paul, ihre Mutter und sie verließen. Deshalb riss sie sich zusammen und sprang vom Wagen in die kalte Abendluft.

Emilie legte ihre Hand auf das weiche, warme Fell der dunkelbraunen Windfarbe. Die Stute sah sie an. Ihre großen schwarzen Augen waren Emilie so vertraut wie das leise Prusten, das sie jetzt von sich gab. Von jeher war sie sehr empfänglich gewesen für Emilies Stimmung. Und auch jetzt schien sie zu spüren, dass ihr etwas auf der Seele lastete.

»Du fragst dich sicher, was hier los ist und warum du diese Nacht nicht in deinen warmen Stall kannst, richtig?« Emilie strich nun über die Stirn mit dem Keilstern. »Wir müssen für eine Weile die Heimat verlassen. Ich denke, es liegen noch ein oder zwei anstrengende Tage vor uns. Aber dann können wir uns in Georgenburg ausruhen.«

Plötzlich ertönte eine Stimme vom Kutschbock her. Es war Paul. »Sprichst du wieder mit deinen Pferden?« Es klang nicht spöttisch oder abfällig, eher willkommen vertraut.

»Du hast mich schon als Kind damit aufgezogen.«

»Stimmt. Früher hat dich das fürchterlich geärgert, wenn ich mich heimlich in Windfarbes Box versteckt und auf dich gewartet habe. Du hast angefangen, mit ihr zu reden, und ich habe so getan, als würde sie dir antworten.«

Emilie musste bei dieser Erinnerung lächeln. »Nur, dass du ihr immer den größten Quatsch in den Mund gelegt hast, Sätze wie: ›Emilie, bring mir ein Stück Kuchen von Lenchen und nicht dauernd diesen langweiligen Hafer.‹«

Paul lachte kurz auf. »Ja, das klingt tatsächlich nach mir.«

Eine Weile hallte das Gesagte in Emilies Kopf nach. Wie wertvoll plötzlich solche Momente waren. Jetzt, da ihnen lediglich noch Erinnerungen blieben. »Wir werden bald rasten müssen. Die Pferde sind erschöpft.«

»Ja, ich weiß«, gab Paul zurück.

»Am besten spannen wir sie am Wegesrand ab und stellen sie umgedreht zwischen die Deichseln. Wenn wir ihnen dort Heu und Wasser geben und ihnen das lederne Geschirr umgeschnallt lassen, wären wir zur Not schnell wieder bereit zur Abfahrt.«

»Gut. Ich halte Ausschau nach einer geeigneten Stelle.«

Das letzte Abendlicht wusch allmählich alle Farben der Umgebung aus. Emilie besah die dunklen Umrisse des Waldes, hinter dem kürzlich die Sonne verschwunden war. Sie ging noch neben den Pferden her, als sich plötzlich ein Knattern gegen alle anderen Geräusche durchsetzte, das schnell lauter wurde.

»Was ist das?«, rief sie Paul zu.

»Ich sehe Scheinwerfer«, gab er zurück, als schon Bewegung in den bislang so starren Flüchtlingsstrom kam. Die Menschen und Tiere drifteten deutlich nach rechts. Nur Augenblicke später schossen vier Motorräder mit Beiwagen in entgegengesetzter Richtung an den Flüchtenden vorbei. Es waren Männer der Wehrmacht. Sie ruderten barsch mit den Armen. Manche von ihnen hupten sogar und brachten damit die Pferde auf.

Einer der Fahrer brüllte: »Macht gefälligst Platz für den Nachschub der Front. Zur Seite! Zur Seite mit euch …!«

Auf der engen Straße gab es für die Treckwagen kaum Möglichkeiten zu manövrieren. Doch nur kurze Zeit darauf ertönten schon das Rasseln der Panzerketten und das Brummen der Lastwagen. Rücksichtslos bahnten sie sich ihren Weg Richtung Hauptkampflinie.

Paul musste Muskat stark zügeln, damit sie nicht davonstürmte und den Wagen in den Straßengraben zog. »Ruuuhig,

Muskat. Ganz ruhig.« Das Gespann scherte dennoch immer weiter zur Seite aus.

Emilie erkannte, dass sie Windfarbe hätten links anspannen sollen, damit diese zwischen Muskat und den Wehrmachtsfahrzeugen ging. Dafür war es jetzt zu spät. Mit beiden Händen griff sie nach den Backenriemen des Zaumzeugs – zum zweiten Mal an diesem Tag. Doch die junge Stute war so in Panik vor den lärmenden Motoren, dass sie Emilie mit ihrem bloßen Kopf vom Boden in die Höhe zog. Mit all ihrer Kraft zerrte Emilie sie zurück und sprach auf sie ein.

Währenddessen brach wenige Wagen vor ihnen tatsächlich ein Pferd zur Seite aus. Das Gespann stellte sich quer. Die linke Wagenseite wurde von einem Panzer gestreift und zerbarst in zig Splitter. Holzteile flogen wie Geschosse durch die Luft. Daraufhin rasten die beiden Pferde kopflos über das Feld davon. Fast alle Insassen des Wagens hatten rechtzeitig abspringen können. Nur eine alte Frau nicht, die offenbar mit den Füßen feststeckte. Sie schrie entsetzlich, als die beiden rasenden Pferde sie und den halben Wagen mit sich schleiften. Dann endlich fiel sie und stand nicht wieder auf.

Es dauerte nicht lange, und Emilie hatte den sechsten Leiterwagen im Graben gezählt. Weinende Frauen, Kinder und Alte standen daneben und beklagten gebrochene Räder oder Achsen. Manche hatten Glück und fanden Platz auf fremden Wagen, aber nur mit dem, was sie am Leibe trugen.

Emilies Blick blieb an einem vielleicht zweijährigen Mädchen im Schein einer Sturmlaterne hängen. Es wurde gerade in die hinterste Ecke eines Fuhrwerks gesetzt. Das Kind klammerte sich an eine Puppe. Lautlose Tränen kullerten über die kleinen Wangen, weil es das Leid um sich herum spürte. Für die Eltern war kein Platz mehr auf dem Wagen. Sie gingen zu Fuß hinterher. All ihre geliebte Habe mussten sie am Straßenrand zurücklassen, als wären die Möbel, die Kleider, die Fotografien Abfall.

Kurz darauf wurde es dunkel in Ostpreußen. Die Schwärze der Nacht hatte etwas Gnädiges, dachte Emilie, löschte sie doch die furchtbaren Bilder vor ihren Augen. Da aber stellte sie fest, dass das Grauen sich bereits in ihren Kopf gebrannt hatte.

GUT SOMMERROTH

EMILIES RAT

Kapitel 6

Marisa entschied sich, Emilies Rat zu folgen, und zog tatsächlich ihre sandigen Schuhe wieder an. Entschlossen lief sie zurück zum Sommerroth-Fest. Mit einem Tunnelblick quetschte sie sich durch die fragenden Gesichter ihrer Verwandten und hielt auf die Abstellkammer der Scheune zu, wo die wütenden Stimmen ihrer Brüder zu hören waren. Sie riss die quietschende Tür auf und stampfte auf Tom und Ben zu, die in einer Ecke zusammenstanden.

»Schafe? Ist das dein Ernst, Tom?«, verlangte Marisa ungläubig zu wissen.

»Mein voller Ernst«, sagte er mit starrer Miene und verschränkte die Arme vor der Brust. Alles an seiner Haltung demonstrierte, wie unumstößlich sein Entschluss feststand.

Philipp fuhr sich mit der Hand durch die Haare und schüttelte den Kopf. »Das muss ein schlechter Traum sein.«

Lizzy hatte sich leichenblass auf eine Kiste gehockt und war offensichtlich nicht mehr in der Lage, etwas dazu zu sagen.

Tom setzte nach. »Kaschmirschafe, um genau zu sein.«

Für einen Moment hingen seine Worte in der Kammer wie die leicht schwingenden Spinnweben. Marisa fühlte sich wie ein

Wasserkocher, in dem die Temperatur langsam stieg. Ihr war übel vom Wein und der Wut.

»In Italien?«, presste sie zornig hervor.

»Perugia, um genau zu sein«, verbesserte Tom sie ein zweites Mal.

Der Wasserkocher in ihr begann jetzt zu brodeln. Marisa machte sich gar nicht erst die Mühe, deeskalierend vorzugehen. »Sag mal, bist du vollkommen verrückt geworden?«, polterte sie los. »Warum zum Teufel züchtest du deine dämlichen Schafe nicht hier? Wir haben etliche Hektar Weideland.«

»Vielleicht deswegen, weil ich es satthabe, als ältester Erbe bloß einer von fünf zu sein.«

»Ach so, verstehe!« Marisa stemmte die Hände in die Seiten. »Du würdest den Laden gerne alleine schmeißen? Stell dir das mal lieber nicht so leicht vor.«

Toms Gesicht wurde immer zorniger. »Ich will etwas Eigenes, Marisa. Wenn ich jetzt nicht gehe, sind wir durch diesen Gutshof bis zum Grab aneinandergebunden!«

»Und wegen deiner egoistischen Wünsche muss Sommerroth jetzt leiden?«

»Sommerroth, Sommerroth! Sommerroth!!!«, donnerte er so laut, dass es sicher die ganze Familie draußen vernahm. »Ich kann dieses Wort nicht mehr hören. Mein ganzes Leben lang geht es schon um dieses Gut. Es frisst mich mit Haut und Haaren.«

»Du bist undankbar!«

»Und du bist verblendet.« Er gestikulierte jetzt mit den Armen. »Mich hat nie jemand gefragt, ob ich all das will. Und die Antwort ist: Ich will es nicht!«

Ben unterbrach die beiden und zeigte zum Ausgang. »Macht wenigstens die Tür zu, wenn ihr schon so schreit.« Seinem roten Gesicht war abzulesen, wie sehr ihn diese Konfrontation stresste.

Marisa lachte bitter auf. »Wozu? Durch euren Auftritt haben doch sowieso schon alle mitbekommen, was hier läuft. Schlimmer kann es nicht mehr werden.«

»Dann mache ich eben die Tür zu«, ertönte eine Stimme.

Marisa schnellte auf dem Absatz herum und sah Caroline in die Kammer kommen. »Was hast du denn hier verloren?«, blaffte sie sie an.

Caroline lächelte überheblich. »Entschuldige bitte, Marisa. Aber nach den jüngsten Ereignissen geht mich das hier ebenfalls etwas an. Ben und Tom überlassen mir schließl…«

»Raus! Und zwar sofort«, stieß Marisa so zornig aus, dass Caroline erstarrte. Ohne abzuwarten, schob sie sie hinaus und knallte die Tür hinter ihr zu.

»Was fällt dir ein, so mit unserer Tante zu reden?«, beschwerte sich Ben.

Philipp grätschte hinein, bevor Marisa antworten konnte. »Verdammt, Ben. Kannst du nicht einen Moment in deinen siebenunddreißig Jahren zurechtkommen, ohne dich wie ein kleiner Junge an Carolines Rockzipfel zu hängen?«

»Wie bitte? Das nimmst du sofort zurück«, forderte Ben wütend von seinem Halbbruder.

»Darauf kannst du lange warten«, antwortete Philipp. »Es war längst überfällig, das mal auszusprechen. Was willst du eigentlich den ganzen Tag in Irland machen? Kannst du mir das mal verraten?«

»Keine Ahnung. Ich will einfach weg von hier. Für mich ist der Familienname eine Last. Ich sehne mich nach Freiheit. Und jetzt ist diese Unterhaltung für mich beendet.«

Ben verließ die Kammer als Erster, und Tom folgte ihm.

Marisa und ihre Geschwister blieben stumm zurück. Für den Moment war alles gesagt. Es gab keine Lösung. Dennoch hatte es etwas Befreiendes gehabt, die lange aufgestaute Wut zur Sprache zu bringen.

Ohne ein weiteres Wort verließ Marisa ebenfalls die Kammer und trat wieder in die Scheune. Obwohl die Klaviermusik spielte und die Servicekräfte mit vollen Flaschen herumliefen, waren beinahe alle heiteren Gespräche verstummt. Sie spürte die neugierigen Blicke auf sich und hätte sich am liebsten wie eine Strandkrabbe im Boden eingegraben, da sah sie Emilie.

In einer Ecke unweit der Kammer saß sie auf einem Stuhl. Es war ihr anzusehen, dass sie jedes Wort gehört hatte. Marisa erschrak. Nachdem ihre Großmutter ihr vorhin beim Gespräch am Reitplatz noch stark und kämpferisch vorgekommen war, wirkte sie plötzlich geschwächt. So, als hätte das Zerwürfnis in der Familie und die damit verbundene Erinnerung an frühere Streitigkeiten sie sehr angestrengt.

Lächelnd ging Marisa auf sie zu und beugte sich hinunter. Dann flüsterte sie ihr ins Ohr: »Komm, wir gehen in mein Haus und lassen diese verrückte Familie kurz allein. Später kommen wir zurück und feiern bis in die Nacht.«

Ihre Großmutter nickte dankbar. »Eine gute Idee.«

Kurz darauf half Marisa Emilie ins Bett und zog ihr die Decke hoch bis zu den Schultern.

»Du weckst mich aber, in Ordnung?«

»Versprochen«, sagte Marisa und nahm auf ihrem mintgrünen Sessel mit dem passenden Fußhocker Platz. »Wir ruhen uns bloß kurz aus.«

Kaum hatte Emilie die Augen geschlossen, bewegten sich die Augäpfel unter ihren Lidern, und sie schien zu träumen. Bald zitterten ihre Lippen. Emilie begann leise zu sprechen und Marisa hörte eine Weile zu. Zweifelsohne mussten es Kriegsbilder sein, die ihre Großmutter im Schlaf sah. Unentwegt murmelte sie Sätze wie »Wir müssen fliehen«, »Rettet die Pferde«, »Ostpreußen fällt!«. Irgendwann wurden die Träume heftiger. Besorgt setzte Marisa sich auf und überlegte, Emilie zu wecken.

Doch stattdessen nahm sie lieber ihre Hand, woraufhin die alte Frau im Schlaf zu weinen begann.

Marisa brachte es nicht mehr übers Herz, Emilie allein zu lassen. Und ein Stück weit war sie sogar erleichtert, einen Grund zu haben, das Fest zu schwänzen. Schließlich erwartete sie dort ohnehin nichts, das Erheiterung versprach.

* * *

Am Morgen erwachte Marisa in dem Sessel neben dem Bett. Sie hielt unverändert die Hand ihrer Oma, die jetzt friedlich schlief. Leise schlich Marisa aus dem Zimmer und tapste in die Küche, wo sie automatisch ein paar Handgriffe tat. Das Gluckern ihrer Kaffeemaschine erschien ihr wie Musik, denn die Ereignisse des Vortages holten sie jetzt mit einem Schlag ein und bereiteten ihr Kopfschmerzen.

Tom und Ben würden Gut Sommerroth heute verlassen! Eine neue Zeit brach mit diesem Tag an, und keiner wusste, was sie bringen würde.

Missmutig zog sie ihr weißgelbes Kleid aus, das ihr gestern noch so schön vorgekommen war. Sie warf es in die Ecke und tauschte es gegen Jogginghose und T-Shirt. Sie würde es nie wieder tragen können, ohne an ihr missglücktes Familienfest denken zu müssen.

Nachdem sie sich zum dritten Mal schwarzen Kaffee nachgeschenkt hatte, trat sie mit ihrer riesigen Tasse ans Fenster und sah auf den Hof, wo sie ein Geräusch gehört hatte. Ein Taxi war vorgefahren. Im bläulichen Morgenlicht traten Ben und Tom aus dem Haupthaus. Ihr Vater half den beiden mit ihren großen Koffern. Caroline schnäuzte in ein Taschentuch. Der Abschied ihrer Neffen schien ihr tatsächlich nahezugehen, was sie beinahe einen Hauch sympathisch machte.

Eine Bewegung am Fenster des Haupthauses ließ Marisa aufschauen. Es war Lizzy, die eine Gardine zur Seite zog und offensichtlich ebenso entschieden hatte, sich nicht zu verabschieden. Philipp war stärker als sie beide. Er schritt nun zum Taxi und umarmte seine Brüder. Sein Gesicht blieb dabei aber frostig.

Der nächste Schluck Kaffee schmeckte plötzlich bitter in Marisas Mund. Sie würgte ihn hinunter und stellte die Tasse auf die Fensterbank.

Der Kofferraum des beigen Wagens wurde mit einem Rumsen zugeschlagen.

»Guten Morgen«, sagte eine Stimme hinter ihr. Es war Emilie, eingehüllt in den flauschigen Morgenmantel, den Marisa ihr bereitgelegt hatte. Sie trat zu ihr ans Fenster.

»Guten Morgen. Ich hoffe, du hast gut geschlafen.« Mit Absicht erwähnte sie die Albträume nicht. »Möchtest du Kaffee?«

»Nein, danke«, gab Emilie zur Antwort und richtete den Blick nach draußen, wo Ben und Tom mit ihrem Vater sprachen. »Jetzt kannst du noch zu ihnen gehen.«

»Ich habe kurz drüber nachgedacht, aber mir fallen einfach nicht die richtigen Worte ein. Soll ich ihnen danken, dass sie uns im Stich lassen und Caroline zum Fraß vorwerfen? Oder eher dafür, dass sie das Familienfest mit ihrer Verkündung gesprengt und meine Arbeit zunichtegemacht haben?« Marisa hörte selbst, wie böse sie klang, aber ihre Stimmung war auf dem Nullpunkt.

»Ich verstehe. Vielleicht solltest du wirklich auf eine Verabschiedung verzichten«, schloss Emilie schmunzelnd.

»Dieser Tag strengt mich schon an, bevor er richtig begonnen hat. Das ganze Gut ist voller Familienmitglieder, die mir sicher hundert Fragen stellen werden. Dabei habe ich selbst keine Antworten. Am liebsten würde ich mich ins Bett legen und mir die Decke über den Kopf ziehen, bis alle weg sind.«

»Und warum sollte das nicht gehen?«, fragte Emilie, als hätte Marisa etwas ganz Normales gesagt.

Marisa musste lächeln. Emilies Humor war so erfrischend. Sie schien wirklich nur selten etwas schwerzunehmen – eine Eigenschaft, die Marisa sich von ihr abgucken wollte. Dennoch hob sie ihr Handy zwischen sich und ihre Großmutter. »Ich muss in einer Stunde im Büro sein. Eine Sommerroth-Konferenz, wie mein Vater unsere Treffen in der Familiengruppe gerne nennt.« Sie atmete schwer ein und aus. »Ich ahne schon, welcher Ehrengast uns da erwarten wird.«

Das Taxi fuhr einen Kreis und verließ den Hof durch die Allee. Ein letztes Mal sah Marisa die Gesichter ihrer Brüder durch die Autoscheiben. Prompt kam zu ihrer sonstigen schlechten Laune nun auch noch das Gefühl, eine miese Schwester zu sein. Die Begegnung mit Caroline im Büro würde dem Ganzen die Krone aufsetzen. Es schien nichts zu geben, das diesen Tag noch retten konnte, außer …

Marisa sah zu Emilie. Der Gedanke, wenigstens eine kleine Waffe in der Hand zu halten, hellte ihr Gesicht auf. »Magst du mich vielleicht zur Konferenz begleiten?«

»Hmm«, begann Emilie und blickte verwegen. »Bist du dir sicher, dass mich jeder dabeihaben will?«

»Ich bin mir sogar sehr sicher, dass dich nicht jeder dabeihaben will. Aber hier macht doch sowieso gerade jeder, was er mag. Und ich würde mir wünschen, dass du mitkommst.«

»Das soll mir als Grund reichen.« Ihre Großmutter hakte sich unter.

Marisa legte ihre Schläfe kurz an Emilies Kopf und fühlte, wie die Last des Tages schon etwas leichter wurde.

* * *

117

Henry Sommerroth hatte einen günstigen Zeitpunkt für ihre Zusammenkunft gewählt. Als Marisa mit Emilie am Arm über den Hof schlenderte, war keine Menschenseele zu sehen. Dafür drang das leise Klirren und Klappern des Frühstücksgeschirrs aus den geöffneten Fenstern des Gartenzimmers zu ihnen herüber.

Das Büro befand sich auf der anderen Seite des Guts und lag noch im Schatten. Mehr als sonst wirkte der Raum mit den schwarzen Regalen und braunen Ledersesseln heute düster. Caroline thronte am Kopf des Konferenztisches. Lizzy, Philipp und ihr Vater umrahmten sie und schenkten Marisa ein Lächeln, die zuerst eintrat. Dann folgte Emilie.

»Mutter«, rief Henry Sommerroth erstaunt aus. Sein schwerer Ledersessel knirschte, als er sich erhob. »Soll ich dich nicht besser zum Frühstück bringen? Was wir hier besprechen, würde dich wahrscheinlich sowieso bloß langweilen.«

Mit einem liebenswürdigen Gesichtsausdruck verneinte sie. »Ganz im Gegenteil, Henry. Die Gespräche im Frühstücksraum würden mich langweilen. Wenn du also nichts dagegen hast, leiste ich euch Gesellschaft, während ihr über Sommerroths Zukunft beratschlagt. Es war ja einst auch mal mein Zuhause.«

Marisa bemerkte den Blick ihres Vaters, der etwas sagte wie »Bring mich doch nicht in solche Schwierigkeiten«. Und ebenso Carolines Blick, der so viel sagte wie: »Das willst du doch nicht etwa zulassen, Henry!« Aber niemand sprach seine Gedanken aus, weshalb Marisa Emilie zum nächsten freien Platz führte und sich ebenfalls setzte. Erst jetzt fielen ihr die Lücken im Regal auf und dann die drei Ordner, die auf dem Tisch lagen. Auf ihren Rücken standen in Babettes leserlicher Handschrift die Worte »Reitstall«, »Försterei«, »Hochzeiten« geschrieben. Ihr Körper begann zu kribbeln, und mit jeder Sekunde, die verstrich, wurde das Kribbeln zu einem Stechen.

Schon der Anfang gestaltete sich schwierig. Philipp räusperte sich. »Vater, willst du als unser Beisitzer heute vielleicht beginnen?«

»Warum das?«, fragte Caroline jetzt mit einem angriffslustigen Blitzen in den Augen. »Soweit ich weiß, war doch Tom derjenige, der als Ältester der Geschwister die Familienkonferenzen leitete. So hattet ihr es vor drei Jahren beschlossen. Nun, da ich unter anderem für ihn anwesend bin, sollte es doch selbstverständlich sein, dass ich diesen Teil ab jetzt übernehme.«

Marisa hörte, wie der Kugelschreiber, den sie zur Ablenkung in die Hand genommen hatte, knackte. Um ihn nicht vor Anspannung zu zerbrechen, legte sie ihn besser weg. Caroline hatte mit diesen Worten zumindest schon mal eines verraten: Das Vorhaben von Tom und Ben war gründlich ausgearbeitet worden. Es gab also einen Plan. Diesen galt es aus ihr herauszukitzeln.

»Wie lange hast du schon davon gewusst, dass sie Sommerroth verlassen wollen?«, forderte Marisa zu wissen.

»Nicht viel länger als ihr.«

»Das kann ich kaum glauben.«

»Willst du sagen, dass ich lüge?« Caroline zog die Augenbrauen hoch.

»Moment …« Lizzy hob die Hände zu einem Time-out-Zeichen. »Das ist ein schlechter Anfang. Lasst uns versuchen, nicht zu streiten. Die Situation ist für uns alle emotional. Wir müssen an Gut Sommerroth denken und an nichts anderes.«

»Fein«, sagte Caroline schon fast beschwingt und strich sich die Falten aus ihrem knallpinken Etuikleid. »Insofern sage ich euch jetzt, was meiner Meinung nach unablässig ist, um mich anstelle von Tom und Ben mit voller Kraft Gut Sommerroth widmen zu können.« Sie wies zur Tischmitte. »Diese Ordner habe ich mir von Babette geben lassen. Ich möchte sie zunächst gründlich studieren. Anschließend würde ich mir gerne einen Überblick vor Ort verschaffen.«

»Was genau soll das heißen?« Philipp runzelte die Stirn.

»Ihr führt mich in eure Geschäfte ein – auf dem Papier und am Ort des Geschehens. Ich wünsche eine komplette Übersicht der Einnahmen und Ausgaben vom Stammsitz der Familie, über den wir ab heute gemeinsam entscheiden.«

Jedes ihrer Worte war für Marisa wie ein kleiner Giftpfeil. Allein die Vorstellung erschien ihr vollkommen absurd. Seit Jahren war sie froh und glücklich, durch ihr Geschäft einen Bereich auf Sommerroth zu haben, zu dem Caroline keinen Zugang hatte. Und jetzt sollte sie ihr Einblicke in jeden Winkel gewähren? Sie schluckte den dicken Kloß in ihrem Hals herunter.

Caroline sah zu ihr herüber. Fast wirkte sie um Jahre verjüngt, so sehr schien die Situation sie zu beflügeln. »Ist das ein Problem für dich, Marisa?«

Diese Genugtuung bekommst du nicht von mir, dachte sie und kontrollierte ihre Miene. »Ich habe nichts zu verbergen. Wo möchtest du anfangen?«

»Warum nicht bei dir? Sobald ich mir die Verträge und Finanzen deiner Geschäfte angesehen habe, führst du mich herum und erklärst mir alles.«

Marisa nickte bloß. Die Luft war zum Zerschneiden dick.

»Noch Fragen?« Sie sah einem nach dem anderen ins Gesicht.

Niemand sagte mehr etwas.

»Noch andere Themen?«, fragte Caroline.

Philipp verschränkte die Arme.

Lizzy klemmte sich stumm die blonden Haare hinter die Ohren.

»Gut, dann sind wir fürs Erste wohl fertig.«

»Sieht so aus«, äußerte Marisa tonlos.

Caroline stand auf. »Wunderbar. Das kommt mir sehr gelegen. Ich würde nämlich gerne noch etwas Zeit mit den Wendhusens beim Tee verbringen, bevor alle fahren.« Sie umrundete beschwingt den Tisch, wobei ihr Blick auf Emilie fiel, die den Kopf schüttelte.

Marisa beobachtete, wie Carolines Gesicht kurz den Ausdruck von Überlegenheit verlor. Es war unverkennbar, dass die Gegenwart von Emilie ihre Zufriedenheit trübte.

»Was soll diese Geste?«, stieß sie barsch hervor.

»Gibst du eigentlich niemals Ruhe, Caroline?«, meldete Emilie sich zu Wort.

Ihre Antwort waren ein Lachen und eine Gegenfrage. »Das sagst ausgerechnet du?« Verächtlich schaute Caroline auf sie herab. »Kommst nach dreißig Jahren zurück auf das Gut, als wäre nichts gewesen.«

»Mir scheint, ich bin genau zur richtigen Zeit gekommen.«

»Um Marisa wie ein Schatten zu folgen?«

»Möglicherweise.« Sie hielt den Augenkontakt zu Caroline mit Leichtigkeit. »Vielleicht möchte ich auch einfach die gute Landluft genießen.«

Caroline lächelte zynisch. »Ja, die muss dich sehr an dein bäuerliches Leben in Ostpreußen erinnern.«

»Caroline …«, warnte Henry streng.

»Was sage ich denn? Das schlichte Leben hat durchaus seinen Reiz. Jedenfalls für manche Menschen, die es von Geburt an nicht anders kennen.«

Er stand auf. »Genug jetzt! Wie redest du mit meiner Mutter?«

Emilie hob die Hand. Ihre Stimme klang ruhig. »Sprich bitte nicht für mich, Henry. Das kann ich sehr gut allein. Außerdem hast du den Zeitpunkt dafür ungefähr um dreißig Jahre verpasst.«

Er ließ sich in seinen Sessel zurückfallen und winkte ab. »Wie man es macht, macht man es falsch.«

Caroline lief hinaus. Wenig später schnappte die Bürotür hinter ihr zu. Im Raum war es einen Moment lang still.

Marisa fühlte Wut in sich aufsteigen. Sie ließ die flache Hand krachend auf die Tischplatte schnellen und wandte sich an ihren Vater. »Wie kannst du zulassen, dass Caroline ihre Finger in unsere Geschäfte steckt?«

»Moment … Auch ich bin von all dem überrumpelt worden, Marisa.«

Ihr Finger wies zur Tür. »Sie ist nicht mal eine Sommerroth«, schleuderte sie ihm entgegen, als hätte er gar nichts gesagt.

»Aber Ellen war eine Sommerroth, und Caroline hat ihre Rolle eingenommen. Muss ich dir das etwa noch mal erklären?«

»Ellen ist seit siebenunddreißig Jahren tot. Und seitdem lebt Caroline auf unserem Gut wie ein Parasit. Du hättest sie längst rauswerfen sollen.«

»Das, was sie für deine Brüder getan hat, sollte auch dich mit ein wenig mehr Dankbarkeit erfüllen. Sie rauszuwerfen hätte den Bruch zwischen mir und Tom und Ben bedeutet.«

»Ha.« Marisa hörte sich selbst höhnisch auflachen. »Ja, wirklich gut, dass du es nicht getan hast. Tom und Ben haben es dir wahrlich gedankt mit ihrem Weggang. Da opfere ich doch gerne meine geschäftliche Freiheit.«

»Vater, Marisa … beruhigt euch bitte wieder.« Erneut war es Lizzy, die zu schlichten versuchte.

Marisa aber ignorierte ihre Schwester. »Was ist, wenn ich mich weigere?«, fauchte sie in den Raum hinein und verschränkte die Arme vor der Brust.

Ihr Bruder Philipp gab ihr die Antwort. »Sei dir sicher, ich habe mir die Verträge längst angesehen. Einiges mag eine Grauzone sein, aber dort steht deutlich geschrieben, dass im Falle von Krankheit und Abwesenheit ein Vertreter ernannt werden kann, der mit allen Rechten ausgestattet ist. Und das ist nun mal Caroline. Wir können nichts tun.«

»Marisa«, begann Lizzy. »Vielleicht ist am Ende alles halb so schlimm. Dann zeigst du ihr eben dein Lager mit der Hochzeitsdekoration und die Scheune, die sie sowieso schon kennt. Was ist denn dabei?« Jetzt drehte sie sich zu ihrem Bruder. »Und du, Philipp, führst sie durch das Sägewerk und den Wald. *So what?«* Sie angelte nach Marisas Fingern. »Und ich präsentiere ihr die total aufregende Reithalle und die noch aufregenderen Ställe.« Sie zuckte die Schultern. »Was soll passieren? Sie wird sich zu Tode langweilen, und alles bleibt beim Alten.«

»Vielleicht hat Lizzy recht«, stimmte Philipp seiner Schwester zu. »Caroline will sich einfach ein bisschen aufspielen. Geben wir ihr, was sie will. Alles wird sich schnell wieder beruhigen.«

Lizzy begann nun zu grinsen. »Außerdem müssen wir es ihr ja auch nicht angenehmer machen als nötig. Wenn sie uns ärgert, ärgern wir sie eben zurück.«

»Was soll das denn heißen?«, wollte Henry Sommerroth jetzt wissen. In seiner Stimme schwang eine Drohung mit.

Marisa und ihre Geschwister teilten einen verschwörerischen Blick. Es kam ihnen aber kein Wort über die Lippen.

Ein Ledersessel knirschte. Emilie erhob sich und griff nach ihrem Gehstock, den sie an die Tischkante gelehnt hatte.

»Du musst wirklich nicht alles wissen, Henry«, sagte sie zu ihm, als wäre er noch immer ein Kind. Ihre nächsten Worte hatten einen angriffslustigen Unterton. »Bring mich lieber zum Frühstücksraum. Auch ich will schließlich noch ein paar Gespräche mit den Wendhusens führen.«

Bevor Emilie aus dem Büro geleitet wurde, fing Marisa ein Zwinkern von ihr auf. Es war ihr, als könnte sie die Gedanken ihrer Oma lesen, die sagten: *Wollen wir den Laden mal ein wenig aufmischen*. Marisa konnte wieder lächeln. Diese Frau war ihr so ähnlich, dass es beinahe gruselig war.

* * *

Der Himmel draußen war bereits so dunkel, dass man nur schwer sagen konnte, ob er noch blau oder schon schwarz war. Marisa lag im Frotteeschlafanzug und mit ihren Kuschelsocken auf der Couch. In ihrem Rücken steckten drei dicke Kissen. Neben ihr auf dem Tisch stand ein halb leeres Glas Rotwein. Regungslos starrte sie auf den geöffneten Laptop, der an ihren angewinkelten Beinen lehnte.

Der animierte Header der Sommerroth-Website erregte ihre Aufmerksamkeit. Er zeigte die schönsten Impressionen des Guts und wechselte alle drei Sekunden das Bild. Gerade war ein Foto des Sees an der Reihe, auf dem zwei Schwäne schwammen. Danach schob sich von rechts eine Nahaufnahme der verwitterten Burgmauern ein. Drei Sekunden später erschien das uralte Mühlrad, von dem das Wasser des Burgbachs tropfte und in der Sonne glitzerte.

Eigentlich hatte Marisa noch ein wenig arbeiten wollen. Die ersten Anfragen für Hochzeiten im nächsten Jahr füllten bereits ihr E-Mail-Postfach, und eine Lokalzeitung hatte um ein Interview gebeten. Doch ihre Gedanken kreisten unaufhörlich um das, was in den letzten drei Tagen Unfassbares passiert war.

Sie hatte das Bedürfnis, auf eine riesige »Pause«-Taste zu drücken, um ihr Leben kurz anhalten und ihre Gedanken in Ruhe sortieren zu können. Doch diese Taste gab es nicht. Schon morgen würde der Betrieb auf Sommerroth unerbittlich weitergehen, so blieben ihr nur die Stille der Nacht – und der Wein. Marisa trank. Das Header-Bild wechselte.

Wie der Zufall es wollte, zeigte es jetzt das filigrane Geschirr auf einer Kaffeetafel. Seitlich davon sah man verschwommen die Gestalt einer Frau, die einen Blumenstrauß auf den Tisch stellte. Marisa erkannte die Person natürlich. Es war Caroline! Automatisch erschien ihr Gesicht vor ihrem geistigen Auge – und zwar so, wie sie es heute im Büro zuletzt wahrgenommen hatte. Der selbstzufriedene Ausdruck aufgrund ihrer neugewonnenen Macht ließ in Marisa erneut die Wut aufwallen. Dabei konnte ein winziger Teil in ihr sie sogar verstehen.

Caroline hatte nie geheiratet und nie gearbeitet. Nach Ellens Tod war sie sofort auf Sommerroth eingezogen und hatte quasi das Leben ihrer Schwester geführt. Solange Ben und Tom noch Kinder gewesen waren, hatte dieses Leben sie wohl ausgefüllt. Jedenfalls war sie Marisa in diesen Jahren zufriedener erschienen. Dann aber musste sich in ihr der Wunsch nach etwas Eigenem breitgemacht haben, und während ihrer Selbstfindungssuche war ihr Augenmerk schließlich auf Sommerroth gefallen. Nun, da Tom und Ben ihr das Feld bereitet hatten, setzte Caroline zum Angriff an. Marisa hatte keinen Zweifel, dass die Tante ihrer Halbbrüder mehr als bereit war, ihre Fangzähne in das Gut zu schlagen. Sie wollte ein Stück von Sommerroth haben, es nach ihren Vorstellungen formen, zum ersten Mal in ihrem Leben etwas Großes besitzen. Vielleicht hätte Marisa es Caroline sogar gegönnt, wenn sie sich nähergestanden hätten. Oder wenn sie sich ähnlicher gewesen wären. Aber dem war nicht so. Sie trank erneut einen großen Schluck Rotwein. Das Header-Bild wechselte.

Ein besonders kunstvoll verzierter Teil ihres Fachwerkhauses wurde gezeigt, darunter die Sprossenfenster zu ihrem Schlafzimmer. Automatisch drifteten Marisas Gedanken nun zu Emilie, die gerade dort schlief. Es waren noch keine vollen drei Tage seit der Ankunft ihrer Großmutter vergangen, doch schon jetzt meinte Marisa, sie ihr ganzes Leben zu kennen. Anders als bei Caroline empfand sie nur Wärme für Emilie. Dennoch, eine leise Stimme in ihrem Innern fragte sich, warum ihre Oma wirklich hergekommen war. Sie wusste nichts über ihre Geschichte, hörte nur hier und da jene kleinen, aber deutlichen Spitzen, die Emilie gegen Caroline und Henry austeilte. Caroline hingegen konterte wiederholt mit Emilies niederer Herkunft. Marisa hatte versucht, ihre Großmutter darauf anzusprechen, doch sie hatte lediglich die bereits gefallenen Worte wiederholt. *Ich bin nicht hier, um über Vergangenes zu reden. Das, was war, soll ruhen.*

Sie nahm einen weiteren Schluck Rotwein und spürte eine angenehme Schwere in den Gliedern. Erst jetzt, nach dem dritten Glas, kam die Entspannung, nach der sie sich schon seit dem Morgen gesehnt hatte. Unverändert starrte sie auf die bewegten Bilder der Website.

Ein Foto mit Lizzys Pferden erschien. Zwei Schimmel und ein Brauner, die nebeneinander über eine Koppel galoppierten. Die Mähnen flogen im Wind. Die Hufe schleuderten Erde mit sich. Alles erschien derart lebendig, dass Marisa meinte, die Pferde hören zu können. Das Bild versetzte sie zurück in die gestrige Nacht, in der Emilie so fürchterliche Träume durchlitten hatte. Auch sie hatte Pferde erwähnt.

Marisas Augen weiteten sich bei der Erinnerung, denn ihr kam plötzlich eines in den Sinn: Ungewollt hatte Emilie ihr doch einen winzigen Einblick in die Vergangenheit gewährt.

Sie öffnete das Fenster eines Browsers, der daraufhin die Sommerroth-Webseite überdeckte. Ihre Maus klickte in das Textfeld der Suchmaschine. Marisa dachte kurz nach. Was hatte Emilie im Schlaf gesagt? Entschlossen tippte sie die Begriffe »Ostpreußen«, »Flucht«, »Zweiter Weltkrieg« und »Pferde« ein.

Nachdem sie einige Seiten überflogen hatte, blieb ihr Auge an etwas hängen, das ihr Interesse weckte. Die Geschichte des weltberühmten Gestüts Trakehnen!

HAUPTGESTÜT TRAKEHNEN

EMILIES HEIMAT

KAPITEL 7

Oskar von Zimny eilte mit schnellen Schritten durch die Flure des verlassenen Reitburschenhauses. Dabei trug er ein Knäuel aus Bettlaken unter dem Arm, die er in den Gruppenschlafräumen hektisch zusammengerafft hatte. Blut tropfte darauf. Irgendwo musste er verwundet sein. Ihm blieb keine Zeit, sich darum zu kümmern.

Er spürte seinen eigenen keuchenden Atem in der stechenden Brust, sah sich selbst dabei weiße Wölkchen aus dem Mund in die frostige Oktoberluft stoßen. Hören konnte er nichts davon. In seinen Ohren tönte einzig und allein das endlose tosende Trommelfeuer der feindlichen Artillerie.

Der Krieg war zurück. Die Rote Armee war zum Angriff übergegangen und hatte die Grenze Ostpreußens an mehreren Stellen überschritten. Ihr Kommen wurde begleitet von Tausenden Granaten, die seit Stunden auf dem Flugplatz neben dem Gestüt, dem Bahnhof Trakehnens und eigentlich überall in Frontnähe niedergingen.

»Bettlaken! Bettlaken!« Seine Lippen formten die tonlosen Worte. Sein Blick zuckte umher auf der Suche nach Beute. Seine Gedanken waren dabei beherrscht von den schrecklichen Bildern der Verletzten, die auf dem Hauptverbandsplatz hier auf dem Gestüt versorgt wurden. Obwohl es auf Trakehnen eine eigene Apotheke gab, war das Verbandszeug schon jetzt knapp geworden. Deshalb hatte man die Männer des Volkssturms losgeschickt mit den Worten: »Holt irgendwas, aber holt es schnell!«

Er rannte in den nächsten Raum und zerrte eines der Laken so brutal von der Schlafstätte, dass es zerriss. Gerade wollte er sich danach bücken, als unweit des Reitburschenhauses eine Granate hochging. Die Fenster vor ihm zersplitterten in tausend Scherben. Für einen Moment war in seinen Ohren nur noch ein Fiepen. Oskar taumelte und blickte starr auf die glitzernden Scherben, die den Boden bedeckten. Langsam schüttelte er den Kopf und versuchte, bei klarem Verstand zu bleiben. Eine Stimme drang zu ihm durch.

»Das ist genug. Zurück zum Hauptverbandsplatz«, schrie der Gruppenführer im Türrahmen, so laut er konnte, gegen den ohrenbetäubenden Lärm an. Oskar ließ das halbe Laken liegen und folgte dem Mann auf die Flure.

Dabei kam ihm alles, was gerade geschah, unwirklich vor. Erst an diesem Morgen, noch vor Sonnenaufgang, war er mit Leutnant Sommerroth auf Trakehnen angekommen. Sie hatten sich von Danzkehmen aus zu Fuß über Feldwege geschlagen, um niemandem in die Hände zu fallen, der lästige Fragen stellte. Dann, wenig später, nachdem sich das Gestüt in der frostigen blassblauen Dämmerung noch ein letztes Mal in seiner ganzen Pracht gezeigt hatte, war nichts Geringeres als die Hölle losgebrochen.

Oskar nahm die nächste Treppe ins Erdgeschoss. Immer mehr Männer der Volkssturmeinheit, zu der er jetzt gehörte, schlossen sich ihm an. Mit einem Fußtritt stieß einer von ihnen die Tür nach draußen auf. Und obwohl Oskar wusste, welches Bild ihn dahinter erwartete, stockte ihm dennoch für einen Moment der Atem.

Der Horizont im Osten glühte im Feuersturm. Die Luft war erfüllt von einem dreckigen Nebel, der in den Augen brannte und die Lungen quälte. Irgendwo am Himmel flogen röhrende Bombergeschwader über Trakehnen hinweg. Die ratternden Flugabwehrkanonen der Wehrmacht jagten ihnen hinterher. In unmittelbarer Nähe detonierten mehrere Granaten und schleuderten Trümmer und Erdbrocken in die Luft. Automatisch hielt Oskar sich schützend einen Arm vor das Gesicht und wich einen Schritt zurück ins Haus.

»Los, weiter! Nicht stehen bleiben«, schrie ein Mann hinter ihm und versetzte ihm einen Stoß in den Rücken.

Oskar rannte los, so schnell er konnte. Erst in dem Moment wurde ihm klar, dass er und die Männer nun ungeschützt waren. Mit Absicht wählte er den Weg über die begrünten Flächen und nicht über die hellen Wege, von denen er sich noch stärker abhob. Das Ziel lag bereits vor seinen Augen – eine einzelne frei stehende Eiche vor dem Schloss des Landstallmeisterhauses. Da näherte sich ihnen ein Tiefflieger. Die Salve aus dem Maschinengewehr durchlöcherte den Boden in einer geraden Linie. Sie schoss nur knapp an Oskar vorbei, der sich jetzt rücklings an die raue Baumrinde presste. Hier, unter den schützenden Ästen, versammelten sich die übrigen Männer, suchten den Himmel nach weiteren Tieffliegern ab und rangen kurz um Atem. Sie waren zwei weniger als eben noch.

Oskars Blick fiel automatisch auf das Zuhause von Ernst Ehlert. Der herrschaftliche weiße Bau mit dem Türmchen in der Mitte erstrahlte jetzt im unheilvollen rötlichen Schein des brennenden Fahrstalls daneben. Vor dem Schloss prangte die Bronzefigur des berühmten Zuchthengstes Tempelhüter. Noch ein letztes Mal suchten seine Augen die hell erleuchteten Zimmerfenster des Schlosses ab – vergeblich. Seit ihrer Ankunft auf Trakehnen war Ernst Ehlert nicht aufzufinden gewesen. Leutnant Sommerroth hatte sich deshalb von Oskar getrennt und war auf die Suche nach ihm gegangen. Hoffentlich fand er ihn bald!

Jemand zerrte an Oskars Ärmel. »Weiter. Weiter. Komm schon.«

Wieder rannten die Männer, so schnell ihre Füße sie trugen. Sie überquerten die Brücke über die Rodupp, in deren rot gefärbtem Wasser Leichen trieben. Noch immer sprudelte es idyllisch über die Steine im Fluss, als gäbe es den Krieg nicht.

Vor Oskar trafen sich nun die Wege zum Hengststall, zum Hotel Elch, zum Hauptspeicher, zur Mühle und zum alten Hof der Fuchsstuten. Für gewöhnlich war *das Dreieck* ein prachtvoller Platz, der die gewaltige Größe und preußische Genauigkeit, mit welcher das Gestüt geführt wurde, auf einen Blick bestätigte. Jetzt rannten verwundete und verstörte Menschen chaotisch zwischen Panzern und Ambulanzen hin und her. Ihre durchdringenden Schreie mischten sich mit dem panischen Wiehern der Pferde und erschütterten Oskar bis ins Mark.

Da der Rauch und die Asche von mehreren brennenden Gebäuden alles in ein unwirkliches Grau hüllte, war es schwierig, sich zu orientieren. Oskar und seine Einheit rannten fast blind durch die Menschen. Unaufhörlich flogen rechts und links von ihnen Gestein und Erde in die Luft. Oskar wurde davon getroffen, jedoch ohne Schmerz zu spüren. Das Blut jagte ihm so schnell durch den übermüdeten Körper, dass sein Kopf hämmerte und seine Augen weit aufgerissen waren. Da tauchte im Kampfnebel das Banner mit dem roten Kreuz auf – der Hauptverbandsplatz. Die Krankenschwestern nahmen ihm die Bettlaken aus den Händen und rissen sie sogleich in Streifen.

In diesem Moment packte ihn eine Hand an der Schulter und drehte ihn herum.

* * *

»Ich hab ihn gefunden«, schrie Johann dem Gutsherrn ins Gesicht.

»Ehlert? Wo ist er?«

Johann las eher von Oskar von Zimnys Lippen, als dass er ihn hörte. Seinem Gegenüber ging es sicher ähnlich, also zeigte er in die Richtung, in die sie laufen mussten. »Folgen Sie mir.«

Sie hasteten los, obwohl es überall Granaten regnete. Johann wusste, die Explosionen trübten den meisten Menschen die Sinne, weshalb er die Führung übernahm. Als Leutnant mit einigen Jahren Kriegserfahrung war er im Vorteil angesichts dieser harten Bedingungen. Seit er sich vor elf Jahren freiwillig zum Militär gemeldet hatte, war er in Frankreich und Italien im Kriegseinsatz gewesen, und ebenso wie damals spürte er auch jetzt, wie sein Körper auf Überleben schaltete und die Kontrolle übernahm. Er schaffte es, das Brennen der Augen, den Lärm in den Ohren, die Feuerhitze auf der Haut, das Stechen in der Nase und den Bleigeschmack im Mund auszublenden und sich auf die unmittelbaren Gefahren zu konzentrieren. Bei einer der Alleen reagierte er blitzschnell. Seine Hand packte den Mantel des Gutsherrn und riss ihn zurück. Nur eine Sekunde später schoss eine panische Herde Rappstuten an ihnen vorbei, die sie um ein Haar zertrampelt hätten. Die Pferde wurden angeführt von drei Reitburschen, die alle Hände voll damit zu tun hatten, sie auf dem Gestüt zusammenzuhalten.

Oskar von Zimny rappelte sich wieder auf. Dabei sagte er etwas, das Johann nicht verstand.

»Was?«, fragte er und hielt sich eine Hand hinter das Ohr.

»Ausschließlich Rappen!«, brüllte der Gutsherr jetzt. »Das müssen die Pferde aus dem Vorwerk Gurdzen sein. Es wird offenbar schon aufgegeben. Wir sollten uns beeilen.«

Sie warteten, bis sich eine Lücke auftat.

»Kommen Sie! Schnell!«, scheuchte Johann ihn weiter, denn am Ende der Allee sah er bereits die nächste Herde. Er fragte sich, was der Landstallmeister vorhatte. In Kürze würden sie es wohl erfahren.

Sie erreichten das Schloss, vor dessen Eingang nun auch der Landauer von Dr. Ehlert parkte. Die Tür stand weit offen. Zahlreiche Gestalten hielten sich im Inneren auf, und weitere strömten gerade hinein. Johann fragte sich, wer die Männer waren, da gab ihm von Zimny schon eine Erklärung.

»Er versammelt die Stutmeister und Oberwärter der Vorwerke.«

Johann nickte, doch seine Aufmerksamkeit galt nur kurz den Gestütsbeamten. Stattdessen achtete er auf die strengen Mienen der Wehrmachtsmänner, die alles überwachten. Selbst jetzt noch! Unauffällig versuchte er, sich einen Überblick über die Lage zu verschaffen, als sie sich in die Menge mischten.

Auf den ersten Stufen der mächtigen Holztreppe in der Eingangshalle sah Johann Ernst Ehlert mit seiner Frau Elisabeth stehen. Der Landstallmeister sprach zu den Männern.

»Ich habe soeben erneut bei der Kreisleitung angerufen.« Er stockte sichtlich und rang um Fassung. »Kein Evakuierungsbefehl! Die Flucht steht weiterhin unter Höchststrafe. Auch die Vorbereitung dafür. Geht also bitte zurück in die Ställe und helft Menschen und Tieren, wo es nötig ist.« Seine Stimme war fest, aber die Worte kosteten ihn sichtlich Kraft. Halt suchend tastete die rechte Hand des Mannes nach dem Treppengeländer.

Vielleicht wäre Johann zu dieser Erkenntnis auch ohne das Porträt gekommen, das er jetzt hinter Ernst Ehlert entdeckte. Aber der direkte Vergleich führte ihm noch deutlicher vor Augen: Der Landstallmeister schien über kurze Zeit gealtert zu sein. Seine beachtliche Leibesfülle hatte abgenommen. Sein Schnauzer war ergraut.

Ehlerts Frau Elisabeth konnte ihre Tränen nicht länger zurückhalten und verschwand hinter einer Tür im Erdgeschoss, wo die Familie wohnte. Johann folgte ihr mit dem Blick, wobei er einen weiteren Mann der Wehrmacht ausmachte, der ihm bislang nicht aufgefallen war. Er stand im Schatten einer Ecke und beäugte Gesicht um Gesicht. Jeder seiner Muskeln schien angespannt – seine Hände umkrallten seinen schwarzen Gürtel. Die Stimmung, die von dem überwachsamen Soldaten ausging, war bedrückend.

Dr. Ehlert räusperte sich, und Johann sah wieder zu ihm. Er winkte nun seine engsten Mitarbeiter heran.

»Bitte, kommt mit mir ins Obergeschoss. Wir müssen planen, wie wir die Pferde, die zu nah am Flugplatz stehen, geordnet auf andere Teile des Gestüts umsiedeln. Die Zerstörung des Flugplatzes scheint das Hauptziel der Sowjets zu sein, und somit ist dort die Gefahr für die Pferde am größten …« Während er sprach, schweifte sein Blick über die Köpfe der Gestütsbeamten hinweg. Ruckartig hielt er inne. »Oskar!«, stieß er aus, als könnte er es selbst nicht glauben.

Johann sah den kleinen Mann die Treppe hinabhasten und auf den Gutsherrn zustürmen.

»Ernst, mein Freund«, antwortete von Zimny.

Die beiden Männer nahmen sich bei den Händen und legten die jeweils andere noch darauf, als sie sie schüttelten. Dabei sahen sie sich tief in die Augen.

»Ich bin so froh, dass du jetzt hier auf Trakehnen bist. Es tut unendlich gut, ein vertrautes Gesicht aus der Kindheit zu sehen. Heute mehr denn je.«

»Wie kann ich dir nur danken …?« Oskar von Zimny sprach nicht weiter – anscheinend waren ihm hier zu viele Ohren. Sein Blick ging kurz zur Seite.

Johann verstand die Geste als Hinweis auf die Beauftragung seiner Rettung aus dem Panzergraben. Auch er wandte sich nun dem Landstallmeister zu.

»Wie es aussieht, sind wir keine Minute zu früh aufgetaucht.«

»Allerdings, Leutnant.« Dr. Ehlert nickte. »Zwei Männer mehr an meiner Seite – und davon einer mit großem Pferdeverstand«, stieß er erleichtert aus. »Ich konnte selten dringender Unterstützung brauchen als dieser Tage.«

Seine Worte wurden unterstrichen, indem es draußen zweimal laut krachte. Johann beobachtete, wie alle daraufhin zusammenzuckten.

Oskar von Zimny trat einen Schritt näher an seinen alten Freund heran. »Hast du etwas von Emilie gehört? Geht es meiner Familie gut?«, fragte er so leise, dass Johann es gerade noch hören konnte. »Wir haben meinen Landarbeiter in der Nacht beim Vorwerk Danzkehmen gesehen.«

Dr. Ehlert schüttelte bedauernd den Kopf und gab leise Antwort. »Ich habe leider nichts gehört. Aber das wird kein Zufall gewesen sein. So wie ich deine kluge Tochter einschätze, denke ich, plant sie die Evakuierung eures Guts trotz der Umstände.«

Oskar von Zimny nickte langsam.

Der Landstallmeister rief nun mit kräftiger Stimme über die Köpfe hinweg: »Meine Herren, folgen Sie mir nach oben, bitte. Ich muss …«

Plötzlich verließ der Soldat die schattige Ecke mit forschen Schritten. Seine Schultern stießen achtlos gegen die Männer, die ihm im Weg waren. Er zeigte auf von Zimnys Armbinde. »Was geht hier vor sich? Der Mann gehört eindeutig zum Volkssturm und wird draußen gebraucht.«

Der Landstallmeister stellte sich gerade auf, wohl, um seine kleine Statur wenigstens ein bisschen imposanter zu machen. »Gewiss. Und dennoch: Dieser Mann und sein Wissen über Pferde sind für mich in der jetzigen Lage unverzichtbar. Ich brauche ihn, um die Tiere zu schützen.«

Johann beobachtete, wie die Miene des Soldaten sich verfinsterte.

»Er gehört zum Volkssturm! Nichts ist dringlicher als der Befehl Hitlers. Oder sehen Sie das etwa anders?«

Ehlert machte einen Schritt auf ihn zu. »Ich weiß, Sie erledigen bloß gewissenhaft Ihre Aufgabe, Soldat. Aber es geht hier um Hunderte Pferde, unter denen auch zukünftige Armeepferde sind. Wollen Sie wirklich dafür verantwortlich sein, dass viele von ihnen auf einen Schlag sterben, weil man sie nicht rechtzeitig umgesiedelt hat? Dass für tapfere Kavalleristen der Nachschub ausbleibt?«

Der Mann schwieg. Die Falte zwischen seinen Augen wurde noch tiefer.

Johann kannte diese Art Soldat. Eine gefühllose Maschine – wie die Handfeuerwaffe in seinem Holster. Alles, was für ihn zählte, war das Ausführen seines Befehls. Solchen Männern brauchte man nicht mit Mitgefühl zu kommen. Man musste ihnen drohen.

»Wie ist Ihr Name, Gefreiter?«, fragte er streng und schritt langsam auf ihn zu. Er überragte den Mann um einen Kopf. »Vielleicht regle ich diese Angelegenheit besser gleich mit dem Quartiermeister. Wie ich weiß, hält er ausgesprochen viel von den heimischen Trakehnern. Bei ihm wird das Ansinnen des Landstallmeisters sicher auf Verständnis treffen.«

Der Gesichtsausdruck des Soldaten wurde starr. Sein Blick ruhte kurz auf den Rangabzeichen, die Johann als Leutnant kennzeichneten. Er stand deutlich über ihm. Kurz schien der Soldat zu überlegen, was ihm mehr Achtung einbringen würde: die akkurate Ausführung seiner Überwachungspflicht oder die Rettung von Armeepferden. Dann trat er einen Schritt zurück und spähte kurz zu Oskar von Zimny. »Dieser eine Mann! Keiner mehr.«

Der Landstallmeister nickte und winkte seine getreuen Beamten, seinen Freund und Johann hinter sich her. Sie stiegen die breite Holztreppe hinauf ins Obergeschoss und versammelten sich in einem der Gästeräume.

* * *

Oskar war schon lange nicht mehr hier gewesen. Für gewöhnlich widmete er sich immer ein paar Augenblicke lang den wunderschönen Trakehnergemälden an den Wänden. Oder der Aussicht über die großzügige Parkanlage. Doch nichts davon war mehr zu bestaunen. Dort, wo früher die Bilder gehangen hatten, prangten nur noch helle Rechtecke an der Wand. Der Blick durch die Fenster eröffnete das pure Grauen. Oskar wandte sich ab.

»Sag mir, wie ich helfen kann, Ernst.«

Sein Freund sah zur offenen Tür, wo sich sein Kutscher Kowahl aufstellte und lauschte. »Wir haben vielleicht nicht viel Zeit. Es kann jeden Moment einer dieser verdammten Spitzel hereinkommen.« Jetzt blickte er ihn an. »Wenn die Evakuierung beginnt, müssen alle wissen, was zu tun ist.«

Oskar nickte. »Ich sehe, du lässt die Herden aus den Vorwerken zusammentreiben.«

»Ja, jedenfalls die südlich der Bahnlinie.«

»Was hast du vor?«

»Der Bahnhof Trakehnen ist bereits durch Bomben zerstört. Wenn also, um Himmels willen, endlich der Fluchtbefehl kommt, müssen die restlichen Pferde zu Fuß in den Westen getrieben werden.«

»Wie viele sind es?«

»Ungefähr noch achthundert Zuchtpferde. Dazu mehr als dreitausend Menschen. Obendrauf noch Schafe, Rinder und Ackerpferde.«

Die unglaubliche Anzahl von Mensch und Tier jagte Oskar einen Schauer über den Rücken. Er fuhr sich mit der Hand durchs melierte Haar.

»Achthundert Zuchtpferde sind noch hier?«

»Leider ja.« Ehlert stützte sich mit den flachen Händen auf einem glänzenden Holztisch ab und atmete schwer. »Seit den ersten Angriffen auf Ostpreußen im Juni versuche ich alles, um wenigstens die wertvollsten Hengste und Stuten in Sicherheit zu bringen. Ich habe mein Flehen Gauleiter Koch sogar höchstpersönlich vorgetragen.« Jetzt ballte er die Faust und ließ sie krachend auf die Holzplatte niedersausen. »Der falsche Hund hat nur gesagt: ›Falls die Russen vorübergehend vorstoßen sollten, können die Trakehner ja im Wettlauf mit den sowjetischen Panzern ihre Leistungsfähigkeit unter Beweis stellen.‹«

»Herrgott … Das war seine Antwort?«, stieß Oskar fassungslos aus. Die Kälte jenes Mannes, der seit Monaten allen Ostpreußen die Flucht verwehrte, kannte anscheinend keine Grenze. »Wie hast du reagiert?«

Ernst Ehlert richtete sich wieder auf. Sein Kiefer mahlte. »Ich sagte, dass die nichttragenden Stuten bei freier Bahn diese Prüfung mit Leichtigkeit bestehen würden. Aber vor allem die Hengste wären das Problem. Sie würden die Zugtiere der Trecks belästigen und die Stutenherden in alle Winde zerstreuen. Danach hatte er ein Einsehen und erlaubte mir, wenigstens ein paar Pferde mit Waggons in den Westen zu schicken. Andere Stuten konnte ich an Privatzüchter verkaufen. Ein paar der zweieinhalbjährigen Hengste sind auf verschiedenen Landesgestüten untergekommen.«

Der Sattelmeister Kiaulehn schob schnell einen Sessel heran, auf den Ehlert sich fallen ließ, als hätte ihn kurzzeitig alle Kraft verlassen. Er schien unglaublich erschöpft. »Es ist ein Albtraum. So, wie ich mich von meinen geliebten Tieren verabschieden musste, musste ich es ebenso mit den Menschen auf Trakehnen tun. Beinahe mein gesamtes Personal ist an der Front oder im Volkssturm.«

»Wie viele Männer hast du noch, um die Pferde zu evakuieren?«, wollte Oskar jetzt wissen.

»Männer?« Ernst Ehlert lachte trocken auf. »Die meisten sind blutjunge Reitburschen, die kaum ein Jahr im Sattel sitzen. Nur die Übrigen sind erfahren. Erfahren, aber alt.«

»Sag mir, wie viele!«

Der Landstallmeister sah zu Kutscher Kowahl, der noch einmal lauschte und ihm dann zunickte. Daraufhin gab er einem der Stutmeister ein knappes Zeichen.

Dieser trat vor und sagte: »Wir haben noch ungefähr achtzehn Reitburschen und neun Gestütsbeamte. Mehr nicht.«

Ernst Ehlert blickte zu Oskar. »Mit euch habe ich noch zwei Männer mehr, die wir dringend brauchen. Ich weiß, du wolltest nie für mich arbeiten. Damals, als ich mein Amt hier annahm, hast du befürchtet, unsere Freundschaft würde uns im Weg sein. Aber jetzt musst du mir helfen.«

Oskar nickte und legte ihm die Hand auf die Schulter. »Natürlich helfe ich dir.«

Ernst Ehlert gab erneut ein Zeichen, woraufhin der Stutmeister weitersprach.

»Der Plan ist, die achthundert Pferde in zehn Herden mit jeweils achtzig Tieren aufzuteilen. Jede Herde wird begleitet von zwei Reitburschen und einem erfahrenen Mann. Einer reitet an der Spitze, einer reitet nebenher und fängt Ausbrecher ein. Einer reitet hinten. Das ist zwar niemals genug, aber anders geht es nicht. Irgendwie müssen die Herden es nach Georgenburg schaffen.«

Der Landstallmeister ergänzte: »Martin Heling wird bereit sein, alle Pferde aufzunehmen. Ich will, dass du die Fuchsstuten begleitest. Viele von ihnen sind tragend.«

Oskar stimmte mit einem bloßen Nicken zu. Er konnte Ernst Ehlerts Erschöpfung jetzt noch besser verstehen. Seine edlen Tiere auf diese gefahrvolle Weise nach Westen zu bringen, klang wahnsinnig. Aber er hatte keine andere Wahl. »Wo sollen sie in der Nacht …«

»Ich weiß, was du sagen willst«, unterbrach Ernst Ehlert ihn. »Wo sollen die Tiere über Nacht bleiben? Alle Höfe auf dem Weg sind wahrscheinlich heillos vollgestopft mit Flüchtlingen. Ich weiß es nicht. Und was die Pferde fressen sollen, ist mir ebenso ein Rätsel.«

Für ein paar Sekunden herrschte Schweigen, was die Granaten und die Tiefflieger draußen wieder lauter werden ließ. In den Fensterscheiben spiegelten sich orangegelbe Flammen.

»Und wenn die Pferde bis Georgenburg traben?«, warf Oskar ein.

»Die gesamte Strecke?«, fragte einer der Stutmeister skeptisch. »Georgenburg liegt über fünfzig Kilometer entfernt.«

Sattelmeister Kiaulehn jedoch nickte. Erst zögerlich, dann deutlich sichtbar. »Das kann funktionieren.«

Ehlert verengte die Augen und rieb sich den fast weißen Schnauzbart. »Es sind auch Fohlen dabei.«

Oskar merkte ihm an, dass er schon zu viele Pferde hatte verabschieden müssen. Dennoch beharrte er: »Auf diese Weise erreichen die Herden an nur einem Tag ihr Ziel. Vielleicht werden es nicht alle schaffen, aber die meisten schon.«

Eine kurze Weile starrten alle den Landstallmeister an. »Du hast recht, Oskar. Wir müssen es riskieren. Es ist das kleinere Übel. Sie werden bis Georgenburg durchtraben.«

Alle Männer nickten. Die Gewissheit, dass so einige der Fohlen zurückbleiben würden, quälte sie sichtlich.

»Wenn der Evakuierungsbefehl kommt, werden die Straßen überfüllt sein«, gab der Wiesenbaumeister zu bedenken. »Es wird ohnehin schwer werden, zwischen den Flüchtenden hindurchzukommen. Ich denke, es ist notwendig, die einzelnen Herden zeitversetzt lostraben zu lassen.«

Wieder ein Nicken der Männer.

»Welche Wege sind sinnvoll?«, fragte einer der Oberwärter.

»Die Herden von den nördlichen Vorwerken jenseits der Bahnschienen folgen der ost-westlichen Route über die Hauptstraße. Sie sollen den direkten Weg durch Gumbinnen und Insterburg nehmen. Weitere Herden sollen südlich reiten, über die Angerapp bei Kanthausen. Die restlichen nehmen die Nebenstraßen und Felder abseits der Wege.«

Plötzlich begann Kutscher Kowahl aufgeregt zu schnipsen. Er hatte wohl etwas gehört und hastete zu den Männern, wo er sich auf einen Stuhl warf und möglichst unbeteiligt tat.

»… ich denke, jeder weiß nun Bescheid«, sagte Ehlert mit extra lauter Stimme. »Bringt die Fuchsstuten aus dem alten Hof rüber zur Reithalle beim Jagdstall. Stellt die Übrigen zu zweit in die Boxen. Schafft Platz, wo es geht – Hauptsache, sie sind ein Stück weiter weg vom Flugplatz neben der Paradekoppel …«

Die halb offene Tür flog auf. Soldaten mit mürrischen Gesichtern traten ein – unter ihnen auch jener, der zuvor versucht hatte, Oskar zurück zum Volkssturm zu schaffen. »Was gibt es hier so lange zu besprechen?«

»Wir sind gerade fertig«, entgegnete Ernst Ehlert und erhob sich. »Meine Herren, an die Arbeit!«

* * *

Sie ließen die Soldaten einfach stehen und verschwanden in alle Himmelsrichtungen.

In den kommenden Stunden half Johann, die verstörten Stuten und Fohlen vom östlichen Ende des Gestüts zum westlichen zu bringen. Schon das Einfangen der wild umhergaloppierenden Pferde war gefährlich. Oskar von Zimny aber schaffte es dennoch irgendwie und übergab die Tiere am Gatter an ihn. Johann selbst hatte einen Vorteil, da er groß war und

Kraft hatte. Aber die Pferde wogen um die sechshundert Kilo, und sie waren in Panik.

»Festhalten!«, schrie der Gutsherr ihm hinterher, als ihm die Stute, die er am Halfter hatte, durchging. Johann schloss die Fäuste noch enger um das Leder der Backenriemen. Seine Füße schlitterten über den Boden. Im letzten Moment kam ein Reitbursche hinzu. Gemeinsam schafften sie es, die junge Stute zu beruhigen. Er überließ das Pferd dem Jungen und eilte zurück, um das nächste zu holen.

So lief das eine ganze Weile. Mehrfach entging er den Geschossen der Tiefflieger beim Überqueren der Wiesen nur knapp. Gerade als er wieder eine besonders verschreckte Jungstute führte, stürzte eines der brennenden Gebäude unweit von ihnen ein. Das Krachen wurde von einem meterhohen Funkenflug begleitet. Die Fuchsstute stieg und riss sich los. Kopflos sprang sie davon und stolperte nach wenigen Schritten in einen tiefen Bombenkrater.

Johann rannte hinterher, um sie zu packen, falls sie wieder aufstand. Aber das Pferd blieb liegen. Sein Vorderbein war dreimal geknickt. Es schrie geradezu.

Oskar von Zimny erreichte den Krater und prallte bei dem furchtbaren Anblick regelrecht zurück. »O Gott, tun Sie etwas, Sommerroth!«

Johann zögerte nicht. Er zog seinen Revolver und erschoss das Tier an Ort und Stelle mit einem gezielten Kopfschuss. Danach röhrten schon wieder die nächsten Tiefflieger. Er packte den Gutsherrn am Oberarm und brachte ihn im Schatten eines vorkragenden Dachs in Sicherheit.

»Es dauert zu lange«, stellte Oskar von Zimny fest. »Wir müssen unsere Vorgehensweise ändern.«

»Was haben Sie vor?«

»Alle zusammen rübertreiben.«

143

»Wie soll das gehen? Sie werden in ihrer Panik bestimmt nicht folgen.«

»Einen Versuch ist es wert.« Oskar von Zimny stieß sich ab und hastete zur verbliebenen Herde, wo zwei Reitburschen und der Wiesenbaumeister alles taten, um die Stuten zu beruhigen. »Welche ist die Leitstute?«

»Da vorne. Mit dem Stern und der Schnippe.« Der Mann wies auf ein Pferd, das schnell auf und ab trabte. »Wir haben sie noch nicht zu fassen bekommen.«

Johann bemerkte den entschlossenen Ausdruck auf dem Gesicht des Gutsbesitzers. Er schien in diesem Moment alles andere um sich herum auszublenden und ging auf die Stute zu. Mit ausgestreckter Hand kam er ihr näher, den Blick schien er dabei gesenkt zu halten. Und schließlich sah die Leitstute auf. Sie wurde langsamer und hörte dann ganz auf herumzurennen. Oskar von Zimny ließ sie kommen, als fielen um sie herum keine Granaten. Wenig später ruhte seine Hand auf ihrem Stern.

Die Gestütsmänner und Reitburschen starrten die beiden an.

Und auch Johann beobachtete ungläubig, wie der Gutsherr sich im nächsten Augenblick auf den Rücken der Stute schwang.

»Macht das Tor auf!«, verlangte er.

Das Gatter wurde weit zurückgeschoben.

Oskar von Zimny griff nach der Mähne und galoppierte die Stute an. Alle übrigen Pferde schossen ihm hinterher über die Flächen Trakehnens.

Johann fühlte den Boden unter seinen Füßen vibrieren. Er sah der Herde hinterher, die im grauen Dunst Richtung Jagdstall verschwand.

Bei der Eiche vor dem Schloss traf er von Zimny wieder. Johann schüttelte anerkennend den Kopf. »Ich weiß nicht, wie Sie das gerade gemacht haben. Aber ich weiß jetzt, warum

Dr. Ehlert so viel darangesetzt hat, Sie zu finden, damit Sie ihm mit seinen wertvollen Pferden helfen.«

»Ich kann Ihnen darauf auch keine Antwort geben. Die Pferde haben mir und meiner Tochter schon immer ein besonderes Vertrauen geschenkt.« Er wischte sich mit dem Ärmel den Schweiß vom dreckverschmierten Gesicht. »Lassen Sie uns nachsehen, ob es Neuigkeiten von der Kreisleitung gibt. Es muss jetzt einfach ein Evakuierungsbefehl erteilt werden.«

»Ich bete, dass Sie recht haben. Ansonsten gibt es ohnehin nicht mehr viel, was sich noch zu retten lohnt.«

Johann und von Zimny eilten zurück zum Schloss. Zielstrebig liefen sie zum Büro des Landstallmeisters. Die Tür stand offen – wahrscheinlich, um jeden Verdacht der Fluchtplanung zu vermeiden.

Ernst Ehlert stand hinter seinem großen Schreibtisch, den Telefonhörer in der Hand. Er war allein. Ein ungewöhnliches Bild, hatte er doch die Male, die Johann ihn bisher gesehen hatte, stets Gestütsbeamte oder Gäste um sich gehabt. Sein Blick sprach Bände.

»Wir sollen bleiben und ausharren«, hauchte er mehr, als dass er es sagte. Mit steifen Bewegungen legte er den Hörer auf und ging zum Fenster. Draußen tobte unverändert der Krieg.

Die Männer traten an seine Seite.

Johann konnte nur erahnen, was der Anblick mit Ehlert machte. Noch war vage zu erkennen, wie es hier vor Kurzem ausgesehen hatte. Dort, wo gepflegte Parkanlagen mit Teichen und Wäldchen gewesen waren, hatten Bomben das Erdreich aufgerissen. Die herrschaftlichen roten Backsteinbauten brannten und ließen ihre Gesichter orange leuchten. Jene immergrünen Weiden, auf denen sich noch im Herbst die prächtigen Trakehner mit den anmutigen schwarz-weißen Störchen getummelt hatten, verschwanden gerade unter Asche und Blut.

»Was berichtet die Kreisleitung sonst noch?«, fragte Johann vorsichtig.

Ohne ihn anzusehen, antwortete Ehlert: »Die Rote Armee hat den Grenzort Eydkuhnen eingenommen. Sie rücken näher. Die Wehrmacht weicht zurück. Ihnen muss ich ja nicht erklären, was das heißt.«

Johann wusste nichts darauf zu erwidern – jedenfalls nichts Gutes.

Irgendwann begann Ernst Ehlert, langsam zu erzählen. »Heute in der Früh, bei meiner letzten Besichtigung, habe ich den Stutmeister vom östlichsten Vorwerk gesehen. Er ist mein bester Mann und ein alteingesessener Ostpreuße. Ich habe vergeblich versucht, ihn zu überreden, mit mir zu kommen. Wir haben uns in den Morgenstunden Lebewohl gesagt. Er zieht es vor, hier in seiner Heimat zu sterben, anstatt zu fliehen.« Ernst Ehlert machte eine Pause. Sein Brustkorb hob und senkte sich während eines tiefen Atemzugs. »Hätte ich nicht die Verantwortung für so viele Pferde und Menschen, würde ich dasselbe tun.«

Es wurde still im Büro. Alle Worte waren gesagt. Das Telefon durfte nicht unbewacht sein, wie Ehlert sie hatte wissen lassen. Weder Johann noch von Zimny wollten den Landstallmeister in seiner Verfassung alleine lassen. So blieben sie zu dritt hier und ließen sich vollkommen erschöpft auf den ledernen Sesseln nieder. Irgendwann, es war weit nach Mitternacht, fielen den Männern die Augen zu.

Johann überkam ein traumloser Schlaf. Erst das durchdringende Läuten des Telefons weckte ihn wieder auf. Drei Herzschläge lang war er verwirrt. Es klingelte weiter.

»Dr. Ehlert! Wachen Sie auf«, rief er.

Er schreckte hoch und griff sofort nach dem Telefonhörer. »Ehlert hier …!«

Johanns Herz schlug ihm bis zum Hals.

»Verstehe ... Wann? ... Danke.« Seine Lippen waren blutleer. Der Hörer ruhte noch an seiner Wange. Er wagte kaum zu atmen.

»Was haben sie gesagt?«, fragte Oskar von Zimny ungeduldig. Auch er schien mit einem Schlag hellwach.

»Evakuierungsbefehl!«, stieß Ehlert mit der angehaltenen Luft aus. »Das Gestüt soll in drei Stunden vollständig geräumt sein.«

»Drei Stunden ...«, wiederholte Johann atemlos.

»Ja.« Ernst Ehlert strich sich fahrig das spärliche Haar zurück. Sein Gesicht zeigte erstmals eine Regung.

Oskar von Zimnys Finger zitterten, als er seine Taschenuhr hervorholte. »Es ist genau fünf Uhr morgens. Also muss Trakehnen um acht evakuiert sein.«

»Bitte ... helft mir, die Nachricht auf dem Gestüt zu verbreiten. Die Menschen brauchen jede Minute, um ihre Habe zusammenzutragen und die Zugpferde anzuspannen und ...« Er brach ab, schlug die Hand vor den Mund. »Herrgott im Himmel, steh uns bei.« Seine Worte waren kaum zu verstehen. Er rang so sehr um Fassung, dass er kurz die Augen schloss. Als er sie wieder öffnete, wirkten sie wässrig. Aber er bewahrte Haltung und sah entschlossen zu Johann. »Gehen Sie bitte zum Quartiermeister und geben ihm Bescheid. Vielleicht erklären die Soldaten sich bereit, den Frauen beim Beladen der Fuhrwerke zu helfen. Alle Vorbereitungen waren seit Monaten verboten. Sie werden ohnehin nur das Nötigste mitnehmen können.«

* * *

Oskar sah Sommerroth verschwinden. Er hörte, wie der Leutnant noch in der Eingangshalle auf ein paar Männer traf, die er im Befehlston informierte.

Kurz darauf stürmten die ersten Gestütsbeamten in das Büro.

»Meine Herren, es ist so weit«, sagte Ernst Ehlert. »Wir werden Trakehnen in spätestens drei Stunden verlassen. Sattelt die Pferde und lasst die Reitburschen aufsitzen. Die ersten Herden müssen so schnell es geht nach Westen aufbrechen.«

Kutscher Kowahl kam als Letzter herein. Oskar merkte ihm an, wie verwirrt er war. Der sonst immer tadellos gekleidete Mann hatte seinen blauen Frack falsch geknöpft und atmete stoßweise.

»Was soll ich tun, Dr. Ehlert?«

»Geben Sie bitte meiner Frau Elisabeth, meiner Tochter und den Enkeln Bescheid, und helfen Sie ihnen beim Packen der Koffer. Spätestens um acht Uhr sollen sie sich vor dem Schloss versammeln.«

»Sehr wohl.«

Als die Männer wortlos und blass im Dunkel des frühen Morgens verschwunden waren, wurde es auch Zeit für Oskar. Ein letztes Mal wandte er sich seinem Freund zu.

»Wenn ich dir hier nicht mehr helfen kann, werde ich jetzt gehen.«

»Tu das. Rette meine Fuchsstuten, Oskar. Und ich rette zumindest ihre Papiere.« Mit diesen Worten zog er eine metallene Kiste aus dem Regal.

»Viel Glück.« Oskar trat aus dem Schloss, wo der schon halb beladene Landauer stand. Das herzzerreißende Weinen der Hausmädchen und der Köchin, die zwischen Haus und Wagen hin und her rannten, drang an sein Ohr. Er wandte den Blick von ihnen ab und betrachtete das Gestüt.

Die Kunde vom Fluchtbefehl hatte man lediglich den Menschen in unmittelbarer Nähe des Schlosses mitteilen müssen. Von selbst verbreitete sie sich daraufhin in wenigen Minuten in alle Wohnhäuser und Wirtschaftsgebäude und bis in den letzten Winkel des Landesgestüts. Trakehnens Alleen und Plätze füllten sich umgehend mit Handkarren, Pferden und Gespannen. Überall herrschte so dichtes Gedränge, dass Wehrmachtsfahrzeuge und Verletzte von der Front kaum mehr durchkamen.

Obwohl er zu höchster Eile angetrieben war, kam es ihm plötzlich so vor, als liefe die Zeit langsamer. Konnte der Grund das stundenlange Trommelfeuer sein? Die Todesangst? Der unausweichliche Abschied? Das Donnern der Granaten war nun schon so lange zu hören, dass es in seinen Ohren zu einem einzigen durchgehenden Ton wurde. Er sah nach oben zu den Tieffliegern. Waren solche auch gerade über Gut Zimny? Das Gefühl, seine Familie nicht vor ihnen beschützen zu können, ließ ihn mit Taubheit in den Gliedern zurück.

Oskar hatte kaum bemerkt, wie er am abgebrannten Fahrstall und der Wagenremise vorbeigekommen war. Rechts davon nahm er ein letztes Mal die Herrlichkeit des ovalen Schmuckgartens mit dem prachtvollen Pavillon in der Mitte und dem Jagdstall dahinter wahr, den man mit einem Blick gar nicht erfassen konnte. Seine Füße trugen ihn von selbst in die vornehme Stallgasse, wo die wenigen Gestütsleute wild gestikulierend umherrannten und die Reitburschen antrieben. Oskar wurde von allen Seiten angerempelt, da er im Weg stand. Dennoch betrachtete er den Boxengang mit seinen geschmückten Stützsäulen und den steinernen Halbrundbögen. All das würde in drei Stunden verlassen sein und vielleicht sogar durch Feuer und Flammen für immer verschwinden.

Irgendwer drückte ihm die Zügel eines Pferdes in die Hand und schickte ihn hinaus. Der dichte Nebel in seinem Kopf wurde wieder klarer. Er rief sich selbst zur Ordnung. Jetzt kam es darauf an, einen Teil des wertvollen Trakehnerblutes aus dem Bombenhagel zu retten.

Die Stimme des Sattelmeisters Kiaulehn drang zu ihm durch. Er zeigte auf einen Jungen, der gerade aufsaß. »Das ist Bruno. Er reitet vorweg. Der Leutnant übernimmt die Mitte.« Oskar musterte den hellblonden Burschen in seiner graugrünen Arbeitsuniform mit Stehkragen. Sein Pferd tänzelte so wild vor Angst, dass ihm die Mütze vom Kopf fiel, doch er zügelte die Stute mit Leichtigkeit.

Johann Sommerroth hatte ebenso zu kämpfen. Ein Reitbursche hielt ihm den rechten Steigbügelriemen, damit der Sattel beim Aufsitzen nicht rutschte, und erklärte: »Unterschätzt Violine nicht wegen ihrer geringen Größe. Sie ist klein, aber schnell und unermüdlich. Dafür sehr empfindlich um die Flanken. Wenig Beinarbeit.«

Auch Oskar schwang sich in den Sattel. Seine langbeinige Stute schlug mit Kopf und Schweif. Ein Hinterhuf stampfte auf, als er sie zügelte.

»Das ist Perlmutt«, erklärte der Sattelmeister. »Sie ist ausdauernd und wird den Weg mit Leichtigkeit schaffen. Hier ist eine Karte, auf der die südliche Route über die Angerapp eingezeichnet ist. Wir sehen uns heute Abend auf Gestüt Georgenburg. Viel Glück!« Kiaulehn betonte die letzten beiden Worte eindringlich. Dann drehte er sich um und hob die Hand.

Auf dieses Zeichen hin öffnete ein Oberwärter das Tor der Reithalle. Ein Strom ängstlicher Fuchsstuten mit ihren Fohlen hastete hinaus und verteilte sich ziellos auf dem gepflegten Rasen. Bruno setzte sich sofort an die Spitze und hinderte die ersten Pferde am Überholen. Johann Sommerroth trieb die Stuten dichter zusammen.

Oskar folgte ihnen zwischen Panzern, Gespannen und Menschen hindurch. Obwohl nirgendwo mehr Platz zu sein schien, zwang er die Stuten und Fohlen gnadenlos weiter. Dabei sah Oskar die große Not der Gestütsbewohner mit eigenen Augen. Viele weinten verzweifelt und schienen kaum in der

Lage, klar zu denken. Das Verlassen von Trakehnen verstörte die Menschen offenbar mehr als der Angriff selbst.

Und plötzlich, als er durch das weiße Tor Trakehnens ritt, konnte auch Oskar ihn in sich spüren: einen Abschiedsschmerz, der ihm fast das Herz herausriss. Würde er diesen Ort jemals wiedersehen?

Ein letztes Mal drehte er sich im Sattel um. Seine Augen hafteten einen Moment lang auf der Elchschaufel, die auch das Brandzeichen der Pferde war, die hier geboren wurden. Dann fiel sein Blick auf die darunterliegende Jahreszahl 1732. Ganze zweihundertzwölf Jahre lag die Gründung des Gestüts durch den preußischen König Friedrich Wilhelm zurück. Nie war es prunkvoller gewesen als zu dieser Zeit.

Am 17. Oktober 1944 verließen die weltberühmten Trakehner ihre Heimat, und er selbst trieb ein paar von ihnen auch noch hinaus. Machte ihn das zu einem Verräter oder zum Helden? Oskar wusste es nicht. Er drehte sich wieder nach vorne und trieb Perlmutt an.

GUT SOMMERROTH

EMILIES ENTSCHEIDUNG

Kapitel 8

Die Verwandtschaft war endlich abgefahren. Nach achtundvierzig verrückten Stunden, die sich wie achtundvierzig Tage angefühlt hatten, kehrte wieder Ruhe auf dem Gut ein. Jedenfalls oberflächlich. Unterschwellig brodelte es wie in einem Vulkan, der kurz vor dem Ausbruch stand.

Caroline hatte sich seit zwei Tagen in das Gartenzimmer zurückgezogen – zusammen mit den Ordnern. Marisa wusste, heute oder morgen würde es so weit sein. Viel Zeit, darüber nachzudenken, blieb ihr jedoch nicht. Die Hochzeitssaison hatte schließlich begonnen, und schon am kommenden Wochenende würde wieder eine freie Trauung mit anschließendem Fest auf Sommerroth stattfinden. Es war eine spezielle Hochzeit, die sie besonders in Anspruch nahm. Das Brautpaar kam nämlich aus der Reenactment-Szene und wünschte sich ein Fest ganz im Stil des Mittelalters.

Babette, Lizzy, Philipp und sie sahen gemeinsam auf das Klemmbrett, während drei Helfer gerade frisches Stroh auf dem Holzboden der Scheune verteilten und vier weitere Männer und Frauen die Stühle mit Hussen aus grober Jute überzogen. Das Piano war abgedeckt und zur Seite geschoben worden, um dem DJ Platz zu machen, der die Kabel seines Mischpults einsteckte.

»Sie wollen ein ganzes Spanferkel haben?« Lizzy verzog angeekelt das Gesicht. Ihre Liebe zu Pferden hatte sie vor Jahren zur Vegetarierin gemacht.

»Mit Apfel im Mund«, ergänzte Marisa grinsend. »Dazu diverse Pasteten, von denen ich im Leben noch nie gehört habe.«

Babette nickte. »O ja. Die Stimmung in der Küche ist gerade sehr … interessant. Um es vorsichtig auszudrücken.« Daraufhin sah sie zu Philipp. »Die Köchin hat vorhin übrigens nach den Baumstamm-Scheiben aus dem Sägewerk für den Käse und die Wurst gefragt.«

»Habe ich bereits im Kofferraum.«

»Perfekt«, freute sich Marisa und setzte einen Haken hinter die entsprechende Stelle auf der Liste. »Jetzt muss ich bloß noch die blöden Fackeln finden. Sie sind irgendwo im Abstellraum verschwunden – weiß der Himmel wo. Das letzte Mal habe ich sie gebraucht, als die Zirkusartisten hier geheiratet haben.«

»Das muss schon weit über ein Jahr her sein«, sagte Lizzy mit nachdenklicher Miene.

»Wenn nicht länger. Vielleicht sollte ich einfach neue bestellen, anstatt sie einen Tag lang zu suchen. Auf die paar Kröten kommt es bei dieser Hochzeit auch nicht mehr an.«

»Wie bitte?«, ertönte es vom Eingang her. »Werde ich etwa gerade Zeuge, wie man auf Sommerroth Geld verschwenden will?« Caroline stolzierte in die Scheune.

»Was will Ihre Ladyschaft denn hier?«, flüsterte Babette.

Marisa unterdrückte ein Augenrollen. Schon jetzt kam Caroline ihr vor wie der erhobene Zeigefinger ihrer Hausbank. Wollte sie jetzt etwa jede Ausgabe mit der Lupe überwachen? Tonlos teilte sie ihr mit: »Keine Sorge. Mein Tagessatz als Wedding Planner übersteigt die Kosten neuer Fackeln bei Weitem. Somit wäre eine Neuanschaffung die wirtschaftlichere Lösung.«

Caroline stakste mit ihren Hackenschuhen durch das Stroh auf dem Boden. Die Stimmung war sofort eine andere – wie stets, wenn sie irgendwo auftauchte.

»Ich bin fertig mit dem Studieren der Ordner und wäre dir verbunden, wenn du mich ein wenig herumführen könntest.«

Marisa hatte ungefähr siebenhundertdreiundachtzig wichtigere Dinge zu tun, aber sie wollte es hinter sich bringen. Nach wie vor klangen ihr Lizzys Worte von letztens im Ohr: »Sie wird sich zu Tode langweilen, und alles bleibt beim Alten.« Hoffentlich behielt ihre Schwester recht.

»Sicher. Begleite uns doch. Wir gehen gerade die anstehende Hochzeit durch.« Mit voller Absicht wählte Marisa als Erstes das Vorlesen einer Kostengegenüberstellung aus, wie sie langweiliger nicht hätte sein können. Derweil führte sie Caroline durch die Scheune, deren Luft immer staubiger wurde, je mehr Strohballen die Helfer öffneten und auf dem Boden verteilten.

Hustend hielt Caroline sich ihr Seidentuch vor den Mund.

Auch Marisa keuchte zwischendurch, aber sie las tapfer weiter und bemühte sich zusätzlich um eine möglichst öde Intonation. Irgendwann aber hatte selbst sie den Eindruck, dass das Stroh doch etwas mehr durch die Luft geschleudert wurde, als es nötig gewesen wäre. Gleichzeitig fragte sie sich, wohin eigentlich Babette verschwunden war …

Das plötzliche Einsetzen des Songs »Scarborough Fair« in voller Lautstärke ließ alle zusammenzucken.

Caroline presste erschrocken eine Hand aufs Herz. »Du meine Güte!«

»Sorry! Sorry!«, rief der DJ und wies entschuldigend auf die Knöpfe und Kabel vor sich. »Hier stimmt noch nicht alles. Aber ein schönes Lied für den Eröffnungstanz, oder?«

Mit einem Mal drängte sich Marisa ein Gedanke auf. Hatte Babette die Zeit genutzt, um den Helfern und dem DJ ein paar Flausen in den Kopf zu setzen? Sie grinste und drehte sich zu

Caroline und ihren Geschwistern um, in deren Haaren bereits Strohpartikel hingen.

»Vielleicht hast du recht, Caroline«, sagte sie. »Die Fackeln nicht zu suchen wäre reine Geldverschwendung. Gehen wir doch gemeinsam in den Abstellraum. So kannst du dir auch gleich eine Übersicht über die Dekorationsgegenstände verschaffen, die ich mir in den letzten drei Jahren zugelegt habe.«

Die Gesichter von Philipp und Lizzy, die sich hinter Caroline hielten, liefen rot an, weil sie ein Losprusten um jeden Preis verhindern wollten.

Die Abstellkammer im hinteren Teil der Scheune hätte sich nicht schauriger präsentieren können. Spinnen krabbelten flink vor dem Lichtkegel der Taschenlampe davon, die Marisa stets am Schlüsselbund trug. »Die Deckenlampe ist leider kaputt«, log sie und stapfte tiefer hinein zwischen Heizpilze, Kisten und Pappmascheefiguren.

Nach einer halben Stunde kamen sie wieder heraus. Das Tageslicht machte deutlich, dass sie alle durch das eine oder andere Spinnennetz gelaufen waren. Tatsächlich hatten sie die Fackeln sogar gefunden. Marisa war äußerst zufrieden, auch wenn es sie überall kribbelte.

»Darf ich dir sonst noch was zeigen, Caroline?«

»Für heute nicht«, presste diese hervor.

»Also sehen wir uns morgen das Sägewerk an?«, meldete sich Philipp zu Wort.

»Ganz genau. Und jetzt habe ich noch zu tun. Entschuldigt mich.« Caroline hastete durch die staubige Scheune, so schnell es das Stroh zuließ. Als sie es fast geschafft hatte, öffnete einer der Helfer genau neben ihr einen Ballen.

»Das ist der Letzte«, rief er in Marisas Richtung, stach mit einer Heugabel hinein und wirbelte alles in raumgreifenden Bewegungen durch die Luft.

Die Staubwolke schien Caroline bis zum Ausgang zu verfolgen.

Philipp, Lizzy und Marisa hatten die größte Mühe, nicht in schallendes Gelächter auszubrechen – jedenfalls, bis Caroline verschwunden war.

»Die wird so schnell nicht wieder danach fragen, hier rumschnüffeln zu dürfen.«

Fürs Erste war Marisa erleichtert, und dieses Gefühl hielt zum Glück auch noch bis zum nächsten Tag an, als sie und ihre Geschwister sich mit Caroline auf dem Weg zum Sägewerk befanden.

Leichter Nieselregen benetzte die Scheibe von Philipps mächtigem schwarzem Pick-up, der über die schlammigen Wege durch den gutseigenen Forst holperte.

Caroline klammerte sich an den Haltegriff über dem Beifahrerfenster und entließ von Zeit zu Zeit ein spitzes Geräusch, wenn der Wagen mal wieder in eine Bodenvertiefung rumste.

Philipp tat so, als wäre alles ganz normal. Dabei wusste Marisa genau, er fuhr schneller als gewöhnlich.

»Siehst du die weißen Streifen an den Baumstämmen dort vorne?«, wandte er sich an Caroline. »Die markieren den Eingang der Rückegassen, wo die Harvester durchfahren dürfen.«

»Was sind Harvester?«, fragte sie mit vibrierender Stimme, während ihre zweite Hand versuchte, sich ebenfalls irgendwo festzuhalten.

»Holzerntemaschinen. Die Forstarbeiter fixieren und fällen damit die Fichten und Kiefern.« Er öffnete das Handschuhfach. »Nimm das Fernglas und sieh in den Wald. Dort drüben kannst du rote Markierungen an den Stämmen erkennen. Das sind Bäume, die gefällt werden dürfen. Sie haben mit hundertzehn bis hundertzwanzig Jahren ihre maximale Stärke erreicht. Ab jetzt würde die Holzqualität nur noch schlechter werden.«

Caroline war sehr darauf bedacht, das schmutzige Fernglas nicht mit dem Gesicht zu berühren. Doch kaum hielt sie es sich vor die Augen, fuhr Philipp erneut durch eine Bodenwelle. Zwei dunkle Ringe aus Staub und Dreck stempelten sich auf ihr makelloses Make-up. Sichtlich gestresst legte sie das Fernglas wieder weg.

Marisa beobachtete das Desaster im Rückspiegel und hoffte, dass sie es schaffte, sich später nichts anmerken zu lassen. In diesem Augenblick war sie Tom und Ben fast ein bisschen dankbar, ohne deren Weggang es diese winzige Rache an Caroline gar nicht geben würde.

Sie kamen an eine Waldkreuzung, wo sich eine Sammelstelle am Wegesrand befand. Die Baumstämme waren hier zu einer Pyramide aufgetürmt worden.

»Seht, wer da vorne steht.« Philipp fuhr langsamer und ließ das Fenster herunter.

»Hannah«, stieß Lizzy erfreut aus, als sie die Forstfrau bemerkte, die seit drei Jahren Philipps feste Freundin war. Die beiden waren gemeinsam in eine Schulklasse gegangen, erinnerte sich Marisa.

»Hi, Lizzy, hi, Marisa«, rief sie in den Wagen hinein und stockte irritiert bei Carolines Anblick. »Guten Tag, Frau von Wendhusen«, grüßte sie und gab Philipp einen Kuss durch die geöffnete Scheibe.

Marisa registrierte, wie Caroline die Lippen kräuselte, selbst wenn die Anrede formal auch ohne den Zusatz »Baroness« oder »Freiin« korrekt war. »Guten Tag, Hannah.«

»Was tust du gerade?«, fragte Philipp.

»Du hast wohl keine Übersicht über die Aufgaben deiner eigenen Mitarbeiter, was?«, scherzte sie. »Ich warte tatsächlich auf deinen Einkäufer.« Sie sah zu Marisa. »Und auf Mark ebenso.

Er scheint ein neues Schiff und dazu einen Riesenauftrag zu haben und kauft gerade den halben Wald leer.«

»Ja, ich habe davon gehört …«, erwiderte Marisa und dachte bei sich, dass er hoffentlich noch Zeit für die Scheidungspapiere fand.

»Und ihr? Was treibt euch hier in den Wald?«

»Kleiner Rundgang durch den Forst und das Sägewerk. Du weißt ja, seit Toms und Bens Weggang wird alles ein bisschen neu geordnet und Caroline verschafft sich mehr Einblicke.«

»Na dann, viel Spaß«, wünschte sie und blickte noch einmal auf die Rückbank zu Marisa. »Wir sehen uns spätestens am Wochenende. Diese Mittelalter-Hochzeit werde ich mir nicht entgehen lassen.«

Sie brausten davon. Wenig später hielt der Wagen vor dem Sägewerk.

»Na, dann wollen wir mal«, meinte Philipp und sah zu Caroline auf dem Beifahrersitz. »Wenn wir später wieder fahren, wirst du eine Expertin in Sachen Holzverarbeitung sein.« Er lächelte liebenswürdig und überreichte allen eine Leuchtweste sowie einen Helm.

Caroline wollte ablehnen. »Das ist nicht nötig.«

»Tut mir leid. Vorschrift.« Philipp ließ nicht mit sich verhandeln.

Marisa wusste, er würde keinen einzigen Produktionsschritt vom Stamm bis zum Rohbrett auslassen. Und natürlich begann er seinen Rundgang im Freien, wo es noch immer ungemütlich kalt und nass war. Der Sägewerksmeister kam hinzu und führte sie über das weitläufige Gelände, vorbei an großen Haufen mit Hackschnitzeln, Rinde und Verschnitthölzern. Dauernd mussten sie langen Aufliegern mit geladenen Stämmen aus dem Forst ausweichen oder lauten Radladern, die mit ihren Kneifzangen nach den Poltern griffen, wie die Stämme auch genannt wurden. Marisa hatte in weiser Voraussicht ihre gefütterten Gummistiefel angezogen, doch nach einer halben Stunde im Nieselregen fühlte sich alles klamm an. Sie ließ sich jedoch nichts anmerken und hörte weiter zu.

»Hier verteilen wir die Hölzer nach den einzelnen Aufträgen der Zimmereien«, rief Philipp gegen den Lärm an und ließ seinen Sägewerksmeister daraufhin einen endlosen Vortrag über die Qualitätsstufen der Baumstämme halten. Es war bereits eine Stunde vergangen, da begaben sie sich erst zum nächsten Produktionsschritt. »Und jetzt zeige ich euch, wo die Rinde entfernt und das Holz per Laser vermessen wird.«

Es folgten noch etliche Abschnitte der Sägestraße. Zu beinahe jeder Maschine gesellte sich ein Techniker hinzu, der alles genau erläuterte. Bei den Trockenkammern angekommen waren über vier Stunden um.

Marisa kannte sich ganz gut mit Philipps Arbeit aus, weshalb sie wusste, dass sie noch zu den Holzbearbeitungsmechanikern und in die Zinke, dem Aushärtelager, zum Hobeln und der Auslieferung gehen würden. Sie wollte bereits um Gnade betteln, da tat es zum Glück Caroline.

»Ich denke, das reicht für heute, Philipp. Lass uns bitte hier abbrechen.«

»Willst du den Rest denn gar nicht sehen?« Irgendwie schaffte er es, dass sein Gesicht enttäuscht wirkte.

»Ein anderes Mal sicher«, sagte sie. »Aber für heute habe ich genug gesehen.« Schon zerrte sie an ihrer Weste und riss sich den Helm herunter. Mit schnellen Schritten hielt sie auf den Ausgang zu.

Lizzy kam fröstelnd an Marisas Seite und flüsterte: »Na endlich. Sie hatte mehr Ausdauer, als ich gedacht habe.«

»Ja, leider. Ich freue mich auf die Sitzheizung wie schon lange nicht mehr.« Wenig später hielt sie die Klinke der Autotür schon in der Hand, als neben dem Pick-up ein Sportwagen einparkte. Sie brauchte gar nicht hineinzusehen, um zu wissen, wer es war. »Könnt ihr noch kurz auf mich warten?«, fragte sie ins Wageninnere.

»Natürlich«, antwortete Lizzy. »Hier ist es ja warm und trocken.«

Marisa umrundete Marks Mercedes AMG mit dieser unpraktischen mattschwarzen Lackierung und setzte sich auf den Beifahrersitz.

»Hey, *my love*. Ich muss schon sagen, selbst in dieser Aufmachung bist du eine Augenweide. Aber warum bist du hier?«

»Um Caroline bei ihren Schnüffeleien zu begleiten«, antwortete sie unverblümt.

Mark warf einen Blick hinüber zum Pick-up und Caroline schaute in diesem Moment zu ihm. Er winkte ihr zu, worauf ihr Gesicht zu strahlen begann. Im Gegensatz zu Philipps Hannah und Lizzys Alexander hatte sie Mark und seine große Reederfamilie stets geliebt. Ohne sein breites Lächeln zu verlieren, fragte er: »Was zur Hölle hat sie im Gesicht? Trägt man das jetzt so in Adelskreisen?«

Tatsächlich hatte Caroline die runden Schmutzränder um ihre Augen noch immer nicht bemerkt.

Er wandte sich wieder Marisa zu. Sie ging nicht darauf ein.

»Hast du endlich die Unterlagen unterschrieben?«

Er ignorierte ihre Worte ebenfalls. »Muss ich eigentlich beleidigt sein, dass du dir das Sägewerk ansiehst und mein neues Schiff nicht?«

»Mark!«, beharrte sie. »Ich warte jetzt seit Wochen darauf.«

»Da kommt es auf ein paar Tage auch nicht mehr an. Ich stehe kurz vor meinem Durchbruch. Mein größter Auftrag bisher. Deshalb bin ich auch selbst hier, um die Rohbalken persönlich in Augenschein zu nehmen.« Seine Hände umfassten das Lenkrad am oberen Rand. »Da verstehst du sicher, dass ich keine Zeit für den Papierkram hatte.«

163

»Komm schon …« Ihre Stimme wurde weicher. »Das ist doch kein Zustand. Willst du nicht auch den nächsten Lebensabschnitt beginnen?«

»Nein, Marisa. Ich will den alten Lebensabschnitt weiterführen.«

»Es reicht aber nicht, wenn einer das will.«

Er atmete tief durch und ließ den Hinterkopf gegen den Ledersitz fallen. Ohne sie anzusehen, sagte er: »In Ordnung. Ich bringe sie dir vorbei. Versprochen.«

»Gut. Danke.« Sie verkniff sich die Bemerkung, dass er das schon einige Male versprochen hatte.

Er lächelte sie schmallippig an. »Scheitern gehört eigentlich nicht zu meinem Lebensplan. Du machst es mir schwer, das einzuhalten. Bislang haben alle meine Vorhaben funktioniert.«

»Genau das ist das Problem, Mark. Ich bin kein Projekt.«

»So habe ich das nicht gemeint.«

»Schon gut. Bis bald.« Auch sie lächelte ihn an – so, als könnte er einfach nicht anders und wäre für seine Worte nicht verantwortlich. Marisa stieg aus und blieb zurück mit einem Hoffnungsschimmer. Allerdings keinem besonders hellen.

Die Fahrt zurück zum Gut verlief schweigend. Erst als Philipp vor dem Haupteingang parkte, äußerte er: »Ich hoffe, du bist zufrieden mit dem Einblick, den du in meine Geschäfte erhalten hast.«

»Ja, ich denke, es wird nicht nötig sein, den Rest der Produktion auch noch anzusehen.«

Lizzys Anschnallgurt schnappte auf. »Dann sind morgen wohl Sommerroths Pferde dran.«

»Ganz genau«, antwortete Caroline. »Ich schlage vor, wir treffen uns um vierzehn Uhr in den Stallungen. Vormittags habe ich noch mein Gotha-Treffen.« Mit diesen Worten stieg sie aus.

164

Babette eilte ihr entgegen.

»Guten Tag, Baroness von Wendhus…«, sie stockte, fing aber gleich das wilde Kopfschütteln und die abwehrenden Handzeichen von Marisa, Lizzy und Philipp auf und verkniff sich eine Bemerkung zu Carolines Aussehen.

»Es geht um morgen«, sagte sie, ohne eine Miene zu verziehen. »Zwei Damen kommen später. Margot Freifrau von Lierhausen und Natalie Gräfin von …« Sie verschwanden im Haus.

»Sehr gut. Auf Babette ist wie immer Verlass«, freute sich Lizzy. »Wie gern wäre ich Mäuschen, wenn sie sich das erste Mal im Spiegel sieht und realisiert, dass sie den ganzen Tag so herumgerannt ist.«

»In dem Moment solltest du dich lieber weit wegwünschen«, feixte Marisa.

»Wir haben es fast geschafft. Nur noch morgen, dann wird sie die Nase gründlich voll haben von unseren Geschäften.« Philipp warf ein Minzbonbon in die Luft und schnappte es sich mit den Lippen.

»Hoffentlich«, stieß Marisa aus. »Du hast jedenfalls alles dafür getan, dass sie sich so richtig langweilt.«

»Allerdings«, ergänzte Lizzy und streckte sich. »Ich dachte, die Führung endet nie.«

»Was soll das denn heißen?«, erwiderte Philipp und griente. »War die Erklärung der einzelnen Holzqualitätsstufen nicht total nervenaufreibend?«

Lizzy verzog das Gesicht.

»Ihr solltet mir dankbar sein für das, was ihr heute alles gelernt habt.«

»Mal sehen, wie dankbar du mir morgen sein wirst.«

Die Geschwister lachten und verteilten sich danach aufs Gut.

So kalt und ungemütlich dieser Tag auch gewesen war, Marisa hatte er gutgetan. Jetzt hegte sie nämlich kaum mehr einen Zweifel daran, dass die Sache mit Caroline nur halb so schlimm werden würde wie anfangs befürchtet. Bis morgen mussten sie noch durchhalten. Danach verlor sie ganz bestimmt das Interesse, und alle konnten sich wieder in Ruhe ihrem Tagesgeschäft widmen.

KAPITEL 9

Die Auffahrt war voller Autos, als Marisa mit dem geöffneten ledernen Planer auf den flachen Händen über die Schwelle ihres Hauses trat. Das monatliche Gotha-Treffen lief bereits seit zwei Stunden. Bevor es endete und die Besichtigung des Stalls anstand, wollte sie noch ein paar Dinge auf ihrer To-do-Liste erledigen. Sie hakte ihre Fußspitze hinter die Tür und zog sie zu. Dabei überflog sie die Zeilen, die unter dem heutigen Datum standen: *Kapelle checken / Pflanzenlieferung Falk Jeppson / Stallrundgang mit Caroline / Mittelalter-Menüs mit der Küche durchsprechen / Unterlagen Mark?!*

Sie klappte den Planer zu und streckte ihre Nase in den duftenden Wind. Irgendwo wieherten Pferde. Weiße Kondensstreifen durchzogen den blauen Himmel. Dem Wetter nach zu urteilen war es gerade eher April denn Mai. Es spielte verrückt. Waren sie gestern fast im Schlamm versunken, hatte es wenig später sogar noch Hagel gegeben. Heute strahlte wieder die Sonne.

Marisa umrundete das Haupthaus auf dem schmalen Pfad aus eingelassenen Natursteinen. Sie kam am Blumengarten vorbei, dessen Pfingstrosen einen betörenden Duft verströmten. Dahinter malten die rauen Feldsteinmauern der Ruine einen herrlichen Kontrast zu den zarten Blüten. Schon lange hatte sie sich den Wohnturm der einstigen Wasserburg mit seinen rot und weiß gestreiften Fensterläden nicht mehr richtig angesehen. Er war als Einziger von der Stammburg der Sommerroths erhalten geblieben. Mark und sie hatten damals ihre Hochzeitsbilder hier geschossen – so wie unzählige Paare nach ihnen. Für die Mittelalter-Hochzeit sollte bei dieser historischen Stätte natürlich alles perfekt sein. Aber irgendwas fehlte. Marisa tippte sich noch mit dem Kugelschreiber gegen die Lippe, als sie bemerkte, dass der Mast auf der Spitze des Turms leer war. Sie notierte sich eine Erinnerung in ihren Kalender: *Wappenflagge der Sommerroths hissen.* Anschließend spazierte sie weiter zur Kapelle, deren Grundsteinlegung ebenfalls irgendwann im vierzehnten Jahrhundert stattgefunden hatte. Der winzige Bau war mit Efeu bewachsen, und auf dem steilen Satteldach thronte ein kleines Glockentürmchen. Zwei Linden spendeten dem historischen Platz etwas Schatten.

Marisa schritt durch das spitz zulaufende Steinportal. Die Kapelle empfing sie mit einem Hauch kühler Luft, die von den dicken Wänden im Inneren gehalten wurde. Durch die drei langen Fenster des angebauten Chors fiel ein wunderschönes Farbmuster auf den Boden. Marisa schlenderte den Mittelgang entlang und sah dabei nach rechts und links. Die Gesangbücher waren bereits auf den Bänken verteilt. Ebenso geblümte Taschentücher für die Gäste. Sie umrundete den steinernen Altar und das uralte Taufbecken. Alles hatte seine Ordnung – dank ihrer zuverlässigen Mitarbeiter. Die großen Vasen für den Blumenschmuck von Falk Jeppson sowie die beiden Brautstühle standen ebenfalls bereit. Sie holte wieder ihren Planer hervor und machte einen Haken hinter den Punkt »Kapelle checken«.

»Sie ist noch genauso schön wie damals.«

Marisa blickte auf. »Oma Emilie«, rief sie erfreut.

Die alte Frau kam mit winzigen Schritten näher. »Nur etwas ordentlicher ist sie vielleicht. Nach dem Krieg waren hier zeitweise die Schweine untergebracht.«

»Ist das wahr?«

»Aber ja. Der Stall war zerbombt, und die Tiere brauchten einen Unterschlupf.« Sie zuckte mit den Schultern, während sie sich näherte. »Manchmal war es nicht einfach, ernst zu bleiben, wenn der Geistliche betete und zwischendurch ein Grunzen ertönte.« Sie kicherte bei dieser Erinnerung.

Marisa half Emilie, auf einem der Brautstühle Platz zu nehmen, und setzte sich daneben. »Bist du eigentlich gläubig?«

»Nein. Ich war es mal.« Sie sah einen Augenblick zu den bunten Bleiverglasungen im Chorbereich. »Auf der Flucht, Marisa …« Wieder hielt Emilie kurz inne. »Du verlierst zuerst dein Zuhause. Dann verlierst du dein Land. Und kurz darauf sterben die geliebten Menschen um dich herum. Danach weißt du nicht mehr, wer du bist, und auch nicht, wofür du beten sollst. Gott und ich hatten uns nichts mehr zu sagen.«

Die bedrückenden Worte wirkten in Marisa nach, als prallten sie von den Sandsteinmauern ab und fielen auf sie zurück.

Emilie drehte ihren Gehstock in den Händen. Dann, Stück für Stück, wirkte ihr Gesicht weniger traurig. »Kirchen mag ich immer noch sehr gern. Sie erinnern mich an schöne Momente und unzählige Feste in meiner Heimat. Und von denen spreche ich auch viel lieber als vom Krieg.«

»Wurde in Ostpreußen denn so viel gefeiert?«

»Wenn du wüsstest …« Ihre Stimme klang schwärmerisch. »In meiner Heimat nutzte man jeden Anlass. Allen voran natürlich Hochzeiten, Taufen, Einsegnungen und Geburtstage. Die christlichen Feiertage kamen noch hinzu, aber auch Jubiläen, Beförderungen, Anfänge der Jahreszeiten, Wiedersehen und Abschiednehmen.«

»Wow. Das sind tatsächlich eine Menge Gründe. Ich gebe zu, so habe ich mir das Leben früher gar nicht vorgestellt. Musstet ihr nicht ständig furchtbar schwer arbeiten?«

»Ja, von der Wiege bis zur Bahre, wie es bei uns hieß.« Emilie hob ihren leicht gekrümmten Zeigefinger. »Aber Arbeit ist nicht gleich Arbeit, Marisa. Wenn du Korn wachsen siehst, das du selber gesät hast, oder eine Kuh melkst, bei deren Geburt du dabei warst, fühlt sich das anders an. Es erfüllt dich mit Stolz.« Ihre Hand sank wieder herab. »Und wenn wir endlich feiern konnten, dann oft gleich tagelang. Wir hatten viele Traditionen, die heute gar keine Rolle mehr spielen und die mit Sicherheit bald niemand mehr kennt. Zu schade eigentlich …«

»Erzähl mir doch davon, dann kann ich sie einmal an meine Kinder weitergeben.«

»Hmm, wo soll ich anfangen?«, fragte Emilie sich mehr selbst als Marisa. »Vielleicht mit der Johannisnacht im Juni. Sie hat mich als Kind am meisten verzaubert. Überall im Land erleuchteten Feuer die Himmel. Besonders mutige Jungchens und Marjellchens rollten brennende Wagenräder die Hügel hinab. Die alten Frauen im Dorf erzählten uns Hexengeschichten, vor denen ich mich zu Tode gefürchtet habe. Sie sagten, dass alle Heilkräuter in dieser Nacht Wunderkräfte hätten.« Sie zwinkerte. »Und ich glaube das noch heute.«

»Die Johannisnacht …«, wiederholte Marisa. »Davon habe ich wirklich noch nie etwas gehört.«

»Ich bin mir sicher, von so mancher Ostertradition auch nicht. Die Zeit nach Palmsonntag wurde von allen Kindern besonders geliebt. An Krumm-Mittwoch haben wir Rasenmucken gejagt.«

»Was ist das denn?«

»Na, kleine Geister. Sie leben im Moor, machen gern Späße und treiben Unsinn. Das weiß doch jedes Kind.«

Marisa lächelte, denn mal wieder offenbarte sich Emilies Humor.

»An Gründonnerstag wurden auf dem Land Kringel gebacken. Man musste an ihnen reißen, und wer das größte Stück erwischte, der durfte sich etwas wünschen.«

»Hast du es je erwischt?«

»Einmal. Da war ich fünfzehn Jahre alt. Willst du wissen, was ich mir gewünscht habe?«

»Natürlich.«

»Einen eigenen Trakehner.«

Marisa bekam eine Gänsehaut. Noch vor wenigen Tagen hätten diese Worte nichts in ihr ausgelöst. Jetzt aber, nachdem sie eine halbe Nacht lang alles über das Hauptgestüt Trakehnen und sein tragisches Ende gelesen hatte, wusste sie, was diese Pferde den Ostpreußen bedeutet hatten.

»Das ist aber ein großer Wunsch. Ist er wahr geworden?«

»Ja. Ansonsten hätte ich ihn dir wohl kaum verraten und würde noch immer brav auf die Erfüllung warten. So funktioniert das doch mit Wünschen.«

Jetzt lachte Marisa auf. »Spätestens hier auf Sommerroth wären deine Chancen auf ein Pferd wirklich groß gewesen. Apropos Pferde …« Sie sah auf ihre Armbanduhr. »Ich muss jetzt rüber zum Stall. Caroline sieht sich heute Lizzys Arbeit an. Möchtest du mitkommen?«

»Ja, gern.«

Mit Emilie an der Seite schlenderte Marisa aus der Kapelle und den schmalen Weg entlang. Von hier aus hatten sie einen wunderschönen Blick auf das Haupthaus, das auf der Rückseite ganz anders aussah als vorne. Hervorspringende Gebäudeteile in der Mitte und an beiden Seiten zierten das Gutshaus zum Park hin. An eine dieser Seitenrisaliten schmiegte sich das Gartenzimmer, dessen Fenster offen standen. Gelächter drang heraus. Caroline und ihre Standesgenossinnen saßen noch immer beim Tee zusammen. Auch wenn Marisa keine Ahnung hatte, worüber sie sich bei diesen Gotha-Treffen unterhielten, gaben die Frauen zumindest ein wunderschönes Bild ab. Sie alle trugen Kleider und Hüte – eine Hommage an die Kaiserzeit, wie Caroline stets sagte. Der Anblick erinnerte Marisa an eine Szene aus »*Downton Abbey*«. Sie selbst hatte für diese Gesellschaft, in die sie hineingeboren worden war, noch nie viel übriggehabt. Doch mit jedem Tag, den Emilie bei ihr war, entfernte sie sich sogar noch ein Stück weiter davon. Anders als jene untergegangene Zeit, der Caroline und diese Frauen nachhingen, war Emilie so echt, so lebendig und voller Wärme. Bereits jetzt stand sie ihr deshalb unerwartet nah. Marisa fragte sich, ob es Emilie ähnlich erging. Sie verspürte den starken Drang, ihre Großmutter noch besser kennenzulernen. Doch sie musste behutsam vorgehen. Schon mehrfach war schließlich deutlich geworden, dass Emilie Vergangenes nicht aufwühlen wollte.

»Darf ich dich etwas fragen?«

»Sicher. Nur zu.«

Marisa suchte nach den richtigen Worten und blickte kurz in den hellblauen Himmel, wo erste Quellwolken aufgezogen waren. Das Wetter änderte sich schon wieder. »So, wie du eben geschwärmt hast, musst du Ostpreußen und dein Leben dort sehr geliebt haben.«

»Das ist richtig. Meine ersten Jahre als junger Mensch waren wunderschön – bis der Krieg kam.«

»Warum lässt du dir dann gefallen, dass Caroline so abfällig über deine Herkunft redet?«

»Ach …«, Emilie winkte ab. Ihre nächsten Worte sprach sie langsam. »Meine Herkunft … was heißt das schon? Etwa ein ›von‹ im Namen?« Sie sah zum Gartenzimmer und schüttelte den Kopf. »Nein, ob Bauer oder Gutsherr, Ostpreußen, wie es damals war, ist eine untergegangene Welt. Es existiert ohnehin nur noch in den Gedanken der wenigen, die es mit eigenen Augen gesehen haben. Bald schon werden wir alle tot sein, dann nehmen wir den Schatz unserer Erinnerung mit ins Grab. Es ist mir gleich, was Caroline darüber denkt. Ich halte es lieber wie Albert Schweitzer. Er hat einmal gesagt: ›Das einzig Wichtige im Leben sind die Spuren der Liebe, die wir hinterlassen, wenn wir gehen.‹«

»Das klingt wunderschön«, fand Marisa und verlangsamte ihre Schritte, weil sie das Gefühl hatte, die Schwermut ihrer Erinnerung schlage sich auf Emilies Kraft in den Beinen nieder. »Wie weit bist du mit diesem Vermächtnis?«

»Noch nicht ganz fertig.«

Marisa sah in die Ferne zum Wirtschaftshof, auf den sie nun zusteuerten. »Was fehlt dir noch?«

»Nur wenig. Mein Lebensplan ist aufgegangen. Ich möchte bloß noch ein letztes Mal die *Spuren der Liebe* entlanglaufen.«

Marisa hatte das Gefühl, genauso schlau zu sein wie vorher. Und es fühlte sich so an, als wäre das auch Emilies Absicht gewesen. Die wahren Gründe für ihr Kommen sollten offenbar im Dunkeln bleiben.

»Und jetzt lass uns nicht mehr darüber reden, sondern lieber zu den Pferden gehen«, sagte Emilie und setzte nach: »Du musst wissen, sie erinnern mich an mein furchtbar bäuerliches Leben in Ostpreußen.«

Ihr Zwinkern war das einer jungen Frau. Dies war zweifellos eine Anspielung auf Carolines abfällige Worte im Büro. Dennoch, etwas an der Art, wie sie es sagte, erschien Marisa merkwürdig. Sie kam nicht drauf; und als sie sich dem Stall näherten, verflüchtigte sich der Gedanke wie der Duft des Flieders, den sie auf der Allee passiert hatten.

* * *

173

Lizzy stach die Mistgabel tief in das Stroh der Box, die sie gerade ausmistete. Der Ammoniakgeruch hüllte sie ein wie eine dichte Wolke. Über ihr flogen Schwalben in scharfen Wendemanövern durch die Stallgasse zu ihren Nestern hin, in denen es lieblich piepste. Hier fühlte sie sich wohl. Sogar wohler als irgendwo sonst auf Sommerroth.

Seitdem sie denken konnte, wollte sie nichts lieber, als mit ihren Pferden zusammen zu sein. Reiten war für sie wie die Luft zum Atmen und weit mehr als nur ein Hobby. Beinahe alles in ihrem Leben stand in der Hierarchie dahinter an. Lizzy wusste auch, warum das so war.

Anders als Marisa und Philipp hatte sie als Älteste die schmutzige Trennung ihrer Eltern bewusst mitbekommen. Sie redete nicht über diese Erinnerungen, aber die bedrückende Stimmung, die nach den lauten Streitigkeiten im Haus geherrscht hatte, war selbst als Fünfjährige für sie zu spüren gewesen. Zuflucht fand sie damals im Stall. Man hatte ihr ein Pferd geschenkt – zum Trost, wie ihr heute als Erwachsene bewusst war. Die Liebe, die sie damals von dem zotteligen weißen Shetlandpony bekam, hatte sich tief und nachhaltig in ihr Herz gebrannt. Ebenso jene Herzlichkeit von Oma Emilie, die ihr den Umgang mit dem kleinen Wallach gezeigt hatte. Als ihre Großmutter nur ein Jahr später Gut Sommerroth verließ, erlebte Lizzy nach dem Zerbrechen der heilen Familie den zweiten großen Verlust in ihrem jungen Leben. Lange Zeit war in ihrem kindlichen Kopf die Frage herumgegeistert, ob sie einen Fehler gemacht hatte und ihre Oma deshalb gegangen war. Natürlich nicht, wie sie heute wusste. Dennoch, vielleicht trug sie Emilie das bis heute nach, und womöglich hatte sie deshalb noch nicht ihre Nähe gesucht. Gern hätte Lizzy sich mit ihrer Mutter Linda über ihre Gedanken ausgetauscht, aber die weilte ja gerade auf Gut Belitz, wie die Postkarte im Briefkasten heute Morgen verraten hatte. Oft war sie nicht da, wenn Lizzy sie brauchte. Zum Glück hatte sie ihre Pferde – die hörten ihr schon seit jeher zu.

Damals, vor dreißig Jahren, wurde ihr Pony Timo zu ihrem besten Freund. Seither empfand Lizzy fast so etwas wie eine Sucht nach der Gegenwart von Pferden. Erst wenn sie ihren Geruch wahrnahm, wenn weiche Nüstern ihr Gesicht streichelten oder schnelle Hufe sie über ein windiges Feld trugen, fühlte sie sich geliebt und lebendig. Die Pferde verstanden sie ohne Worte. Und sie verstand die Pferde. Wie sehr sie sie verstand, das wusste allerdings niemand! Ihre Familie hätte sie für verrückt erklärt, wenn Lizzy ihnen gesagt hätte, dass sie eine Art Gabe in sich spürte. Die Fähigkeit nämlich, mit Pferden zu kommunizieren oder sich in sie hineinzufühlen. Deshalb schwieg Lizzy darüber und fand sich damit ab, dass alle sie bloß für eine leidenschaftliche Reiterin hielten.

Nachdem sie den letzten Haufen Stroh und Mist aus der Box geschippt hatte, lehnte sie sich erschöpft an die Wand und rang nach Luft. Das große Misten nach dem Winter war jedes Mal ein Kraftakt. Mittlerweile besaß sie schließlich sieben Stuten, vier Wallache und einen Hengst. Und sie alle sollten es stets behaglich haben. Lizzy liebte jedes einzelne Tier von ihrem »nutzlosen Haufen«, wie Philipp ihre Herde im Spaß nannte. Besonders die geretteten Pferde vom Gnadenhof, ihre zwei Rentner und die etwas verrückte Traberstute, die sich nicht reiten lassen wollte. Ja, sie hatte wohl einen Hang zu Problempferden, das gab Lizzy vor sich selbst zu. Und ihr allerliebstes war der wilde Mojo!

Der schwarze Hengst war ihr Seelenverwandter und ihr bester Freund. Und diese Turniersaison – das spürte sie genau – würden sie endlich jene Erfolge feiern, die auch Preisgelder in die Kasse spülten. Es musste dringend sein, denn ihre Ausbildung als Bereiterin, das anschließende Studium in Agrarwissenschaft und auch der Kurs zur Pferdeosteopathin waren schon lange beendet. Und so langsam fiel ihr nichts mehr ein, was sie noch lernen konnte. Mit ihren sechsunddreißig Jahren verfügte sie zwar über viel Wissen, aber dennoch über wenig Vermögen. Hier und da nahm sie einen Job an, um Kosten zu decken, doch ihre Lieblinge hatten stets Vorrang. Seit Jahren schon sahen ihr Vater und ihre Geschwister mehr oder weniger geduldig dabei zu, wie die Pferde mehr Geld verschlangen, als sie einbrachten. Nun aber wurden sie spürbar ungeduldig.

Sie schob die quietschende Gittertür auf. »Das war Box Nummer vier«, sagte Lizzy zu Alexander, der ihr und den beiden Stallburschen heute helfen konnte, da Sonntag war. »Jetzt brauche ich eine Pause.«

»Faulpelz«, neckte er sie und stach seine Gabel so in den Mist, dass sie aufrecht stand. Sein Gesicht war verschwitzt.

»Das sagt der Mann, der erst bei seiner dritten Box angelangt ist«, feuerte sie zurück.

»Ich miste anscheinend gründlicher als du.« Er nahm ein Büschel frisches Stroh aus der Ecke und warf es nach ihr.

Lachend ging Lizzy in Deckung, doch sie bekam die volle Ladung ab.

Gemeinsam traten sie vor die geöffneten Flügeltüren.

Lizzy zog sich noch immer die Halme aus den blonden Haaren, als sie Marisa und Emilie durch die Fliederallee treten sah. Ihre Schwester schaute sich verwundert um.

»Großer Gott, was ist denn hier los?«, rief Marisa bereits von Weitem. »Du weißt schon, dass Caroline jeden Augenblick hier auftauchen wird, oder?«

Lizzy blickte hinter sich in die Stallgasse voller Pferdemist. Beide Helfer schmissen weiterhin altes Stroh und Pferdeäpfel aus den Boxen. Sie hatte sie angewiesen, nicht allzu ordentlich vorzugehen, und war zufrieden.

»Richtig. Ich erwarte sie jeden Moment«, antwortete sie ihrer Schwester, während sie sich wieder umdrehte. »Und dann wird sie alles lernen über die Mistmatte, die wir im Winter in den Boxen anwachsen lassen und im Frühling rausholen. Meinetwegen kann sie auch gern den Trecker fahren, der den Dreck später durch die Stallgasse zum Misthaufen schiebt. Eine Hands-on-Erfahrung schadet nie.«

In diesem Augenblick fuhr Philipps Wagen die Auffahrt des Wirtschaftshofs entlang und zog eine leichte Staubwolke hinter sich her. Er parkte vor dem Stallgebäude und hielt auf die drei Frauen und Alexander zu. Über den Rand seiner Sonnenbrille hinweg lugte er in die Stallgasse. »Mensch, ist ja ein verrückter Zufall, dass das große Misten auf den Tag von Carolines Patrouille fällt.«

»Ja, ich weiß. Zufälle gibt's, die gibt's gar nicht«, antwortete Lizzy unschuldig. »Ach ja, und die Wände werden bei dieser Gelegenheit natürlich auch noch gekalkt.«

»Soso«, sagte Philipp belustigt. »Insofern wird ihr Besuch bestimmt eine kurze Angelegenheit.«

Alexander zog seine Arbeitshandschuhe aus und wischte sich über die Stirn. Verstohlen blickte er zum Schloss und sagte: »Es sei denn, Caroline bringt auch noch ihre ganzen Gräfinnen mit in den Stall. Denen würden wir natürlich eine Extra-Führung geben.«

Lizzy grinste bei dem Gedanken, während Emilie sich von Marisas Arm löste und auf sie zukam. Ihr Blick huschte suchend umher, bis er sich auf sie legte. Ein Stich durchfuhr Lizzys Körper. Seit Tagen hatte sie es vermieden, sie direkt anzusehen. Jetzt, da es kein Entrinnen gab, wurde deutlich, dass Emilies Augen dieselben waren wie damals vor dreißig Jahren. Und ebenso die Güte darin. Sie schluckte den Kloß in ihrem Hals herunter.

»Sag mal, Lisbeth. Wo sind deine ganzen Pferde? Ich wollte sie mir mit dir zusammen ansehen.«

»Tut mir leid. Beim großen Misten sind sie immer auf der hintersten Weide, damit der Trubel hier im Stall sie nicht erschreckt.«

»Wie schade! Also muss ich wohl ein anderes Mal wiederkommen.«

»Moment«, hielt Lizzy sie auf. »Wir können uns Mojo angucken. Er steht auf der Hengstweide, dort drüben beim Einzelstall.« Sie zeigte quer über den Wirtschaftshof.

Alexander drängte sich sofort nach vorne. Mit dargebotenem Arm stellte er sich neben Emilie auf. »Darf ich, Mylady? Ich kann mir kaum eine bessere Pause von der Schufterei vorstellen.«

Marisa lief beschwingt an Alexanders andere Seite, der sich zwischen zwei Frauen sichtlich wohlfühlte.

Philipps Handy klingelte, weshalb er sich mit Gesten entschuldigte und in die entgegengesetzte Richtung abwandte.

Lizzy folgte den dreien zu dem weiß verputzten Reetdachhaus, in dessen rechter Seite sie mit Alexander wohnte. Links war der Pferdestall für Mojo eingerichtet. Die obere Hälfte der zweiteiligen Boxentür stand immer offen, damit der Hengst auf den Hof sehen konnte. Oft machte ihre Familie Witze darüber, dass sie mit ihren beiden Lieblingsmännern unter einem Dach wohnte.

An Emilie gerichtet erklärte Alexander jetzt: »Mojo ist ohnehin der wichtigste Stallbewohner hier. Er ist sozusagen der Star auf dem Hof – ein angehendes Dressurpferd, das sich unglaublich entwickelt.«

»Wurde er denn hier gezogen?«, wollte Emilie wissen.

»Nein, Lizzy hat ihn als Fohlen bekommen. Die Umstände waren zwar überaus seltsam, aber manchmal schlägt wohl einfach das Schicksal zu. Es war Liebe auf den ersten Blick bei den beiden, und heute sind sie unzertrennlich. Ich sage ihnen

178

eine große Zukunft voraus.« Er beugte sich zu Emilie herunter. »Und ich bin Tierarzt.«

Lizzy grinste, weil er sich so aufspielte. Dabei wusste sie, es war nicht ganz ernst gemeint.

Marisa mischte sich ein. »Also, ich hab Schiss vor Mojo. Er ist so groß und schwarz und wild …«

»Hör nicht auf sie, Emilie«, riet Alexander. »Marisa liebt Blumen und rosa Pompons und solchen Kram.«

Marisa schnappte nach Luft und knuffte ihn in die Seite.

Alexander lachte und sprach weiter. »Mojo ist fantastisch. Diese Saison werden Lizzy und er alle Preise abräumen, die es zu gewinnen gibt.«

»Wenn er sich benimmt«, ergänzte Marisa. »Nur Lizzy kommt mit ihm klar. Von mir lässt er sich nicht mal anfassen.«

»Jetzt bin ich aber wirklich gespannt«, sagte Emilie.

Ihre Großmutter meinte es ehrlich, das wusste Lizzy sofort. Nach und nach kehrten ihre Erinnerungen wieder, wie sie an Emilies Hand über die Weiden zu den Pferden gewandert war und diese ihr etwas über den Umgang mit den Tieren erzählt hatte. Lizzy lächelte. Es waren schöne Gedanken.

Sie erreichten die ans Haus angrenzende Weide, die besonders hoch eingezäunt war. Am Gatter stellten sie sich nebeneinander auf.

»Mal sehen, ob er überhaupt kommt.« Marisa klang skeptisch.

»Natürlich. Er ist nämlich verfressen.« Alexander holte eine knisternde Tüte aus seiner Westentasche.

Lizzy verzog das Gesicht und schimpfte: »Weil du ihn so verwöhnst! Steck das weg, sonst wird er fett. Er kommt auch so.« Ihr Hengst stand auf der anderen Seite im Schatten der Bäume. Lizzy legte ihre Hände um den Mund und rief: »Mojo!«

»Dort ist sein Lieblingsplatz«, erklärte Alexander. »Er wartet immer, dass ein paar hübsche langbeinige Stuten den Weg entlangkommen. Er ist ein echter Macho.«

Noch einmal rief Lizzy: »Mooojo!« Er hörte auf zu grasen und hob den Kopf in die Höhe. Seine Ohren zuckten vor und zurück. Dann galoppierte er los und ließ die Mähne fliegen. Das Donnern seiner Hufe klang durch die Luft. Er schoss vom Schatten ins Sonnenlicht, wo sein schwarzes Fell protzig glänzte und das Spiel seiner Muskeln darunter wiedergab.

»Der Frühling macht ihn offensichtlich noch wilder als ohnehin schon«, bemerkte Marisa und klang misstrauisch.

»Ist er nicht toll?«, schwärmte Lizzy, ohne auf die Worte ihrer Schwester einzugehen.

»Allerdings. Er ist wunderschön.« Emilie hängte ihren Gehstock an die Stäbe des silbernen Gatters und umfasste es mit beiden Händen. Ihr Blick war wie gefangen von dem Hengst.

Lizzy fiel das auf. In dem Moment erinnerte sie sich: Vor dreißig Jahren hatte ihre Großmutter ebenso auf die Weiden ihrer Pferde gesehen. Gefesselt. Gebannt!

Nachdem der Hengst ein paar Runden in der Sonne gedreht hatte – den Schweif zur Fahne hoch erhoben –, galoppierte er nun direkt auf sie zu.

»Ho, langsam. Ganz ruhig«, verlangte Alexander mit tiefer Stimme.

»Vielleicht sollten wir besser einen Schritt zurückgehen«, schlug Marisa vor und beäugte Mojo weiterhin skeptisch. »Ich habe es schon einige Male erlebt, dass er in seinem Übermut nicht mehr rechtzeitig bremsen konnte und mit der Brust gegen das Tor gedonnert ist.«

»Er wird bremsen«, sagte Emilie überzeugt und blieb.

Lizzys Herz begann vor Aufregung zu rasen. Sie fühlte sich wieder wie damals mit fünf Jahren, wo sie zu ihrer Großmutter aufgesehen hatte.

»Da bin ich mir nicht sicher«, gab Marisa zurück und trat etwas nach hinten. »Komm lieber weg vom Tor.«

»Hooo, Mojo!« Selbst Alexander machte nun beschwichtigende Bewegungen mit seinen Händen.

Mojo galoppierte weiter und schnaubte bei jedem Galoppsprung. Erst im letzten Moment stemmte er die Beine in den Boden und wirbelte so die Erde auf, die bis auf den Hof geschleudert wurde.

Emilie schien nicht mal darauf zu achten. Sie visierte den Hengst auf eine merkwürdig durchdringende Weise an.

Lizzy kannte diesen Blick – und zwar von sich selbst!

Mojo begann laut prustend und wiehernd auf der Stelle zu traben. Sein mächtiger Hals formte sich dabei zu einem Halbmond.

»Puh, heute hat er echt Feuer«, gab Alexander zu.

Emilie streckte ihre Hand nach ihm aus. Die gekrümmten Finger der alten Frau strichen über seine leicht gewellte Mähne, seinen Bauch, seine Flanke zur Kruppe. Mojo stand jetzt plötzlich still. Sein Prusten beruhigte sich.

So reagierte er sonst nur bei ihr. Lizzy wusste, niemand sonst konnte sehen, was sie gerade sah. Plötzlich begann die Hand ihrer Großmutter zu zittern.

Emilie gab ein Stöhnen von sich.

Im letzten Augenblick konnte Alexander sie auffangen.

KAPITEL 10

»Danke, dass Sie so schnell kommen konnten, Doktor Stewien«, sagte Marisa und versuchte, von seinem Gesicht abzulesen, in welchem Zustand sich Emilie befand – vergeblich. »Wie geht es ihr?«

Er schloss leise die Schlafzimmertür hinter sich. »Ihre Großmutter schläft jetzt. Ich habe ihr etwas zur Beruhigung gegeben.«

»Können Sie mir erklären, was genau passiert ist? Wir waren eigentlich nur auf dem Hof spazieren und haben ein Pferd angesehen.« Marisa saß der Schock noch in den Gliedern und sie machte sich Vorwürfe. Wahrscheinlich hatte Mojos wildes Verhalten Emilie erschreckt.

»Sie brauchen sich nicht zu viele Sorgen zu machen, Frau von Sommerroth. Es war bloß ein Schwächeanfall. Das kommt in diesem Alter natürlich vor.«

Marisa nickte erleichtert.

»Ich werde morgen noch einmal nach ihr sehen. Wahrscheinlich ist sie dann wieder bei Kräften.« Der Arzt folgte Marisa in den Flur. Hier nahm er seine Windjacke vom Haken und zog sie sich über. »Trotzdem wäre es gut, wenn Sie Ihre

Großmutter heute aufmerksam beobachten könnten. Sie sollte nicht lange allein sein.«

»Natürlich. Ich habe bereits alle Termine verschoben«, versicherte ihm Marisa.

»Und Sie sollten sich vielleicht Gedanken darüber machen, wie Sie die Pflege in Zukunft regeln wollen.«

Marisa stockte. Über die Zukunft ihrer Großmutter hatte sie sich bislang keine Gedanken gemacht. Emilie wollte ursprünglich ja auch nur ein paar Tage bleiben.

Dr. Stewien sprach weiter. »Ich könnte Ihnen Empfehlungen geben – für ausgezeichnete Altersheime in der näheren Umgebung. Sprechen Sie mich bei Bedarf einfach an.«

So naheliegend seine Worte auch waren, sie trafen Marisa dennoch unerwartet. Trotz Emilies hohen Alters erschien sie ihr auf eine unerklärliche Weise jung. Ihre Antwort kam deshalb, ohne dass sie lange darüber nachgedacht hatte.

»Wir werden kein Pflegeheim brauchen. Wenn es so weit ist, kümmere ich mich um sie – und zwar hier auf Gut Sommerroth.«

»Schön«, sagte der Arzt. »Das höre ich selbstverständlich am liebsten. Wenn alte Menschen bei ihren Familien bleiben können, geht es ihnen in der Regel länger gut.« Er trat jetzt hinaus auf den Hof, wo sein Wagen parkte, und drehte sich ein letztes Mal zu ihr um. »Sollte heute noch etwas sein, können Sie mich unter meiner Notfallnummer erreichen. Vielleicht ist Ihre Großmutter nach dem Aufwachen etwas verwirrt. Das wäre nicht ungewöhnlich. Aber es müsste sich im Lauf des Tages legen.«

»Ich verstehe. Nochmals vielen Dank.«

Der Arzt fuhr vom Hof, und in der nächsten Sekunde fielen die ersten Regentropfen.

Marisa hatte gar nicht bemerkt, wie der blaue Himmel sich komplett zugezogen hatte. Der leichte Regen wurde schnell zu einem starken Schauer, der dem warmen Boden einen frischen Duft entlockte. Sie sah einige Mitarbeiter über den Hof eilen und mit hochgezogenen Schultern im Haupthaus verschwinden. Plötzlich zog ein kräftiger Wind auf und bauschte die grünen Baumkronen. Marisa fröstelte und wollte gerade hineingehen, da entdeckte sie Caroline zwischen den Fliederbäumen der kleinen Allee. Sie rannte nicht – trotz des Regens. Ihre Strumpfhose war um die Knöchel mit braunen Schlieren beschmutzt. Auf einer Seite ihres dunkelvioletten Kleides befand sich etwas Weißes, das aussah wie Kalk. Ihr Gesicht war finster. Wie es schien, hatte der Stallbesuch, den Lizzy mit Philipp tapfer durchgezogen hatte, nichts Angenehmes für Caroline bereitgehalten.

Marisa schloss geschwind ihre Tür, schob alle Gedanken an Caroline zur Seite. Viel lieber wollte sie nach Emilie schauen. Das, was bei Mojo passiert war, beschäftigte sie noch immer, ebenso wie das, was ihre Oma ihr heute über Ostpreußen erzählt hatte.

Marisa schämte sich fast ein wenig dafür, aber sie hatte stets geglaubt, Emilie sei ihrem freudlosen, arbeitsreichen Dasein in Ostpreußen entflohen und glücklicherweise hier auf dem schönen Sommerroth gelandet. Langsam, aber stetig begriff sie, dass die Dinge nicht ganz so gewesen waren. Emilie hatte ihre Heimat geliebt, und ihre Zeit auf Sommerroth war keineswegs nur schön gewesen. Die Frage, ob all das etwas mit ihrem Schwächeanfall zu tun hatte, würde wohl derzeit unbeantwortet bleiben.

Während Marisa so nachgrübelte, nahmen die Geräusche draußen zu. Der Regen wurde von einem peitschenden Wind in Schüben gegen ihre Fensterscheiben geschleudert. Die Bäume rauschten und ächzten unter den Böen, die stetig heftiger wurden, je mehr das Tageslicht schwand. Ein Poltern ließ Marisa aus ihrer Terrassentür spähen. Ihre Blumenkübel waren umgestürzt und rollten über die Pflasterung. Und nur Sekunden später fiel auch ihr Sonnenschirm mit dem massiven Marmorfuß um.

»Logisch«, sagte Marisa zu sich selbst. »Einen Sturm hatten wir in diesem verrückten Mai noch nicht.«

* * *

Emilie hörte das Donnern und Krachen von draußen. Sie spürte den Sturm, wie er an dem Fachwerkhaus rüttelte. Dabei bemühte sie sich krampfhaft, einen Gedanken festzuhalten, doch er glitt ihr wieder davon. Sie wurde wütend. Auf sich. Auf ihren alten Körper und den alten Geist, die beide nicht mehr so wollten wie sie.

Emilie hatte sich heute am Gatter eigentlich nichts anmerken lassen wollen. Ihr Plan war schließlich gewesen, die Dinge nun ihrem Schicksal zu überlassen. Da aber war das Brandzeichen Mojos vor ihren Augen erschienen – eine doppelte Elchschaufel. Die Vergangenheit und die Gegenwart hatten sie einfach überwältigt und ihre Beine weich gemacht.

Jetzt lag sie in diesem Bett und versuchte, sich zu konzentrieren. *Bleib hier! Du bist nicht verrückt, bloß alt. Es gibt keinen Grund, den Verstand zu verlieren!*

Der Wind nahm zu, draußen polterte es laut. Emilie fühlte eine Erschütterung, die etwas mit ihr tat. Stück für Stück glitt sie hinüber. Sie wollte weiter dagegen ankämpfen und krallte ihre Hände in das Laken.

Nein, ich werde das nicht zulassen! Sie beschwor sich selbst so eindringlich, wie sie nur konnte. Doch vor ihren Augen erschien jetzt eine goldene Sonne, die es hier gar nicht gab. Emilie wusste das.

Bitte nicht … Ihre Erinnerungen waren unaufhaltsam. Viele Jahre hatte sie sie unterdrückt. Jetzt ließen sie es sich nicht mehr gefallen. Die einzelnen Erschütterungen wurden zu einer stetigen Vibration des Bodens. Emilie konnte sich nicht länger wehren. Sie wusste, es würde schmerzhaft werden. Dann war sie plötzlich in Ostpreußen und hörte Pauls Stimme.

»Bemerkst du das auch, Emilie?«

Sie standen beide neben dem Pferdewagen auf einer kleinen Anhöhe, von der man etwas weiter ins Land blicken konnte. Wieder einmal hatte der Treck stehen bleiben müssen. Es staute sich jedes Mal dort, wo ein Weg auf einen weiteren traf. Alles war mit Fuhrwerken und Tieren belegt.

»Was ist das?«, fragte Emilie. Unter ihren Füßen spürte sie jetzt ein Beben. Plötzlich drang ein Grollen an ihr Ohr.

»Da! Seht doch …«, rief mit einem Mal eine Frauenstimme, und sie deutete mit dem Finger nach Osten.

Emilie und zig andere drehten sich um. Zunächst sah sie nur einen Mann über die Kuppe der Anhöhe traben. Das Donnern wurde jetzt tiefer und lauter. Emilie verengte die Augen. Hinter dem Reiter bewegte sich etwas. Im schalen Sonnenlicht des angehenden Herbsttages erschien plötzlich eine große Herde brauner Trakehner. Kraftvoll trabten sie über das Feld mit den verlassenen Getreidehocken und strömten dazwischen hindurch. Der Anblick ihrer schweißnass glänzenden, dampfenden Körper war atemberaubend. Ihre Mähnen wehten wie dunkle Flammen hinten ihnen her.

Emilie hörte die ersten entsetzten Rufe hinter sich. Jeder wusste, woher die Pferde kamen und was ihr Fortgang bedeutete: Es waren die braunen Trakehner aus dem Vorwerk Kalpakin. Der Russe musste also schon bis dorthin gelangt sein!

Emilies Füße setzten sich wie von selbst in Bewegung. Sie hielt auf die vielen braunen Pferde zu, als wären sie bloß eine Einbildung, durch die sie hindurchlaufen könnte. Doch sie spürte den Wind in ihrem Gesicht, hörte das Schnauben und Prusten, roch ihren Geruch. Dies war keine Einbildung. Ostpreußens ganzer Stolz zog hier an ihr vorbei.

»Otto Fiege …«, flüsterte Emilie plötzlich. Ihr Blick war auf den Reitburschen am Ende der Herde gefallen und seiner auf sie. »Otto! Otto!«, rief sie immer lauter und rannte los. Der junge Kerl war ihr gut bekannt. Schon oft hatte er auf Gut Zimny ausgeholfen – natürlich vor der Zeit, als er den begehrten Platz auf Trakehnen erhielt.

Er trabte ihr entgegen.

Emilie griff nach den Zügeln. Noch bevor sie ihre Frage stellen konnte, sprach Otto von selbst.

»Auf Trakehnen sind Bomben gefallen, Emilie. Alles ist zerstört. Das Landesgestüt wurde vollständig geräumt.«

Zitternd sog sie ihren Atem ein und spürte die Tränen aufsteigen. »Ganz Trakehnen? Alle Vorwerke?«

»Alles, Emilie. Alles! Wir bringen die Pferde nach Georgenburg. Zieht so schnell Richtung Westen, wie ihr könnt. Die Dörfer an der Hauptkampflinie wurden evakuiert. Die Menschen werden sehr bald nachkommen.«

»Ich verstehe …« Das Leder glitt ihr aus den Fingern.

»Ich muss jetzt weiter. Viel Glück.« Er zog die Zügel herum und galoppierte davon.

Noch ein paar Herzschläge lang stand Emilie auf dem Feld und starrte den Stuten und Fohlen hinterher.

Dann fühlte sie die weiche Bettdecke über sich. Die Herbstsonne verschwand und die Sprossenfenster erschienen vor ihren Augen. Sie war wieder da und hörte sich selbst schluchzen. Der Anblick der flüchtenden Trakehner war damals das Schlimmste gewesen, was sie bis zu diesem Tag in ihrem Leben gesehen hatte. In jenem Moment war ihr klar geworden, dass ihre Heimat nie wieder dieselbe sein würde. Noch genau erinnerte sie sich an das Gefühl ihres wunden Herzens. Sie konnte nicht wissen, dass ihr noch weit Schrecklicheres bevorstand.

Landesgestüt
Georgenburg

Emilies Vater

Kapitel 11

Oskar besah sich die achtzig fuchsfarbenen Mähnen und Schweife, die im Zweitakt vor ihm auf und ab wippten. Danach erregte Leutnant Sommerroth seine Aufmerksamkeit, der mit seiner frechen Stute Violine kämpfte. Jede Beinhilfe wurde von ihr mit angelegten Ohren quittiert. Seine Reitkünste waren zudem mehr als bescheiden. Dennoch hielt er die Herde zusammen und sich selbst oben. Jetzt blickte er hoch in den Himmel. Oskar tat es ihm gleich und erschrak. Eine große und sicher weithin sichtbare Staubwolke stob empor – aufgewirbelt durch die vielen Hufe, die den trockenen Weg entlangtrabten.

»Wir müssen runter von den Wegen!«, rief der Leutnant ihm zu und wies mit dem Finger nach oben. »So sind wir viel zu leicht für Tiefflieger zu erkennen.« Daraufhin trabte er zum Reitburschen an der Spitze der Herde und zeigte auf eine Wiese.

Bruno lenkte sein Pferd ohne Zögern nach rechts und verließ den staubigen Schotter. Die Stuten folgten ihm anstandslos. Als eine von ihnen zu überholen versuchte, schnitt er ihr flink den Weg ab und scheuchte sie zurück. Der Junge konnte nicht viel älter sein als fünfzehn Jahre, doch seine Fähigkeiten, die Pferde hinter sich zu behalten und zu führen, waren beeindruckend.

Perlmutt trabte als Letzte auf die Wiese. Das Knirschen unter den vielen Hufen verstummte. Oskar sah die Reste der Staubwolke über sich hinwegziehen und schließlich gänzlich verschwinden. Das militärische Verständnis des Leutnants hatte sich tatsächlich schon mehr als einmal ausgezahlt.

Vor einiger Zeit hatten sie das westliche Vorwerk Mattischkehmen passiert, das gestern noch die Heimat der besonders vielversprechenden einjährigen Hengste Trakehnens gewesen war. Das Vorwerk brannte. Jedes Dorf, das sie danach passierten, war ausgebombt. Die wunderschöne sonnige Herbstlandschaft Ostpreußens zeigte sich durchschnitten von Rauchsäulen, die in den Himmel stiegen. Der sowjetische Angriff war erst einen Tag her, und schon war vieles, das Jahrhunderte hatte wachsen können, unwiederbringlich zerstört.

Perlmutt schnaubte und Oskar gab ihr etwas die Zügel vor, damit sie den Hals strecken konnte. Die Fuchsstute trabte nun seit weit mehr als einer Stunde durchgehend, ohne groß an Tempo einzubüßen. Ihre Muskeln schienen jetzt gerade warm und geschmeidig zu sein. Auch er selbst spürte, dass er bereits sein ganzes Leben im Sattel saß. Im Gegensatz zum Panzergraben-Schippdienst waren die gleichmäßigen Pferdebewegungen seinem Körper vertraut, sodass er die alte Rückenverletzung kaum fühlte.

»Wo sind wir?«, fragte Johann Sommerroth irgendwann nach hinten. Die blonden Haare klebten nass an seiner Stirn.

Oskar warf einen Blick auf die Karte des Sattelmeisters. Da sie die deutlich eingezeichneten Wege verlassen hatten, musste er sich kurz orientieren. Der Forst, in den sie kürzlich hineingeritten waren, diente ihm als Hilfe. »Bald sollten wir Gumbinnen sehen. Wenn wir die Richtung beibehalten, kommen wir südlich an der Stadt vorbei.« Kaum hatte er das ausgesprochen, schlug ihnen der bislang eher unterschwellige Geruch von Verbranntem mit voller Wucht entgegen. Als sie die dicht beieinanderstehenden Bäume hinter sich ließen, die ihnen die Sicht versperrt hatten, wurde die furchtbare Vermutung zur Gewissheit. Die Kreisstadt war komplett zerstört. Über ihr schwebte dichter schwarzer Rauch mit dem Ostwind davon. Der Anblick vertrieb kurzzeitig jede Spannung aus Oskars Körper. Er vergaß, Perlmutt zu treiben, und wurde stetig langsamer.

»Von Zimny«, rief der Leutnant streng. »Die hinteren Stuten setzen sich ab.«

Oskar hörte die Worte, trotzdem haftete sein Blick weiterhin an den eingestürzten Gebäuden und den verzweifelten Menschen, die auf allen Wegen aus der Stadt strömten. Sein Herz krampfte sich zusammen. War seine Familie womöglich unter ihnen? Sollte er nicht nach ihnen sehen?

»Die Stuten! Fangen Sie sie ein«, schallte es wieder zu ihm herüber. Nur einen Moment später schoss Johann Sommerroth im Galopp an ihm vorbei und trieb die Herde selbst zusammen. Violine galoppierte schnaubend und prustend an Perlmutts Seite.

»Oskar!«

Es war das erste Mal, dass der Leutnant ihn beim Vornamen nannte. Wahrscheinlich drang er deshalb zu ihm durch.

Johann packte seinen Kragen und zog ihn in eine bestimmte Richtung. »Sieh nach vorne!«

Oskar blickte vor sich, wo der Weg der Herde bald die Straße von Kulligkehmen nach Gumbinnen kreuzen würde. Jeder Zentimeter war voller Menschen, Wagen und Tiere. Die Flüchtlinge zogen von Süden nach Norden, die Wehrmacht zog von Norden nach Süden. All das schien undurchdringlich wie eine Mauer.

»Wir müssen die Pferde gleich mitten durch diesen Strom von Flüchtlingen und Militär treiben. Ich kann das nicht alleine schaffen, verstehst du?«

»Natürlich …« Oskar atmete tief durch und nickte ihm zu.

* * *

Johann stellte erleichtert fest, dass Oskar von Zimny wieder ganz da zu sein schien. Er ließ seinen Kragen los. »Ich reite vor und halte die Treckwagen auf, was kein Problem sein dürfte. Bei den Wehrmachtsfahrzeugen allerdings brauche ich Glück. Ich muss sehen, wo ein rangniedrigerer Soldat am Steuer sitzt. Wenn es so weit ist, müsst ihr euch beeilen, die Pferde schnell hindurchzutreiben.«

»Verstanden«, sagte Oskar und nickte nochmals.

»Ich halte die Lücke so lange offen, wie es geht.« Johann riss die Zügel von Violine herum. Er rief Bruno entgegen: »Auf mein Zeichen, und dann ganz schnell!« Jetzt gab er seiner empfindlichen Stute die Hacken. Sie stob nach vorne auf den Flüchtlingsstrom zu. Brüllend schoss Johann vor einen Leiterwagen, sodass die Pferde erschrocken die Köpfe hochrissen. »Stopp. Anhalten und keinen Schritt weiter. Die Armeepferde des Führers müssen hier passieren«, rief er laut. Mit Absicht übertrieb er die Herkunft der Tiere. »Macht Platz. Zur Seite. Zur Seite, sag ich!«

Die Strecke nach Norden war bald darauf frei. Er schaute kurz zurück. Die achtzig Tiere trabten, ohne zu zögern, weiter auf die Straße zu. Sie jetzt noch aufzuhalten war fast unmöglich. Dabei war der Weg nach Süden weiterhin dicht.

Johann sah auf die andere Seite der Straße. Er wartete ab und ließ Fahrzeug um Fahrzeug passieren. Die Pferde waren keine zwanzig Meter mehr entfernt, als er sich einen Wagen ausguckte. Erst im letzten Moment trieb er Violine vorwärts, die wegen seiner heftigen Beinhilfe wütend die Ohren anlegte. Der Kübelwagen, den er ausbremste, kam mit einem lauten Quietschen zum Stehen.

»Was fällt Ihnen ein!«, beschwerte sich der Mann am Steuer und sprang von seinem Sitz auf.

Johann blieb, wo er war. »Das sind die Pferde des Führers. Halte gefälligst Abstand, Mann!« Sein Auftreten war so überzeugend, dass der Soldat sich wieder setzte.

»Bruno! Galopp«, hörte er Oskar jetzt brüllen. Die Stute unter dem Reitburschen stemmte sich vom Boden ab und schoss los. Ein Ruck ging durch die Herde, die nun im Galopp durch das Nadelöhr fegte. Der Klang der unzähligen Hufe auf der Straße übertönte kurzzeitig alles andere. Wenig später hatten sie es geschafft.

Johann schlug das Herz noch bis zum Hals, als er seinen Platz wieder einnahm.

»Gut gemacht«, rief er erst Oskar und dann Bruno zu. Sie zogen an Gumbinnen vorbei sowie an weiteren Feldern und Wiesen. Erneut fragte er Oskar nach dem Weg, der sogleich seine Karte zückte.

»Die Angerapp kann nicht mehr weit sein. Wir müssen bald an eine Brücke kommen.«

Schon wenig später trabten sie am rauschenden Wasser des Flusses entlang, der sich in Schlangenlinien durch die Landschaft zog. Das Wasser floss schnell und schien tief zu sein.

Johann hatte kaum einen Blick dafür. Er spürte mittlerweile so schmerzhafte Stiche in den Seiten, dass er nur noch in den Steigbügeln stand, um die Bewegungen von Violine zu dämpfen. Dabei hing er mehr auf dem Pferd, als dass er aufrecht saß. Plötzlich hörte er Brunos Schreie.

»Haltet die Pferde an. Stopp! Die Brücke ist gesprengt!«

Johann verlagerte sein Gewicht schwer nach hinten und zerrte an den Zügeln. Im letzten Moment stoppten die Stuten an der Böschung. Im Wasser lagen Trümmerteile. Die Pfeiler der Brücke ragten wie ein Gerippe hervor.

»Verdammt. Was machen wir jetzt?«, stieß Johann außer Atem hervor.

Oskar kam herbeigetrabt und betrachtete das Ufer zu beiden Richtungen. »Hier ist der Fluss eindeutig zu breit und die Strömung zu stark. Die Fohlen würden es nicht schaffen. Wir müssen einen anderen Überweg finden.«

Sie ritten eine ganze Weile, um eine Furt zu entdecken, die geeignet schien.

»Dort«, rief Oskar irgendwann und zeigte mit dem Finger auf eine Stelle, wo der Fluss weniger breit war und das Ufer flach.

Neben Bruno und Oskar trieb Johann die Pferde gen Wasser. Die ersten Stuten tasteten mit ausgestreckten Vorderläufen den abschüssigen Boden ab und glitten dann auf ihren eingeknickten Hinterläufen mutig das Ufer hinab – dem erfrischenden Nass entgegen. An der Wasserkante senkten sie die Köpfe, um zu trinken.

Zunächst ließen sie die Tiere gewähren. Johann war sich sicher, dass ihr Plan mit Leichtigkeit gelingen würde, doch als die Pferde ihren Durst gestillt hatten und sie sie zu treiben begannen, bewegten sie sich keinen Zentimeter mehr.

Bruno ritt vor, doch nicht eines der Tiere folgte ihm.

Johann brach einen Ast ab und ließ ihn pfeifend durch die Luft schnellen. Doch egal, wie energisch er die Stuten antrieb, sie wichen ständig zur Seite aus. Erschöpft hielt er irgendwann inne. Er schaute zu Bruno und Oskar – ihre Gesichter glänzten vor Schweiß, obwohl der Wind kalt war.

»So hat es keinen Sinn. Es muss irgendwie anders gehen«, stöhnte der Reitbursche.

Johann nickte. »Oskar, du musst sie führen – so wie auf Trakehnen.«

* * *

Oskar verstand und stieg von Perlmutt. Er übergab Johann die Zügel und ging zu den beiden Stuten, die ganz vorne am Wasser standen. So wie am Vortag versuchte er, alles auszublenden, was sein Vorhaben stören würde: der nahende Feind von Osten und Süden, die Bedrohung durch Tiefflieger. Seine Erschöpfung. Langsam trat er zwischen die beiden Pferde und legte ihnen die flachen Hände auf die Stirn.

»Habt keine Angst, ihr zwei. Ich werde euch zeigen, dass euch im Wasser keine Gefahr droht.«

Jetzt drehte er sich um und watete los. Das kühle Nass zog in seine ledernen Schuhe und umspülte seine Beine. Eiskalt leckten die Stromschnellen an seiner Haut, bis die Wellen ihm bis zum Bauch reichten. Die Kälte trieb ihm die Luft aus den Lungen. Heiser stieß er den Atem aus. Trotzdem tat er Schritt für Schritt auf dem unebenen Untergrund. Hinter sich hörte er die ersten Pferde. Eines nach dem anderen ging nun ins Wasser und folgte ihm zum Ufer. Bald war die gesamte Herde drüben, und sogar die Fohlen hatten es geschafft.

Zitternd nahm er Johanns halbwegs trockenen Mantel entgegen und bestieg Perlmutt. Das schnelle Traben brachte bald wieder wohlige Wärme in seinen steifen Körper. Und als er gänzlich getrocknet war, erblickten sie endlich Insterburg, das nur drei Kilometer vor Georgenburg lag.

Je näher sie der Stadt kamen, desto voller wurden die Wege. Bald war ein zügiges Vorankommen schwierig, in der Stadt selbst sogar unmöglich. Zäh bahnte sich Bruno im Schritt einen Weg zwischen Flüchtlingstreck und Militär, mit denen sie sich die Straße teilten. Panzer und Lastwagen donnerten rücksichtslos an Mensch und Tier vorbei.

Oskar wusste, sie mussten gut aufpassen, um keines der kostbaren Tiere zu verlieren, doch sein Blick wich unentwegt zur Seite. Stumm betrachtete er die Zerstörung der einst so prachtvollen Gebäude, die er seit seiner Kindheit kannte. Die Hindenburgstraße war gesäumt von Fassadengerippen, deren Fensteröffnungen nur noch in den blauen Himmel ragten.

Meterhohe Schutthaufen lagen dazwischen und auf ihnen wie Zeugnisse der Vergangenheit Schilder von Cafés.

Wenig später ritten sie auf die Insterburg zu, die einst der Sitz des Deutschherrenordens gewesen war. Wie alles in der Stadt war auch sie ein Anblick des Schreckens. Von der vierflügeligen Anlage mit erhöhter Vorburg standen nur noch ausgebrannte Ruinen – die roten Ziegel waren rabenschwarz.

Oskar fiel auf, dass sich hier besonders viele Wehrmachtsfahrzeuge und Soldaten aufhielten. Es schien ein Knotenpunkt zu sein, wo sich ankommende und abfahrende Einheiten austauschten und eine Rast einlegten. Gerade als die Herde sich hier vorbeiquetschte, entstand ein Tumult. Inmitten der Menschenmenge stach ein Soldat hervor. Er hatte einen blutigen Kopfverband unter seinem zu großen Stahlhelm. Seine Augen waren weit aufgerissen und die verdreckte Feldbluse stand zur Hälfte offen.

»Ich geh nicht zurück«, brüllte er plötzlich speichelspeiend.

»Das ist ein Befehl, Soldat!«, sagte ein Hauptmann streng zu ihm und wies dabei auf einen offenen Lastwagen, auf dessen Ladefläche bereits mehrere Männer saßen.

Oskar bekam ein ungutes Gefühl.

»Ihr könnt mich nicht zwingen«, schrie er jetzt gellend.

»Das ist meine letzte Warnung, Soldat. Verweigern Sie weiterhin den Befehl, hat das schwerwiegende Konsequenzen.«

Mit einem Mal zog der Soldat eine Handgranate.

Schreie wallten auf. Blitzartig verteilten sich die Menschen in alle Richtungen. Die Pferde erschraken.

»Ich sage, ich gehe nicht zurück an die Front. Soll Hitler doch selbst die Sowjets erschießen«, brüllte der Mann aus Leibeskräften.

»Kopf runter«, schrie Johann noch in Oskars Richtung.

Eine gewaltige Explosion folgte.

Perlmutt fuhr zusammen und wieherte schrill. Sie drehte auf der Hinterhand. Oskar konnte sie gerade noch davon abhalten durchzugehen. Dabei dröhnte es ihm in den Ohren. Er sah sich um. Johann und Violine waren unverletzt, stellte er erleichtert fest. Bruno trabte bereits ein paar Pferden hinterher.

Dort, wo der Soldat gestanden hatte, lag nur noch ein blutiger Haufen. Oskar konnte sich darum nicht scheren. Die Stuten der Herde waren zu Tode erschrocken und jagten zwischen Menschen und Wagen in alle Richtungen davon.

»Schnell, wir müssen sie einfangen«, schrie Johann und stürmte selbst ein paar Pferden hinterher.

Oskar trieb Perlmutt Richtung Burgruine, wohin ebenfalls ein paar Stuten geflüchtet waren. Er fand sie am Torbogen zur Vorburg und konnte ihnen gerade noch den Weg abschneiden. In einer Ecke trieb er sie zusammen, wo die Stuten einander ängstlich umrundeten. »Ho … ganz ruhig.« Oskar spürte bald, dass sie bereit waren, sich Perlmutt anzuschließen. Er hatte die Straße noch nicht ganz erreicht, da kam Johann mit seinen Stuten zum Vorplatz der Burg.

»Die Herde ist größtenteils wieder zusammen und unterwegs auf der Chaussee Richtung Georgenburg«, rief er. »Lass uns bloß schnell aus der Stadt verschwi…« Er unterbrach sich selbst. Sein Blick schien an einem Punkt hinter Oskar zu haften.

»Ja, ist das denn zu glauben? Der abhandengekommene Volkssturmmann höchstselbst.«

Noch bevor Oskar ihn sah, wusste er, wer da sprach: »Blockleiter Wittko!« Langsam wendete er Perlmutt.

»Ortsgruppenleiter, wenn ich bitten darf. Ich bin aufgestiegen.« Sein Schirmmützen-Adler glänzte wie zur Bestätigung in der Sonne. Schritt für Schritt stolzierte er auf Oskar und Johann zu, die Waffe in seiner Hand zu Boden gerichtet. »Wissen Sie eigentlich, wie man Männer von Ihrem Schlag nennt?«, fragte er. »Fahnenflüchtige!«

»Blödsinn!«, spie Oskar aus und ließ Wittko nicht aus den Augen. Er wusste, dieser Mann war brandgefährlich. Dennoch fühlte er mehr Wut als Angst. »Sie sind der Verbrecher und gehören angeklagt dafür, dass Sie meine Herkunft und mein Alter mit Absicht gefälscht haben, um mich in die Panzergräben zu schaffen.«

»Wen interessiert das schon?« Wittko richtete seine Waffe jetzt auf Oskar.

»Was zur Hölle tun Sie da?«, schnauzte Johann. »Nehmen Sie sofort die Pistole runter, oder Bataillonsführer Schierle wird von diesem Vorfall erfahren.«

»Ach ja …«, sagte Wittko gedehnt zu Johann. »Das wissen Sie vielleicht noch gar nicht, Leutnant. Bataillonsführer Schierle ist gefallen. Für Ihren heimlichen Sonderauftrag gibt es also keinen Befürworter mehr.« Jetzt lächelte er boshaft. »Wie es aussieht, haben Sie einfach nur einem Fahnenflüchtigen zur Flucht verholfen – das sagt jedenfalls Schierles Nachfolger, mein Vetter.«

Oskar verstand umgehend, dass jetzt auch Johann ins Visier genommen wurde. »Sie sind ein elender Lump«, schimpfte er in Wittkos Richtung.

»Mit dieser Masche werden Sie nicht durchkommen«, ergänzte Johann.

»Ganz schön große Worte für zwei Männer, die gerade in den Lauf einer Waffe blicken.« Wittko verengte seine eiskalten Augen. »Absteigen! Alle beide.«

Oskar zog den rechten Fuß schon aus dem Steigbügel. Es war bloß ein winziger Blick, den er dabei mit Johann austauschte. Der Kopf des Leutnants ruckte kaum sichtbar nach vorne, wo Fritz Wittko stand.

»Absteigen, sage ich. Wird's bald!«, verlangte dieser.

Ehe Oskar sich's versah, stieß Johann seiner Stute Violine die Hacken so grob in die Seite, dass sie mit einem gewaltigen

Satz nach vorne sprang. Mit ihrer Brust stieß sie Wittko um, der der Länge nach zu Boden knallte. Dabei löste sich ein Schuss.

Oskar riss Perlmutts Zügel so kraftvoll zur Seite, dass er meinte, sie müssten jeden Moment reißen. Dabei trieb er sie aus dem Stand in einen rasenden Galopp. Direkt hinter sich hörte er Johann und Violine. Das Ende des Burghofs war schon in Sichtweite, da fielen wieder Schüsse.

Wittko schrie vor Zorn und leerte sein gesamtes Magazin, während die Pferde um die Ecke schossen.

Ohne Rücksicht auf die Menschen galoppierten sie um die Insterburg herum auf die Chaussee. Erst, als sie die Fuchsherde einholten, zügelten sie Perlmutt und Violine.

»Du hast mich schon wieder vor Wittko gerettet!«, stieß Oskar atemlos hervor und stützte sich mit einer Hand auf den Oberschenkel. »Wie oft willst du das noch tun?« Er sah zu Johann, der ihm keine Antwort gab. Stattdessen hielt dieser sich den Arm und saß seltsam gekrümmt da. Jetzt führte er sich die Hand vors Gesicht. Sie war rot von seinem Blut. Oskar erschrak. »Du bist getroffen worden!«

Johann nickte stumm. Die Stimme schien ihm zu versagen.

»Press die Hand fest auf die Wunde«, beschwor Oskar ihn. »Georgenburg liegt bereits vor uns. Wir haben es gleich geschafft.«

Johann sank weiter in sich zusammen. Sein Gesicht wurde stetig blasser. Auch sein Bein blutete. Oskar griff nach den Zügeln von Violine und zog sie der Stute über den Kopf. So schnell er konnte, ritt er an der Herde vorbei. Der letzte Kilometer kam ihm unendlich lang vor. Doch endlich tauchte die Georgenburg vor ihm auf und gleich dahinter die rot-weißen Backsteinbauten des Landesgestüts. Oskar ritt durch den Torbogen mit dem darüberliegenden Zinnengiebel und schrie: »Wir brauchen Hilfe! Hier ist ein Verletzter.« Er sprang vom Pferd, und ein paar Männer kamen angerannt.

Johann wurde vom Pferderücken gezogen. Man legte seine Arme um die Schultern zweier Helfer. Seine Füße stolperten nur noch über den Boden.

Oskar blieb stehen – vollkommen erschöpft von dem Ritt und der Begegnung mit Fritz Wittko. Doch seine ganze Sorge galt in diesem Moment Johann, der bereits so viel für ihn riskiert hatte. Irgendwer nahm ihm die beiden Pferde ab und er hörte jemanden über das Gestüt rufen.

»Die Fuchsstuten aus Trakehnen sind da! Öffnet das Weidetor.«

Die Pferde kamen hinter Bruno auf den Hof getrabt. Sie liefen um Oskar herum, ohne ihn zu berühren, und hüllten ihn in eine dichte Staubwolke.

Die letzten Tiere waren gerade auf der Weide, da drang hinter ihm das Knirschen von Wagenrädern durch die Luft. Oskar nahm es zunächst kaum wahr. Er stand noch immer schwer atmend im Weg. Die Wagenräder und Pferdehufe stoppten.

»Vater?«

Gut Sommerroth

Emilies Foto

KAPITEL 12

Marisa schreckte hoch von dem Geräusch einer Kettensäge, die etwas durchtrennte. Dann knatterte der Motor in Ruheposition, um wenig später wieder aufzukreischen. Unliebsam drang der Lärm durch ihr taghelles Wohnzimmer. Ein Blick auf die Wanduhr verriet ihr, dass sie viel zu lange geschlafen hatte. Ein Blick auf ihr Handy sagte ihr, dass Vater, Philipp, Lizzy und Caroline sie noch vor Mittag im Büro erwarteten. Kurz ließ sie sich zurück in die Kissen fallen und verzog das Gesicht. Sie hatte Kopfweh. Wenigstens die Blumenlieferung für die Mittelalter-Hochzeit hatte sie gestern noch an Babette übergeben können, die über die Begegnung mit Falk Jeppson natürlich alles andere als unglücklich gewesen war.

Das Knattern der Kettensäge wurde wieder lauter und aggressiver. Was zum Teufel ging da draußen vor sich?

Mit einem Schwung schlug sie ihre Bettdecke zurück und stand vom Sofa auf, um in die Küche zu gehen. Ihr Blick blieb an der gläsernen Kanne ihrer Kaffeemaschine haften, wo eine letzte Pfütze der dunklen Flüssigkeit eingetrocknet war. Ein Schütteln der Bohnendose offenbarte das ganze Desaster.

Marisa nahm ihr Handy und tippte eine Nachricht an Beeke.

Hilfe! Nix Kaffee. Kannst du dich vielleicht heimlich weg-
schleichen und mir einen bringen?

Beekes Antwort dauerte keine Minute. Es war nicht das
erste Mal, dass die Auszubildende einen Kaffee-Notruf empfing.

Gib mir fünf Minuten.

Marisa tippte ihre Antwort.

Du bist ein Engel. Hast was gut bei mir!!!

Derweil trat sie an das Küchenfenster und öffnete die
karierten Vorhänge. Was sie jetzt sah, riss Marisa fast von den
Füßen.

Der gesamte Hof war voller Äste und Blätter. Ein massiver
Baum war entwurzelt und lag quer auf der Auffahrt, wo er gerade
zerkleinert wurde. Mit offenem Mund tastete sich ihr Blick von
einer Seite zur anderen. Sie bemerkte zerbrochene Pflanzenkübel
und einen Haufen Trümmer vor dem Haupthaus, von dem sie
zunächst nicht wusste, woher er kam. Als sie schlussendlich
nach oben sah, erkannte sie die Katastrophe. Große Teile des
Dachs waren abgedeckt. Der Sturm hatte die Ziegel gelöst und
zu Boden geweht. »Ach du Schande!«, entfloh es ihr.

Dass sie einen festen Schlaf hatte, war spätestens seit letz-
tem Jahr kein Geheimnis mehr. Damals waren die Pferde aus-
gebrochen und hatten mit dem Lärm ganz Sommerroth aus
den Betten geholt – außer sie. Doch ein solches Unwetter zu
verpassen, das sicher die ganze Nacht gewütet hatte, war schon
eine besondere Kunst.

Kurz darauf klingelte es an ihrer Haustür. Es war Beeke, die
einen riesigen Latte macchiato in den Händen hielt.

»Kaffee-Bringdienst«, sagte sie mit einem strahlenden
Lächeln.

»Ich danke dir – tausendundein Mal.« Marisas Finger
schlossen sich um das wohlig warme Glas.

»Hast du es schon gesehen?« Beeke blickte zum Dach des
Haupthauses.

»Eben gerade erst. Es sieht schlimm aus.«

»Ist es wohl auch. Es hat die ganze Nacht in den Dachstuhl geregnet, und viele der alten Ziegel sind zerstört. Von den Dingen, die auf dem Dachboden lagerten, mal ganz abgesehen.«

Marisa kamen sofort die antiken Möbel in den Sinn, die aus Familienbesitz stammten. Nach und nach hatten sie einige davon restaurieren lassen, um die Hotelzimmer damit auszustatten. Ob der Rest noch zu retten war?

»Ich muss das mit eigenen Augen sehen.« Sie wollte sich schon an Beeke vorbeidrücken, als diese sie aufhielt.

»Warte. Gerade kommt da niemand hoch. Alles ist voller Pumpen und Schläuche. Versuch's besser etwas später.«

»Gut. Dann komme ich in einer Stunde rüber – wenn Dr. Stewien hier war, um nach Emilie zu schauen. Gib meinem Vater bitte Bescheid.«

»Na klar.«

»Ach, Beeke! Eines noch. Wir haben später eine Familienkonferenz. Kannst du in dieser Zeit vielleicht rüberkommen? Emilie soll nicht zu viel alleine sein, solange sie sich nicht wieder ganz wohlfühlt.«

»Mach ich doch gerne.«

Beeke lief zurück, und Marisa nahm ihren ersten Schluck Kaffee. Die Sturmschäden würden die Gutsmitarbeiter sicher den ganzen Tag beschäftigen, dabei war schon morgen die Mittelalter-Hochzeit, und es gab noch unendlich viel zu tun. Zuallererst wollte sie sich aber um Emilie kümmern. Noch hatte sie keinen Laut aus dem Schlafzimmer vernommen.

Zaghaft klopfte Marisa an. Nichts. Sie überlegte. Vielleicht schlief ihre Großmutter noch. Das letzte Mal hatte sie gegen Mitternacht einen Blick ins Zimmer geworfen. Sollte sie sie weiterschlafen lassen? Nein, es fühlte sich falsch an, nach so vielen Stunden nicht wieder nach ihr zu sehen. Leise drückte sie die Klinke herunter.

207

Zu ihrer Überraschung stand Emilie am linken Schlafzimmerfenster. So wie schon an ihrem ersten Tag auf Gut Sommerroth starrte sie wieder hinaus Richtung Garten und Burgruine. Eine ihrer Hände ruhte auf der Fensterscheibe.

»Was siehst du dir an?«

»Meine alte Freundin Lenchen. Sie ist dort drüben.«

Die Worte ließen Marisa erstarren und bereiteten ihr eine Gänsehaut. Diesen Namen hatte Emilie schon einmal erwähnt, als sie von Teufelchen gesprochen hatte! Schritt für Schritt trat sie an Emilies Seite, ihr Blick huschte durch die Scheibe. Alles, was sie draußen erkennen konnte, waren die vom Sturm zerstörten Pfingstrosen und Primeln, die Babette und sie dort gepflanzt hatten. Im Beet lagen die rot-weißen Fensterläden der Burg. »Ich sehe niemanden, Oma. Dort ist keiner«, sagte sie sanft.

»Ich weiß, dass sie da ist«, flüsterte sie. »Von allen vergessen. Nur nicht von mir.« Ihre Unterlippe zitterte.

Marisa legte ihr eine Hand auf den Rücken. Oma Emilie wirkte in diesem Moment unendlich zerbrechlich auf sie. Das, was Dr. Stewien angekündigt hatte, schien zuzutreffen. Sie war verwirrt. Hatten die Ereignisse von gestern das ausgelöst? Vielleicht war auch die Konfrontation mit Caroline zu viel für sie gewesen. So behutsam sie konnte, brachte Marisa sie zum Bett zurück. »Ruh dich ein wenig aus. Ich mache dir einen Tee.«

Gerade hatte sie die Decke hochgezogen, da umschlossen Emilies Finger ihren Unterarm. »Meine Tasche. Bring sie mir, Marisa.«

»Ist gut.« Das schwarze Lacktäschchen mit dem kurzen Henkel hing über dem gedrechselten Ende des Holzstuhls, der neben dem Bett stand. Marisa legte es auf Emilies Brust, wo die alte Frau es mit den Händen umschloss, als bewahre sie darin einen Schatz auf. »Ich bin gleich zurück.«

Der Wasserkocher blubberte noch, da klingelte es wieder an der Tür.

»Guten Morgen, Frau von Sommerroth«, grüßte Dr. Stewien. »Zu Ihnen zu kommen ist ja heute gar nicht so einfach.«

Die Kettensäge brummte wieder auf. Marisa schaute kurz an ihm vorbei. Der Baum versperrte noch immer die Zufahrt. Sein Auto stand unten beim Torhaus. »Oh, verzeihen Sie die Unannehmlichkeit. Kommen Sie doch herein.«

»Wie geht es unserer Patientin?«

»Ich bin mir nicht sicher. Sie scheint tatsächlich verwirrt zu sein.«

»Verstehe. Dann sehe ich sie mir jetzt mal sorgfältig an.«

»Gut, ich setze in der Zwischenzeit einen Tee auf. Möchten Sie auch einen?«

»Später gern.« Er verschwand im Schlafzimmer.

Marisa hörte Stimmen, konnte aber nicht verstehen, worüber die beiden sprachen. Erst nach einer halben Stunde kam er wieder heraus und nahm seine Tasse entgegen.

»Zucker?«

»Danke, nein.« Er nahm einen ersten Schluck. »Ihrer Großmutter fehlt körperlich zum Glück nichts. Ich habe sie gründlich untersucht.«

»Aber warum sieht sie Personen, die nicht da sind? Ihr Verstand scheint nicht klar zu sein.«

»So dürfen Sie das nicht betrachten, Frau von Sommerroth. Die Gedanken Ihrer Großmutter sind zurzeit nur nicht alle an ihrem richtigen Platz. Deshalb wirft sie einiges durcheinander. Das heißt aber nicht, dass sie die Unwahrheit spricht. Ich habe viele alte Patienten, bei denen es ähnlich ist.«

Marisa war skeptisch, denn der Moment, in dem Emilie angeblich Lenchen im Garten gesehen hatte, war so nicht zu erklären. »Und wie verhalte ich mich richtig?«

»Das ist ganz einfach. Hören Sie zu! Ein Mensch, der so viel Leben hinter sich hat und nur noch wenig vor sich, driftet oft ab in vergangene Zeiten. Es ist wie ein Abschiednehmen von dem, was einst war. Durchleben Sie es mit ihr. Und erzählen Sie ihr etwas von sich zur Ablenkung. So, als wäre alles ganz normal. Meiner Erfahrung nach gehen diese wirren Phasen auf diese Weise am schnellsten vorbei.«

»Danke für den Rat.«

Er hob seine leere Tasse. »Danke für den Tee. Ich muss jetzt weiter.«

Wenig später erschien Beeke. Mit den geschickten Handgriffen einer angehenden Hotelfachfrau richtete sie ein Tablett voller Köstlichkeiten für Emilie her.

Marisa verließ guten Gewissens ihr Haus und betrat das Büro ihres Vaters. Wieder einmal thronte Tante Caroline am Kopfende, was ihr sichtlich gefiel.

»Marisa, endlich«, begrüßte sie sie. Es klang wie ein Vorwurf.

»Wie geht es Mutter?«, fragte ihr Vater.

»Keine Veränderung, seit du gestern Abend nach ihr geschaut hast. Der Arzt meint, körperlich sei alles in Ordnung. Beeke ist jetzt bei ihr.«

Er atmete erleichtert auf.

»Fangen wir an«, sagte Caroline unberührt. »Als Erstes sollten wir über die Sturmschäden reden. Philipp, deine Männer waren schon mit den Dachdeckern oben im Dachstuhl. Wie schlimm ist es?«

* * *

Philipp strich sich das Haar zurück und rieb sich mit beiden Händen die müden Augen. Seine Wohnung lag weit oben im Schloss, weshalb der Sturm ihn zuerst geweckt und auch die ganze Nacht wach gehalten hatte.

»Leider sehr schlimm«, antwortete er auf Carolines Frage. »Das Wasser wird noch immer ausgepumpt, aber es läuft schon die Wände runter in das zweite Geschoss. Wir müssen dringend alles trockenlegen und das Dach provisorisch abdecken. Die entsprechenden Maschinen sind bereits angefordert. Mark kennt da zum Glück jemanden, der sie heute noch liefern kann.« Philipp sah automatisch zu Marisa, wie immer, wenn er Mark erwähnte. »Erst wenn die Feuchtigkeit komplett raus ist, kann es neu eingedeckt werden. Das heißt, sofern wir überhaupt die passenden Ziegel auftreiben können.«

»Und wenn nicht?«, gab sein Vater zu bedenken.

»In dem Fall muss das gesamte Dach erneuert werden, was ich eher annehme.«

»Das wäre ein enormes Großprojekt«, murmelte sein Vater vor sich hin und drehte seinen Siegelring. »Ihr solltet eure nächsten Schritte gut überlegen, Kinder.«

Caroline räusperte sich auffällig laut.

»Und du natürlich auch«, ergänzte Henry in ihre Richtung.

Philipp überging das kindische Gehabe. »Wir müssen ehrlich zu uns selbst sein«, sagte er. »In Wahrheit wussten wir alle, dass das Dach bald drankommen würde. Der Sturm kam uns nur ein bisschen zuvor. Es gibt da oben fast keine Dämmung. Die Gauben brauchen neue Fenster und wir müssen den Brandschutz erneuern.«

»Von wie viel Geld sprechen wir?«, fragte Marisa.

»Zu diesem Zeitpunkt schwer zu sagen. Die Gutachten und Angebote dauern noch. Aber ich vermute, irgendwas um eine halbe Million herum.«

Jetzt war es raus! Die Summe hing einen Moment lang im Raum wie das viel zitierte Damoklesschwert. Philipp wusste, warum: Einen solchen Betrag hatten sie nicht auf Sommerroths Konten herumliegen. Vielmehr waren er und seine Schwestern stolz darauf, bislang ohne riesige Kredite ausgekommen zu sein und Neuanschaffungen erst dann zu tätigen, wenn die Geschäfte etwas abwarfen. Philipp hörte wieder die Stimme seines Vaters in seinem Kopf, der große Vorschüsse von der Bank stets »den Anfang vom Ende« nannte. So waren sie erzogen worden.

»Woher sollen wir auf einen Schlag so viel Geld nehmen?« Lizzy sah blass um die Nase aus.

»Es wird uns schon etwas einfallen«, sagte Marisa beschwichtigend. »Wir sollten wirklich erst einmal auf die Gutachten warten. Vielleicht ist am Ende alles bloß halb so schlimm.«

Henry nickte. »Ich bin zwar nur Beisitzer, aber ich finde, das klingt vernünftig.«

»Gut«, schloss Philipp. »Dann einigen wir uns doch darauf, dass wir uns wieder zusammensetzen, wenn die Dinge schwarz auf weiß vor uns liegen.« Sein Vater und seine Schwestern stimmten ihm zu.

Caroline räusperte sich erneut und zog damit die Aufmerksamkeit auf sich.

Philipp sah sie genervt an. Sollte das jetzt etwa immer so laufen? »Bist du auch einverstanden?«, fragte er extra nachdrücklich.

»Ja, bin ich«, antwortete sie zufrieden und schlug in aller Ruhe die Beine übereinander. »Und wenn es recht ist, würde ich gern mit meinen Punkten weitermachen.«

»Nur zu.« Philipp hatte nicht die geringste Lust auf ihren Vortrag, der ihm wahrscheinlich wertvolle Zeit stehlen würde. Zeit, die er dringend brauchte, um sich mit seinen Schwestern über die Finanzierung des Dachs zu unterhalten, das ihm wahrlich Sorge bereitete. Aber Caroline würde keine Ruhe geben. Sie sollten es hinter sich bringen.

Vor Caroline lag eine Mappe mit handschriftlichen Notizen, die sie mit schnellem Blick noch einmal überflog. Anschließend schaute sie erwartungsfroh in die Runde. »Wie ihr wisst, habe ich mir in den letzten Tagen einen Einblick in eure Geschäfte verschafft. Dabei ist eine Sache hervorgestochen, und die will ich heute besprechen.«

Philipp bemerkte, wie still es plötzlich im Büro wurde. Es war eine unangenehme Stille, der man am liebsten entflohen wäre. Was konnte diese eine Sache sein? Die dreckige Abstellkammer in Marisas Scheune vielleicht, in der sie die Fackeln gesucht hatten?

»Marisa, deine Hochzeiten sind tatsächlich überaus rentabel.«

»Da erzählst du mir nichts Neues, wie du dir denken kannst. Ich kenne schließlich meine Zahlen.« Sie lächelte, aber nur mit den Lippen. Der Rest ihres Gesichts blieb starr.

»Mich hingegen hat das sehr wohl erstaunt – wenn man sieht, wie chaotisch es teilweise im Hintergrund abläuft.«

Da war sie, die Anspielung auf die Abstellkammer! Seine Schwester ignorierte diese Spitze.

»Nun zu dir.« Caroline sah zu Philipp. »Auch deine Geschäfte haben sich durch die Papiere als überaus lohnend herausgestellt.«

»Du hättest einfach fragen müssen«, antwortete er zynisch. Bisher hatte sich Caroline nur aufgespielt. Er beschwor sich selbst, sein Pokerface zu wahren. Nach dieser Familienkonferenz hatten ihre Schnüffeleien hoffentlich ein Ende.

»Du verstehst sicher, dass dein bloßes Wort nicht die Durchsicht der Papiere und einen Besuch vor Ort ersetzt.« Sie blickte jetzt zur anderen Seite des Tisches und wechselte die

Position ihrer übereinandergeschlagenen Beine. »Kommen wir zu dir, Lisbeth.«

»Schieß los …«

Seine Schwester tippelte leise mit ihren zehn Fingerspitzen auf dem Tisch herum. Ein Zeichen ihrer Ungeduld, wie er wusste.

»Deine Reiterei ist im Gegensatz zu Marisas und Philipps Geschäft nicht gewinnbringend. Zwar hast du schon das eine oder andere Mal ein Pferd in …«, Caroline überflog ihre Notizen, »… in Beritt genommen oder es osteopathisch behandelt, aber das allein deckt bei Weitem nicht die immensen Kosten des Stalls und der Pferde.«

Lizzys Gesicht versteinerte. Ihr Fingertippeln wurde langsamer. »Was willst du mir damit sagen?«

»Ganz einfach. Dein Hobby kostet Sommerroth zu viel Geld – und das bereits seit Jahren. Du bist immer so durchgerutscht, weil deine Geschwister erfolgreich sind. Henry hat dir nie etwas abschlagen können. Aber damit sollte langsam Schluss sein.«

Lizzys Lippen waren bloß noch zwei Striche. Ihre Finger waren nun gänzlich regungslos.

»Gerade jetzt in dieser Notlage sollte jeder seinen Beitrag leisten. Auch du. Viele Möglichkeiten bleiben dir dafür nicht, aber eine schon!« Sie machte eine Pause, in der sie Lizzy fixierte wie eine Löwin ihre Beute. »Dein mit Abstand wertvollstes Pferd im Stall ist Mojo. Sein Verkauf würde so viel einbringen, dass man das Dach auf einen Schlag bezahlen könnte.«

Lizzy riss die Augen weit auf. »Was redest du da?«

Das Entsetzen im Raum war fast mit den Händen greifbar. Doch Caroline war noch nicht fertig. »Einen Käufer habe ich übrigens auch schon gefunden.«

Jetzt lachte Lizzy hysterisch auf. »Ha, das ist ja unglaublich!«, stieß sie aus und lehnte sich dann provokant auf die

Tischplatte. Mit einem tiefen und bösen Blick in Carolines Augen zischte sie zwischen den Zähnen hervor: »Was bildest du dir eigentlich ein, du hochnäsige Schnepfe?«

Philipp verschlug beides kurz die Sprache – Carolines Vorschlag ebenso wie Lizzys Reaktion. So redete seine Schwester nie!

»Moment, noch mal langsam«, forderte er.

Marisa schüttelte den Kopf und zog dabei die Augen enger zusammen. »Das ist doch Irrsinn, was du da sagst, Caroline.«

Lizzy zeigte auf Marisa. »Da hörst du es«, spie sie aus. »Mojo ist unverkäuflich, und damit basta! Ich höre mir diesen Schwachsinn keinen Moment länger an.« Im Nu war sie aufgesprungen.

»Lisbeth«, mischte sich ihr Vater ein. »Setz dich wieder! Wir haben vor drei Jahren eine klare Abmachung getroffen. Und ich bestehe auf deren Einhaltung.«

Lizzy funkelte ihn wütend an, warf sich aber tatsächlich wieder auf den Stuhl. »Bitte schön. Meinetwegen. Dann stimmen wir eben nach dem Mehrheitsprinzip ab, und ich verschwinde danach.« Herausfordernd fragte sie in die Runde: »Wer will Mojo verkaufen? Ich bitte um ein Handzeichen.«

Caroline hob ihre Hand als Einzige. »Tom und Ben sind hiermit dafür.«

»Fein«, schleuderte sie ihr entgegen. »Und wer ist dageg…«

»Warte«, verlangte Philipp und sah zu Caroline. Er hörte deutlich, wie Lizzy Luft einsog, und spürte ihren glühenden Blick auf sich ruhen. Dennoch, es galt jetzt, einen kühlen Kopf zu bewahren und die Fakten zu besprechen. »Was ist der Käufer bereit zu zahlen?«, wollte er von Caroline wissen.

»Vierhunderttausend Euro«, lautete ihre Antwort.

Das war eine Überraschung! Mojo war tatsächlich wertvoller, als er gedacht hatte. Philipp kannte sich nicht gut mit Pferden aus und hatte auch nicht schrecklich viel für sie übrig.

Er kam da ganz nach seinem Vater, der jetzt sichtlich schluckte. Ihre Blicke trafen sich. Philipp las so viel aus seinem Gesicht, dass es ihm nicht half. *Tu es. Tu es nicht. Denk an Sommerroth. Denk an Lizzy.* Drei Sekunden lang geschah nichts. Zögerlich hob er die Hand. »Ich bin dafür.«

»Wie bitte?« Lizzy sprang so heftig auf, dass ihr Stuhl krachend zu Boden fiel. »Was tust du da?«, fauchte sie ihren Bruder an.

Marisa schloss die Augen und schlug sich stumm die Hand vor den Mund.

»Sieh es doch ein, Lizzy. Wir brauchen das Geld. Und Caroline hat recht. Wie lange willst du noch die Augen davor verschließen, dass das mit deiner Reiterei nur ein Hobby ist?« Philipp atmete hörbar aus.

»Wenn wir Geld brauchen, dann verkauf doch dein verdammtes Sägewerk«, schrie seine Schwester außer sich.

»Darf ich dich daran erinnern, dass ich im Gegensatz zu dir mit dem Sägewerk Geld verdiene?«

»Darf ich dich daran erinnern, dass das auch nicht von Anfang an so war? Du hast ebenso klein angefangen. Mojo und ich werden diese Saison groß rauskommen. Wir haben hart trainiert, verdammt noch mal.«

»Soll das Dach vielleicht so lange warten?«, meldete sich jetzt Caroline voller Sarkasmus zu Wort.

Im Augenwinkel registrierte Philipp, wie zufrieden sie blickte. Es machte ihn unendlich wütend. Er wollte Lizzy nicht verletzen. »Ruhe! Ich rede gerade«, fuhr er sie an.

»Philipp«, begann Marisa nun. »Ich bitte dich. Schlaf wenigstens eine Nacht darüber. Das ist eine große Entscheidung.«

Seine kleine Schwester wirkte verzweifelt, wie sie versuchte, ihn zum Einlenken zu bringen. Er konnte das nur schwer ertragen, aber sie alle mussten jetzt vernünftig sein – das Dach musste schließlich bezahlt werden. Und seine Erfahrung sagte ihm, dass die Vierhunderttausend nicht reichen würden. Philipp spürte, seine Entscheidung war gefallen. »Nein, Marisa. Wir haben das schon lange genug hinausgezögert. Es müssen ja nicht alle Pferde weg. Meinetwegen kann Lizzy weiter als Bereiterin oder Pferdeosteopathin arbeiten. Nur dieses Herumgehoppel auf Turnieren muss aufhören. Die Vorbereitungen kosten Unmengen an Zeit und Geld.«

»Herumgehoppel?«, wiederholte Lizzy schrill. »Nimm das sofort zurück, oder ich rede kein Wort mehr mit dir.«

Philipp schwieg. Es tat ihm weh, sie so zu sehen, und er ahnte, dieser Moment würde sich wie ein Riss durch die Familie ziehen. Aber er musste an Sommerroth denken – ihrer aller Zukunft!

»Drei zu zwei also«, fasste Caroline zufrieden zusammen und schlug geräuschvoll das Heft mit ihren Notizen zu. »Ich gebe dem Käufer Bescheid.«

Kapitel 13

Marisa hatte Lizzy eigentlich mit zu sich nehmen wollen, aber ihr Vater war eingeschritten. Ungewohnt streng hatte er alle aus seinem Büro geschickt, um mit seiner ältesten Tochter allein zu sprechen.

Philipp hatte sich das nicht zweimal sagen lassen und war sofort davongestürmt. Er müsse ins Sägewerk, waren seine Worte gewesen, und nur zwei Minuten später hörte man seinen röhrenden Pick-up vom Hof brausen.

Marisa selbst hatte die Bürotür als Letzte hinter sich zugezogen. Sie hörte das verzweifelte Weinen ihrer Schwester noch bis ins Vestibül des Schlosses, wo ihre hallenden Schritte zum Glück alles übertönten. Dann sah sie Caroline.

Ihre Finger spielten an den Blütenblättern des riesigen Gestecks, das auf einem runden Tisch in der Mitte des Eingangsbereichs stand.

»Ich weiß, du verachtest mich für das, was eben passiert ist. Aber wenn du ehrlich zu dir selbst bist, war das längst überfällig, und zudem ist es das Beste für Gut Sommerroth.«

»Na, dann dürftest du doch sehr zufrieden mit dir sein«, entgegnete Marisa voller Abscheu.

»Du bist zu jung, um das zu wissen, aber die Pferde haben Sommerroth noch nie gutgetan. Dein Vater will das nicht verstehen, und dein Großvater wollte das ebenso wenig.«

Marisa hob ihr Kinn. »Wenn du mich fragst, gibt es nur eines, das Sommerroth nicht guttut. Und das bist du.« Ohne eine Antwort abzuwarten, stürmte sie hinaus und über den Hof. Die frische Luft legte sich kühl auf ihr Gesicht. Es war so wohltuend, dass Marisa kurz überlegte, die Einfahrt hinunterzulaufen und in den Wald zu gehen. Dort könnte sie allein sein. Über alles nachdenken … Plötzlich aber spürte sie ganz deutlich, dass es in diesem Moment nur ein Ziel für sie geben konnte.

Marisa betrat ihr Haus. Mit einem knappen Dank löste sie Beeke ab und legte sich so, wie sie war, zu Emilie in das weiche, duftende Bett. Eines der viereckigen Sprossenfenster war ein Stück weit geöffnet und ließ den Gesang eines emsigen Rotkehlchens herein.

Emilie hatte die Augen geöffnet und schaute hinaus in die leicht schwingenden Baumkronen hinter der Burgruine.

Sie sagte nichts, weshalb Marisa auch nicht klar war, ob ihre Gedanken sich wieder geordnet hatten. Doch so seltsam es auch schien, es machte für sie keinen Unterschied. Emilie war hier. Ihre Gegenwart allein gab ihr Ruhe, und das war gerade alles, wonach sie sich sehnte. Die Worte von Dr. Stewien kamen ihr in den Kopf. Sie sollte zuhören. Sie sollte erzählen.

»Ich hoffe, dein Tag war bisher besser als meiner«, begann Marisa und schmiegte sich so dicht an die Seite ihrer Großmutter, dass sie Emilies Herzschlag spüren konnte. »Hier auf Sommerroth wird sich alles verändern.«

Eine Weile lauschte sie dem Pochen in ihrem Ohr. Es war regelmäßig und kräftig, was Marisa nach und nach beruhigte. Langsam sprach sie jetzt über das Erlebte. »Unser Plan ist nicht aufgegangen. Philipp, Lizzy und ich dachten, wir könnten

Caroline mit kleinen Tricks beiseitedrängen. Aber jetzt hat sie sich umso schlimmer gerächt.«

Emilie atmete hörbar ein und aus.

»Sie will Mojo verkaufen, um Geld für Sommerroth einzunehmen. Und Philipp hat ihrem Vorschlag zugestimmt. Sie haben jetzt die Mehrheit.« Marisa spürte das Herz von Emilie nun kräftiger schlagen. »Der Sturm letzte Nacht hat das Dach vom Schloss zerstört. Das Gut könnte das Geld ohne Frage gebrauchen. Vielleicht wäre es wirklich vernünftig, Mojo zu verkaufen. Aber ... ich weiß nicht, warum ... Es fühlt sich so falsch an.« Marisa versuchte, ihr Gefühl zu hinterfragen. Sie kam zu keiner Lösung. »Soll ich ehrlich sein? Ich weiß nicht, was ich tun soll. Was ist das Richtige?«

Emilies Herz pochte jetzt ungewöhnlich schnell. Die Ereignisse schienen sie aufzuwühlen. Marisa wollte nicht, dass ihre Großmutter sich damit belastete, und entschied, doch besser zu schweigen. So blieb sie einfach neben ihr liegen, strich mit dem Daumen über die weiche Haut ihrer Hand. Das schnelle Schlagen ihres Herzens wurde allmählich wieder langsamer.

Marisa wäre am liebsten den ganzen Tag hier liegen geblieben. In ihrem Schlafzimmer gab es keine Caroline, keinen Streit zwischen ihren Geschwistern, keine Sturmschäden. Doch die Mittelalter-Hochzeit war schon morgen. Es gab noch einiges zu erledigen. Mühsam raffte sie sich auf.

»Es tut mir leid, ich muss mich um ein paar Dinge kümmern. Aber ich sehe regelmäßig nach dir, ja?« Marisa drückte Emilie einen Kuss auf die Schläfe. Sie wollte gerade gehen, da schlossen sich Emilies Finger um ihren Arm – zum zweiten Mal an diesem Tag.

»Brauchst du noch etwas?«

Emilie schüttelte den Kopf und zog ihre kleine schwarze Lacktasche heran, die noch immer auf dem Bett lag. Ihre zittrigen Finger holten etwas hervor. Ein kleines braunes

Ledermäppchen mit einem Druckknopf in der Mitte. Es sah an den Rändern schon ganz abgegriffen aus. Emilie legte es Marisa in die Hand. »Das ist die Vergangenheit«, sagte sie mit rauer Stimme. »Und es ist ebenso die Zukunft.«

Vorsichtig öffnete Marisa den Druckknopf und klappte das Leder auseinander. Ein einzelnes altes Foto mit weißem gezacktem Rand befand sich hinter einer Plastikfolie. Es nahm Marisa sofort gefangen. Ohne die Augen davon abzuwenden, stand sie auf und ging zum Fenster, wo das Licht besser war. Sie sah ein langes weißes Haus mit mittigem Dreiecksgiebel. Davor posierten lachende Männer und Frauen mit Blumenkränzen auf den Köpfen. Am Rande standen zwei Pferde. Eines davon wurde am Halfter gehalten. Das andere war ein Fohlen. Marisa sah auf. »Wer sind diese Leute?«

Emilies Augen waren wässrig und gerötet. Sie drehte sich von Marisa weg.

* * *

Emilie hörte den Vogel draußen plötzlich so unsagbar laut zwitschern, dass er Marisas Stimme fast schon überdeckte. Wenn es doch nur ihre ungeordneten Gedanken wären, die dadurch verschwinden könnten!

Seit gestern blitzten Bilder aus der Vergangenheit in ihrem Kopf auf und vermischten sich mit der Gegenwart. Das alles war mehr, als sie ertragen konnte. Als würde man einen Film ansehen und gleichzeitig in voller Lautstärke Radio hören.

Die Orte ihrer Kindheit rauschten an ihr vorbei. Menschen, die ihr früher alles bedeutet hatten. Im nächsten Moment drängte sich der Krieg in ihre Erinnerungen. Sie hörte die Flieger über ihren Köpfen und konnte nicht mehr sagen, ob sie wirklich da waren oder nicht. Emilie wollte die Gedanken anhalten, sie verdrängen, wie sie es die letzten dreißig Jahre über getan hatte. Aber Gut Sommerroth riss die Mauern ihres inneren Staudamms ein. Die Flut aus Bildern und Gefühlen machte sie wortlos, regungslos, atemlos. Emilie sah sich selbst auf dem Bett liegen, als wäre sie tatsächlich wirr.

Als sie auf Gut Sommerroth angekommen war, hatte sie sich fest vorgenommen, die Vergangenheit ruhen zu lassen. Sie hatte ihr Ziel schließlich erreicht, doch die unebene Oberfläche des Trakehner-Brandzeichens von Mojo glühte noch immer auf ihren Fingerspitzen. Ein altes Versprechen hallte in ihrem Kopf. Und die Schuld lag plötzlich wieder auf ihren Schultern wie ein Rucksack voller Steine. Vielleicht konnte Marisa sie davon befreien.

Emilie schaffte es nicht, die Hände zu falten. Doch in Gedanken sprach sie zum ersten Mal seit dem Krieg wieder mit Gott. *Herr im Himmel, wenn es dich dort oben gibt, lass nicht zu, dass diese letzte Gelegenheit auf Gerechtigkeit verstreicht. Amen.*

Kapitel 14

Eine Hochzeit zu feiern, obwohl die Familie in ihren Grundfesten erschüttert war, fühlte sich falsch an. Doch die Zeit lief unerbittlich weiter und ebenso mussten es die Abläufe auf Gut Sommerroth, die sein Fortbestehen sicherten.

Marisa blieb nichts anderes übrig, als einladend zu lächeln, während Ritter, Narren, Hexen und Burgfräulein auf den Hof strömten und dazu die Trommeln und Schalmeien spielten. Ein Spalier aus Schwertern geleitete das Brautpaar ins Innere der Festscheune, wo auf rustikalen Brettertischen das Essen auf Holzscheiben serviert wurde. Obwohl der Met in rauen Mengen floss, war diese Hochzeitsgesellschaft angenehm fröhlich. Außer einmal, als der Feuerspucker seine Show zu nah am Reetdach der Scheune vorführen wollte und Marisa an die Brandschutzverordnung erinnern musste, war kein Eingreifen nötig.

Es wurde Abend, und die Luft war so mild, dass sich alle an den See zurückzogen. Hier hatte Marisa Strohballen und Decken verteilen und Lichterketten in die Bäume hängen lassen. Der helle Klang zweier Flöten schwebte durch die Luft.

In einigem Abstand setzte sich Marisa auf eine Baumbank und beobachtete, wie die Brautleute und ihre Gäste

Wasserlaternen schwimmen ließen. Bald darauf war der See voller Lichter, darüber leuchtete ein Meer aus Sternen. Der Anblick hätte nicht märchenhafter sein können, doch Marisa fühlte sich, als stünde sie inmitten eines kalten Gewitters. Zu wissen, dass ihr geliebter Bruder und ihre ebenso geliebte Schwester kein Wort mehr miteinander sprachen, war unerträglich für sie. Wie sollte sie die beiden je wieder zusammenbringen, wenn Mojo erst verkauft war? Sie saß zwischen den Stühlen, und möglicherweise würden Lizzy und Philipp sogar eines Tages von ihr verlangen, sich zwischen ihnen zu entscheiden.

»Ist hier noch frei?«

»Lizzy! Ich hab dich schon überall gesucht.« Marisa rückte ein Stück zur Seite, um ihrer Schwester Platz zu machen, die sich eine Wolldecke um die Schultern gelegt hatte. Im nächsten Moment roch sie eine Alkoholfahne.

»Dieser Met ist gar nicht schlecht.« Lizzy zog eine der langhalsigen Flaschen unter der Decke hervor und reichte sie Marisa. »Willst du auch?«

»Nein, danke. Bin ja quasi im Dienst.«

»Stimmt. Dann trinke ich heute für dich mit.« Lizzy nahm noch einen Schluck und sah zum See. Nach einer Weile sagte sie mit schwerer Zunge: »Sieht schön aus mit den ganzen Lichtern. Hast du mal wieder toll hingekriegt.« Sie nahm noch einen Schluck. »So, wie du eigentlich alles toll hinkriegst.«

War das ein Kompliment? Oder bereits ein versteckter Vorwurf, weil sie sich nicht mehr für Mojo eingesetzt hatte? Marisa schob Lizzys zweideutige Worte auf den Alkohol. Das Gesicht ihrer Schwester wurde schwach vom Schein des Festes erleuchtet. Trotzdem war zu erkennen, dass sie ununterbrochen geweint haben musste. »Was hat Vater gestern zu dir gesagt, nachdem wir gegangen sind?«

»Nichts, was die Entscheidung abwendet. Eher das Gegenteil.« Wieder gluckerte die Flasche. »Er meinte, es sei an der Zeit, dass ich an meine Zukunft denke – und an die Familie. Er selbst hätte viel zu lange nicht einsehen wollen, was die Vergangenheit deutlich gezeigt hat: Die Pferde tun Sommerroth nicht gut.«

Marisa runzelte die Stirn. »Das hat er gesagt?« Es waren die gleichen Worte wie Carolines. War das ein Zufall? Gerade wollte Lizzy den nächsten Schluck trinken, da nahm Marisa ihr die Flasche aus den Händen.

»He …«, beschwerte ihre Schwester sich lallend.

»Du hast genug getrunken. Davon wird auch nichts besser, und hinterher hast du zwei Tage lang Kopfweh. Niemand kann so wenig vertragen wie du.«

»Wen interessiert das«, stammelte sie. »In zwei Tagen soll schließlich der stinkreiche Typ kommen, der mir Mojo wegnimmt.« Sie ballte kämpferisch die Faust. »Der wird sich wundern. Den Stall werde ich abschließen. Mit Ketten. Soll der Kerl zusehen, wie er an meinen Mojo rankommt. Basta.« Ihre Hand griff nach der Flasche. »Und jetzt gib mir den Met zurück.«

»Nein, du hattest genug«, entschied Marisa streng. Ein ungleiches Gerangel um das Getränk entstand, bei dem Lizzy in ihrem Zustand eigentlich keine Chance hatte. Doch das Ledermäppchen fiel dabei aus Marisas Jackentasche auf den Boden.

»Was ist das?«, rief Lizzy, die durch diese Ablenkung doch an die Flasche kam und sie mit einem Zug leerte.

Marisa hob das Ledermäppchen auf. Kurz überlegte sie, ob es überhaupt Sinn machte, ihrer Schwester in diesem Zustand von dem Foto zu erzählen, geschweige denn, es ihr zu zeigen. Sie wusste ja selbst nichts dazu zu sagen. Aber vielleicht lenkte es Lizzy ein wenig von Mojo ab, deshalb schaltete sie die Taschenlampe auf ihrem Handy an und klappte das Mäppchen auf. »Es ist ein altes Foto, das Emilie mir gestern gegeben hat. Ich weiß aber nicht, wer darauf zu sehen ist.«

Lizzys Augen fixierten das Bild. »Bist du blind, Marisa? Das da links ist Babette«, lallte sie und riss ihr das Bild aus den Händen. »Und das Fohlen«, schluchzte sie so herzerweichend, wie es nur jemand Betrunkenes konnte, »… das ist Mojo. Mein Mojo. Was macht er auf diesem Bild?«

Ihre Schwester heulte wie ein Baby – dabei war das, was sie sagte, natürlich vollkommener Blödsinn. Marisa legte ihr dennoch tröstend den Arm um die Schultern.

»Es wird alles gut werden.«

»Nein, nichts wird gut. Ich werde ausziehen, nach Afrika gehen. Dann muss ich Caroline nicht mehr sehen und Philipp auch nicht. Diesen Verräter-Bruder.«

Kaum waren diese Worte ausgesprochen, beugte sich Lizzy ruckartig vor und übergab sich. Marisa konnte ihr nur die Haare halten und hoffen, dass keiner der Hochzeitsgäste dieses peinliche Schauspiel bemerkte.

* * *

Die Hochzeit war eine der längsten gewesen, die Sommerroth je erlebt hatte. Entsprechend spät war Marisa ins Bett gekommen. Lizzy, die sich zunächst geweigert hatte, die Baumbank zu verlassen, und deshalb ein paar Stunden darauf geschlafen hatte, lag mittlerweile neben Emilie im Schlafzimmer. Mithilfe von Hannah, die zum Glück wie versprochen auf der Hochzeit erschienen war, hatte sie sie unbemerkt herbringen können.

Mit Erleichterung dachte Marisa daran, dass nächstes Wochenende bloß eine sogenannte Schleierkraut-Hochzeit folgen würde. So nannten Babette und sie jene Feste, bei denen das Brautpaar absolut keine Extrawünsche hatte und alles wie mit der Schablone geplant war. Es gab Hochzeitssuppe und Büfett. Musikalisch sollte es sich zwischen Michael Jackson und Whitney Houston bewegen. Die Dekoration war in Weiß und Rot gehalten – eben durch Schleierkraut und rote Rosen. Schon jetzt konnte Marisa sagen, dass die Braut ein trägerloses Fit-and-Flare-Kleid mit nicht zu viel Glitzer tragen würde und der Bräutigam einen Anzug in Marineblau – die verrückteste Farbe, die er je am Leib gehabt hatte. Für solche Hochzeiten war Marisa gerade sehr dankbar, denn die Vorbereitungen liefen fast ohne ihr Zutun.

Als es an ihrer Tür klopfte, fühlte Marisa sich noch immer wie erschlagen. In der Hoffnung, dass es Beeke mit Kaffee war, öffnete sie.

Keine Beeke! Mark stand vor ihr, in der Hand einen Strauß Ranunkeln.

»Was tust du denn hier?«, stieß Marisa erstaunt aus. Dabei war nicht die Tatsache, dass er Blumen dabeihatte, das Ungewöhnlichste. Viel mehr erstaunte sie, dass es ihre Lieblingsblumen waren. Es musste ein Zufall sein – solche Dinge hatte er sich noch nie merken können.

»Für dich!«

»Warum?«

»Brauche ich einen Grund, um meiner Frau Blumen zu schenken?«

»Ex-Frau«, berichtigte sie ihn. »Bringst du mir etwa endlich die Unterlagen?«

»Wer will schon Papiere, wenn er Blumen haben kann? Wenn du mich reinlässt, stelle ich sie dir sogar in die Vase.«

Sie stieß die Tür auf, um ihn hineinzubitten. Mark jedoch hielt kurz inne, und Marisa wusste auch, warum. In ihrer Wohnung standen bereits sechs Vasen mit Pfingstrosen und Eukalyptus. Es waren die Reste des Familienfestes. Denn nach jedem Fest wurden die Blumengestecke auf dem gesamten Gut verteilt.

Er guckte ein bisschen zerknirscht. »Okay, nicht die originellste Idee. Aber von Herzen.« Danach trat er ein und ging zielgenau zu den Vasen. Noch vor wenigen Monaten hatten sie hier zusammengewohnt, weshalb er sich auskannte. Kurze Zeit später platzierte er den Strauß in der Mitte des Couchtisches und ließ sich auf das gestreifte Sofa fallen.

»Und? Warum die Blumen? Ich kenne dich doch. Du bist so romantisch wie eine Dose Ravioli.« Mit Absicht setzte sie sich auf den Platz, der am weitesten von ihm weg war.

»Ich will dich bestechen. Duftgemüse gegen ein Gespräch! Bitte lass uns reden, Marisa.«

»Wenigstens bist du ehrlich. Was willst du?«

Er stützte die Ellenbogen auf die Knie und legte die Fingerkuppen aneinander, was auffallend ernsthaft wirkte. »Dich natürlich. Sag mir, was muss ich tun, damit du uns noch eine Chance gibst?«

»Mark, nicht schon wieder«, flehte Marisa. »Du und ich, wir beide wissen, das hat keinen Sinn.«

»Warum nicht?«

»Zwing mich doch nicht dazu, unentwegt das Gleiche auszusprechen. Du weißt genau, warum. Es gibt nichts, das du so sehr liebst wie dich selbst.«

»Selbstliebe ist der Anfang aller Liebe. Das habe ich jedenfalls mal in einer Psychologiezeitschrift beim Arzt gelesen.« Er zwinkerte.

»Mark, bitte …«

»Nein, lass mich ausreden.« Er rutschte mit einem Schwung ans Ende des Sofas und nahm ihre beiden Hände in seine. »Marisa, lass es uns noch mal probieren. Ich … ich werde mich auch ganz doll bemühen, mich weniger und dich noch viel mehr zu lieben.«

»O Gott, das klingt furchtbar!«

»Ich bin nicht gut mit Worten, das weißt du.« Seine Hand fuhr plötzlich in ihren Nacken. Im nächsten Moment fühlte sie seine Lippen auf ihren. Für den Bruchteil einer Sekunde ließ sie es geschehen. Es war die Erinnerung an früher. So schlecht er auch mit Worten war, umso besser konnte er küssen. Mit einem Mal aber verstand sie, was hier gerade passierte. Marisa ruckte zurück. »Mark, ich habe mich von dir getrennt.«

»Ich mich aber nicht von dir.«

»So läuft das nicht.«

»Warum nicht? In Filmen geht das genau so. Und dann kommt der Versöhnungss…«

»Pscht. Wir sind nicht allein.« Mit einem Kopfrucken Richtung Schlafzimmertür unterstrich sie ihre Worte.

»Was …?« Er guckte entsetzt.

»Nicht, was du denkst. Oma Emilie ist hier. Und Lizzy auch.«

Die Erleichterung war ihm anzumerken. Jetzt sah er wieder zu ihr und legte den Kopf schief. »Hör zu. Wir haben doch nicht umsonst geheiratet. Ich müsste ja auch nicht gleich wieder hier einziehen – deine kitschigen Blümchenkissen und rosa Vorhänge können also noch eine Weile bleiben.«

»Zu gütig von dir.«

»Du weißt, was ich meine. Denk drüber nach.« Er küsste ihr die Stirn und stand auf.

Mark war bereits auf dem Weg nach draußen, da fragte sie: »Du hast die Unterlagen also echt nicht dabei?«

»Wozu? Zum Nachdenken brauchst du die nicht.«

»Ist das jetzt dein Ernst? Beim Sägewerk hast du es doch …« Die Tür fiel ins Schloss. »… versprochen.« Marisa ließ sich schwer zurückfallen und atmete lang aus. Dabei bemerkte sie einen Schatten am unteren Spalt der Schlafzimmertür. »Du kannst rauskommen, Lizzy. Er ist weg.« Sie hatte fest damit gerechnet, ihre Schwester zu sehen. Doch da öffnete Oma Emilie die Tür. Sie grinste.

»Es war unmöglich, nicht zu lauschen. Ihr habt sehr laut geredet. Selbst ohne Hörgerät habe ich jedes Wort verstanden.«

Marisa eilte die drei Stufen zu ihr hinauf. Hinter ihr konnte sie Lizzy erkennen, die unverändert wie ein Seestern mit ausgebreiteten Gliedmaßen und dem Gesicht nach unten auf dem Bett lag. »Warte, ich helfe dir runter.«

Emilie nahm Platz auf dem Sofa. Ihr Blick fiel auf die Ranunkeln. »Die sind neu.«

»Ich weiß. Sie sind von Mark.« Marisa deckte Emilies Beine mit einer Wolldecke zu. »Wie geht es dir?«

»Gut!« Es klang beschwingt.

»Ist dir schwindelig?«

»Ein bisschen vielleicht.«

Marisa war unsicher, mit welcher Version ihrer Großmutter sie gerade sprach. War die Phase der Verwirrtheit vorbei? Hielt sie noch immer an? Sie entschied, eine Testfrage zu stellen. »Kannst du dich an das Foto erinnern, das du mir gestern gegeben hast?«

»Ich?«

»Aus deiner Handtasche. Moment, ich kann es holen.«

Emilie reagierte schnell. »Setz dich wieder«, sagte sie geradezu streng.

Marisa tat es. Sie beobachtete, wie die Fältchen um die Augen der alten Frau tiefer wurden, je breiter sie lächelte. »Und jetzt erzähl mir von dir und Mark. Warum seid ihr zwei eigentlich getrennt?«

Marisa sammelte sich kurz. Wollte Emilie einfach nicht über das Foto sprechen, oder erinnerte sie sich wirklich nicht mehr? »Wo soll ich anfangen? Puh ...«

Ihre Großmutter kicherte. »Hast du etwa ein ebenso schlechtes Gedächtnis wie ich?«

Okay, sie weigerte sich, über früher zu reden! *Nun gut*, dachte Marisa. Es würde ihr schon gelingen, auf irgendeinem Weg mehr herauszufinden. Sie begann zu erzählen. »Weißt du, Mark ist ein Geschäftsmann durch und durch. Sein größtes

Bestreben war es von jeher, seinen Vater zu beeindrucken. Er besitzt eine große Reederei. Für mich war da einfach nicht viel Platz.«

»Menschen können sich ändern.«

»Manche Menschen sicher. Aber nicht alle.«

»Willst du ihm denn nicht noch mal die Gelegenheit dazu geben?«

»Ich weiß es nicht«, erwiderte sie wahrheitsgemäß. »Die Liebe ist so kompliziert. Es gibt Zeiten, da denke ich, sie ist nichts für mich.«

»Aber du richtest doch Hochzeiten aus.« Emilie grinste.

»Tja«, lachte Marisa mit. »Vielleicht gleiche ich damit mein verkorkstes Liebesleben aus.«

Beide mussten sie lachen.

Neugierig fragte Marisa: »Was für Erfahrungen hast du mit der Liebe gemacht?«

Emilie schien die Erinnerung einzuholen. Eine schöne Erinnerung musste es sein. Mit glückseligem Blick kneteten ihre Finger die weiche Decke. »Ich habe mein Herz nur einmal in meinem Leben verschenkt. Zum Glück an den richtigen Mann.«

»Großvater Johann?«

»Ganz genau. Ich vermisse ihn bis heute.«

»Wie habt ihr euch damals kennengelernt?«

»Das war 1944, während des Krieges. Aber das hat unserer Liebe keinen Abbruch getan.«

»Erzähl mir davon!«

LANDESGESTÜT GEORGENBURG

EMILIES LIEBE

KAPITEL 15

Emilie hatte ihre Ärmel gerafft. Wieder versuchte sie, dem Verletzten etwas Wasser einzuflößen, indem sie seinen Kopf anhob und die Tasse an seinen Mund führte. Zwei Schluck erreichten ihr Ziel. Das letzte bisschen Flüssigkeit bildete ein Rinnsal vom Mundwinkel in das weiche Kissen. Seine Kraft war schon verbraucht. Die Augen hatte er seit der Ankunft auf Georgenburg am gestrigen Tag noch nicht geöffnet.

Emilie fragte sich, welche Farbe sie wohl hatten, und ließ seinen Kopf langsam wieder zurückgleiten. In diesem Moment fiel ein Sonnenstrahl durch das Fenster auf das Krankenbett. Seine goldblonden Haare leuchteten auf, wie sie es noch nie bei einem Menschen gesehen hatte. Trotz der Umstände fielen sie vom Seitenscheitel in perfekten Schwüngen herab. Am liebsten hätte sie sie berührt. Doch Emilie strich nur mit dem Blick darüber, ebenso wie über seine dunklen Brauen und Wimpern und das kantige Kinn, auf dem sich Bartstoppeln zeigten.

Der Leutnant verzog das Gesicht vor Schmerzen, biss auf die Zähne, was seine Kaumuskeln anschwellen ließ.

»Schscht … Sie müssen liegen bleiben und sich ausruhen«, sagte Emilie leise und tupfte ihm die Stirn mit einem feuchten

Tuch ab, bis er wieder tief eingeschlafen war. Seine Brust hob und senkte sich nur leicht.

Warum auch immer, es kam jetzt doch über Emilie. Vorsichtig nahm sie eine seiner Haarsträhnen zwischen die Finger und ließ sie Haar für Haar wieder fallen. Sie waren so weich und glatt wie vermutet. Mit einem Schlag wurde die Sonne von einer Wolke verdeckt. Der Glanz seiner Haare verschwand, und Emilie kam ihr eigenes Verhalten plötzlich äußerst seltsam vor. Was tat sie da? Sie kannte diesen Mann doch gar nicht. Außer seinem Namen wusste sie nichts von ihm. Doch auch der klang schön: Johann Sommerroth.

Beschämt blickte sie sich um. Zum Glück hatte keiner sie beobachtet. Minna und Lenchen schälten Kartoffeln. Agnes stillte ihren Sohn, was das Einzige war, das ihn derzeit zufriedenstellte. Paul unterhielt sich leise mit ihrer Mutter über die noch vorhandenen Vorräte. Alle anderen vom Zimny-Treck waren seit Sonnenaufgang draußen auf dem Gestüt und halfen, wo es nötig war. Auch ihr Vater, den sie kaum zu Gesicht bekommen hatte, seit sie ihm gestern unter Georgenburgs Torbogen weinend in die Arme gefallen war. All ihre Tränen hatten anfangs der Erleichterung gegolten. Sie waren wieder vereint und unversehrt. Dann hatten die Freudentränen auf ihren Wangen plötzlich zu glühen begonnen wie der Feuerhimmel über Gut Zimny. Das Erlebte war mit voller Wucht über Emilie hereingebrochen. Sie hatte ihr Elternhaus zurückgelassen! Wann würde sie es wiedersehen? In welchem Zustand?

Bislang war noch keine Gelegenheit gewesen, mit ihrem Vater darüber zu sprechen. Er wurde überall auf dem Gut gebraucht. Dabei gab es so viele Fragen, die sie ihm stellen wollte. Eine davon betraf den Mann vor ihr, dessen Herkunft ebenso rätselhaft war wie seine Verletzungen. Oskar von Zimny hatte allen erklärt, er sei ein Freund, der bei dem Vorfall mit dem Soldaten in Insterburg in den Tumult geraten und dabei verletzt worden sei. Emilie aber spürte, dass er nur die halbe Wahrheit sagte. Sie war fest entschlossen, dem heute nachzugehen.

Zum zweiten Mal an diesem Tag machte sie sich jetzt daran, die Verbände des Leutnants zu überprüfen. Der an der Schulter wies schon wieder einen kleinen Blutfleck auf. Dabei hatte sie ihn am Morgen gewechselt. Der Streifschuss am Hals war am wenigsten schlimm. Nur eine oberflächliche Wunde, die aber ganz sicher eine lange Narbe zur Folge haben würde. Der Durchschuss am Oberschenkel ging am tiefsten. Das hatte jedenfalls die Rotkreuzschwester Anna gesagt, die durch Zufall gestern auf dem Gestüt gewesen war. Trotzdem hätte der Leutnant Glück gehabt, denn die Kugel sei weder der Oberschenkelarterie noch dem Knochen nahe gekommen. Schwester Anna hatte angeboten, ein Lazarettfahrzeug zu schicken und den Mann mitzunehmen. Aber zur Überraschung aller hatte Oskar von Zimny darauf bestanden, dass man den Leutnant hier versorgte, und so hatte sie eingewilligt, am nächsten Tag wiederzukommen.

Das Poltern eines zurückgeschobenen Holzstuhls ließ Emilie zum Tisch blicken. Wilhelmine von Zimny stand auf und steckte sich eine Haarsträhne in den grau melierten Knoten, den sie stets trug. »Ich werde jetzt rüber ins Landstallmeisterhaus gehen und sehen, ob Anna Heling Hilfe benötigt«, kündigte sie an. »Agnes, Minna, ihr begleitet mich. Lenchen schafft unseren Haushalt auch allein. Vielleicht könnt ihr im Haupthaus helfen oder ein paar der Kühe melken. Wir wollen den Helings schließlich nicht mehr zur Last fallen als unbedingt nötig, wenn sie uns schon aufnehmen.«

»Natürlich, gnädige Frau«, erwiderten sie und ließen die Kartoffeln und auch den Säugling bei Lenchen zurück.

Paul stand ebenfalls auf. »Und ich werde nach unseren Pferden schauen. Fannys Hufe haben mir gestern gar nicht gefallen. Vielleicht kann ich einen Schmied auftreiben.«

Kaum waren alle drei gegangen und hatten die Tür hinter sich zugezogen, begann Piotr zu schreien.

»Oh, nicht doch!«, jammerte die Mamsell. »Kannst du kleiner Quälgeist nicht mal eine Stunde zufrieden schlafen?«

Emilie sah wieder zu Leutnant Sommerroth. Er machte keine Anstalten, die Augen zu öffnen – auch nicht mit Piotrs Hilfe. Sie entschied, dass sie es wagen konnte, ihn kurz allein zu lassen. Unter dem entsetzten Blick von Lenchen stand auch sie auf und trat an die Tür. »Gib sofort Bescheid, wenn er aufwacht, ja? Und auch, wenn Schwester Anna hier vorzeitig aufschlagen sollte.«

Lenchen rang die Hände. »Ja, sicher. Was soll ich denn noch alles machen …?«

Emilie überhörte ihren Protest. Die schimpfende Mamsell war ihr tausendmal lieber als jene verzweifelte auf der Flucht. Noch während sie zeterte, schloss Emilie die Holztür. Draußen war es sonnig, aber kalt. Sie knöpfte ihren Mantel zu und ließ das kleine Insthaus hinter sich. Martin Heling und seine Frau Anna hatten den von Zimnys zwei der Hütten zur Verfügung gestellt und sich gleichzeitig dafür entschuldigt, ihnen nichts Besseres anbieten zu können. Doch in dem Wissen, was der Tag noch bringen würde, war es nicht anders möglich gewesen. Bis zum Abend waren über hundertzwanzig Wagen vom Hauptgestüt Trakehnen und den Vorwerken eingetroffen. Zusammen mit ihren Tieren brachten die Geflüchteten Georgenburg beinahe zum Bersten. In der Dunkelheit des Abends war es Emilie auf dem Gestüt schon unglaublich voll vorgekommen. Was sie jetzt aber im Tageslicht erblickte, übertraf ihre Vorstellungen. Sie hielt unwillkürlich inne.

Dutzende Fuhrwerke standen kreuz und quer herum. Den vielen Pferden war mit behelfsmäßigen Ausläufen Platz geschaffen worden. Dazwischen teilten sich Männer, Frauen und Kinder mit Eimern und strohbeladenen Handkarren die verengten Wege. Sie alle trugen einen merkwürdig rastlosen Ausdruck auf dem Gesicht, den Emilie nie zuvor bei einem Menschen wahrgenommen hatte. So, als wären sie immer noch auf der Flucht – tief erschüttert in ihrem Urvertrauen und irgendwo zwischen Leben und Sterben. Emilie wusste, dass sie genauso dreinsah.

Mit einem Ruck besann sie sich, raffte die Röcke und zwängte sich durch die vielen Körper und das Gewirr aus Stimmen, Wiehern und Bellen. Sie hatte keine Ahnung, wo genau sich ihr Vater befand, deshalb hastete sie suchenden Blickes zwischen den rot-weißen Backsteinbauten umher. Das Gestüt bestand aus drei hintereinanderliegenden und in sich abgeschlossenen Höfen, und als sie den zweiten betrat, wurde das Gedränge endlich etwas weniger. Emilie durchquerte ein langes Gebäude mit niedrigem Satteldach und zahlreichen Fenstern, das dem Jagdstall auf Trakehnen glich. Hier, auf dem dritten Hof, sah sie die Burganlage Georgenburg, die an das Gestüt anschloss. Teile davon lagen bereits in Trümmern. Das Haupthaus aber stand noch wie in all den Jahrhunderten davor. Die grauen Feldsteine waren bis hoch zum Treppengiebel mit Kletterpflanzen bewachsen. Daneben, im Schatten eines großen Baums, entdeckte sie ihren Vater. Er lief Kreise um den Stamm und machte sich dabei Notizen auf einem Papier.

»Hier bist du also!«

Er drehte sich um und blickte wenig erstaunt. Eher so, als hätte er schon auf sie gewartet. Ohne Hektik faltete er sein knittriges Papier und ließ gerne zu, dass Emilie sich bei ihm einhakte. Seine Hand tätschelte die ihre. Sie gingen gemeinsam Kreise und brauchten für einen Moment mal wieder keine Worte. Irgendwann aber sagte ihr Vater: »Na los, frag schon.«

»Warum habe ich das Gefühl, du verschweigst uns etwas?«

Er kickte einen Stein zur Seite. »Weil es stimmt. Aber das weißt du ja sowieso schon.«

»Erzähl es mir bitte. Was hat es mit diesem Leutnant Sommerroth auf sich und was ist euch gestern wirklich zugestoßen?«

Oskar holte langsam Luft. »Wenn Johann nicht gewesen wäre, würde ich wohl noch immer den Panzergraben ausheben – und zwar dort, wo es jetzt gerade Granaten regnet. Und was gestern betrifft, da wollte ich deine Mutter nicht weiter beunruhigen. Deswegen habe ich die Wahrheit verschwiegen.«

»Was ist passiert, Vater?«, beharrte Emilie mit einem unguten Gefühl.

»Die Schussverletzungen von Johann …« Er sah seine Tochter jetzt an. »Die Kugeln galten mir. Es war Fritz Wittko.«

Emilie fuhr eine Gänsehaut über den Körper. »Er ist hier in der Nähe?«

Der Gutsherr zuckte die Schultern. »Jedenfalls war er gestern in Insterburg, und wie es aussieht, hat er mittlerweile einflussreiche Freunde. Er beschuldigte mich der Fahnenflucht und zog seine Waffe. Der Leutnant hat versucht, mich zu schützen, und ist dabei getroffen worden.« Er atmete schwer durch. »Ich habe Johann mein Leben zu verdanken.«

Jetzt verstand sie. »Deshalb wolltest du gestern nicht, dass die Rotkreuzschwester ihn mit ins Lazarett nimmt, und hast stattdessen mich gebeten, dass ich mich um ihn kümmere.« Es war keine Frage, eher eine Feststellung.

»Ich fürchte einfach, dass Johann Wittko im Lazarett schutzlos ausgeliefert wäre. Er scheint ihm ebenso auf den Fersen zu sein. Das Risiko kann ich nicht eingehen. Er muss schnell wieder zu Kräften kommen. Das bin ich ihm schuldig.«

Emilie nickte. »Dann bin ich es ihm ebenso schuldig.«

»Ich wusste, dass du es so sehen würdest.«

Sie umfasste den Arm ihres Vaters nun auch mit der anderen Hand und schmiegte sich an ihn. Dabei empfand sie unendliche Dankbarkeit dem Leutnant gegenüber.

»Versprich mir, deiner Mutter nichts von Wittko zu sagen, ja?«

»Natürlich.« Emilie sah hinüber zum Gestüt, wo zwei Fremdarbeiter einen Streit auf Polnisch begannen. Sie verstand nur wenig, aber den Gesten nach zu urteilen, hatte einer den anderen angerempelt, worauf der Mann seinen Eimer mit Wasser verschüttet hatte. Trotz aller Bedrohung führte die Enge jetzt schon zu Problemen. »Was meinst du, wie lange wir hierbleiben müssen? Wann ist es sicher genug, um nach Gut Zimny zurückzukehren?« Emilie bemerkte, dass ihr Vater eine Weile zögerte. Sie umrundeten nun bereits unzählige Male den Baum. »Du sagst ja gar nichts.«

»Ich will dich nicht belügen, Emilie«, begann er zögerlich. »Aber die Zerstörung, die ich auf Trakehnen gesehen habe, war schlimm. Die Rote Armee scheint keine Gnade zu kennen. Und Gut Zimny liegt nicht weit vom Hauptgestüt entfernt, wie du weißt. Selbst wenn wir eines Tages zurückkönnen, wird vielleicht alles zerstört sein.«

Sie verstand, er wollte sie beschützen, indem er sie vorwarnte. »Du hast mir oft vom ersten Krieg vor dreißig Jahren erzählt. Damals waren auf Trakehnen über achtzig Gebäude zerbombt. Man hat sie wiederaufgebaut, und das Leben ging irgendwann weiter. So wäre es doch auch mit Gut Zimny.«

»Wir müssen abwarten, Emilie. Vorerst sind wir hier in Sicherheit. Aber vielleicht nicht für immer.«

Sie runzelte die Stirn. »Was meinst du damit? Die Front ist viele Kilometer von hier weg, Vater.«

Jetzt blieb er stehen. Sanft fasste er sie bei den Schultern und schaute ihr fest in die Augen. Bevor er sprach, blickte er sich noch mal um. Sie waren allein hier bei der Ruine. »Emilie, ich weiß, du willst das nicht hören. Aber der Krieg kann jederzeit auch hierherkommen. Wir müssen vorbereitet sein.«

Ein fürchterliches Schaudern lief ihr über den Rücken. Es stellte ihr die feinen Haare im Nacken auf. »Hierher?«

Oskar holte jetzt wieder sein knittriges Papier hervor. »Das ist eine Karte, auf der ich ein paar große Gestüte und Gutshöfe Richtung Westen markiert habe. Zu denen könnt ihr fahren, um ein paar Tage zu rasten und die Pferde abzuspannen.«

»Was? Nein …« Sie schüttelte den Kopf.

Er redete einfach weiter. »Ich will, dass du sie an dich nimmst und gut verwahrst, Emilie. Auf der Flucht wird es zeitweise vielleicht nicht möglich sein, andere nach dem Weg zu fragen. Ihr werdet oft nicht auf den Hauptstraßen fahren können und …«

Sie weigerte sich weiterhin, die Karte zu nehmen, die er ihr hinhielt, und lief rückwärts – fast so, als wäre das Papier glühend heiß.

»Wozu eine Karte? Du kennst die Orte doch und kannst uns dorthin führen.«

Ihr Vater griff jetzt nach ihrer Hand und legte ihr das gefaltete Blatt hinein. »Nimm die Karte, Emilie. Nur wenn ihr wisst, wie ihr fahren müsst, erreicht ihr die Ziele auch. Die Höfe in Westpreußen kennst du fast alle. Von Preußisch Eylau fahrt ihr nach Quittainen, dann zum Gut Groß Gansen und nach Labes in Pommern, nach Neustadt an der Dosse in Brandenburg, nach Redefin in Mecklenburg, vielleicht nach Perlin zum Remonteamt …«

Emilie starrte auf das Papier. Die Namen der Gestüte verwirrten sie. »Mecklenburg? Das ist viele Hundert Kilometer westlich.« Ihre Gedanken rasten. Und plötzlich fragte sie: »Wieso sagst du dauernd ›ihr‹?«

»Verstehst du denn wirklich nicht, Kind? Was, wenn ich nicht bei euch sein kann? Wittko ist kein Dummkopf. Er hat mich mit der Fuchsherde aus Trakehnen gesehen. Er weiß, wo ich bin!«

Ihre Kehle wurde schlagartig staubtrocken. Das Schlucken fiel ihr schwer.

»Mir kann alles Mögliche geschehen, und in dem Fall musst du wissen, was zu tun ist.«

»Nein!« Schluchzend schlug sie sich die Hand vor den Mund.

Trotzdem sprach ihr Vater weiter und schloss dabei ihre Finger mit der Karte darin zu einer Faust.

»Wenn es so weit kommt und die Rote Armee bis nach Georgenburg vordringt, musst du bereit sein, die Pferde und die Menschen von Gut Zimny in Sicherheit zu bringen. Mit mir oder ohne mich.«

Vor ihren Augen begann alles zu schwimmen. Der bloße Gedanke, jemand könnte ihrem geliebten Vater etwas antun, raubte ihr die Luft zum Atmen. Zudem wollte sie nicht daran glauben, so weit im Landesinneren vor dem Krieg nicht in Sicherheit zu sein.

»Kann ich mich auf dich verlassen, Tochter?« Er hob ihr Kinn mit dem Zeigefinger an.

Sie nickte und ließ sich in seine Arme schließen.

Eine ganze Weile standen sie beide einfach da. Der Wind trug die Geräusche des Gestüts zu ihnen herüber und bauschte die Äste des Baums über ihnen. Gelbe Blätter rieselten zuhauf auf sie herab. Irgendwann lösten sie sich voneinander. Und als Emilie feststellte, dass sie über und über voller Laub war, musste sie sogar ein bisschen lachen.

»Ich gehe jetzt zurück. Vielleicht ist der Leutnant mittlerweile aufgewacht.«

»Ist gut. Wir sehen uns nachher zum Abendessen im Landstallmeisterhaus.«

Emilie ließ ihren Vater beim Baum stehen. Ihr Herz fühlte sich schwer an, und die Aussicht auf den Abend machte es nicht besser. Auch gestern hatten sie, ihr Bruder und ihre Eltern sich im Landstallmeisterhaus zu Tisch zusammengefunden – gemeinsam mit Ernst Ehlert und seinen engsten Vertrauten. Anna Heling hatte sie alle trotz der Umstände mit köstlichem Essen versorgt. Danach hatte Martin Heling das Radio angestellt, um gemeinsam die aktuellen Luftlage- und Kriegsberichte von der Front zu hören. Emilie graute es schon jetzt vor dem Moment, da die knarzenden Männerstimmen wieder alles übertönten und den Raum mit schauerlichen Nachrichten fluteten.

Als sie das Insthaus sah, stand Lenchen in der Tür. Die Mamsell trug den wimmernden Piotr auf dem Arm und winkte.

»Fräulein Emilie, Fräulein Emilie! Schwester Anna ist da.«

Sie beschleunigte ihre Schritte. »Danke, Lenchen.«

»Sehr wohl. Ich werde jetzt Agnes suchen gehen«, erklärte sie mit einem Hauch Verzweiflung in der Stimme. »Der Junge hat bestimmt Hunger.«

Im Innern des kleinen Insthauses war es plötzlich sehr still. Emilie trat ein und bemerkte zuerst die makellos weiße Haube auf dem Hinterkopf der Rotkreuzschwester, die sich gerade über die rechte Schulter von Johann Sommerroth beugte. Der Boden knarrte unter Emilies Füßen.

»Ah, guten Tag, Fräulein von Zimny.« Anna drehte sich kurz um und zeigte ihr wunderschönes Gesicht. Die vollen roten Lippen lächelten freundlich.

»Wie geht es ihm? Bislang hat er die Augen noch nicht geöffnet.«

»Das ist nicht verwunderlich. Er hat eine Menge Blut verloren«, antwortete Anna und wischte sich mit dem Unterarm über die glänzende Stirn, während sie sich aufrecht hinsetzte. Sie zog die Bettdecke über den nackten Oberkörper des Leutnants. »Ich habe den Verband an der Schulter eben gewechselt. Die Wunde hat etwas nachgeblutet. Aber sonst sieht sie gut aus.«

Emilie nahm sich einen Stuhl und setzte sich neben das Bett. »Und sein Bein?«

Anna wog den Kopf. »Es macht mir etwas Sorgen. Die Wunde hat sich entzündet. Sie muss dringend sauber gehalten werden. Am besten wechseln Sie den Verband zweimal täglich. Ich lasse Ihnen alles da, was Sie dazu brauchen, Fräulein von Zimny. Kommen Sie zurecht?«

»Natürlich«, bejahte Emilie.

»Gut, ich werde versuchen, morgen wiederzukommen, sofern die Arbeit im Lazarett es zulässt.« Anna stand auf und zog ihren Mantel über die weiße Schwesternschürze. »Heute sind viele Verwundete von der Front eingetroffen, und die nächsten Tage werden es noch mehr werden. Die Verbandsplätze und Lazarette nahe der Hauptkampflinie nehmen nur noch diejenigen auf, denen schnell geholfen werden muss. Den Rest schicken sie ins Landesinnere.« Sie klemmte eine widerspenstige Stirnlocke unter ihre Haube und murmelte: »Natürlich bloß, wenn überhaupt noch Hoffnung besteht. Eine Schande, dieser furchtbare Krieg.« Ihr Kopf ruckte hoch, als sie sich dessen gewahr wurde, was sie da gerade ausgesprochen hatte. »So war das nicht gemeint. Ich wollte lediglich …«

Emilie unterbrach sie. »Schon gut.«

Anna war kreideweiß. Wie jeder wusste auch sie zweifelsohne, dass solche Äußerungen lebensgefährlich waren.

Emilie wollte das Gesagte abmildern. »Als Krankenschwester sieht man Abscheuliches. Ihre Worte sollten sicher Ihr Mitgefühl für die Verletzten ausdrücken, habe ich recht?«

Die Rotkreuzschwester nickte dankbar. »Ja, ganz genau.« Sie schien trotzdem noch nicht sicher, dass Emilie sie auch wirklich nicht zu denunzieren gedachte.

Doch diese legte ihr beruhigend die Hand auf den Rücken und begleitete sie zur Tür, wo sie sich verabschiedete. »Gibt es für mich im Umgang mit dem Verletzten noch etwas zu beachten?«

»Geben Sie ihm so oft wie möglich Wasser. Wenn es nicht anders geht, mit einem Löffel. Und sollte der Leutnant erwachen und sich besser fühlen, wäre leichte Bewegung an der frischen Luft zu empfehlen. Sofern die Wunde am Bein es zulässt.«

»Ich verstehe.«

Die schöne Anna fingerte nervös an der runden Brosche mit dem Hakenkreuz herum, die in der Mitte ihres Blusenkragens saß.

Emilie bemühte sich um ein warmes Lächeln. »Danke für Ihre Hilfe. Wir sehen uns dann morgen.« Sie sah die Schwester zögerlich davongehen und schloss die Tür.

Sogleich umgab sie eine Stille, wie sie derzeit selten war. Bloß das Knacken und Knistern des Holzes im Ofen war zu vernehmen. Emilie durchquerte langsam den Raum und trat an ein Fenster, durch das sie den blauen Himmel sehen konnte. Gerade flogen zwei schwarz-weiße Störche gen Süden, wie sie für Ostpreußen so typisch waren. Sie mussten zu den Allerletzten gehören. Emilie hatte sie schon immer geliebt. Ihre Erinnerung zog flüchtig zu den weiten, geschwungenen Wiesen von Gut Zimny, wo die Störche in den feuchten Senken nach Fröschen gesucht hatten. Ob sie dieses Bild jemals wieder zu Gesicht bekommen würde?

Ein Rascheln ließ sie zum Bett hinübersehen. Leutnant Sommerroths Lider zuckten, und er bewegte sich schwerfällig.

»Wo ... wo bin ich?«

Emilie ging zum Bett und setzte sich auf den Stuhl daneben. Ihre Hand berührte seinen Unterarm. »Nicht, bleiben Sie ruhig liegen.« Jetzt betrachtete er sie – aus hellbraunen Augen. Emilie war überrascht. Aus irgendeinem Grund hatte sie gedacht, seine Augen wären blau. »Mein Name ist Emilie von Zimny. Sie sind auf Georgenburg.«

Er runzelte die Stirn. »... von Zimny?«

»Ja, Oskar von Zimny ist mein Vater.«

Es war ihm deutlich vom Gesicht abzulesen, dass er gerade versuchte, alles in seinem Kopf zu ordnen.

»Ich weiß, was Sie für ihn getan haben.« Kurz galt ihre Aufmerksamkeit seiner verbundenen Schulter.

Johann Sommerroth folgte ihrem Blick und er sah an sich hinab. Er wollte den Arm heben, doch offenbar durchzuckte ihn dabei ein stechender Schmerz.

»Strengen Sie sich nicht zu sehr an. Ihre Verletzungen wurden gerade erst frisch verbunden, und zu viel Bewegung könnte sie wieder zum Nachbluten bringen.«

Er entspannte die Muskeln und sank zurück in das Bett. Es schien ihm schwerzufallen, seinen Zustand zu akzeptieren.

»Einen Moment, ich hole Ihnen etwas, damit Sie aufrechter sitzen können.« Emilie lief durch die Hütte, fand zwei Mäntel, die sie zusammenrollte und ihm in den Rücken schob.

»Vielen Dank.« Sein Blick wurde klarer.

Emilie nahm wieder Platz. »Ihnen muss wahrlich ein fleißiger Schutzengel folgen.«

»Denken Sie das wirklich, Fräulein von Zimny? Wenn Sie mich fragen, hat er geschlafen, als ich ihn gebraucht hätte.«

Sie zog die Augenbrauen hoch und sagte: »Nun, Sie wurden von drei Kugeln getroffen und leben noch.«

»Da haben Sie natürlich recht.« Er fuhr sich mit der linken Hand durch die Haare, die ihm gleich erneut ins Gesicht fielen. Sein Blick erfasste allmählich das Innere der Hütte. »Wie bin ich hierhergekommen?«

»Das haben Sie wohl noch auf dem Pferd geschafft. Jedenfalls bis auf den Hof des Gestüts. Können Sie sich nicht erinnern?«

Der Leutnant dachte nach und zog dabei die Augenbrauen zusammen. »Nein. Wir sind vor diesem Wittko davongaloppiert. Ich sehe noch die Fuchsherde, die wir wieder eingeholt haben. Danach wird alles schwarz.«

Zwei Herzschläge lang blickte sie in seine Augen. Die gesagten Worte drohten in ihrem Kopf zu Bildern zu werden. Emilie fing an, die Hände in ihrem Schoß zu kneten. Wittko hätte ebenso gut ihren Vater treffen können … Schnell sagte sie: »Ich bin Ihnen wirklich zutiefst dankbar, Leutnant Sommerroth. Ohne Ihren Mut wäre mein Vater jetzt wahrscheinlich tot.«

Er lächelte ganz leicht. »Wie ich sehe, haben Sie Ihre Dankbarkeit schon unter Beweis gestellt.« Sein Kinn ruckte zum Verband.

»Das muss ich verneinen. Dieses Werk hat eine Krankenschwester vollbracht. Sie war durch Zufall auf Georgenburg und bot ihre Hilfe an. Ihren Besuch haben Sie verschlafen.«

»Verstehe …«, murmelte er. »Insofern muss ich mich vielleicht bei Ihnen entschuldigen. Es war wohl mein Fehler anzunehmen, eine Gutsherrentochter würde solche Arbeiten tun.«

»Mitnichten, Leutnant. Ich mag eine Gutsherrentochter sein, aber keine, die sich die Hände nicht schmutzig macht.« Emilie merkte selbst, wie nachdrücklich ihre Worte klangen. Die typische Tochter von Stand hatte sie noch nie sein wollen, weshalb sie auch alle Arbeitsschritte von Säen bis zum Ernten kannte und besser ohne Sattel ritt als Paul. Etwas freundlicher fügte sie hinzu: »Die nächsten Tage werden Sie auch mit mir als Krankenschwester vorliebnehmen müssen. Es ist der dringende Wunsch meines Vaters, dass ich mich um Ihre Genesung kümmere.«

»Demnach bleibt mir nur zu hoffen, dass ich Ihnen nicht lästig werde, Fräulein von Zimny.«

»Wohl kaum. Nicht nach dem, was Sie für meine Familie getan haben.« Sie lächelte. »Auch wenn ich zugeben muss, dass ich für gewöhnlich eher Pferde versorge als Kranke.«

»Pferde …?«, wiederholte er. »Nun, auf Stroh liege ich ja schon.« Er klopfte auf die wenig komfortable Matratze.

»Wenn es Ihnen hilft, kann ich mir angewöhnen zu wiehern. Hauptsache, ich muss keinen Hafer essen.«

Emilie verkniff sich ein Lachen. Sie hatte nicht mit seinen kecken Antworten gerechnet, die ihr überdies in Erinnerung riefen, dass er sicher hungrig und durstig war. Sie ging zu einem Krug und schenkte Wasser in einen Becher. »Die Rotkreuzschwester sagte mir, leichte Bewegung würde Ihnen guttun. Ein oder zwei Tage sollten Sie noch ruhen. Dann fangen wir damit an, solange es Ihnen nicht zu viele Schmerzen bereitet.«

»Ich kann es kaum abwarten. Untätiges Herumsitzen ist für mich die schlimmste aller Qualen.«

»Gut.« Emilie reichte ihm den Becher und sah daraufhin zur Tür. »Sobald die Mamsell wiederkommt, werde ich ihr auftragen, dass sie Ihnen etwas zu essen bereiten soll.« Kaum hatte sie diese Worte ausgesprochen, fiel Emilie auf, dass sie plötzlich doch wie eine typische Gutsherrentochter klang.

Johann Sommerroth schien das ebenso gemerkt zu haben. In seinen Augen war trotz der Erschöpfung ein schelmisches Blitzen.

»Unterschätzen Sie mich besser nicht, Leutnant. Auch ich kann Mahlzeiten zubereiten.«

»Es ging kein Ton über meine Lippen, Fräulein von Zimny.«

»Mögen Sie Bratkartoffeln?«

»Allein der Gedanke daran lässt mich zu Kräften kommen.«

Emilie wandte sich ab und raffte ihre Ärmel. Dabei fixierte sie die Kochstelle und die geschälten Kartoffeln wie einen Feind, den es zu bezwingen galt. In Wahrheit hatte sie noch niemals etwas gekocht oder gebraten. Lenchen hätte das nicht zugelassen – ebenso wenig ihre Mutter. Doch so schwierig konnte das gewiss nicht sein.

Nachdem es ihr gelungen war, den Ofen zu befeuern, stellte sie die Pfanne darauf. Sie schnitt ein paar Kartoffeln in Scheiben und durchsuchte die Vorräte nach Fett. Die Mamsell musste eine ganz bestimmte Ordnung in ihren Töpfen und Vorratsgläsern haben, überlegte Emilie, doch sie fand nichts, was Fett auch nur ähnlich war, und verwarf den Gedanken. Es würde sicher auch so gehen. Die Bratkartoffeln hatten das Gusseisen kaum berührt, schon zischte und dampfte es. »Huch …«, stieß Emilie erschrocken aus und sprang zurück. Erst jetzt bemerkte sie, dass ihr etwas zum Wenden fehlte. Hektisch durchsuchte sie die Umgebung. Bald darauf lag das Innere der Hütte in weißem Dunst.

Leutnant Sommerroth begann zu husten und gleichzeitig zu lachen. »Jetzt habe ich diesen Wittko überlebt und werde wegen Kartoffeln ersticken.«

In diesem Moment riss Lenchen die Tür auf.

»Herrje …«, rief die Mamsell, wedelte mit der Hand und verzog das Gesicht. »Was ist das für ein Rauch? Brennt es hier irgendwo?«

»Nein, die Kartoffeln …«

Lenchen eilte zur Kochstelle. »Das sind Kartoffeln?«, stieß sie ungläubig aus.

»Das waren welche«, ergänzte Emilie und presste sich den Ärmel vor Mund und Nase.

»Öffnen Sie das Fenster, gnädiges Fräulein. Schnell. Ich bringe die Pfanne hinaus.«

Emilie tat, was Lenchen sagte, und fing dabei den Blick von Johann Sommerroth auf. »Ich verspreche Ihnen, Wunden verbinden kann ich besser als kochen.«

KAPITEL 16

Die letzten beiden Tage war der Ablauf auf Georgenburg gleich gewesen. Etwas Ähnliches wie Alltag stellte sich ein, was guttat. Emilie hatte sich mit Paul um die Pferde gekümmert und zwischendurch die Wunden des Leutnants versorgt. Sie hatten dabei nur wenig gesprochen – das Insthaus war stets voller Menschen. Doch seine Blicke zeigten ihr deutlich seine Dankbarkeit.

Die Rotkreuzschwester Anna war nicht mehr zum Gestüt gekommen, was Emilie das Schlimmste bezüglich der Umstände im Lazarett vermuten ließ. Und somit auch, was die Front betraf. Ihr war nämlich ebenso nicht entgangen, dass das ohnehin überfüllte Gestüt von immer mehr Flüchtlingen aufgesucht wurde und die Zahl der Kriegsfahrzeuge in beide Richtungen der Straße anstieg. Kurzzeitig waren ihr die kleinen Insthäuser noch enger vorgekommen, und die Beanspruchung der Gastfreundschaft von Familie Heling hatte schwer auf ihr gelastet. Doch Emilie schaffte es, ihre düsteren Gedanken nicht weiterzuspinnen. Es musste sein, um nicht kopflos zu werden. Auf Georgenburg waren sie in diesem Augenblick sicher. Hier herrschte Frieden. Oder so etwas Ähnliches wie Frieden. Nichts anderes wollte sie in ihren Gedanken zulassen, deshalb beschloss sie, des Abends nicht mehr beim Hören des Rundfunks im

Landstallmeisterhaus dabei zu sein. Nach dem Essen verabschiedete sie sich mit der Begründung, sich um den Kranken kümmern zu müssen. Es ging ihr besser damit, auch wenn Emilie wusste, es würde nichts am Kriegsgeschehen ändern, wenn sie die Augen davor verschloss. Dennoch breitete sich in ihr eine heilsame Ruhe aus.

An ihrem vierten Tag auf Georgenburg war sie bereits früh auf den Beinen. Mit flinken Schritten eilte sie allein zum nebelverhangenen Park am Rande des Gestüts. Durch das Wetter hatte der Ort etwas Gespenstisches. Zwischen schwarzen und blassgrauen Baumstämmen erstreckten sich Beete und Wiesen, die sicher einmal schön gewesen waren. Jedenfalls bevor sich die breiten Reifen schwerer Lastwagen hindurchgefressen hatten. Emilie stapfte durch die tiefen Furchen. Ihr Blick flog umher. Sie war auf der Suche nach einem langen, dicken Stock, der im besten Falle eine Astgabelung am Ende hatte. Bei einer alten Buche, deren Krone im Nebel lag, wurde sie fündig. Mithilfe ihres ganzen Körpergewichts brachte sie den Ast zum Brechen. Laut hallte der Knall durch die weiße Luft. Zufrieden mit ihrer Beute lief sie zurück zum Insthaus.

Johann Sommerroth saß auf seinem Bett und machte sich Notizen in ein kleines Buch. Als sie eintrat, sah er auf und lächelte.

»Guten Morgen, Leutnant«, begrüßte ihn Emilie. Sie musste laut reden, um gegen Piotrs Schreien anzukommen. Derweil hielt sie den Ast hoch. »Heute bringe ich Sie wieder auf die Füße.«

Er fixierte den Stock. »Ich hoffe doch sehr, es handelt sich um eine Krücke und nicht um einen Prügel, Fräulein Emilie.«

»Sofern Sie sich anstrengen, ja«, scherzte sie zurück.

Es dauerte, bis Johann Sommerroth seine Oberbekleidung angezogen hatte. Die verletzte rechte Schulter erschwerte ihm die Bewegungen, doch er verweigerte jede Hilfe. Irgendwann hatte er es geschafft.

Sie überreichte ihm den Krückstock. »Stehen Sie vorsichtig auf. Ihnen könnte schwindelig werden«, mahnte Emilie.

Tatsächlich schien er all seine Kraft zu brauchen und wirkte etwas weiß um die Nase, als er stand. Kurz schloss er die Augen und atmete tief. »Einen Moment bitte.«

Emilie sah zu ihm hoch. Er war viel größer, als sie angenommen hatte. Seine braunen Augen öffneten sich wieder.

»Sind Sie bereit?«

Er nickte. »Darf ich Sie unhöflicherweise bitten, mir die Tür zu öffnen?«

Sie verließen das Häuschen. Johann Sommerroth sog tief die frische Luft ein. »Ah, herrlich.«

»Wohin wollen Sie gehen?«

»Überallhin, nur nicht zum Gestüt.« Etwas leiser fügte er hinzu: »Um ehrlich zu sein, brauche ich eine Geräuschpause.«

Emilie schmunzelte. Sie wusste, er meinte Piotr.

Langsam und in ersten winzigen Schritten bewegten sie sich vom Gestüt weg. Aus dem Augenwinkel heraus beobachtete Emilie, dass der Leutnant ganz gut mit der Krücke zurechtkam. Sein verletztes linkes Bein setzte er bloß leicht auf den Boden auf. Dabei war ihm deutlich anzusehen, dass er Schmerzen hatte. Aber er beschwerte sich nicht. Im Gegenteil.

»War es nicht nett von diesem Wittko, mir nicht den Arm und das Bein auf derselben Seite zu zerschießen? Hätte er das getan, könnte ich diese wunderbare Krücke gar nicht benutzen.« Er sah sie von der Seite her an. »Vielleicht bekomme ich eines Tages ja Gelegenheit, mich bei ihm zu bedanken.«

»Hoffen Sie lieber, dass Sie diesen Mann nie wiedersehen, Leutnant Sommerroth. Er ist ein Scheusal. Schon seit Jahren lässt er nichts unversucht, meinem Vater das Leben schwer zu machen.«

»Ich bin mir sicher, dass Sie ihn nie wiedersehen werden«, sagte er ungewohnt ernst. »Er hat vor Zeugen einen Leutnant angeschossen. Jetzt hier aufzutauchen wäre meiner Meinung nach wirklich sehr dumm.«

Sie schlugen einen grün bewachsenen Feldweg mit zwei Fahrrinnen ein. Er führte leicht bergauf. Hier war es so nebelig, dass sie nicht erkennen konnten, was vor ihnen lag.

»Ist die Steigung zu schwer für Sie? Wir können umkehren.«

»Auf keinen Fall, Fräulein Emilie. Ich fühle regelrecht, wie die Kraft mit jedem Schritt in mich zurückkehrt. Bitte, begleiten Sie mich noch ein Stück weiter.« Er räusperte sich und fügte hinzu: »Natürlich nur, wenn es Ihnen nicht zu unbehaglich mit mir allein im Nebel ist.«

Wieder brachte er sie zum Lächeln. »Sollten Sie sich schlecht benehmen, wäre ich derzeit wohl schneller als Sie und könnte Ihnen mit Leichtigkeit davonlaufen.«

»In der Tat.«

Emilie bemerkte, sein Gesicht hatte wieder eine gesunde Farbe. Die blonden Haare waren vom Nebel schwer geworden und taten sich zu einzelnen dicken Strähnen zusammen.

»Darf ich Sie etwas fragen?«

»Bitte. Fragen Sie.«

»Wo ist Ihre Heimat? Ich kann hören, dass Sie nicht aus Ostpreußen sind.«

Er biss die Zähne aufeinander, bevor er antwortete. Dann und wann peinigten ihn noch Schmerzen. »Schleswig-Holstein. Waren Sie schon mal dort?«

»Nein, ich habe Ostpreußen noch nie verlassen.«

»Nun, die Landschaft hier ist meiner Heimat ähnlich.«

»Wie lange haben Sie sie nicht mehr gesehen?«

»Es müssen jetzt vier Jahre sein.«

»Das ist eine lange Zeit«, wunderte sich Emilie. »Haben Sie denn zwischendurch keinen Fronturlaub bekommen?«

Er lachte kurz auf. »O doch. So wie jetzt auch. Ich bekomme Fronturlaub und gleichzeitig einen Sonderauftrag. Statt in die Heimat zu fahren, rette ich dann Männer aus Panzergräben oder führe Trakehnerherden nach Westen.« Er zuckte die Schultern. »So ist der Krieg.«

»Das ist nicht gerecht. Sicher plagt Sie das Heimweh.«

»Schleswig-Holstein wird mir nicht davonlaufen.«

»Das sagen Sie so …« Emilie blickte auf ihre Fußspitzen, die dunkel vom feuchten Gras waren. »Ich fühle mich jetzt schon entwurzelt, nach nur wenigen Tagen. Wie muss es Ihnen dann erst gehen?«

»Bitte … Sorgen Sie sich nicht auch noch um mein Herz, Fräulein Emilie. Sonst kriege ich ein schlechtes Gewissen. Meine äußeren Wunden beschäftigen Sie bereits über Gebühr.«

Es war ein versteckter Dank, und Emilie nahm ihn an, indem sie das Thema auf sich beruhen ließ. »Wohin müssen Sie zurück, wenn Ihre Wunden verheilt sind? Zu welchem Regiment gehören Sie?« Emilie bemerkte, dass es dauerte, bis er zu einer Antwort ansetzte.

»Lassen Sie uns doch von etwas anderem sprechen. Ich möchte Sie nicht langweilen.«

Sie zog fragend die Augenbrauen hoch.

»Wissen Sie«, begann er zögerlich. »Ich mache mir nicht viel aus Regimentern und militärischen Rängen.«

»Und dennoch sind Sie Leutnant.«

»Um ganz ehrlich zu sein: Mein Vater wollte, dass ich diese Laufbahn einschlage. Er hat seinen Willen bekommen. Was ich jetzt daraus mache, ist meine Sache.«

Diese Antwort war eine Überraschung. Emilie hatte das Gefühl, auf etwas gestoßen zu sein, das durchaus ihre Neugier weckte. Doch der mahnend erhobene Zeigefinger ihrer Mutter erschien ihr plötzlich vor Augen, die sie aufforderte, nicht neugierig zu sein. *Ne soyez pas si curieux!*

Sie schwiegen eine Weile. Der Nebel hatte sie jetzt rings-
herum eingeschlossen. Es war seltsam still hier, so, als ob das
Weiß alle Geräusche schluckte. Irgendwann erschien vor ihnen
eine mit Bäumen eingefasste, umzäunte Wiese. Erst, als sie ganz
hinaufgingen, erkannten sie, was es wirklich war.

»Ein Friedhof«, stellte Johann Sommerroth fest und begann,
zwischen den Gräbern umherzuwandern.

Emilie las die Namen, die auf den Kreuzen und Steinen
vermerkt waren. Soldaten aus dem Ersten Weltkrieg lagen hier
begraben, zusammen mit den Familien Simpson und Heyne,
die die Vorgänger der heutigen Gutsbesitzer waren.

Nachdem sie eine Weile allein umhergeschlendert waren,
hielten sie wieder aufeinander zu.

Johann Sommerroth sagte: »Nun haben Sie mir schon wieder einen Wunsch erfüllt.«

»Was meinen Sie?«

»Ich wollte an einen stillen Ort, und dies kommt mir vor
wie der stillste Ort auf ganz Georgenburg.«

»Da könnten Sie tatsächlich recht haben, Leutnant«,
bejahte Emilie.

»Wäre es vermessen, noch einen Wunsch zu äußern?«,
fragte er und humpelte näher.

»Kommt ganz darauf an.«

Nur einen Schritt voneinander entfernt hielten sie an.

»Nennen Sie mich Johann. Bitte.«

KAPITEL 17

Die Sonne schien ihm ins Gesicht. Fast war er gewillt zu glauben, dass heute ein wunderschöner Tag werden würde, doch am Horizont zogen dunkle Wolken auf, wie es dem November eigentlich entsprach. Johann umfasste den Griff des Messers noch einmal fest und schabte weiter die Astgabelung seiner Krücke aus. Sie war schon viel runder als zuvor und würde seiner geschundenen Armbeuge nun sicher weniger Schmerzen bereiten.

Die Tür des Insthauses knarrte. Emilie kam heraus und entdeckte ihn auf der Hausbank. »Guten Morgen. Hier versteckst du dich also.«

»Ich wollte die letzten Sonnenstrahlen auffangen. Das gute Wetter wird uns bald verlassen.«

Emilie schirmte ihre Augen mit der Hand ab und spähte in die Ferne. »Stimmt. Aber es ist windstill. Es wird also dauern, bis der Regen uns erreicht.«

»Ich höre schon, ich komme nicht um den heutigen Spaziergang herum.«

»Auf keinen Fall«, bestätigte Emilie lächelnd. »Die Familien Simpson und Heyne warten sicher längst auf unseren Besuch.«

Johann steckte das Messer weg und wischte die Reste der Holzspäne von seinem Schoß. Der Weg zum Friedhof war zu ihrer täglichen Spazierstrecke geworden.

»Was meinst du, wollen wir heute mal einen anderen Weg einschlagen?«

»Gern. Wohin möchtest du?«

»Vielleicht zu den Zimny-Pferden? Ich habe sie noch gar nicht kennengelernt.« Er sah, wie sich ihr Gesicht aufhellte.

»Eine wunderbare Idee. Es wird längst Zeit, dass ich euch einander vorstelle.«

Sie spazierten los – hinter sich das schale Morgenlicht, das die langen Schatten ihrer Körper auf die staubigen Wege warf. Das hohle Auftreten seines hölzernen Krückstocks begleitete sie. Johann bemerkte, dass Georgenburg unverändert überfüllt war, doch die Tage liefen nun ein wenig geordneter ab. Alle Familien hatten einen Platz zugewiesen bekommen, ebenso deren Tiere. Es gab breite Pfade, die über das Gestüt führten, und die Menschen bewegten sich weniger hastig.

»Du scheinst nicht mehr so starke Schmerzen beim Gehen zu haben.« Emilie schien sichtlich zufrieden, als sie seine längeren Schritte beobachtete.

»Ach ja?«, antwortete er. »Vielleicht bin ich einfach ganz besonders tapfer.«

Sie presste die Lippen aufeinander – wohl, um nicht zu lachen. Dabei zeigten sich zwei Grübchen auf ihren Wangen, die Johann sehr gefielen.

»Du hast zwar meinen Vater gerettet, was ohne Zweifel sehr tapfer war, aber ...«

Er unterbrach sie gespielt schockiert. »Ich höre wohl nicht richtig. Was heißt denn hier *aber*? Reicht das etwa nicht aus, um dich zu beeindrucken?«

Emilie lachte hell auf. »Doch, natürlich. Was ich meinte, war: Noch kenne ich dich zu wenig, um deine sonstige Tapferkeit beurteilen zu können.«

»Dann wäre jetzt ein guter Moment, um mir Fragen zu stellen. Was möchtest du über mich wissen?«

»Wie alt bist du?«

»Neunundzwanzig.«

»Hast du einen zweiten Vornamen?«

»Ich heiße Johann Ernst Friedrich Kaspar Wilhelm von Sommerroth.«

»Wirklich?«, staunte sie.

»Nein.«

Emilie verzog das Gesicht. »So funktioniert das nicht.«

»Tut mir leid. Ab jetzt sage ich nur noch die Wahrheit.« Er legte seine rechte Hand auf sein Herz.

»Wie gut kannst du reiten?«

»Miserabel. Leider. Und das ist wirklich wahr.«

»Jetzt bin ich überrascht. Habt ihr denn bei euch in der Heimat keine Pferde?«

»O doch. Viele sogar. Allerdings keine Trakehner, sondern Holsteiner. Mein Bruder züchtet sie. Ich bin allerdings einfach unbegabt, wenn es ums Reiten geht.«

»Ah, du hast also einen Bruder«, stellte Emilie fest.

»Ja, er heißt Otto und ist zwei Jahre älter als ich.«

»Ist er auch eingezogen worden?«

»Nein, er wurde unabkömmlich gestellt wegen seiner Pferde, die er der Wehrmacht verkauft. Jedenfalls war das noch so, als ich das letzte Mal etwas von zu Hause hörte.«

»So war das bei meinem Vater auch. Bis er zum Volkssturm gerufen wurde.« Sie atmete tief durch, als müsste sie eine üble Erinnerung vertreiben. »Hast du Angst, dass es Otto genauso ergeht?«

259

»Nein«, erwiderte Johann, ohne zu zögern. »Wir können uns nicht ausstehen. Meiner Meinung nach wurde entweder ich oder mein Bruder bei der Geburt vertauscht – so unterschiedlich sind wir. Aber lass uns nicht von ihm reden. Der Tag hat so schön angefangen.«

Sie hatten bereits die ersten zwei Höfe durchquert und erreichten nun das lange, niedrige Stallgebäude. Dahinter, auf dem dritten Hof, war mittlerweile ein provisorischer Zaun zwischen den Bäumen und den Zierrasenflächen gezogen worden. Hier hatte man die Pferde der Flüchtlinge zu einer Herde zusammengefasst. An mehreren Stellen lagen große Haufen Heu, die von einigen Tieren umringt wurden.

Johann und Emilie schlenderten langsam durch sie hindurch.

»Und? Welche gehören nun zu Gut Zimny?«

Emilie sah sich um. Sie wies auf eine sichtbar ältere Stute, deren Bauch schon etwas hing. »Das da vorne ist unsere gute alte Ottilie, die schräg dahinter ist unsere Fanny ...« Emilie drehte sich um sich selbst. »Ah, dort hinten stehen unsere beiden jungen Fuchsstuten Abendstern und Raffinesse. Und die mit den weißen Beinen sind Kabinett und Brillant.«

»Sehr schön – sofern ich das beurteilen kann. Fehlen noch welche?«

»O ja!« Sie strahlte und hielt zielgenau auf zwei Stuten zu, die eng beieinanderstanden.

Johann sah, wie sie die Köpfe hoben und Emilie fixierten. Er kannte sich wirklich nicht gut mit Pferden aus, aber in den Augen dieser beiden Tiere blitzte eine solche Vertrautheit auf, dass sie selbst ihm nicht verborgen blieb. Die erste Stute war eine dunkelbraune mit weißen Fesseln. Auf der Stirn trug sie einen großen Keilstern. Die zweite war so schwarz wie die Nacht.

»Das sind Windfarbe und Muskat«, erklärte sie, ohne den beinahe schon verliebten Blick von der Braunen zu nehmen, die sie zuerst erreichte. Die Stute ließ zu, dass Emilie sich mit ihrer Wange an ihre weichen Nüstern schmiegte.

Er selbst kam der Rappstute näher – die freie Hand ausgestreckt. Muskat beäugte ihn kritisch. Sie prustete laut nach jedem Atemzug, beugte den Hals und wich vor ihm zurück.

»Deine Krücke. Sie fürchtet sich davor.« Emilie ging auf die Stute zu und legte ihr die Hand auf den Hals. Ihr Gesicht war dicht beim Kopf des Pferdes. Wie zu einem Kind sagte sie sanft: »Nur ein Stock, Muskat. Nichts weiter …«

Die Stute entspannte ihre Muskeln. Sie blieb stehen. An Emilies Seite schien sie sich zu trauen. Sie streckte den Hals und schnupperte schließlich an Johanns Hand. Es erinnerte ihn sofort an die Situationen auf Trakehnen und an der Angerapp. Oskar und sie schienen tatsächlich ähnlich begabt im Umgang mit Pferden zu sein.

»Muskat ist noch jung und manchmal etwas ängstlich.«

»Ein wunderschönes Pferd«, befand er und näherte sich der Stute langsam, sodass er jetzt ihren Hals streicheln konnte. Das schwarze Fell fühlte sich seidig und glatt an. Noch zeigte es keine Spur eines Winterfells, obwohl die Nächte bereits kalt waren. Plötzlich spürte Johann einen Luftzug im Nacken. Emilie linste an ihm vorbei und lächelte. Mit einem Schulterblick entdeckte er die braune Nase von Windfarbe, die sich neugierig genähert hatte. Er wandte sich ihr zu und kraulte ihr die weiße Stirn unter dem Schopf. Helle kurze Haare rieselten herab und kitzelten auf seiner Haut. Ein erdiger Geruch stieg ihm dabei in die Nase. Muskat begann, die Taschen seiner Feldbluse nach etwas Essbarem zu durchwühlen. »He …«, beschwerte er sich belustigt.

»Benehmt euch, ihr zwei«, schimpfte Emilie halbherzig und zog die Nase von Muskat aus seiner Tasche.

Sie bedachte die Stuten mit einem Blick, wie Johann ihn noch nicht an ihr gesehen hatte. Voller Wärme und Liebe.

»Windfarbe ist mein erstes Pferd gewesen. Mein Vater schenkte sie mir in jungen Jahren. Und seither war sie jedes Jahr trächtig mit den wundervollsten Fohlen.« Sie legte eine Hand auf Muskats Mähnenkamm. »Hier steht der Beweis.«

»Ah, sie sind Mutter und Tochter«, bemerkte Johann mehr, als dass er es fragte.

»Ja. Vor vier Jahren kam Muskat zur Welt. Die Geburt war lang und sehr schwer. Ich dachte, Windfarbe stirbt. Die ganze Nacht habe ich versucht, ihr zu helfen, aber sie wurde immer schwächer. Irgendwann bekam ich die Beine von Muskat zu fassen. Ich habe sie mit meinen eigenen Händen herausgezogen. Windfarbe war so erschöpft, dass sie sich erst nicht gerührt hat. Also habe ich Muskat abgerieben und sie zum Trinken geführt. Es ging schlussendlich alles gut, aber nach diesem Erlebnis konnte ich das Fohlen einfach nicht mehr verkaufen.«

Johann nickte. Obwohl sie eine Gutsherrentochter war, fiel es ihm seltsamerweise überhaupt nicht schwer, sich vorzustellen, wie Emilie von Zimny des Nachts im Stroh neben ihrer Stute gelegen hatte, um bei ihr zu sein. »Warum heißt sie Muskat? Hast du sie so genannt?«

Emilie zog einen Mundwinkel hoch. »Ja. Eigentlich heißt sie Wildmuskat, damit sie denselben Anfangsbuchstaben hat wie ihre Mutter. So ist es bei Trakehnern üblich. Aber ich nenne sie nur Muskat.« Noch einmal klopfte sie ihr den Hals. Dann ließ sie die beiden Stuten weiterfressen und schlenderte ans Ende der Absperrung. »Als sie endlich geboren war, hat Lenchen mir etwas zu essen in den Stall gebracht. Ich war über einen Tag lang nicht ins Haus gekommen und ganz plötzlich am Verhungern. Ich weiß es noch, als wäre es gestern gewesen. Sie brachte mir Kartoffelstampf mit Butterschmalz, Zwiebeln, Speck und …«

»… Muskat«, beendete Johann ihren Satz.

»Ganz genau«, sagte sie lächelnd. »Ich habe den Geruch noch in der Nase. So wie jedes Mal, wenn ich auf ihr reite.«

»Eine sehr schöne Geschichte«, schloss er beseelt und sah in die Ferne. Vor ihm lagen die Ruinen der Georgenburg. Zu seiner Rechten machte er den Turm einer Kirche aus. »Erzähl mir bitte mehr davon. Es ist eine so herrliche Ablenkung von den Geschichten der Front, die hier jeden Tag die Runde machen.«

Sie zuckte die Schultern. »Da gibt es so viel, was ich erzählen könnte. Wo soll ich anfangen?«

»Mit Gut Zimny. Wie sieht es dort aus? Beschreib es mir.« Johann beobachtete, wie Emilie den Kopf schräg legte und in den Himmel blickte. Es hatte den Anschein, als wären dort Bilder ihrer Heimat zu sehen.

»Unser Gut ist nicht groß. Gerade mal siebzig Hektar gehören zu unserem Besitz. Aber für mich ist es der schönste Ort der Welt. Das Haus ist weiß und leuchtet in der Sonne. Wenn man reinkommt, duftet es immer nach Eingemachtem, und in der Diele liegen diese wunderschönen bemalten Steingutfliesen, die im Sommer so schön kühl sind.«

»Ich sehe sie fast vor mir«, sagte Johann. »Gibt es ein oberes Stockwerk?«

»Ja. Man geht eine hölzerne Treppe hinauf, die fürchterlich knarrt. Ihr Handlauf ist inzwischen ganz weich geschliffen. Der Salon hat fünf große Fenster mit einem oberen Halbrund aus gefächerten Ziersprossen. Von dort aus kann man die Nebengebäude erkennen. Den Pferdestall mit den Storchennestern darauf, die Wagenremise und Insthäuser. Sie stammen aus der Zeit, als Preußen noch ein Herzogtum war. Auf der anderen Seite sieht man den Nutz- und Blumengarten, dahinter liegen unsere Roggen- und Haferfelder, die an den schwarzen Wald heranreichen.«

»Diese Beschreibung klingt wie aus einem Märchenbuch. Fast zu schön, um wahr zu sein. Ich denke, ich muss mir Gut Zimny mal mit eigenen Augen anschauen.«

»Das solltest du«, antwortete Emilie. »Aber dann komm unbedingt zur Erntezeit. Wenn an den Rändern der Felder blaue Kornblumen und roter Mohn wachsen. Da hört man das Klopfen der Männer, die ihre Sensen dengeln, bevor sie das Korn mähen. Und die Frauen, die die alten Lieder singen, wenn sie Garben binden und sie zu Hocken aufstellen. Manchmal fahre ich einen der Vierspänner, auf denen die Arbeiter das Korn stapeln. Seit Generationen leben ihre Familien auf Gut Zimny. Wir alle sind miteinander verwachsen.«

Johann spürte einen Kloß im Hals. Er wünschte, er könnte ebenso leidenschaftlich von seinem Zuhause berichten. »Erzähl weiter!«

»Wenn die Mittagszeit naht, suchen sich alle einen Platz im Schatten. Die Küchenmädchen bringen Kaffee und daumendicke Schmalzbrote zum Feld, damit die Kraft auch bis zum Abend reicht. Kurz bevor die Sonne untergeht, werden die Pferde abgespannt und zur Schlemme getrieben, wo sie sich im Wasser abkühlen. Oft sitzen die Kinder der Gutsarbeiter dabei auf ihnen und baden gleich mit. Und wenn die Erntezeit vorbei ist, gibt es ein Fest, das jedem Kirchenmann die Ohren rot werden lässt. Kennst du den Korngott Kurche oder den Donnergott Perkum?«

»Nein.« Johann lachte jetzt. »Von denen habe ich wirklich noch nie gehört.«

Emilie lachte mit. »Ist vielleicht auch besser so. Nicht, dass ich dein Seelenheil noch mit unchristlichen Bräuchen gefährde.«

Sie erreichten das Ende des Zauns, wo Johann das erste Mal wieder volles Gewicht auf sein Bein legen musste, um durch die Latten zu klettern. Es kostete ihn Überwindung, funktionierte aber besser als gedacht.

Bei einem Wagen, der unter den Ästen eines Baums stand, setzten sie sich auf die Deichseln.

Johann stellte seine Krücke zur Seite und sagte: »Getreide, Kurche und Perkum, Pferdezucht ... Ich fürchte, ich bin kein guter Gesprächspartner. Weder vom Ackerbau verstehe ich etwas, noch von ostpreußischen Bräuchen oder von Trakehnern.«

»Nicht doch«, verneinte sie fröhlich. »Ich habe lange nicht mehr so viel gelacht wie mit dir.« Emilies Wangen waren leicht gerötet. Sie lehnte ihren Kopf jetzt an den Baumstamm hinter sich, als ein Windstoß zu ihnen herüberzog und ihre dunklen Locken tanzen ließ. »Aber genug von mir. Wie sieht es dort aus, wo du lebst? Beschreibe mir dein Zuhause.«

Johann hatte befürchtet, sie würde das fragen. Anders als sie sprach er selbst nicht gern von seiner Heimat. Doch jetzt, wo sie so viel von sich preisgegeben hatte, blieb ihm wohl keine andere Wahl. Er hielt den Blick starr nach vorn gerichtet und besah die Pferde statt ihr Gesicht. Ohne jede Leidenschaft in der Stimme sagte er: »Sommerroth ist ein uraltes Gut. Das Herrenhaus ist umgeben von einem ehemaligen Gutsdorf, dessen Häuser nun Wirtschaftsgebäude sind. Außerdem gibt es einen See, eine Kapelle, eine Mühle, eine Burgruine. Und natürlich das Land drum herum. Mehrere Hundert Hektar müssen es sein. Ich weiß es gar nicht ganz genau.« Aus dem Augenwinkel bemerkte er, wie Emilie sich langsam vom Baumstamm abstieß. Verwundert starrte sie ihn an. Er hatte mit dieser Reaktion gerechnet und scheute sich bereits jetzt vor ihren Fragen. Um wenigstens ein paar davon zu umgehen, erklärte er ihr: »Weißt du, in Schleswig-Holstein ist es nicht wie in Ostpreußen. Ihr lebt mit den Menschen zusammen – als Gemeinschaft. Meine Familie schwebt eher über ihnen. Unser großer Besitz ist auf Landnahme und Bauernlegen in der Vergangenheit gegründet. Man unterwarf freie Leute und machte sie zu Leibeigenen. Ganze Dörfer verschwanden von den Landkarten. Das alles ist zwar lange her, aber die Ungerechtigkeit bleibt. Meine Eltern tun sich dennoch bis heute schwer mit der Enteignung durch die Weimarer Reichsverfassung vor fünfundzwanzig Jahren. Sie benehmen sich, als wären sie unverändert Adlige zu Kaisers

Zeiten. Ich kann das nicht nachvollziehen und werde deshalb wohl niemals ein so warmes Gefühl für mein Elternhaus haben wie du.« Er fixierte weiterhin die Pferde, die sich gemächlich zwischen den Heuhaufen bewegten.

»Also bist du doch Johann Ernst Friedrich Kaspar Wilhelm von Sommerroth?«

»Ich bevorzuge Johann Sommerroth.«

Emilie nickte und sah dabei ein wenig überwältigt aus. »Ich gebe zu, das war jetzt wirklich eine Überraschung«, gestand sie.

»Kann ich mir vorstellen.«

»Ist das der wahre Grund, warum du seit vier Jahren nicht mehr in deiner Heimat warst?«

»Ja.«

Sie lehnte sich wieder zurück. »Aber was hast du vor, wenn der Krieg vorbei ist?«

»Das weiß ich noch nicht. Wenn es nach meinem Vater geht, klettere ich die militärischen Ränge nach oben, bis ich General bin. Das würde sich gut im Familienstammbaum machen, was die Hauptsache für ihn ist. Aber ich denke, ich werde lieber weiterhin jeden ruhmlosen Sonderauftrag annehmen. Nur, um ihn zu ärgern.«

Die Sonne verzog sich plötzlich. Beide sahen in den Himmel. Ohne dass sie es bemerkt hatten, war die dicke Wolkenfront näher gekommen. Ein leises Rauschen beendete ihr Gespräch. Die ersten Regentropfen ließen die Menschen in die Häuser strömen.

Johann hielt die Handfläche gen Himmel. Noch bevor er es aussprach, fühlte er Bedauern darüber, dass das Wetter ihr Zusammensein vorzeitig beendete. »Wir sollten besser gehen, bevor es schlimmer wird.«

* * *

Emilie hatte sich ihr Schultertuch um den Kopf gelegt. Eine ganze Weile hielt es sie trocken. Als sie das Gestüt schon fast durchquert hatten, wurde aus dem Nieselregen ein kräftiger Schauer. Plötzlich spürte sie es nass und kalt in ihren Nacken laufen. »Ihh«, stieß sie aus und lief mit eingezogenen Schultern unter ein Vordach.

Johann kam ihr hinterher, so schnell er konnte. Am Ziel strich er sich lachend die nassen Haare zurück. »Du hättest mich zurücklassen und rennen sollen. Jetzt bist du meinetwegen klatschnass«, stellte er fest.

»Eine schöne Krankenschwester wäre ich, wenn ich meinen Patienten deshalb …« Emilie brach ab und verengte die Augen. Der Hof war menschenleer – mit Ausnahme zweier Gestalten. Zu ihrer Überraschung waren es ihre Eltern, die durch den Regen eilten. Dabei war es noch lange nicht Zeit für das übliche Treffen im Landstallmeisterhaus.

»Mutter! Vater!«, rief sie ihnen zu. In dem Moment, wo beide sich umwandten, erkannte Emilie, wie besorgt sie aussahen. Sie lief zu ihnen.

»Was ist passiert?«, fragte Johann.

»Kommt am besten einfach mit uns. Man hat uns eben ausrichten lassen, dass es Neuigkeiten gibt, die wir hören sollten. Mehr wissen wir selbst noch nicht.«

Emilies Sinne waren geschärft, als sie das Landstallmeisterhaus betrat. Die Wände bargen eine seltsame Anspannung im Inneren. Sie hastete über den glänzenden Holzboden und dann über prachtvolle indische Teppiche. Das Ticken einer goldverzierten Standuhr drang zu ihr durch wie eine Warnung. Im feinen Salon saßen bereits alle mit Rang und Namen um das Radio versammelt, das auf volle Lautstärke gestellt war. Eine Zeitung wurde herumgereicht.

Anna Heling begrüßte die Neuankömmlinge flüsternd. »Gut, dass ihr da seid.« Ihre Stirn war sorgenvoll in Falten gelegt.

»Was ist passiert?«, erkundigte sich Wilhelmine von Zimny leise und ergriff ihre Hände.

»Bitte … setzt euch und hört einfach selbst.«

Emilies Glieder kribbelten und fühlten sich gleichzeitig taub an. Neben einem Lacktischchen, auf dem blau-weiße Delfter Vasen standen, ließen sie und ihre Mutter sich nieder. Sie dachte nicht weiter darüber nach, dass ihr durchnässtes Kleid das feine Gestühl mit dem tiefroten Samtbezug beschmutzte.

Die Stimme aus dem Radio klang zornig und abgehackt. Es knisterte im Hintergrund. Der Sprecher erklärte, man höre jetzt eine Aufzeichnung der Wochenschau, die gerade in den Kinos lief.

»… bei den erfolgreichen Gegenangriffen sind die deutschen Soldaten auf grausige Spuren bolschewistischen Mordterrors gestoßen. In Nemmersdorf und den anderen ostpreußischen Orten hat die den Sowjethorden von ihrer Führung gegebene volle Handlungsfreiheit gegenüber der Zivilbevölkerung bestialische Auswirkungen gefunden. Geschändete Frauen. Erschlagene Greise. Ermordete Kinder. Mit den entmenschten Horden des Bolschewismus kamen über diese Ortschaft Raub, Brand und Tod. Diese Dokumente einer bestialischen Grausamkeit mögen eine letzte Warnung an Europa sein. Der Grad der Grausamkeit ist nicht zu benennen, der dazu gehört, ein unschuldiges Kind durch Kopfschuss zu töten …«

Nemmersdorf! Emilie kannte die idyllische Ortschaft an der Flussniederung der Angerapp. Da lag das Gut der Familie Meyer, die im letzten Jahr eines der Zimny-Fohlen gekauft hatte. Als sie das Fohlen zusammen mit ihrem Vater hingebracht hatte, war ihr beim Überqueren der hohen Brücke das Wasser so wunderschön wild und glitzernd vorgekommen. Ausgerechnet dort sollte sich so etwas Schauriges abgespielt haben?

Mit dem Knistern der abgegriffenen Tageszeitung, die nun an ihre Mutter gereicht wurde, verschwanden die Bilder. Emilie nahm einen Zipfel davon zur Hand und erfasste zuerst das Datum. Die Meldung war nicht aktuell – ebenso wenig war es wahrscheinlich die Aufzeichnung der Wochenschau. Nachrichten von der Front drangen stets zeitlich versetzt zur Bevölkerung durch. Emilie hatte von ausländischen Radiosendern gehört, bei denen das nicht so war. Die aber galten als streng verboten. Ihre Augen flogen über den Text.

> … bis auf den Grund niedergebrannte Häuser und im Vordergrund auf dem sorgfältig bestellten Acker dunkle unförmige Klumpen: die Leichen ostpreußischer Männer, Frauen und Kinder … Viele sind entstellt, die Hände und Wangen, Stirn und Kiefer zerfetzt, Hals und Brust blutüberströmt; die meisten von ihnen nach unglaublichen Misshandlungen durch Genickschuss getötet.

Mit jedem Wort schien die Meldung schlimmer zu werden. Emilie überflog mehr und mehr Sätze. Nach einer Weile ließ sie die Zeitung los und wandte sich ab. Unbewusst hatte sie beim Lesen die Luft angehalten. Jetzt stieß sie hörbar den Atem aus. Ihr Herz stach. Das Entsetzen legte sich auf sie wie ein großer schwerer Stein.

Martin Heling stand auf und stellte das Radio ab. »Ich denke, die anwesenden Damen haben genug von den Grausamkeiten gehört.«

Seine Frau Anna schluchzte auf, doch sie bewahrte mit Mühe Haltung. Ihre Finger zitterten, als sie ein Glas entgegennahm, das ihr ein Diener reichte. Danach verteilte er an jeden ein starkes Getränk.

Emilie würgte den Inhalt mit wenigen Schlucken hinunter, obwohl es im Hals brannte wie Feuer.

Elisabeth Ehlert zerrte am engen Kragen ihres Kleides. »Diese Ungeheuer! Sind wir hier überhaupt noch sicher? Wenn sie nun schon Kinder umbringen, was haben sie dann erst mit den Alten gemacht, die auf Trakehnen zurückgeblieben sind? Und mit den Schwerverletzten vom Hauptverbandsplatz, die nicht transportfähig waren?« Ihre Stimme wurde brüchig.

Wilhelmine von Zimny starrte vor sich. Ihr Gesicht trug den immer gleichen stolzen Ausdruck. Doch ihre Haut war fahl. Leise sagte sie zu Emilie: »Wir müssen die Familie Meyer in unsere Gebete einschließen. Hoffentlich ist ihnen nichts geschehen.«

Bevor Emilie etwas dazu sagen konnte, sah sie im Augenwinkel jemanden aufspringen. Einen der Stutmeister hielt jetzt nichts mehr auf seinem Platz. Er begann im Kreis zu laufen. Im Gegensatz zu den meisten hier wirkte er auf Emilie eher zornig als erschrocken.

»Eine Schande ist das. Der Evakuierungsbefehl von Trakehnen ist noch nicht lange her. Es hätten genauso gut unsere Kinder und Frauen sein können, die von den Rotarmisten massakriert worden wären.«

Emilie sah, wie Ernst Ehlert sich den weißen Schnauzbart mit Daumen und Zeigefinger rieb.

»Wir müssen jetzt einen kühlen Kopf bewahren und überlegen, was zu tun ist. Vielleicht wäre es das Beste, noch weiter nach Westen zu ziehen.«

»Aber die Wehrmacht hat den Feind doch zurückgeschlagen«, warf Sattelmeister Kiaulehn ein und nahm die Zeitung noch mal zur Hand. »Hier steht: ›Die Schreckenstage von Nemmersdorf wird der deutsche Soldat niemals vergessen. Er hat die Mörder deutscher Männer und Frauen aus Nemmersdorf hinausgeworfen und er wird sie weiter zurücktreiben, denn er weiß, was die deutschen Zivilisten erwartet, wenn er nur einen Schritt zurückweicht. Der Krieg ist in sein gnadenlosestes Stadium getreten. Hier endet alles, was man bisher in Begriffe fassen konnte. Die bestialische Bluttat von Nemmersdorf wird die Bolschewisten teuer zu stehen kommen.‹« Er sah auf. »Das heißt, Nemmersdorf ist wieder in deutscher Hand.«

Bis zu diesem Absatz des Zeitungsartikels war Emilie gar nicht gekommen. Ein Fünkchen Hoffnung glomm in ihr auf.

»Pah«, entgegnete einer der Stutmeister. »Und wie lange? Die Sowjets können jederzeit erneut angreifen. Was ihnen einmal gelungen ist, gelingt vielleicht wieder. Nemmersdorf ist nur sechs Stunden Fußmarsch von hier. Nach Durchbrechen der Front wären sie innerhalb eines Tages in Georgenburg.«

Emilie schaute zu ihrem Vater, der die Arme vor der Brust verschränkt hatte. »Zudem sind die Meldungen von der Front nicht aktuell. Es ist fraglich, wie die Lage dort derzeit wirklich ist.«

Emilies Hauch von Zuversicht verschwand wieder. Diese ganzen Mutmaßungen schickten sie abwechselnd durch die gegensätzlichsten Gefühle. Wie sollten sie nur entscheiden, was das Richtige war?

Martin Heling hielt seinem Diener das leere Glas erneut hin. »Wir haben doch einen Mann vom Militär in unserer Runde. Leutnant Sommerroth, was ist Ihre Einschätzung?«

Emilie sah zu Johann. Er lehnte an einer mit Seide tapezierten Wand, von der er sich nun abstieß. Wortlos humpelte er zu einem der Fenster und zog den Vorhang aus Seidendamast zur Seite. Das Regenwasser prasselte laut gegen die Scheibe.

»Vorerst hat die Wehrmacht die Rote Armee zurückgeschlagen. Sie werden sich die Wunden lecken. In der Zwischenzeit weicht der Regen das Land auf. Schon nach einem Tag mit solchem Niederschlag sind die Bedingungen, um Kämpfe zu führen, weitaus schlechter. Die Panzer und alles schwere Kriegsgerät werden gnadenlos im Schlamm stecken bleiben.« Er drehte sich zu den Männern und Frauen im Salon um. »Meiner Erfahrung nach wird nun eine Kampfpause eintreten – und zwar so lange, bis der Frost kommt, der den Boden hart macht und die Flüsse überquerbar.«

»Der Frost kann ab Dezember jederzeit kommen«, gab Ernst Ehlert zu bedenken.

»Ja, das ist wahr. Es ist ein Risiko zu bleiben«, bestätigte Johann. »Aber jetzt zu flüchten würde auch bedeuten, dass die eigenen Wagen im Schlamm stecken bleiben.«

Ernst Ehlerts langsames Kopfschütteln ließ Emilie wieder zu ihm blicken. Die Sorgenfalte auf seiner Stirn war bereits tief und wurde noch tiefer. Es war ihm anzumerken, wie schwer ihm seine nächsten Worte fielen.

»Ich kann es nicht riskieren, mit so vielen Pferden hierzubleiben. Meine Verantwortung für Hunderte Tiere und Menschen ist zu groß. Diese Kriegsberichterstattung zeigt deutlich, was der Russe bereit ist, uns anzutun. Wir werden weiterziehen und uns auf die Gestüte und Remonteämter im Westen verteilen.« Er musterte seine Beamten, einen nach dem anderen. »Meine Herren, es wird eine lange Nacht werden. Wir müssen uns beraten und entscheiden, wer wohin gehen wird. Gleich morgen werde ich versuchen, Zugwaggons für die weit entfernten Ziele zu organisieren.«

Emilie sah die Männer zustimmend nicken. Keiner widersprach, aber die Anspannung angesichts der Entscheidung, erneut ins Ungewisse zu reiten, war ihnen in die Gesichter geschrieben. Sie selbst sank ein Stück tiefer in die Polster. Trakehnen würde weiterziehen! Sich mehr von der Heimat entfernen, anstatt dorthin zurückzukehren. Die grausame Wahrheit erdrückte sie fast. Jede Hoffnung, dass Georgenburg nur eine vorübergehende Zuflucht war, bis alle wieder nach Hause konnten, löste sich vor ihren Augen auf wie der Rauch nach dem Ausblasen einer Kerze.

Martin Heling legte Ernst Ehlert die Hand auf die Schulter. »Ich verstehe dich. Wie du weißt, dürfen wir nicht fliehen, solange der Gauleiter für Georgenburg keinen Evakuierungsbefehl gegeben hat. Aber ich werde alles versuchen, um in der Zwischenzeit wenigstens deine Pferde in Sicherheit zu bringen. Gleich morgen wird mein Kutscher uns zur Ortsgruppenleitung fahren. Hoffentlich gibt es keine Probleme für dich, die Bescheinigung für die Treckbegleitung nach Westen zu erhalten.«

»Danke, mein Freund.« Jetzt sah Ernst Ehlert zu Oskar.

Emilies Vater hielt auf den Landstallmeister zu. »Wenn ich dir irgendwie helfen kann, lass es mich wissen.«

»Nein, Oskar. Du hast schon genug für mich getan. Du musst jetzt bei deiner Familie bleiben. Ihr könnt das Regenwetter hier abwarten und zur Not schnell flüchten, da ihr nur wenige Pferde und Wagen habt.«

Mit diesen Worten war es beschlossen.

Die Männer von Trakehnen waren bald vertieft in die Planung ihrer weiteren Flucht.

Emilies Eltern zogen sich mit Martin und Anna Heling zurück. Sie selbst verließ das Landstallmeisterhaus mit kleinen Schritten. In ihrem Kopf rauschte es wie zuvor noch im Radio. Emilie musste sich eingestehen, der Wunsch nach Frieden hatte ihr die Augen verschlossen. Ihre Gedanken, bald wieder nach Gut Zimny zu können, erschienen ihr jetzt töricht. In Wahrheit rückte der Krieg bereits näher, und der Feind dürstete nach ihrem Blut.

Emilie hastete an dem ersten Hof vorbei. Sie hatte das Gefühl, seit den schlimmen Nachrichten fiebrig zu glühen. Ihr Kleid und ihr Haar waren gerade getrocknet, jetzt prasselte der Regen mit einer erstaunlichen Wucht erneut auf sie nieder. Das Gefühl war ihr willkommen. Ohne sich davor zu schützen, schlug sie den Weg zum Friedhof ein und ließ ihren Tränen freien Lauf. Sie vermischten sich mit den Regentropfen, als würde der Himmel Ostpreußens selbst über Nemmersdorf weinen.

Sie war noch nicht ganz beim Friedhof, da rief eine Stimme hinter ihr: »Emilie!«

Sie blieb stehen. Es war Johann.

»Wo läufst du hin?«

Sie konnte nichts antworten. Es war ihr ja selbst ein Rätsel, was sie hier tat. Eben noch hatte sie geglaubt, dass sie allein sein wollte. Doch jetzt, wo Johann da war, spürte sie, dass das nicht stimmte.

Eine Hand umschloss ihren Oberarm und zog sie herum. Johann stand direkt vor ihr und schaute auf sie herunter. Das Regenwasser lief ihm durch die Haare und tropfte von seinem Kinn.

Er ließ seine Krücke ins Gras fallen und hob eine Hand zu ihrem Gesicht. Sein Daumen strich von ihrer Schläfe zu ihrer Wange herunter. Seine Augen betrachteten ihre Tränen. »Es wird alles gut werden. Glaube mir.«

»Wie kannst du das sagen? Wie kannst du das wissen? Niemand weiß das.«

»Doch. Vertrau mir. Ich werde nicht zulassen, dass dir etwas passiert.«

Emilie wollte ihm einfach glauben. Es war ihr egal, ob es stimmte. Sie fühlte, wie seine rechte Hand den Griff um ihren Oberarm lockerte. Langsam strich er nach oben. Seine Finger fuhren in ihren Nacken und zogen sie näher an ihn heran. Emilie wusste, dieser Augenblick war auf eine Weise grotesk. So viel Schreckliches war ihrer Heimat kürzlich widerfahren. Und doch verflog das alles jetzt aus ihren Gedanken. Sie fühlte seine Lippen auf ihren. Sein Kuss war zunächst weich, danach fordernder. Durch ihren Körper schoss ein Gefühl wie tausend Sternschnuppen. Sie spürte den Regen nicht mehr und keine Kälte. Nur seine Lippen, seine Fingerspitzen, seine warme Haut.

Sie hatte sich in Johann Sommerroth verliebt.

GUT SOMMERROTH

EMILIES PLAN

KAPITEL 18

Marisa und ihr Vater wichen dem Aufsitzrasenmäher aus, der vom Gutsgärtner in schnurgeraden Bahnen über die Wiese zwischen See und Schloss gelenkt wurde. Der Geruch von Grasschnitt und Diesel hüllte sie ein. Beide wussten, sie hatten nicht wirklich eine andere Wahl, als zur Seite zu gehen. Der ewig mürrische und wortkarge Sören wäre niemals von seinem Kurs abgewichen. Viel eher hätte er Gas gegeben, um den Hofherrn und seine Tochter plattzufahren, als seine geliebten Rasenbahnen nicht perfekt auszuführen. Dieser Mann war ein schräger Eigenbrötler, der schon seit seiner Lehrzeit auf Sommerroth arbeitete. Aber er hatte den grünsten Daumen der Welt. Neongrün sozusagen!

Als sie außer Hörweite von jedem Menschen des Guts waren, offenbarte Marisa ihrem Vater, weshalb sie ihn um diesen Spaziergang gebeten hatte.

»Warum, glaubst du, ist Emilie hier?«

»Das fragst du ausgerechnet mich und nicht sie? Du bist doch so viel mit ihr zusammen.«

Kurz presste sie die Lippen zusammen. »Ich kriege keine richtige Antwort.«

»Tja, das verwundert mich nicht. Meine Mutter war schon immer stur.«

»Sie hat mir das hier gegeben.« Marisa reichte ihm das Ledermäppchen.

»Was ist das?«

»Sieh selbst.«

Henry Sommerroth blieb stehen, während er die alte Fotografie betrachtete.

Marisa studierte dabei seinen Ausdruck. Er ließ keinen seiner Gedanken erahnen, darum sprach sie weiter.

»Ich kenne sie nur als alte Dame, und die Qualität des Bildes ist nicht gut genug, um Einzelheiten zu erkennen.« Marisa tippte auf das Gesicht einer der Frauen. »Ist sie das?«

»Schwer zu sagen, selbst für mich. Da ist sie ja fast noch ein Mädchen.« Er verengte die Augen und starrte unverändert auf das Foto. Nach einer Weile schüttelte er den Kopf und ließ es sinken. »Sie kann es nicht sein.«

»Warum nicht?«

»Es ist allein deshalb unmöglich, weil sie alles auf der Flucht verloren hat. Es kann gar kein Foto von der Zeit vor ihrer Ankunft auf Sommerroth existieren.«

»Und wenn sie doch dieses eine hat retten können? Oder jemand anders es ihr nachträglich gegeben hat?«

»Das glaube ich nicht.« Er wollte ihr das Bild zurückgeben.

»Moment, erkennst du vielleicht jemanden von den übrigen Männern oder Frauen?«

Nochmals warf er einen Blick auf das Foto. Es wirkte halbherzig. »Nein, ich habe keine Ahnung, wer diese Leute sind.«

»Was ist mit dem Haus? Könnte das ihr Elternhaus sein?«

»Ausgeschlossen. Das ist ein Gutshof, Marisa. Meine Mutter stammt aus einfachen Verhältnissen, wie du weißt.«

»Vielleicht hat sie für den Gutsherrn gearbeitet.«

278

Er zuckte die Schultern. »Sie hat nie darüber sprechen wollen.«

»Und doch hat sie mir dieses Bild überlassen. Emilie scheint ihre Meinung geändert zu haben.«

Ihr Vater sah sie kopfschüttelnd an, während er weiterging und ihr das Ledermäppchen zurückgab.

»Marisa, sie ist alt und nicht in der besten Verfassung. Vielleicht ist es irgendein Bild vom Flohmarkt. Du solltest nicht alles glauben, was sie sagt.«

Sie erreichten das Ufer des Sees, wo noch die Strohballen lagen. Endlich stellte Sören den Rasenmäher ab. Die Türen des Gartenzimmers wurden geöffnet und das Klappern des Frühstücksgeschirrs der Hochzeitsgesellschaft drang durch die Frühlingsluft.

Marisa setzte sich ihrem Vater gegenüber. Sie spürte, dass er sich wie immer dagegen wehrte, über die Vergangenheit mit seiner Mutter zu sprechen. Sie versuchte es deshalb anders.

»Warum hast du zu Lizzy gesagt, die Pferde täten Sommerroth nicht gut?«

Er starrte auf das fast spiegelglatte Wasser des Sees. Nur dort, wo zwei Enten schwammen, warf es ein paar leichte, kreisrunde Wellen. »Ich kann mich nicht erinnern, diese Worte ausgesprochen zu haben.«

»Du warst früher schon ein schlechter Lügner, Papa«, sagte sie mit einem Schmunzeln. »Caroline hat exakt die gleichen Worte gebraucht. Das kann kein Zufall sein. Also bitte, speise mich nicht mit irgendwelchen Phrasen ab, als wäre ich noch ein kleines Kind.«

Er ließ das Lächeln eines Ertappten aufblitzen. »Es ist tatsächlich manchmal schwierig für mich zu akzeptieren, dass du schon erwachsen bist.«

Die Enten schwammen jetzt auf das Ufer zu – in der Hoffnung, dass sie etwas Brot dabeihatten.

Ihr Vater fuhr fort: »Du hast dich doch sonst weder für die Vergangenheit noch für die Pferde interessiert. Warum sind diese Dinge nun wichtig für dich?«

»Ganz einfach – Emilie ist hier. All die Jahre war sie für mich nur ein Name ohne Gesicht. Das ist jetzt anders. Sogar vollkommen anders. Wir sind uns irgendwie so nah, und sie ist mir ähnlich.« Marisa stützte die Arme hinter sich auf dem Strohballen auf und lehnte sich zurück. »Frag mich nicht, warum. Aber ich habe das Gefühl, sie will mir etwas über die Vergangenheit mitteilen. Irgendwie hängt das alles mit den Pferden zusammen. Also, warum hast du gemeint, dass sie und Sommerroth angeblich nicht zusammenpassen?«

Ihr Vater stand wieder auf und stemmte die Hände in die Seiten. »Na schön.« Nachdenklich begann er umherzulaufen. »Ich weiß das meiste ja selbst bloß aus Erzählungen, aber als meine Mutter auf Sommerroth ankam, hatte sie wohl nichts bei sich außer ein paar Pferde aus ihrer Heimat. Sie soll sie sehr geliebt haben, erzählte mir meine Großmutter Charlotte. Mehr, als es für eine Dame von Stand, die sie nach der Hochzeit mit meinem Vater ja war, schicklich gewesen wäre. Ständig war sie bei ihren Tieren.« Er schüttelte den Kopf und rang die Hände. »Selbst nach meiner Geburt soll man sie mehr im Stall als im Kinderzimmer angetroffen haben. Großmutter Charlotte hat sich deshalb um meine Erziehung gekümmert, wofür ich ihr bis heute dankbar bin.«

Marisa erinnerte sich an das Gespräch mit Emilie am Tag des Sommerroth-Festes. Aus dem Mund ihrer Oma hatte das mit Charlotte anders geklungen.

»Später lernte ich Ellen kennen, die sich sehr gut mit meiner Großmutter Charlotte verstand. Sie waren einander ähnlich – wegen ihrer Herkunft. Tom und Ben wurden geboren, und … na ja, das Unglück mit Ellen geschah.« Traurig blickte er zu Boden. »Es war ein Segen für die Jungs, dass Caroline an ihre

Stelle trat. Leider hat Mutter sich ebenso wenig mit Caroline verstanden wie mit Charlotte.«

»Was wurde aus den Pferden?«, beharrte Marisa weiter.

Ihr Vater lachte trocken auf. »Ja, die Pferde … Meine Mutter war zu dieser Zeit mehr mit ihnen beschäftigt denn je. Irgendwann waren die Zustände nicht mehr tragbar, und Charlotte und Caroline setzten sich in Bezug auf die Pferde gegen Emilie durch.«

»Was heißt das?«, fragte Marisa, das Unheil ahnend.

»Emilie musste ihre Pferde weggeben.«

»Was?«, stieß Marisa entsetzt aus. Es lief ihr kalt den Rücken hinunter. Dabei hätten sie diese Worte noch vor Kurzem wahrscheinlich nicht annähernd so erschüttert. Aber Marisa wusste jetzt so vieles mehr durch Emilies Erzählungen und ihre eigene Recherche über Trakehnen, Ostpreußen und die Flucht. Sich von ihren Pferden trennen zu müssen konnte nichts Geringeres als ein schlimmer Schlag für Emilie gewesen sein. »Wohin kamen die Pferde?«

»Das weiß ich nicht. Eines Tages waren sie fort. Und tatsächlich wurde es danach ruhiger auf Sommerroth. Aber mit Lizzy ging alles wieder los.« Seine Miene verfinsterte sich.

»Was meinst du?«

»Kaum konnte deine Schwester auf den Füßen stehen, wollte sie reiten. Charlotte schimpfte, dass meine Mutter ihr diesen Floh ins Ohr gesetzt habe. Sie stritten ununterbrochen, aber Emilie förderte das Reiten weiter. Und als Charlotte starb, setzte sich meine Mutter schließlich über meine und Carolines Wünsche hinweg und brachte die Pferde zurück nach Sommerroth.«

Marisa lachte ungläubig auf. Noch nie hatte sie diesen Teil der Familiengeschichte gehört. »Emilie ist also für Lizzys Pferdeliebe verantwortlich?«

»Ja, allerdings. Sie schenkte deiner Schwester dieses Zottelpony Timo. Und nur wenig später verließ sie Sommerroth. Es war quasi ihr Abschiedsgeschenk. Sie wusste genau, dass ich Lizzy dieses Pferd nicht auch noch wegnehmen konnte, nachdem eure Mutter sich von mir getrennt hatte. Deine Schwester war schon verstört genug wegen unserer andauernden Streitigkeiten und nur Timo machte sie glücklich. So zog Linda mit euch Kindern in den anderen Teil des Schlosses anstelle der Stadtwohnung, damit Lizzy jederzeit in den Stall konnte. Dabei hätten Linda und ich eigentlich eine Weile Abstand gebraucht. Wieder mal hatten die Pferde über mein Schicksal bestimmt.« Er schüttelte den Kopf. »Für deine Oma Emilie gab es ausschließlich die Pferde. Ich stand in der Hierarchie unter ihnen. Vielleicht habe ich deswegen nie eine große Liebe zu diesen Tieren entwickeln können.« Sein Blick wurde jetzt strenger. »Aber nun ist es Zeit, dass die Pferde auf Sommerroth in den Hintergrund treten – am besten für immer. Mojos Verkauf scheint mir der richtige Anfang. Natürlich wird das für Lizzy schwer werden, doch Caroline hat recht. Sie ist erwachsen und muss Verantwortung übernehmen. Ich denke, du kannst das jetzt auch verstehen.« Er schien zufrieden mit seiner Rede zu sein.

Marisa hingegen hatte ihre Finger unbewusst in das Stroh gekrallt. Die Worte ihres Vaters machten sie fassungslos. Nein! Sie verstand ihn nicht!

»Wie konntet ihr Emilie das nur antun?«

»Wie bitte?«, fragte Henry Sommerroth überrascht.

»Die Pferde waren das Einzige, was sie aus ihrer Heimat hatte retten können, und nicht einmal die durfte sie behalten.«

»Moment, Marisa. Du verdrehst die Tatsachen. Sie hat die Pferde mehr geliebt als mich.«

»Unsinn. Sie waren ihre Flucht vor den Anfeindungen Charlottes und Carolines. Beide konnten Emilie nicht leiden wegen ihrer Herkunft.«

Seine Stimme wurde zornig. »Du urteilst über Situationen, die du nicht miterlebt hast.«

»Ich erlebe es doch jetzt mit. Caroline will Mojo bloß verkaufen, um gegen Emilie zu gewinnen. Es geht allein um die alte Feindschaft zwischen ihnen, und du lässt das auch noch zu.«

Ihr Vater schüttelte den Kopf. »Das Dach muss repariert werden. Und die Finanzierung durch Mojo ist ein kluger Schachzug. Das kannst du doch nicht leugnen, Marisa.«

»Die Geschichte wiederholt sich. Soll Lizzy genauso unglücklich werden wie Emilie damals?«

Seine Stimme wurde lauter. »Sie war wie besessen von ihren Pferden, hat mit ihnen gesprochen, als wären sie Menschen. Ich wüsste keine Situation, in der sie sich je für mich derart eingesetzt hätte wie für ihre Pferde.«

»Ach ja?«, stieß Marisa hervor. »Und was ist mit Teufelchen?«

Henry Sommerroth gefror in seinen Bewegungen. Sein Mienenspiel zeigte, dass die Vergangenheit ihn unerwartet einholte. »Teufelchen ...«, sprach er leise nach. »Woher weißt du davon?«

»Emilie hat mir diese Geschichte erzählt. Sie schenkte dir die Kuh zum Geburtstag, und zwar entgegen dem ausdrücklichen Willen von Charlotte. Erinnerst du dich etwa nicht mehr daran?«

Sein Blick schweifte gedankenversunken zur Seite. »Doch. Ich war damals zwar ein Kind, aber ich habe Teufelchen nie vergessen.«

»Dann weißt du sicher auch noch, dass Charlotte deine Kuh hat schlachten lassen?«

Ihr Vater sah aus, als hätte man ihm eine Ohrfeige verpasst.

Marisa stand nun auch auf. Das Gespräch war anders verlaufen, als sie gedacht und gehofft hatte. Es hatte sie beide angestrengt. Die Vergangenheit war etwas, das man auf Sommerroth für gewöhnlich nicht aufwühlte.

»Bitte, Papa. Mojo darf nicht verkauft werden. Für dich ist er lediglich ein Pferd. Aber nicht für Lizzy. Und nicht für Emilie.«

»Du vergisst, dass das nicht in meiner Hand liegt. Die Mehrheit entscheidet.«

»Sprich mit Philipp.«

»Nein, Marisa.« Seine Stimme klang viel weniger überzeugt als zuvor, aber die Aussage blieb gleich. »Es ist richtig so. Morgen kommt der Käufer. Er wird einen fairen Preis zahlen, mit dem sich Lizzy endlich am Gut und dessen Erhaltung beteiligen kann. Ich habe sie viel zu lange geschont. Sie hat Pflichten. Schließlich ist sie eine Sommerroth.«

Marisa schaute ihrem Vater noch lange hinterher. Es fühlte sich scheußlich an, mit ihm zu streiten. Mindestens genauso scheußlich wie der Streit zwischen Lizzy und Philipp. Sie hatte das Gefühl, dass die Familie dabei war zu zerbrechen, und sie konnte anscheinend nichts tun, um das aufzuhalten. Marisa fiel zurück auf den Strohballen und besah das Foto, ohne einen klaren Gedanken fassen zu können. Was sollte sie jetzt tun?

Ohne eine Ahnung, wie lange sie schon dasaß und grübelte, hörte sie plötzlich Babette hinter sich.

»Hey, Marisa. Die Hochzeitsgesellschaft löst sich gerade auf. Das Brautpaar sucht dich bereits. Kommst du zum Abrechnen und Verabschieden hinzu?«

»Ja, natürlich«, antwortete sie und starrte trotzdem weiter auf Emilies Foto.

Babette beugte sich zu ihr herunter und warf ungebeten einen Blick auf das Bild. »Oh, das ist ja schön«, sagte sie schwärmerisch. »Ich habe das Gesicht von Lenchen schon so lange nicht mehr gesehen.«

»Von wem?«

Sie tippte auf eine Frau mit Kopftuch. Lachend hielt diese den Blumenkranz, den alle trugen. »Na, Lenchen! Ich habe sie noch kennengelernt. Sie kam mit deiner Großmutter aus Ostpreußen. Wir hatten eine gewisse Ähnlichkeit, besonders durch unsere roten Locken. Oft wurde ich deshalb gefragt, ob wir verwandt seien.«

Marisa musterte jetzt konzentriert das Gesicht der Frau. Tatsächlich, sie hatte dieselben großen Augen wie Babette, und unter dem Kopftuch schauten krause Haare hervor – wenn auch in Schwarz-Weiß. Jetzt verstand sie, warum Lizzy gemeint hatte, Babette auf dem Bild zu erkennen. Trotz des Alkohols waren ihre Sinne offenbar doch nicht völlig vernebelt gewesen. »Was ist aus Lenchen geworden?«

»Ich war ein Teenager, da hörte ich, dass sie gestorben war. Muss so in den Achtzigern gewesen sein. Ich weiß noch, wie traurig mich das gemacht hat. Sie war eine sehr nette Frau.«

»Hast du sie gut gekannt?«

»Na ja, so gut, wie man sich eben kennt, wenn man fast nebeneinander wohnt.« Babette wies kurz in die Himmelsrichtung, in der ihr Elternhaus lag. »Sie sagte immer, ich wäre die Tochter, die sie gern gehabt hätte. Sie erschien mir einsam auf Sommerroth. Ich glaube, sie hat die Flucht aus ihrer Heimat nie verwunden. Manchmal hörte ich sie dieses alte Lied singen. ›Das Ostpreußenlied‹ hat sie es genannt.

>*Land der dunklen Wälder und kristall'nen Seen,*
über weite Felder lichte Wunder geh'n.

Starke Bauern schreiten hinter Pferd und Pflug,
über Ackerbreiten streicht der Vogelzug …‹

Weiter weiß ich nicht mehr.«

Das Lied und die Geschichte machten Marisa unendlich traurig. »Emilie hat Lenchen erwähnt. Ich wusste nicht, dass sie auch aus Ostpreußen war.«

»Sommerroth hat eben viele Geheimnisse«, sagte Babette schulterzuckend. »Aber du warst damals auch nicht viel älter als zwei oder drei Jahre.«

Vom Hof her ertönte ein Hupen. Die ersten Autos fuhren über den knirschenden Kies davon.

»Oh, die Brautleute warten«, bemerkte Babette mit erschrockenem Gesicht. »Komm!«

Marisa steckte das Foto weg und folgte ihr. Doch ihre Gedanken galten Lenchen.

KAPITEL 19

Als Marisa den Wirtschaftshof betrat, war bereits Nachmittag. Ihr fiel es sofort auf – es war eigenartig still hier. Dabei sah man Lizzy zu dieser Zeit eigentlich immer irgendwo zwischen Stall und Reitplatz. Jetzt wehte bloß ein leichter Wind und schob ein paar Halme über die Pflastersteine.

Sie wanderte hinüber zu dem weiß verputzten Reetdachhaus ihrer Schwester. Wie stets war die Tür nicht abgeschlossen.

»Lizzy? Bist du hier?« Aus dem Inneren drangen Geräusche. Sie trat ein, und je näher sie der Küche kam, desto verbrannter roch es. Der Rücken, den sie vor dem Herd sah, gehörte aber nicht ihrer Schwester. Es war Alexander, der sich mit hektischen Bewegungen bemühte, etwas in der Pfanne zu wenden, ohne von dem spritzenden Fett getroffen zu werden.

Schnell sprang Marisa herbei und stellte die Platte aus. »Zu viel Hitze.«

Alexander erschrak mit einem hohen Schrei und ließ den Pfannenwender vor Schreck fallen. »Musst du dich so anschleichen?«

»Ich habe gerufen …« Sie zog die Pfanne von der heißen Herdplatte. Darin schwammen ein paar seltsame grünliche Puffer in Öl. »Willst du die Bude abbrennen?«

287

»Nein, ich versuche eigentlich nur, für Lizzy zu kochen. Aber dieser vegetarische Krempel verhält sich irgendwie anders in der Pfanne als Hackfleisch.«

Marisa hob den Deckel eines Topfs. Der Brokkoli darin hatte sich fast schon in seine molekularen Bestandteile aufgelöst. »Wie lange hast du den gekocht?«

»Ach, frag nicht. Es war einfach ein Versuch, Lizzy eine Freude zu machen. Aber eine Pizza Margarita vom Lieferdienst schafft das sicher auch.« Er zog die Schürze aus und warf sie frustriert in das Spülbecken.

Marisa hatte oft nicht viel Sympathie für Alexander übrig, der seine Augen und Finger schwer bei sich behalten konnte, wenn es um Frauen ging. Doch sobald es drauf ankam, zeigte er sich plötzlich wieder von seiner guten und fürsorglichen Seite. So lief es schon all die Jahre, die er mit ihrer Schwester zusammen war, weshalb sämtliche Sommerroths ihm stets verziehen.

»Ich kann Lizzy auf dem Hof nirgends finden.«

»Dort war sie heute auch noch gar nicht.« Alexander zeigte aus dem Fenster, von wo aus man direkt auf die Hengstweide blicken konnte.

Marisa sah ihre Schwester auf Mojos Rücken sitzen, der unweit des Hauses stand. Sie hatte die Arme um seinen mächtigen Hals geschlungen. Ihr Gesicht war vom Weinen ganz rot und aufgequollen. Die Frage, wie es ihr ging, brauchte sie nicht zu stellen.

»Sie nimmt es wirklich schwer. Ich habe versucht, mit ihr zu reden, aber Mojo ist einfach ihr Ein und Alles. Sie ist untröstlich, und ich bin ratlos.«

»Arme Lizzy. Ich mag mir gar nicht vorstellen, wie es morgen nur werden soll.«

»Ich werde bei der Ankaufsuntersuchung natürlich dabei sein, damit auch alles mit rechten Dingen zugeht«, versprach Alexander. »Und von dem neuen Stall werde ich mir auch einen

Eindruck verschaffen. Wenigstens ist so sichergestellt, dass Mojo dort gut untergebracht wird. Natürlich bloß ein schwacher Trost.«

»Danke, Alex.«

Er wies missmutig zum Küchentisch, wo sich ein Equidenpass und einige Unterlagen befanden. »Ich weiß noch genau, wie Mojo damals auf Sommerroth ankam. Das war so verrückt, so was vergisst man nicht so schnell.«

Marisa dachte an die Zeit zurück. Fünf Jahre war das jetzt her. Anders als Alexander erinnerte sie sich nur noch vage an die Umstände. »Du und Lizzy, ihr wart mit einer jungen Stute auf einem Turnier gewesen, oder?«

Er nickte. »Ja. Ich hatte gerade meine eigene Tierarztpraxis eröffnet und sollte den turnierärztlichen Dienst übernehmen«, ergänzte er. »Da kam ein Züchter aus Hunnesrück auf uns zu und bot uns diesen schwarzen Jährlingshengst an. Der Preis war unschlagbar. Ich suchte richtig nach Makeln, konnte aber keine finden.«

Marisa lächelte ein wenig. »Mojo hat Lizzys Herz echt im Sturm erobert.« Ihre Finger fuhren über die Blätter auf dem Tisch. »Sind das seine Papiere?«

»Ja, ich habe sie schon mal rausgesucht, damit Lizzy es nicht machen muss.«

Marisa nahm den Equidenpass zur Hand und blätterte darin. Auf einer Seite blieb ihr Blick an etwas haften. »Er heißt eigentlich Wild Mojo? Das habe ich gar nicht gewusst.«

»Trakehner-Regel. Immer der Anfangsbuchstabe der Mutter«, erklärte Alexander und tippte auf den Stammbaum. »Seine hieß Wunderbrunnen.«

Ein Geräusch ließ Marisa sich umdrehen. Lizzy stand plötzlich im Türrahmen und guckte auf die Papiere. Tränen schwammen in ihren Augen.

»Ihr könnt es wohl gar nicht erwarten, ihn wegzugeben, was? Vielleicht packt ihr sein Zaumzeug auch schon mal ein.«

»Lizzy, das verstehst du falsch.«

»Schatz, warte«, bat Alexander. »Ich wollte nur …«

»Ach, lasst mich doch alle in Ruhe«, unterbrach sie ihn und heulte los, während sie ins Schlafzimmer rannte und die Tür zuknallte. Danach war nur noch bitterliches Schluchzen zu hören.

Marisa blickte Alex ratlos an.

Dieser zuckte die Schultern. »Ich bestelle jetzt Pizza.«

»Und ich komme später wieder«, entschied Marisa. Sie verließ das Haus mit schwerem Herzen.

Was sollte sie tun? Mit ihrem Vater hatte sie gesprochen. Philipp hatte seinen Punkt unmissverständlich klargemacht. Es blieb nur mehr eine Person, bei der sie ihr Glück noch nicht probiert hatte: Caroline!

Marisa biss die Zähne aufeinander und atmete tief ein, um sich zu wappnen. Ihre Beine fühlten sich plötzlich an wie Blei. Dennoch, sie musste es versuchen!

Auf der kleinen Fliederallee kam ihr Babette entgegen. Die Wangen der Gutsverwalterin waren so rot wie ihr Haar.

»Hast du das Exzellenzchen irgendwo gesehen?«

»Sie ist im Gartenzimmer.«

Jetzt fiel Marisa auf, dass sie ihre Jeans und das T-Shirt vom Morgen gegen ein leichtes Kleid getauscht hatte. »Warum hast du dich so hübsch gemacht?«

Babette begann von einem Ohr zum anderen zu strahlen. »Falk hat mich gefragt, ob ich heute mit ihm essen gehe.«

Marisa klappte der Mund auf. »Das ist ja großartig! Ich freue mich für dich.«

»Ich bin furchtbar aufgeregt, Marisa. Das ist mein erstes Date seit hundert Jahren.«

Sie schloss Babette in ihre Arme und roch dabei das blumige Parfum, das diese aufgelegt hatte.

»Das wird schon. Sei einfach du selbst. Viel Spaß!«

»Danke!« Babette lief an ihr vorbei, drehte sich aber noch mal um. »Ach ja. Die Restauratoren für die Fensterläden der Burg sind da. Ebenso die Denkmalschützer, die vorher die Sturmschäden an den Gemäuern begutachten wollen. Sie müssen für ihre Vermessungen leider ein paar Büsche entfernen.«

»Alles klar, ich weiß Bescheid.«

Marisa umrundete das Schloss und hielt auf das Gartenzimmer zu. Noch bevor sie es sah, hörte sie die Küchenhilfen, die wohl weiterhin dabei waren, Ordnung nach dem Frühstück zu schaffen. Und sie hörte Caroline. Sie stand halb drinnen und halb draußen – an ein Ohr hatte sie ein Telefon gepresst, das andere hielt sie sich zu.

»Ja … ja … ich höre die Kaschmirschafe im Hintergrund. Wie viele sind es? So viele! Nein … Ach, hier ist alles gut. Ich vermisse dich, mein Großer. Und deinen Bruder natürlich auch. Er hat noch immer kein Telefon in seiner irischen Hütte. Gestern hat er mich aus einem Pub angerufen. Da war es ganz schön laut im Hintergrund …«

Marisa hielt sich im Verborgenen. Wie jedes Mal, wenn Caroline mit Tom oder Ben sprach, war ihre Stimme verändert, so wie auch jetzt wieder. Es schwang ein Unterton mit, den man nur als mütterlich beschreiben konnte.

»Natürlich komme ich dich bald besuchen. Ich muss hier erst ein paar Dinge regeln, dann hält mich nichts mehr auf. Ich möchte doch sehen, was du dir dort unten aufbaust. Nein … ich freue mich für dich … denk doch nicht so was … es zählt nur, dass ihr glücklich seid, du und Ben. Oh, die Verbindung wird schlechter. Hallo? Tom? Hallo?«

Marisa sah, dass Caroline das Gespräch beendete. Ihr Gesicht wirkte traurig dabei. Kurz presste sie das Handy an ihr Herz.

»Caroline«, rief sie jetzt und hielt auf sie zu.

Sofort veränderte sich ihr Gesichtsausdruck wieder. Als müsste sie stets jene harte und gefühllose Maske tragen.

»Marisa. Ich habe dich gar nicht kommen hören.«

»Wie geht es meinen Brüdern?«

»So weit ganz gut. Ich werde sie wohl besuchen, wenn die Lage sich hier ein bisschen beruhigt hat.«

»Genau darüber wollte ich mit dir sprechen.«

Caroline schloss die Tür hinter sich, damit die Angestellten ihre Unterhaltung nicht hörten. »Nur zu. Fang an.«

»Ich möchte dich bitten, dass du deine beiden Stimmen wieder zurücknimmst. Lizzy und Mojo dürfen einfach nicht getrennt werden.« Marisa versuchte, von Carolines Gesicht eine Reaktion abzulesen, doch es zeigte keine Regung.

»Soll das Dach vom Schloss etwa so bleiben, wie es ist?«

»Natürlich nicht. Ich bekomme sicher einen Kredit von der Bank. Lass es mich wenigstens versuchen, Caroline. So lange wird der Käufer wohl warten können – für den Fall, dass es doch nicht klappt.«

Sie schüttelte den Kopf. »Und dann? Wie stellst du dir das in Zukunft vor? Willst du etwa für immer Lizzys Anteile bezahlen, wenn Reparaturen oder Investitionen auf Gut Sommerroth anstehen?«

»Darüber können wir danach sprechen. Es wird für alles eine Lösung geben. Aber eine andere als den Verkauf von Mojo.«

»Sei doch realistisch, Marisa«, sagte Caroline jetzt energischer. »Das, was gerade passiert, ist längst überfällig. Die Pferde haben nie hierhergehört, und es wird Zeit, dass sie endlich für immer verschwinden.«

»Aha, du gibst also zu, dass es dir eigentlich um diese alte Rivalität mit Emilie geht? Mein Vater hat mir heute Morgen davon erzählt.«

Auf Carolines Gesicht blitzte kurz Erstaunen auf. Im nächsten Moment hatte sie sich wieder im Griff. Sie schob sich den Pony mit dem Zeigefinger aus der Stirn und wählte ihre Worte mit Bedacht. »Emilie und ich haben uns nie verstanden – das ist kein Geheimnis. Aber es ist viel Zeit vergangen. Diese Sache hat nichts mit früher zu tun.«

»Womit dann?«

Durch einen kleinen Fingerzeig wies sie auf das Haupthaus. »Mit einem solchen Gut gehen Verpflichtungen einher. Ebenso mit einem Namen wie dem der von Sommerroths. Die Erhaltung und Pflege von beidem sollten an erster Stelle stehen.«

»Aber doch nicht um jeden Preis. Die Familie ist dabei, auseinanderzubrechen. Philipp und Lizzy haben Streit. Vater und Emilie entfernen sich stetig weiter voneinander. Und von Tom und Ben will ich gar nicht erst anfangen. Bitte zieh deine Stimmen zurück, ansonsten ist es vielleicht zu spät und alles geht den Bach runter. Das kann dir doch nicht gleichgültig sein.«

Caroline atmete hörbar ein und aus. »Wie immer verkennst du meine Absichten. Ich wünschte, Charlotte wäre hier mit mir. Sie und ich haben stets dasselbe Ziel verfolgt und dieselben Ansichten geteilt.« Caroline kam nun näher und blickte Marisa dabei fest in die Augen. »Adel verpflichtet – so heißt es, und es ist wahr. Weißt du eigentlich, wie viele aristokratische Familien seit der Abschaffung der Stände restlos verschwunden sind? Wie viele Gutshäuser im Osten nach der Enteignung geplündert wurden, bis nur noch die Grundmauern standen? Hunderte Jahre, mit einem Schlag erloschen. Sommerroth hat diese Krisen überstanden – und zwar seit Entstehung der einstigen Wasserburg in unserem Garten.« Sie zeigte in Richtung der Ruine. »Es sollte dich mit Stolz erfüllen, dieser uradeligen Familie anzugehören, aber stattdessen verwendest du im Alltag nicht einmal deinen Titel. Für mich ist das unverständlich, Marisa. Ich werde alles tun, um Charlottes Erbe in ihrem Sinne fortzusetzen und Gut Sommerroth zu schützen. Und wenn dafür dieser Gaul verkauft werden muss, soll es so sein.«

Marisa gestand sich selbst ein, dass Carolines Leidenschaft sie beeindruckte. Tatsächlich hatte sie keinen Zweifel an ihrer aufrichtigen Liebe zu Gut Sommerroth. Doch für Marisa waren tote Steine schlussendlich nicht gleichbedeutend mit lebenden Menschen.

»Ist das dein letztes Wort? Du nimmst deine Stimmen also nicht zurück?«

»Morgen kommt der Käufer von Mojo. Sei dabei oder nicht. Die Entscheidung liegt bei dir. Das ist mein letztes Wort.«

Marisa wusste, sie war gescheitert mit ihrem Anliegen, und sie fühlte sich ohnmächtig.

»Ich habe jetzt zu tun. Du entschuldigst mich.«

»Caroline ... eins noch«, hielt Marisa sie auf. Sie griff in ihre Tasche und zog das Ledermäppchen hervor. Geöffnet hielt sie es ihr hin. »Ich bin an dieses alte Foto gekommen und frage mich, wer von denen Emilie ist. Du kennst sie schon länger. Ist sie diese Frau?« Mit Absicht zeigte Marisa auf eine andere Person als die, von der sie vermutete, dass es ihre Großmutter war. Ein kleiner psychologischer Trick, denn Caroline hatte gerne recht.

Diese warf einen schnellen Blick auf das Bild. »Nein, Marisa. Das da ist Emilie.« Ihr roter Fingernagel tippte auf ein Gesicht. »Ohne Zweifel. Ich kenne sie schließlich schon seit über vierzig Jahren.«

Sie hatte tatsächlich auf die Person in der Mitte gezeigt.

»Du bist dir ganz sicher?«

»Ja, ja. Ganz sicher«, schob sie hinterher und war schon im Begriff zu gehen. »Ich muss jetzt wirklich los.«

Marisa fixierte die junge Frau, die sie bereits die ganze Zeit im Visier gehabt hatte. Nun, nach dieser Bestätigung sah sie das Bild mit anderen Augen. Ihr fiel etwas auf, das sie vorher ignoriert hatte. »Eines ist wirklich merkwürdig.«

»Was?« Caroline hielt inne.

»Diese junge Frau. Sie trägt ein helles Kleid mit Spitze. Dazu eine große Brosche am Hals und fein frisiertes Haar. Ich kann mich irren, aber …«, Marisa schaute auf, »… ist das die Kleidung einer ostpreußischen Bäuerin?«

Langsam drehte sich Caroline um. Ihre Lippen waren schmal. »Es mag ihr Sonntagskleid sein.«

Marisa hielt ihrem Blick stand. »Ja. Möglicherweise.«

Drei Atemzüge lang geschah nichts.

»Danke für deine Hilfe.« Marisa wandte sich nachdenklich ab.

* * *

Marisa war noch nicht ganz auf dem Hof angelangt, da sah sie Beeke an ihrer Haustür stehen. Das Mädchen machte den Eindruck, als ob es nach jemandem suchte. Nur einen Moment später fiel Marisas Blick auf den Wagen von Dr. Stewien. Erschrocken sog sie den Atem ein und lief los.

»Marisa! Komm schnell«, rief Beeke jetzt, die sie entdeckt hatte. »Deine Großmutter …«

»Was ist mit ihr?«

»Sie fantasiert wie wild. Ich konnte sie nicht beruhigen, deswegen habe ich Dr. Stewien gerufen.«

Marisa rannte in ihr Wohnzimmer, wo der Hausarzt gerade dabei war, Emilie einen Schal und eine Mütze umzulegen. Dabei waren es fast zwanzig Grad, und die Tür zur Terrasse stand weit auf.

»Ja, es ist furchtbar kalt heute, Frau von Sommerroth. Am besten, Sie bleiben hier auf dem Sofa unter einer Decke liegen«, empfahl der Arzt.

Marisa starrte auf Emilie, die wirklich aussah, als ob sie friere. Der Blick ihrer Großmutter ging dabei ins Leere.

»Der Schnee … er wird immer stärker …«, sprach sie wimmernd.

Dr. Stewien zog die Wolldecke über Emilies zierliche Gestalt. »So ist es besser, nicht wahr?« Danach schob der Arzt Marisa und Beeke in die offene Küche.

»Was fehlt ihr?«, fragte Marisa besorgt.

»Nichts. Ich habe sie untersucht. Ihr Herz schlägt unverändert kräftig und regelmäßig. Ihr Blutdruck ist im Normalbereich. Körperlich konnte ich nichts finden. Es sind ihre Gedanken. Sie durchlebt die Vergangenheit, und jetzt gerade ist sie im tiefen Winter auf der Flucht aus Ostpreußen.«

»Aber … was kann ich tun?«, fragte Marisa.

»Zunächst einmal müssen Sie verstehen, dass Ihre Großmutter nicht verrückt ist. Es mag seltsam aussehen, wenn sie hier mit Schal und Mütze sitzt, aber dagegen anzureden wäre nicht gut.«

Marisa schüttelte sorgenvoll den Kopf. »Warum durchlebt sie das alles noch mal?«

»Das ist unterschiedlich«, sagte Dr. Stewien und wirkte mit einem Mal sehr ernst. »Manche Menschen haben noch unerledigte Dinge in ihrem Leben. Andere …« Er brach kurz ab. »Andere gehen durch solche Phasen, kurz bevor sie sterben.«

Marisa erschrak. Sie wusste, aufgrund von Emilies Alter war Letzteres viel wahrscheinlicher. Dennoch, eine innere Stimme sagte ihr, es war der erste Grund! Emilie quälte etwas, das noch nicht abgeschlossen war. Und es hatte mit dem Foto zu tun … oder mit Mojo … oder mit beidem!

Dr. Stewien lächelte Marisa jetzt an. »Passen Sie einfach auf, dass Ihre Großmutter sich nicht verletzt während ihrer Halluzinationen. Dann wird sie sicher bald wieder eine klare Phase haben.«

Marisa blickte an ihm vorbei zum Sofa. Es war leer. »Emilie! Wo ist sie hin?«

Eine Minute lang durchsuchten sie das Haus und riefen ihren Namen, bis Beeke eine Entdeckung machte.

»Die Tür …« Sie schwang vom Wind hin und her.

Marisa eilte hinaus, und tatsächlich! Emilie war schon fast bei der Burgruine angekommen, wo die Männer vom Archäologischen Landesamt und die Restauratoren ihrer Arbeit nachgingen. Sie hatten Büsche am Fuße der Burg entfernt und waren mit Spaten dabei, einen tiefen Riss im Gemäuer freizulegen. Jeder Spatenstich schien Emilie schneller werden zu lassen.

»Halt. Nicht weitergraben! Das dürft ihr nicht«, schrie sie und klang verzweifelt.

»Großmutter …« Marisa rannte ihr nach.

»Mutter …« Henry kam aus dem Gartenzimmer.

»Emilie …« Caroline lief Henry hinterher.

Einer der Archäologen stand plötzlich auf. Er blickte auf den Boden. Dann rief er den übrigen Männern um sich herum zu: »Stopp, hier liegt etwas. Nicht weitergraben!«

Marisa erreichte gerade die Ruine, da zog der Mann ein Gefäß aus der Erde.

»Grundgütiger …. es ist … eine Urne?« Völlig überfordert stellte er das Behältnis beiseite und hob die Hände, als wollte er sagen, er habe damit nichts zu tun.

Emilie jedoch hielt direkt auf das Keramikgefäß zu und drückte es fest an sich.

»Gott sei Dank, dir ist nichts passiert«, stieß sie aus.

Henry Sommerroth starrte entsetzt zu seiner Mutter, die jetzt ihre Wange an den Deckel schmiegte.

»Das hast du nicht wirklich getan! Sag mir, dass das nicht wahr ist.«

Marisa schaute fragend von ihrem Vater zu ihrer Großmutter. Emilie schien gänzlich unbeeindruckt von seinen Worten. Sie sprach zu der Urne wie zu einem Menschen.

»Komm mit ins Warme, Lenchen. Hier im Schnee ist es viel zu kalt. Marisa macht uns beiden sicher gleich einen Tee.« Sie wandte sich zum Gehen.

»Lenchen ...«, wiederholte Marisa fassungslos.

»Warum denkt sie, dass es hier schneit?«, fragte Caroline niemanden Bestimmtes. »Ist sie jetzt völlig verrückt geworden?«

»Ich brauche eine Pause«, entschied der Mann, der die Urne ausgegraben hatte, mit blassem Gesicht und eilte davon.

Marisa überlegte kurz, was zu tun oder zu sagen war. Dann begann sie zu grinsen. Sollten sie doch glauben, was sie wollten! Weder Caroline noch ihr Vater standen gerade hoch in ihrer Gunst. Emilie hingegen umso mehr.

Sie ließ alle stehen und folgte ihrer Großmutter zum Haus. Von wegen verrückt! Diese Urne bewies tatsächlich genau das Gegenteil. Es hatte einen Sinn gehabt, warum sie andauernd zur Burg gesehen hatte. Alles war, wie von Dr. Stewien vermutet, und Marisa wusste jetzt, sie konnte Emilies Worten trauen. Diese Erkenntnis hatte eine so große Entschlossenheit zur Folge, dass Marisa die Fäuste ballte.

Was hatte Emilie noch gesagt, als sie ihr das Foto gab? *Das ist die Vergangenheit. Und es ist ebenso die Zukunft.* Irgendwo lag der Schlüssel zu diesem Rätsel. Marisa spürte, sie war der Lösung nah.

* * *

Der Tag war schnell vergangen. Leider, ohne dass er Marisa irgendwie weitergebracht hätte. Zusammen mit Emilie und der

Urne war sie im Haus geblieben und hatte stundenlang den Worten ihrer Großmutter gelauscht, die mit dem Gefäß geplappert hatte. Alle Hoffnung, auf diese Weise mehr über Lenchen herauszufinden, war bald versiegt. Emilie hatte nämlich ostpreußischen Dialekt gesprochen, was für Marisa ebenso gut Chinesisch hätte sein können.

Als ganz Sommerroth und ihre Großmutter schon schliefen, wanderte sie noch immer in endlosen Kreisen durch ihr schwach beleuchtetes Wohnzimmer. Im Hintergrund lief der Fernseher ohne Ton und warf zuckende Lichter an die Wände. Marisa war nicht müde, obwohl die Uhr bereits vier zeigte. Ihre ganze Aufmerksamkeit galt der Urne auf der Fensterbank und dem Foto in ihren Händen. Lenchens Asche im Haus zu haben und gleichzeitig ihr Gesicht zu sehen, machte sie für Marisa ein Stück lebendig.

»Was hast du zu sagen? Verrate mir dein Geheimnis. Warum ist Emilie hier?«, fragte sie das Bild, obwohl sie sich damit ebenso merkwürdig verhielt wie ihre Großmutter noch vor wenigen Stunden. Mit verengten Augen lief sie barfuß auf dem platt getretenen Teppichkreis und verlor sich in den schwarz-weißen Einzelheiten von Lenchens lachendem Gesicht. Bald meinte Marisa, das Rot ihrer kleinen Locken zu erkennen, die sich am Ansatz zeigten, und das Königsblau des Kornblumenkranzes, der sich davon abhob. Ihr Blick wanderte an dem groben wadenlangen Kleid hinunter bis zu den dunklen Spangenschuhen. Sie wartete, dass irgendetwas dabei mit ihr geschah. Doch keine Eingebung kam über sie. Die Erleuchtung blieb aus. Lenchen schwieg.

Frustriert ließ sie das Bild sinken und hielt an. Ihr war schwindelig – vom Im-Kreis-Laufen ebenso wie vom Grübeln. So sehr sie sich auch bemühte, Marisa schaffte es nicht, dieses eine Puzzlestück zu finden, das die Vergangenheit und die Gegenwart verband. Dabei lief die Zeit gnadenlos ab. Schon heute Nachmittag sollte Mojo verkauft werden, und obwohl Marisa jeder Beweis für ihre Annahme fehlte, war sie sich sicher: Der Verkauf des Hengstes würde der Todesstoß sein für den Zusammenhalt aller Generationen der Familie von Sommerroth.

Nachdenklich und gleichzeitig kaum mehr in der Lage, einen Gedanken festzuhalten, starrte sie auf die eierschalenfarbene Wand über ihrem Sekretär, vor dem sie angehalten hatte. Marisa hatte das Foto so lange betrachtet, dass es dort wie ein Negativ vor ihren Augen erschien. Sie sah die Umrisse der Personen, der Bäume, des Hauses und der Pferde.

»Moment ...«, murmelte sie. Ein weiteres Mal zwang sie sich, auf das Foto zu schauen. Genauer gesagt auf Lenchen. Sie hielt das größere der beiden Pferde am Backenriemen des Halfters fest. Eine Weile betrachtete Marisa die Tiere, die mit Sicherheit Mutterstute und deren Fohlen waren. Sie erinnerte sich plötzlich, wie Lizzy Letzteres im betrunkenen Zustand für Mojo gehalten hatte. Tatsächlich war das Fohlen ebenso schwarz wie ihr Hengst. Marisa kannte sich jedoch eindeutig zu wenig aus mit Pferden, um weitere Ähnlichkeiten festzustellen. Aber plötzlich kam es ihr so vor, als ob Lenchen doch mit ihr spräche. Sie zeigte Marisa die Pferde. Als läge hier die Lösung aller Probleme!

Wieder begannen ihre Gedanken zu kreisen. Wenn die Pferde der Schlüssel waren, sah es düster für Sommerroth aus. Marisa hatte weder Philipp noch Caroline erweichen können, ihre Entscheidung bezüglich Mojo zurücknehmen. Emilie und Lizzy befanden sich nicht in der Verfassung, ihr zu helfen. Und ihr Vater hatte so etwas wie einen Pferdekomplex aus seiner Kindheit. Eigentlich gab es in der Mojo-Sache für Marisa gerade lediglich einen einzigen Verbündeten auf ganz Sommerroth. Er war ihr allerletzter Strohhalm.

Beherzt stellte sie den Fernseher ab und tauschte ihren Schlafanzug gegen Jeans und T-Shirt. Im Flur griff Marisa sich einen langen Strickmantel und zog nur Minuten später die Tür hinter sich zu. Die Luft war kalt, aber klar. Wie immer zu dieser Tageszeit zwitscherten die Vögel jetzt am lautesten. Marisa hielt entschlossen auf Lizzys Haus zu und trat leise ein. Ebenso wie die Eingangstür stand auch die Tür zum Schlafzimmer offen. Tiefe Atemgeräusche drangen heraus. Auf Zehenspitzen schlich sie an Alexanders Seite und rüttelte an seiner Schulter.

»Alex! Alex, wach auf«, flüsterte sie.

Er öffnete die Augen und erschrak. »Marisa? Was tust du hier?«

»Schscht!« Ihr Zeigefinger ruhte auf ihren Lippen.

Kurz darauf standen sie in der Küche.

»Tut mir leid, dass ich hier hereinschleiche wie ein Dieb.«

Alexander rieb sich das Gesicht und gähnte. »Was gibt es denn so Wichtiges?«

»Mojo. Ich zerbreche mir den Kopf über morgen.«

Langsam lehnte er sich jetzt mit der Rückseite an die Arbeitsplatte in der Küche und verschränkte die Arme vor der Brust. Dabei sah Alex kurz an sich herunter, schließlich stand er nur in Boxershorts vor ihr.

»Auch wenn es mir schwerfällt, das auszusprechen: Der Verkauf ist beschlossen. Was gibt es da zu grübeln?«

»Der Verkauf ist ein Fehler«, brach es aus Marisa hervor.

Alexander runzelte die Stirn. »Du und ich, wir wissen das. Nützt aber leider nix. Also … was erwartest du von mir?«

Sie musste überlegen. Denn in Wahrheit war sie ohne Plan hergekommen. Oder vielleicht mit einem halben Plan. Na gut, eher einem Viertel. Nur eine einzige Frage war ihr bei der Auseinandersetzung mit der Vergangenheit in den Sinn gekommen: Suchte sie möglicherweise in der falschen Zeit nach einer Lösung? »Erkläre es mir noch einmal: Woher kommt Mojo?«

Er schien sich kurz zu fragen, was hier gerade Seltsames passierte. Dann gab er jedoch nach. »Vom Hengstaufzuchtgestüt Hunnesrück«, antwortete er mit rauer Stimme.

»Hunnesrück …«, wiederholte Marisa den Namen. »Nie gehört. Wo liegt das?«

»Etwa dreieinhalb Stunden von hier entfernt.«

»Und …?« Sie wedelte auffordernd mit der Hand.

Er gähnte wieder, was die nächsten Worte schwer verständlich machte. »… ist ein geschichtsträchtiger Ort. Jedenfalls in Bezug auf die Zucht von Trakehnern, wie Mojo einer ist. Ich erinnere mich an einen Vortrag im Hippologie-Unterricht während der Ausbildung.« Er rieb sich das Gesicht. »Nach dem Zweiten Weltkrieg wurden in Hunnesrück und dem Vorwerk Erichsburg ein paar der letzten überlebenden Trakehner aufgenommen. Es waren weniger als fünfzig Tiere. Die Rasse wäre fast untergegangen, hätten nicht ein paar Menschen aus Ostpreußen diese Pferde gerettet und somit eine Basis für die westdeutsche Trakehnerzucht geschaffen.«

Die überlebenden Trakehner? Ostpreußen? Ein Schauer erfasste sie, der sich langsam auf ihrem gesamten Körper ausbreitete. All das, was sie in der Nacht nach Emilies Albträumen über das Hauptgestüt Trakehnen und die furchtbare Flucht der Bewohner gelesen hatte, kam ihr wieder in den Sinn. Konnte es wirklich sein, dass von den Zehntausenden Pferden aus den östlichsten Gebieten nur so wenige überlebt hatten? Reuevoll gestand sich Marisa ein, danach nicht weiterrecherchiert zu haben. Und trotzdem, mit einem Mal lag sie vor ihr: die hauchdünne Verbindung zwischen Ostpreußen und Hunnesrück, zwischen Emilie und Mojo!

Marisa hatte vor Anspannung an ihrem rechten Daumennagel geknabbert. Plötzlich zog ein heftiger Schmerz durch ihren Finger – dort, wo ihr Nagelbett jetzt einen blutigen Riss hatte.

»Warum musst du das alles wissen?«, fragte Alexander verwundert.

»Ich bin mir noch nicht ganz sicher.« Sie musterte den blutigen Daumen und ließ die Hand danach sinken. »Aber um das herauszufinden, gibt es nur einen Weg. Ich muss dorthin fahren.«

»Jetzt?«, fragte er etwas zu laut.

»Schscht. Ich will in Lizzy keine falschen Hoffnungen wecken.« Sie trat zum Tisch, auf dem unverändert Mojos Papiere lagen.

»Was tust du da?«

»Die brauche ich.«

»Moment … Du kannst doch nicht seine Papiere mitnehmen. Der Käufer kommt schon am Nachmittag.«

Sie raffte unbeirrt alles zusammen und schaute auf ihre Armbanduhr. »Wenn ich Glück mit dem Verkehr habe, schaffe ich den Hin- und Rückweg locker, bevor der Käufer Gut Sommerroth überhaupt betritt.«

»Und wenn nicht?«

Sie sah ihn an. Zuckte die Schultern. »Ich muss es einfach schaffen.«

»Aber was erhoffst du dir in Hunnesrück zu finden, das uns weiterhelfen könnte?«

»Ich habe keine Ahnung, Alex. Verschaff du mir einfach Zeit während der Ankaufsuntersuchung und lass dein Handy nicht aus den Augen!«

Kurz darauf fuhr Marisa vom Hof. Sie wusste, sie würde in den nächsten drei Stunden jede Geschwindigkeitsbeschränkung überschreiten und alle Blitzer zwischen Sommerroth und Hunnesrück zum Glühen bringen.

Landesgestüt Georgenburg

Emilies Verlust

Kapitel 20

Johann hatte recht behalten, wie Emilie festgestellt hatte. Mit dem Regen war eine Kampfpause eingetreten, und alles schien etwas stiller zu werden. Die Menschen verließen seltener ihre Häuser. Auf den Straßen war weniger Militär unterwegs.

Ernst Ehlert und seine Stutmeister hatten ihre Ankündigung wahr gemacht und waren tatsächlich weitergezogen. Georgenburg hatte plötzlich wieder mehr Platz, sodass Emilie zusammen mit Paul, ihren Eltern und Johann ins Haupthaus gezogen war. Der herrschaftliche Bau wirkte auf sie wie ein schützender Schild. Sie ertappte sich dabei, wie sie heimlich begann, doch noch an Sieg und Heimkehr zu glauben. Der Entschluss zu bleiben erschien ihr richtig. Dann aber sah sie die Treckwagen und das herrenlose Vieh. In Scharen zog es am Gestüt vorbei und zeugte weiterhin davon, dass die Macht jenseits der Grenzen sie alle weiterhin bedrohte. Die Angst schlich sich zurück in ihren Kopf und wurde derart groß, dass Emilie am liebsten zu Fuß Richtung Westen aufgebrochen wäre. So glitten die Tage ineinander.

Der Dezember ging vorüber, der Regen nicht. Und plötzlich war Weihnachten. Zur Überraschung aller hatte Anna

Heling tatsächlich einen Christbaum aufstellen lassen, der nichts vermissen ließ. Pfefferkuchen, Strohsterne und Äpfel hingen an den immergrünen Zweigen, wie man es seit jeher in Ostpreußen kannte. Sogar Grog gab es an diesem Abend, und Anna Heling hatte darauf bestanden, dass zum Singen der Weihnachtslieder die Türen des Hauses weit geöffnet wurden. So versammelten sich alle Gestütsleute und Flüchtlinge auf der breiten Holztreppe, dem Flur und in den feinsten Zimmern.

Bereits nach den ersten Klängen bekam Emilie eine Gänsehaut, die ihr die Zunge lähmte. Nie hatten die Lieder ihrer Kindheit inbrünstiger geklungen, nie hoffnungsvoller, nie sehnsüchtiger. Es trieb ihr die Tränen in die Augen, so wie allen anderen auch. Dies war das erste Weihnachten, das sie nicht zu Hause verbrachte. Und gleichzeitig war es womöglich das vorerst letzte Weihnachten in ihrer Heimat Ostpreußen!

Johann stand dicht hinter ihr und hielt in aller Heimlichkeit ihre Hand. Er würde nie erfahren, wie nötig sie seinen Beistand in diesem Augenblick hatte.

Die darauffolgende Zeit bis zum Dreikönigstag war für Emilie nur schwer zu ertragen. Wie es die Tradition vorschrieb, sollten die arbeitenden Hände in diesen Tagen ruhen. Für gewöhnlich gab es dann manch mystische Sitte und alte Gebräuche, um gutes Wetter oder Fruchtbarkeit fürs nächste Jahr heraufzubeschwören. Kinder zogen von Haus zu Haus mit dem Brummtopf. Man traf sich zum Schlorrenschmeißen oder Kohleschwimmen. Doch jenes fröhliche Treiben wollte einfach nicht in diese Zeit passen, weshalb es entfiel. Die Ruhe war für den Kopf nicht gut. Emilie verlor sich im Grübeln. Sollten sie bleiben oder gehen? Beinahe wehmütig schaute sie die verwaisten Webstühle und Spinnräder an, die sie in einem Zimmer des

Landstallmeisterhauses entdeckte. Jede Tätigkeit wäre ihr recht gewesen – selbst Federreißen oder Flachshecheln, wobei sie sich grundsätzlich die Finger aufriss. Doch auf Wunsch ihrer Mutter und dem von Anna Heling vertrieb sie sich die Zeit mit Lesen, Beten und Bangen.

Mit wachsender Besorgnis beobachtete Emilie das Wetter. An manchem Morgen war der Boden bereits mit einem Hauch Frost bedeckt, aber im Laufe des Tages fing es doch wieder an zu regnen.

An einem kalten Januarmorgen dann, der Nebel lag noch schwer auf den Wiesen und ließ die Pferde augenscheinlich schweben, kam unerwarteter Besuch zum Gestüt. Emilie blickte zufällig aus dem Fenster. Es waren Männer mit Parteiabzeichen auf der Uniform. Ihr Herz krampfte sich zusammen. Es sollte recht behalten.

Martin Heling wartete bloß die Dunkelheit ab, bis die Wehrmachtsmänner im Haus fest schliefen. Zuvor hatte er die Reste seiner letzten Schnapsvorräte großzügig an sie verteilt. Jetzt versammelte er in aller Heimlichkeit Emilie, ihre Eltern, Paul und Johann um sich und seine Frau. Im Schein einer einzigen Petroleumlampe saßen sie im Salon. Die schweren Vorhänge waren zugezogen.

Emilie war angespannt.

»Was haben die Parteifunktionäre gewollt, Martin?«, fragte ihr Vater leise. Die kleine Flamme beleuchtete die linke Hälfte seines Antlitzes.

»Sie haben sich und ihre Lügen heute selbst verraten. Morgen schon müssen sich sämtliche Männer Georgenburgs, die noch übrig sind, zum Volkssturm melden. Die unabkömmlich Gestellten und Greise sollen jetzt zu den Waffen greifen und die Panzergräben besetzen«, antwortete Martin Heling grollend und warf gleichzeitig eine Ausgabe der Königsberger

Allgemeinen Zeitung auf einen Guéridon mit gedrehten Holzbeinen.

Emilie konnte bloß einen flüchtigen Blick darauf werfen. Es war Hitlers Neujahrsbotschaft mit der Überschrift: *Der kategorische Befehl: Siegen!*

Oskar nahm das knisternde Papier auf. Mit jeder Zeile wurde sein Gesicht zorniger. »Sagte die Kreisleitung nicht kürzlich noch, es gäbe keinerlei Grund zur Beunruhigung? Allein der Gedanke an die deutsche Niederlage wäre Defätismus? Und dennoch müssen diese Männer gehen?«

Emilie sah zu ihrer Mutter, die ihr schräg gegenübersaß. Wie üblich wirkte sie beherrscht, aber in ihren Augen blitzte die Angst. Die Vermutung lag nahe, dass sie befürchtete, auch Oskar müsse zurück in die Gräben.

Paul schien das ebenso zu bemerken. Er stand auf, trat hinter den Stuhl der Mutter und legte seine Hände beruhigend auf ihre Schultern.

Emilie konnte nicht sagen, was es war. Aber aus irgendeinem Grund spürte sie, die Schreckensnachrichten waren noch nicht beendet. An Martin Heling gerichtet, fragte sie: »Das war noch nicht alles, oder?«

»Leider nein«, antwortete dieser. »Die Parteimänner hatten eine Nachricht für mich. Sie meinten, man hätte ihnen angetragen, dass ich einen Volkssturmmann versteckt hielte. Und wenn das die Wahrheit sei, könnte ich die Evakuierung meiner Pferde vom Gefängnis aus durchführen. Das sei eine Meldung von der Gauleitung höchstpersönlich.«

Emilie bekam mit, wie ihr Vater vor Zorn die Faust ballte.

»Gibt dieser verdammte Wittko denn niemals auf?«

Johann wirkte eher verblüfft. »Er muss wirklich alle Hebel in Bewegung gesetzt haben, wenn die Order sogar von der Gauleitung kommt.«

»Es scheint so«, stimmte Martin Heling ihm zu. »Aber wie auch immer, du bist in großer Gefahr, Oskar. Und meine Pferde wohl leider ebenso.«

Oskar von Zimny nickte langsam und begann umherzuwandern.

Emilie beobachtete, wie ihr Vater die linke Hand in die Hosentasche steckte und mit der rechten wiederholt über seinen Bart strich. Eine Geste, die er eigentlich nur machte, wenn ihm etwas merkwürdig erschien.

»Eine Sache frage ich mich aber doch. Die Vermutung lag zwar nahe, dass ich hier auf dem Gestüt bin. Aber ich hätte schon lange weg sein können. Wie kann Wittko sich so sicher sein, dass ich noch hier bin, wenn er sich doch selbst nie davon überzeugt hat?«

Johann nickte. »Der Gedanke ist mir auch schon gekommen. Womöglich gibt es einen Spitzel auf dem Gestüt, der deine Anwesenheit hier gemeldet hat. Ich habe übrigens bereits länger einen Verdacht. Es könnte Anna gewesen sein, die Krankenschwester. Sie ist nicht mehr gekommen, das macht sie verdächtig.«

»Nein, das glaube ich nicht«, stieß Emilie sofort aus. »Nicht Anna!«

»Wenn das wahr ist, kann man wirklich niemandem mehr trauen«, sagte ihre Mutter traurig.

Martin Heling stand plötzlich auf und ging zu einer Seitentür. Dabei gab er bekannt: »Sie haben recht, Leutnant Sommerroth. Es war tatsächlich Anna. Sie ist der Spitzel.« Er öffnete die Tür.

Stummes Entsetzen hing vorübergehend im Raum.

Die blonde Frau stand in Mantel und Mütze dahinter. Ihr schönes Gesicht hatte einen Ausdruck, als würde sie verfolgt. Eine ihrer Hände hielt noch immer den Kragen hoch, als wäre sie gerade aus der Kälte gekommen. So trat sie in den Salon und setzte sich dicht an die Petroleumlampe.

Emilie folgte der Rotkreuzschwester mit dem Blick. Für einen kurzen Moment war ihr nicht klar, wer Freund war und wer Feind.

Auch Oskar beäugte die junge Frau skeptisch. »Sie haben mich verraten?«

»Ich musste es tun. Das war meine Aufgabe. Und deshalb konnte ich danach auch nicht wiederkommen. Aber zu Ihrem Glück bin ich nicht nur ein Spitzel für eine Seite, sondern für beide.« Sie schaute zu Martin Heling und danach wieder zurück. »Seit einiger Zeit berichte ich hier auf Georgenburg davon, was mir die Männer im Lazarett in ihrem Fieberwahn oder auf dem Sterbebett erzählen. Ich sage Ihnen, jeder, der dem Tod bereits die Hand reicht, spricht die Wahrheit.«

»Was können Sie uns mitteilen?«, fragte Johann und rückte vor bis auf die vorderste Kante seines Armlehnstuhls.

Sie guckte sich noch einmal um – wohl aus Gewohnheit. Anschließend sprach sie leise: »Laut den Soldaten wird Ostpreußen sehr bald fallen. Es gibt so gut wie keine Front mehr zwischen uns und Russland. Die Wehrmacht ist mit wenigen Hundert Männern bloß noch papierdünn aufgestellt, wogegen die Sowjets immer mehr Panzerkräfte hinter der Grenze zusammenziehen. Glaubt man dem, was die Sterbenden mir erzählt haben, ist die Übermacht unvorstellbar.«

»O mein Gott, was wollen wir jetzt tun?«, hauchte Emilie. Unwillkürlich ging ihr Blick zu Johann.

Dieser saß Oskar gegenüber. Die Männer sahen sich an. Keiner sagte etwas. Irgendwann nickte Johann leicht. »Wir müssen noch diese Nacht das Gestüt Richtung Westen verlassen.«

Seltsamerweise schien aufgrund der schrecklichen Wahrheit jeder das Unausweichliche sofort zu akzeptieren.

»Ich werde euch begleiten«, verkündete Johann.

»Bist du dir ganz sicher? Wenn sie dich auf der Flucht ergreifen …« Oskar sprach nicht zu Ende.

»Ich bin mir sicher. Der gefährliche Weg scheint stets meiner zu sein«, scherzte er und zuckte die Achseln. »Ich sehe es einfach als Erweiterung meines Sonderauftrags.«

Emilie fing seinen knappen Blick auf. Das, was sich zart zwischen ihnen entwickelt hatte, ließ ihr die Tränen in die Augen steigen. Sie war unendlich glücklich, sich nicht hier und heute von Johann verabschieden zu müssen. Und doch hätte sie ihn am liebsten einen törichten Dummkopf genannt, weil er sich ihretwegen in Lebensgefahr begab.

»Ich werde dir nie genug dafür danken können, mein Freund.« Oskar erhob sich, und alle taten es ihm nach. Dann sagte er: »Emilie, geh und weck die braven Leute von Gut Zimny so leise du nur kannst. Paul und Johann, ihr holt Krzysztof und macht die Wagen bereit. Bindet den Pferden Lumpen um die Hufe, damit die Soldaten nicht geweckt werden. Beeilt euch und packt bloß das Nötigste zusammen. Proviant, Kleidung, Eimer, Federbetten, Futter. Alles andere wie Geschirr, Waschschüsseln, Werkzeuge, Möbel muss zurückbleiben, damit wir fortkommen, bevor es zu spät ist.«

Anna stand auf. »Ich gebe euch einen Tag Vorsprung. Dann werde ich es melden müssen. Viel Glück!«

* * *

Es war Mitternacht, als Emilie Pelzhandschuhe, warme Mützen und gute Wünsche von den Helings entgegennahm. Im Dunkel der frostklaren Nacht verließ der Zimny-Treck nach über sieben Wochen in aller Heimlichkeit das Gestüt Georgenburg. Niemand sprach, einzig das Knirschen der Räder war zu hören und das gedämpfte Klappern der Hufe auf dem harten Winterboden. Selbst Piotr schlief.

Emilie wurde das Herz immer schwerer. Sie hatte es nicht geschafft, alle Frauen von Gut Zimny zum Mitkommen zu überreden. Sechs von ihnen vertrauten weiter auf den Endsieg. Sie wollten auf Georgenburg ausharren und dann schnell in die Heimat zurück zu Vieh und Ernte. Ebenso war Minna nicht unter ihnen. Emilie hatte das Hausmädchen überall gesucht, doch die Vermutung lag nahe, dass es mal wieder in das Bett jenes Soldaten geschlichen war, dem es in jüngster Vergangenheit schöne Augen gemacht hatte. So fuhren sie mit nur drei Leiterwagen los. Emilie ritt auf Muskat und Oskar auf Windfarbe. Paul, Krzysztof und Johann saßen auf den Böcken der Treckfahrzeuge.

Noch ein letztes Mal drehte Emilie sich im Sattel um und sah hoch zur Burgruine, hinter der ein Sternenhimmel glitzerte. Die Luft kam ihr viel kälter vor, als sie es in den letzten Tagen gewesen war. Ihre Atemstöße legten die uralte Burg mit ihren Treppengiebeln in einen dünnen Nebel. Emilie wusste instinktiv, dass sie nie hierher zurückkehren würde. Erst als die kahlen Bäume ihr die Sicht versperrten, riss sie sich von dem Anblick los. Sie folgte dem Weg neben der rauschenden Inster, die bald darauf auf die Angerapp traf und an dieser Stelle zum Fluss Pregel wurde.

Es dauerte nicht lang, da hatten sich ihre Augen vollständig an die Dunkelheit der Nacht gewöhnt. Im silbrigen Mondlicht wirkte Ostpreußen unberührt. Damwild und Hasen sprangen aus dem Dickicht über die Felder, und aus den Schornsteinen der Häuser stieg Rauch empor. Alles schien so gewöhnlich, als hätte sie mit ihrem Vater gerade einen der Kontrollritte um die Zäune von Gut Zimny gemacht und wäre einfach spät dran. Schon von Weitem würde sie den Rauch aus dem Schornstein des Gutshauses erkennen und sich auf die Wärme im Innern freuen. Bereits in der Diele würde ihnen der köstliche Duft von Lenchens Mehlknödelsuppe entgegenschlagen, in der Backpflaumen und getrocknete Äpfel schwammen.

Ein eisiger Windstoß holte sie in die Wirklichkeit zurück. Emilie begann stark zu zittern. Trotz der Handschuhe waren ihre Finger eiskalt und ihre Füße taub. Wie lange hatte sie ihren Gedanken nachgehangen? Mutig schob sie ihren Ärmel ein winziges Stück zurück, wo die schneidende Kälte sogleich nach ihrer Haut schnappte. Obwohl es kaum Licht gab, war es ihr durch die glänzenden Zeiger ihrer Armbanduhr möglich, die Zeit abzulesen.

»Wie spät ist es?« Ihr Vater kam an ihre Seite geritten.

»Vier Uhr morgens.«

»Siehst du das?«, fragte er und wies mit dem Kinn vor sich auf den Weg.

Emilie blickte nach vorne, wo sich der Mond in einem fast perfekten Kreis auf der Straße spiegelte. »Es friert.«

Nur wenige Augenblicke später zog ein leichter Nebel auf, der schnell dichter wurde und die Orientierung fast unmöglich machte. Blind folgten sie dem Weg – ohne zu wissen, wer oder was sie hinter der nächsten Ecke erwartete. Bald waren alle Felder und Wege mit einer weißen Schicht aus Eis bedeckt. An den dünnen Zweigen der Bäume sammelten sich Kristalle. Die eisenbeschlagenen Räder der Wagen begannen auf dem Asphalt zu schlittern.

Emilie und ihr Vater lenkten die Pferde auf die Felder, wo ihre Hufe mehr Halt fanden.

Plötzlich aber blieb Muskat stehen und spitzte die Ohren. Ihr Kopf ruckte wenige Zentimeter hin und her wie bei einem lauschenden Vogel. Emilie meinte, jeden angespannten Muskel ihrer schwarzen Stute vibrieren zu spüren. Da hörte sie, was Muskat so irritierte. Ein ferner Kanonendonner, der wie das Grollen eines anfänglichen Gewitters klang.

Die Wagen des Zimny-Trecks kamen zum Stehen. Obwohl es viele Kilometer entfernt war, stiegen alle von den Gefährten. Die Männer und Frauen horchten und hielten inne. Der Lärm steigerte sich zu einem ungeheuren Tosen, Kreischen und Krachen. Ab diesem Zeitpunkt gab es keine Stille mehr.

»Die Rote Armee kommt!«, sagte Johann.

Die Kampfpause war beendet.

Dann begann es zu schneien.

KAPITEL 21

Die Stunden bis zum Sonnenaufgang erschienen Emilie ewig. Der Ostwind trug nicht nur die todbringenden Geräusche der einmarschierenden Rotarmisten mit sich, sondern auch unerbittliche, schneidende Kälte, die durch jede Ritze der Kleidung drang. Schnee fegte in schnellen Wirbeln dicht über dem Boden hinweg und bildete hohe Verwehungen am Straßenrand. Auf den Teppichdächern der Wagen und den Rücken der Pferde lag eine dicke weiße Schicht.

Emilie sah ihre geliebten Tiere darunter zittern – besonders Fanny, die bereits hochtragend war, und Ottilie mit ihren neunundzwanzig Jahren. Noch hatten sie Kraft und konnten den harten Bedingungen trotzen. Aber wie würde es erst werden, wenn sie viele Tage unterwegs wären? Oder das Futter zur Neige ging?

Sorgenvoll betrachtete Emilie das wippende Bild des Trecks vor sich. Ihre Zähne klapperten so heftig, dass sie Kopfschmerzen davon bekam. Sie und Muskat fielen langsam zurück. Wiederholt versuchte Emilie zu entscheiden, ob sie ihre Rappstute am hinteren Ende eines der Wagen anbinden sollte, um sich unter einem der Teppiche vor dem Schnee zu schützen. Nein, beschloss sie erneut. Hier oben konnten sich wenigstens ihre Beine am Pferdebauch wärmen. Noch war sie nicht bereit, das aufzugeben. So ließ sie Muskat weiter am Wegesrand entlangtrotten. Emilie hatte die Arme vor der Brust verschränkt, die Zügel lagen lose auf der hart gefrorenen Mähne. Sie war unendlich erschöpft und müde. Eine ganze Nacht lang hatte sie nicht geschlafen. Das Blinzeln gegen den Schneesturm machte ihr das Wachbleiben umso schwerer.

Doch plötzlich hob sich etwas vom endlosen Pfeifen des Windes ab. Unwillig drehte sie sich um, sodass ihr der Schnee schmerzhaft ins eiskalte Gesicht peitschte. Etwas großes Schwarzes kam ganz hinten auf der Straße durch den Schnee gefahren. Dann hörte sie es deutlicher – das Rasseln und Quietschen der Panzerketten.

Der Schreck schoss durch ihren Körper wie ein Blitz. Mit einem Schlag war sie hellwach. Sie begann zu schreien und schoss vor zum Treck. Johanns Wagen war der Erste, den sie erreichte.

»Was ist los?«, fragte er alarmiert.

»Panzer …«, stieß sie aus.

Sofort stimmten die Frauen im Inneren des Wagens mit ein in ihr Geschrei.

Johann jedoch rief: »Es ist die Wehrmacht. Keine Russen. Keine Russen!«

Emilies Kopf hämmerte von dem Schock. Sie trieb Muskat auf ein Feld und sah, wie die Panzer ungebremst passierten. Nach ihnen folgten Lastwagen mit dicken Reifen, die sich durch den Schnee pflügten. Aus der hinteren Öffnung erkannte man die leeren, bleichen Gesichter verwundeter Soldaten. Emilie bekam eine Gänsehaut, die nicht vergehen wollte. Sie hörte Paul etwas äußern.

»Sie ziehen sich zurück. Ist die Front etwa schon zerschlagen, wie Schwester Anna es vorhergesagt hat?«

Johann setzte sich wieder auf den Bock und nahm die Zügel auf. »Vielleicht ist nur eine Region von den Russen eingenommen worden. Das müssen wir zumindest hoffen, in dem Fall bleibt uns noch etwas Zeit.«

Oskar, der hinzugekommen war, sagte: »Vor allem müssen wir vorankommen. Die Flüchtlingstrecks werden stark zunehmen. Sehr bald schon.« Nach diesen Worten wendete er Windfarbe wieder und trabte an den Anfang des Trecks, wo er mit Krzysztof sprach.

Ihr Vater sollte recht behalten. Der Tag war nicht mal zur Hälfte vergangen, da stießen zur rückflutenden Wehrmacht unzählige Planwagen mit Ochsen und Pferden. Viele Menschen waren gar zu Fuß unterwegs mit Sprossenhandwagen und beladenen Fahrrädern. Bald war die Straße heillos verstopft – wie am Anfang ihrer Flucht, jetzt allerdings zwischen Eis und Schnee. Erstarrt vor Kälte zogen die planlos und überstürzt Geflüchteten durch den frostigen Wind.

Dann setzte plötzlich der Gegenverkehr ein: Lastwagen mit Volkssturmmännern, Panzer, Raupenfahrzeuge und Ambulanzen. Mit aller Heftigkeit wurden die Flüchtlinge auf die gefrorenen Felder gedrängt, wo Achsen brachen und Habseligkeiten zu Boden fielen. Bald war der Weg gesäumt von Pfannen, Schüsseln und Schaufeln, die an den Seiten der Leiterwagen befestigt gewesen waren. Niemand scherte sich darum. Und niemand half, wenn ein erschöpftes Pferd es nicht mehr schaffte, den Wagen hinter sich über die Böschung zu ziehen.

Emilie stellte mit Erschrecken fest, dass auch sie nicht in Erwägung zog, abzusteigen und zu helfen. Ihr Körper war zu Glas gefroren – wie hätte sie einen Wagen mit ihren froststarren Armen auch anschieben können? Jeder kämpfte inzwischen allein um sein eigenes Überleben und vielleicht noch um das seiner Lieben. Für mehr blieb keine Kraft.

Als es schon dämmerte, erreichten sie endlich einen Bauernhof, der im Stall noch etwas Platz für sie hatte. Emilie war es ein Rätsel, woher ihr Vater gewusst hatte, dass dieses Gehöft am Ende des verlassenen Weges stand.

Lenchen holte dunkles Roggenbrot und Schmalz hervor. Die Bäuerin brachte ihnen eine Kanne mit warmer Milch.

Vollkommen erschöpft fielen alle danach in das Stroh der Scheune. Außen heulte der Wind. Neben ihnen heulte Piotr. Das Kleinkind wurde vom Durchfall geschüttelt, und Agnes bemühte sich, ihm mit klein geriebener Kohle zu helfen.

Kurz darauf sank Emilie in einen traumlosen Schlaf.

Noch vor Sonnenaufgang wurde sie von Johann geweckt. Er kniete neben ihr. Von allen unbemerkt grub er seine Hand in das Stroh, um ihre kurz zu halten.

»Es geht weiter. Ich habe Muskat bereits gesattelt. Krzysztof schraubt den Pferden gerade die Stollen in die Eisen.«

Als Emilie ihre Stute nach draußen führte, presste die Kälte ihr die Luft aus den Lungen. Die Temperatur war tatsächlich noch weiter gefallen. Wie sollten sie diesen Tag überstehen? Oder die darauffolgenden? Die Landschaft um den Hof hatte sich über Nacht so stark verändert, dass Emilie sie kaum wiedererkannte. Alles war in Weiß gehüllt. Die Umrisse von Häusern, Zäunen und Bäumen wurden bloß noch in weichen Kurven wiedergegeben. Unter anderen Umständen wäre ihr das Winterweiß schön vorgekommen. Jetzt hatte es den Anschein, als läge über Ostpreußen ein Leichentuch.

Sie reihten sich in die Schlange aus Fahrzeugen und dunklen Gestalten ein, von denen unter den vielen Schichten Kleidung oft nur die Augen zu erkennen waren. Emilie sah die ersten Kasten- und Hörnerschlitten, deren Kufen lautlos über den Boden glitten. Hell klingelten die Glöckchen. Wo sich die

Wagen über den rutschigen Boden quälten, zogen die Schlitten einfach über Sturzäcker an allen vorbei. Neidisch sah sie ihnen hinterher, denn sie selbst waren bereits den halben Tag unterwegs und dennoch kaum vorangekommen. Es war ein ständiges Abwechseln von kleinen Schritten und langem Stehen, weil die Kolonne aus Flüchtenden ins Stocken geriet. Emilies Verzweiflung wuchs mit jedem Meter, den sie nicht zurücklegten. An einer Kreuzung, wo die Ost-West-Bewegung auf die Nord-Süd-Bewegung der Fliehenden traf, geriet der ohnehin langsame Strom gänzlich zum Stillstand.

Diesmal hätte es dafür kaum einen schlechteren Ort geben können. Sie waren an einer Stelle ohne schützende Bäume angelangt, sodass der Wind gnadenlos von hinten in die Leiterwagen und gegen die Menschen peitschte.

Emilie fühlte, wie sie auf Muskats Rücken mit den Böen hin und her gerüttelt wurde. Sie versuchte, auf dem Sattel immer tiefer in sich zusammenzusinken, um dem Wind keine so große Angriffsfläche zu bieten. Dabei vernahm sie die Stimmen aus dem Zimny-Wagen vor sich. Lenchen saß darin, zusammen mit einem Küchenmädchen, der Stellmacherfrau, der Frau des Treckführers und zwei Melkerinnen.

»Was hat das alles für einen Sinn?«, klagte die Mamsell verzweifelt. »Wir werden erfrieren, bevor wir irgendwo im Westen ankommen.«

»So was darfst du nicht sagen, sonst verlieren wir alle die Hoffnung«, entgegnete eine der Frauen gepresst.

»Worauf können wir denn hoffen?«, jammerte die ältere der Melkerinnen, wie Emilie an ihren stark gerollten Worten erkannte. »Ein Leben fern der Heimat, ohne alles, was uns vertraut ist. Vielleicht hätten wir auf Gut Zimny bleiben sollen. Wie schlimm kann es schon werden, wenn der Russe kommt? Damals, im Ersten Weltkrieg, haben sie uns auch zufriedengelassen. Spielt es überhaupt eine Rolle, für wen ich melke?«

Lenchen begann zu schluchzen. »Die kleine Minna und die anderen haben es schon richtig gemacht. Sie sind auf Georgenburg im Trockenen und in der Wärme geblieben.«

Es kam keine Antwort mehr darauf.

Emilie konnte die Frauen verstehen und spürte, wie ihre eigene Überzeugung angesichts der gnadenlosen Kälte ins Wanken geriet. Sie sah bereits die ersten Treckwagen in entgegengesetzter Richtung zurückfahren. Da aber kam ihr in den Sinn, wie viel mehr sie über den Feind gehört hatte als die einfachen Leute von Gut Zimny. Um nicht weiter ihre Reden belauschen zu müssen, trabte sie auf Muskat an den Wagen vorbei nach ganz vorne, wo ihr Vater ritt.

»Was ist hier los? Warum geht es seit so langer Zeit nicht weiter?«, erkundigte sie sich zitternd bei ihm.

»Sieh selbst. Von allen vier Seiten strömen die Wagen zusammen. Hier wird lange niemand vorwärtskommen.«

Emilie traute ihren Augen kaum. Vor ihr war ein Meer aus Menschen, Tieren und Fuhrwerken, die kreuz und quer standen und miteinander verkeilt schienen. Einige Frauen fuchtelten wild mit den Armen und riefen einander zu, dass die jeweils andere ausweichen müsse. Zwei französische Kriegsgefangene stritten in ihrer Landessprache. Es gab kein Vor und kein Zurück. Jeder versperrte dem anderen den Weg. Ein plötzliches Schreien jedoch ließ alle kurz innehalten. Die Aufmerksamkeit richtete sich auf die Mitte des Knäuels, wo gerade ein erschöpftes Pferd zusammengebrochen war. Die Bauersfrau zerrte verzweifelt am Zaumzeug.

»Bitte, Lischen. Lass uns nicht im Stich. Du musst aufstehen. Komm schon, Lischen ...«

Das Pferd rührte sich nicht. Nur sein Atem war noch zu erkennen.

Ein Mann kam auf sie zu. Er reichte ihr einen Knüppel. »Treib es hoch. Es kann hier nicht liegen bleiben«, sagte er mit starkem polnischem Akzent, der ihn als Fremdarbeiter erkennen ließ.

Die Frau schluchzte auf, doch ihr blieb nichts anderes übrig, als es zu versuchen. Unter lautem Weinen malträtierte sie das erschöpfte Tier mit Stockschlägen, damit es irgendwie weiterging. »Steh auf, Lischen. Noch ein letztes Mal. Bitte, bitte, steh doch auf …«

Emilie wandte sich ab. Sie konnte den Schmerz der Bauersfrau spüren, die ihr Pferd gewiss so sehr liebte, wie es alle Ostpreußen taten. Die Vorstellung, dort würde eines ihrer Pferde liegen, trieb ihr die Tränen in die Augen.

Es vergingen sicher zwei weitere Stunden, bis sie die Kreuzung endlich hinter sich lassen konnten. Dennoch kamen sie nur quälend langsam voran. Emilie war mittlerweile abgestiegen und lief ein paar Schritte auf ihren eiskalten Füßen, die sich anfühlten, als könnten sie jederzeit entzweibrechen. Ihre Zehen spürte sie schon lange nicht mehr. Ihre Augen brannten vom hellen Weiß um sie herum. Das unentwegte Sturmheulen in ihren Ohren bereitete ihr Schwindelgefühle. Der Schnee am Wegesrand türmte sich mittlerweile, sodass ein Hohlweg entstanden war.

Bald sah Emilie nicht mehr bloß die Verwehungen, sondern auch die ersten Leichen. Die kleinsten Kinder starben zuerst. Nachdem sie stundenlang in ihren gefrorenen Windeln hatten ausharren müssen, waren sie eingeschlafen und nicht mehr aufgewacht. Viele Mütter trugen die leblosen Körper ihrer Kinder noch stundenlang – als würde die Kälte verhindern, dass sie verstanden, was geschehen war.

Danach verstarben die Alten in den offenen Wagen. Die meisten von ihnen hatten nicht mehr laufen können. Ohne eine Möglichkeit, den Körper zu bewegen, waren sie dem Schneesturm ausgeliefert und hauchten innerhalb von Stunden ihren letzten Atemzug aus. Man legte die Erfrorenen einfach am Rande des Weges ab, wo ihre Augen ins Leere starrten. Ihre Lippen waren so weiß wie ihre Haut, die Finger gekrümmt. Kurz darauf bedeckte sie der Schnee. Ein Begräbnis im steinharten Boden war unmöglich, und eine Decke zum Darüberlegen von den Lebenden oft nicht zu entbehren. Lediglich eine kurze Andacht wurde gesprochen, anschließend ließ man den geliebten Menschen liegen wie ein zerbrochenes Möbel.

Der Wagen vor Emilie stoppte mal wieder. Sie ergab sich dem nächsten Stau, ohne aufzusehen. Nach einer Weile aber bemerkte sie eine Veränderung. Es hörte endlich auf zu schneien. Sie schaute nach oben in den Himmel, von wo ihr nur noch dünne Flocken entgegenrieselten. Emilie zog sich mit letzter Kraft auf Muskats Rücken. Sie wollte nach vorne zu ihrem Vater reiten, als eine Stimme sie aufhielt.

»Emilie.« Es war Paul, der sie heranwinkte. »Die ersten Fuhrwerke kehren um.«

»Ja, ich sehe es.«

»Die Frauen in meinem Wagen wollen auch nicht mehr weiter. Sie haben sich entschieden, nach Georgenburg zurückzufahren und dort abzuwarten.«

»Was? Das ist doch verrückt. Wer will das?«

Lenchens Kopf erschien hinter einer Decke, die die Öffnung der Dachkonstruktion verschloss. »Alle bis auf Ruth wollen zurück. Und aus den anderen Wagen vielleicht auch noch welche.«

»Das ist Wahnsinn und Selbstmord. Ihr habt keine Ahnung, was ...«

»Wir sehen die Toten, die im Schnee liegen, Fräulein Emilie.« Sie begann zu weinen. »Wie viel mehr müssen wir noch wissen? So will ich nicht enden. Zur Not lenke ich den Wagen selbst.«

Es war nichts zu machen, wie Emilie bald feststellte. Der Wunsch der Frauen war unumstößlich, und noch drei weitere schlossen sich ihnen an. Nur Ruth, die eine Tochter in Berlin hatte und unbedingt in den Westen wollte, wechselte in Krzysztofs Fuhrwerk.

»Paul, bist du dir wirklich sicher, dass du das tun willst?«, fragte Oskar seinen Sohn schlussendlich.

Er nickte. »In diese Richtung wird es schnell gehen. Ich werde den Wagen auf Georgenburg lassen und mit Abendstern und Raffinesse zurückreiten. In zwei oder drei Tagen schließe ich wieder zu euch auf.«

Emilie stieg ungelenk von Muskat, obwohl es fraglich war, wie sie wieder raufkommen sollte. Doch sie wollte Paul nicht gehen lassen, ohne ihn noch einmal an sich zu drücken. Seine Wange war überraschend warm. »Pass gut auf dich auf, kleiner Bruder. Und sei schnell zurück.«

Er lächelte sie verschmitzt an. Seine Stimme bibberte. »Und jetzt sagst du mir bestimmt noch, dass ich gut auf Abendstern und Raffinesse aufpassen soll, oder?«

»Wenn du es nicht tust, muss ich dir leider den Hals umdrehen.«

»Ich werde zwischendurch mit ihnen sprechen, damit sie dich nicht so vermissen.«

Emilie lächelte, auch wenn ihr gefrorenes Gesicht fast keine Bewegung zuließ. »Sieh lieber nach ihren Eisen, wenn du auf Georgenburg bist. Die hinteren von Abendstern erscheinen mir locker.«

»Mach ich.« Paul wendete daraufhin den Leiterwagen auf engstem Raum und reihte sich ein in den dünnen Strom derjenigen, die die Strapazen der Flucht nicht länger ertragen wollten.

Emilie schaute ihnen traurig nach und fragte sich, wann sie Lenchen und die anderen Frauen wiedersehen würde. Ihr Blick fiel auf die beiden Fuchsstuten. Sie waren tragend, und dass sie jetzt eine doppelte Strecke laufen mussten, bereitete Emilie Sorgen.

»Komm. Es geht weiter«, sagte Oskar zu ihr.

Emilie zog Muskat an den Zügeln herum und trieb sie vorwärts, um sich wieder vor die verbliebenen zwei Zimny-Wagen zu setzen, die vorgefahren waren. Der Himmel hatte mittlerweile etwas aufgeklart, und der Wind heulte nicht mehr ganz so laut. Sie konnte Johann und Krzysztof auf den Böcken der Fuhrwerke schon ausmachen, denn die lange Schlange des Trecks verließ an dieser Stelle die Feldwege und folgte einer Allee, die nach rechts abbog. An der Seite ihres Vaters lenkte sie Muskat auf den verschneiten Sturzacker, um das Stück zu den Zimny-Wagen abzukürzen, als ein Dröhnen ertönte.

Emilie spürte die Vibration in ihrem Körper. Sie sah nach oben, wo die Tiefflieger aus den Wolken herabstürzten wie Raubvögel auf Beutefang.

»Fliegerangriff!«, brüllte Oskar. »Runter von den Wagen!«

Die Menschen begannen zu kreischen.

Emilie trat Muskat die Hacken in die Seiten. Die Stute sprang los. In dem Moment begannen die Salven der Bordwaffen bereits ratternd den Boden neben ihr aufzureißen. Die ersten Menschen, die aus ihren Wagen flüchteten, wurden niedergemäht. Der Schnee um sie herum färbte sich rot.

Als die nächsten Flieger sich dem Treck näherten, erreichte Emilie den Straßengraben und sprang von Muskat. Ihr Vater zerrte sie an der Kleidung in die Vertiefung. Sie hatten nicht mal die Hände über den Kopf gelegt, da fielen Bomben zu Boden, wo sie unter lauten Explosionen den Treck zerfetzten. Pferde gingen durch und rannten alles und jeden über den Haufen. Holz zerbarst und flog in Geschossen durch die Luft.

Die Erde unter Emilie bebte bei jeder Detonation. Erdbrocken und Steine flogen auf sie herab. Das furchtbare

Donnern und Krachen hielt jedoch nur kurze Zeit an. Die Tiefflieger zogen wieder hoch und waren bald darauf verschwunden, wohl, um andere Ziele zu bombardieren.

Emilie hob langsam den Kopf. Sie hatte Staub und Dreck in den Augen, den Ohren, dem Mund. Hustend krabbelte sie nach oben. Die Luft war voll aufgewirbeltem Schnee und Rauch, der nur langsam zu Boden sank.

Wie auf ein Zeichen hin setzten jetzt die qualvollen Schreie der Verwundeten ein. Emilie entdeckte einen Mann unweit von sich, dessen Eingeweide heraushingen. Eine Frau wankte auf ihn zu. Ihre linke Hand war bloß noch ein blutiger Klumpen. Im Treck klafften große leere Lücken, dort, wo eben noch Fuhrwerke gestanden hatten, lagen nun kreischende Pferde mit schwersten Verletzungen zwischen den Trümmern. Emilie drehte sich um sich selbst, ohne die Situation ganz zu begreifen. In ihren Ohren fiepte es. Was war geschehen? Wo war sie?

»Emilie! Emilie!«, drang es zu ihr durch.

Ihre Antwort war ein Flüstern. »Johann!«

Er hastete aus dem Schneenebel direkt auf sie zu. »Geht es dir gut?« Seine Hände packten sie bei den Schultern, dann betrachtete er sie von oben bis unten und schloss sie fest in die Arme. »Gott sei Dank, dir ist nichts passiert!«

»Ja«, hauchte sie, als ihr Denken wieder einsetzte. »Wo sind die anderen?«

»Es hat uns nicht getroffen. Wir hatten unglaubliches Glück!«, antwortete Johann. »Was ist mit deinem Vater? Wo ist Oskar?«

In diesem Augenblick hinkte er auf sie zu. »Ich bin hier. Aber die Pferde sind weggerannt.«

»Bist du verletzt?«, fragte Johann.

»Nein, es ist nichts. Aber …« Sein Gesicht erstarrte. »Paul …!«

So schnell sie konnten, rannten, humpelten, stolperten sie über den Acker zurück zu der Stelle, wo sie den Leiterwagen zum letzten Mal gesehen hatten.

Emilie verlor jedes Zeitgefühl. Alles um sie herum verwob sich zu einem Tunnel und wurde dunkler und dunkler. Die Schreie der Verwundeten drangen nur noch dumpf zu ihr durch – ebenso der Schrei ihres Vaters, als er den zerschossenen Wagen von Paul erblickte, von dem nichts als Splitter übrig waren. Emilie sah den blutigen Rumpf ihres Bruders danebenliegen. Der Rest von ihm fehlte. Sie fiel auf die Knie. Alle Kraft verließ sie.

Schemenhaft bekam sie mit, wie Johann Lenchen aus den Trümmern zog. Ihr Gesicht war blutverschmiert, lediglich ihre weit aufgerissenen Augen traten hell hervor. Wie durch ein Wunder hatten die Mamsell und Raffinesse als Einzige überlebt. Der Körper der Fuchsstute zitterte ebenso unkontrolliert wie der von Emilie. Man setzte sie und Lenchen auf das Pferd. Sie hörte, dass jemand sie ansprach. Johann stellte ihr Fragen, aber sie konnte nicht antworten.

Irgendwann, als Emilie wieder zu sich kam, saß sie mit den wehklagenden Frauen von Gut Zimny unter einem Knüpfteppich. Muskat und Windfarbe waren hinten am Leiterwagen angebunden. Lenchen lag der Länge nach auf dem Boden und hatte die Augen geschlossen. *Vielleicht ist sie tot*, dachte Emilie und fühlte in diesem Moment gar nichts.

Kapitel 22

Der Kamin knisterte. Es war warm in der Wohnstube des kleinen Gutshofs. Dunkle Möbel und flämische Gobelins verzierten den Raum. Die stuckreiche Decke zeigte graue Rußspuren. Vielleicht auch deshalb, weil die Flüchtlinge, die jeden Winkel des Hauses besetzten, alles im Kamin verbrannten, was ihnen Wärme versprach.

Emilie saß auf einem Holzhocker neben ihrer Mutter und hielt besorgt deren Hand. Die weiche Haut mit den zartbraunen Altersflecken darauf glühte. Seit letzter Nacht kämpfte Wilhelmine von Zimny gegen eine rasselnde Lungenentzündung an. Emilie hatte es kommen sehen und doch nicht zu verhindern vermocht.

Der Angriff der Tiefflieger war nun fünf Tage her. Die Erinnerung daran war so grausam lebendig, dass sie meinte, die Schreie der Verletzten weiterhin zu hören. Orientierungslos war der Zimny-Treck im Gewirr umhergeirrt. Die Bauernhöfe der Umgebung hatten lichterloh gebrannt und die Bewohner waren tot oder geflohen. Mit niemandem um sich herum, den sie nach dem Weg hätten fragen können, waren sie einfach weitergezogen. Die Nächte hatten sie in den eiskalten Leiterwagen verbracht. Vollkommen erschöpft und ohne eine Ahnung, wo sie sich befanden, waren sie drei Tage und zwei Nächte später schließlich hier auf Gut Borowitz eingetroffen. Und obwohl die Gefahr durch die näher rückende Rote Armee immer deutlicher zu vernehmen war, brachen sie nicht wieder auf.

Emilies Mutter war zu schwach. Ebenso die Pferde. Lenchen hatte mehrere Wunden, in denen wahrscheinlich Granatsplitter steckten. Doch vor allem die Trauer um Paul und die anderen Getöteten lähmte sie alle. Jeden Morgen hieß es aufs Neue: »Wir bleiben – bloß noch einen Tag!«

Mittlerweile wusste Emilie wenigstens, wo sie sich befanden: ganz in der Nähe von Schloss Schlobitten. Was ironisch war. Denn dort, auf dem mächtigen Barockschloss des Fürsten zu Dohna-Schlobitten, hatten sie eigentlich unterkommen wollen. Sie selbst war dem stattlichen Junker mal auf dem berühmten Von-der-Glotz-Querfeldeinrennen begegnet, einem der Höhepunkte der Gesellschaft in Ostpreußen, die es vielleicht nie wieder geben würde. Die Erinnerung daran schien bereits jetzt aus einem anderen Leben zu stammen.

Fröstelnd zog sie sich die Strickjacke enger um die Schultern und deckte ihre Mutter bis über die Schultern zu. Durch den mächtigen Lehnstuhl, in dem sie ruhte, wirkte sie noch viel kleiner als ohnehin schon.

»Leg bitte etwas Holz nach«, forderte Emilie die Küchenmagd auf, die eben nach Lenchens Wunden gesehen hatte.

Folgsam stand sie auf. »Natürlich, gnädiges Fräulein.« Sie nahm gleich drei gedrechselte Stangen von dem Haufen neben dem Kamin, die ganz sicher mal zu einem Küchenstuhl gehört hatten, und warf sie in die Flammen.

Mal wieder ergriff Emilie tiefe Bewunderung für die Gutsbesitzer Irmela und Ferdinand von Borowitz. Es waren über alle Maßen hilfsbereite Leute, die den Flüchtlingen alles bis auf ein einziges Schlafzimmer überlassen hatten. Die Schlüssel der Vorratskammern steckten in den Schlössern. Sie erwiesen sich als ebenso prall gefüllt wie die Kleiderschränke, aus denen sich ebenfalls jeder bedienen konnte. Doch neben schlichter Gastfreundlichkeit verbarg sich hinter diesem Verhalten noch ein weiterer trauriger Grund. Das alte Ehepaar hatte nicht vor zu flüchten. Sollte der Evakuierungsbefehl je kommen, wollten sie auf Gut Borowitz bleiben, wo sie fünfzig gemeinsame Jahre verbracht hatten. Nur hier war ihre Heimat, an diesem Ort wollten sie auch sterben. Die von Borowitz' selbst hatten vor einer Woche all ihre Gutsleute fortgeschickt. Sie sollten sich und ihr Leben retten, solange es noch ging. Und sie hatten alles nehmen dürfen, was sie hatten tragen können. Ins Himmelreich könne man sowieso nichts mitnehmen, hatte die Gutsherrin an einem Abend mit einem seligen Lächeln erklärt und war Emilie dabei sehr weise vorgekommen.

Lenchen stöhnte auf.

Emilie verließ den Platz neben ihrer Mutter, die jetzt fest eingeschlafen war, und setzte sich stattdessen neben die Mamsell. Sie trug einen Kopfverband, ebenso einen um die Hand und mehrere um beide Beine. Viele Kratzer kamen noch dazu. Doch obwohl keine dieser Verletzungen schwer war, schien die sonst so tatkräftige Frau ihren Lebenswillen verloren zu haben.

»Wie geht's dir?«, forschte Emilie vorsichtig.

Lenchen gab keine Antwort und starrte zur Wand. Ihre Augen waren weit geöffnet.

»Du hast seit Tagen nicht mehr gesprochen.«

Die Mamsell drehte sich schwerfällig um. »Was gibt es schon zu reden? Ich habe Blut an meinen Händen.«

»Was redest du da?«

Ihre Augen wurden wässrig. »Hätte ich bloß nicht davon gesprochen, umkehren zu wollen«, schluchzte sie jetzt. »Dann wären sie alle noch am Leben.«

»Nein, nein! Du bist doch nicht schuld daran. Es war ein Fliegerangriff. An diesem Unglück ist niemand schuld, nur der Krieg.«

»Es ist trotzdem allein meinetwegen geschehen, das lässt sich doch nicht leugnen. Und jetzt muss ich auch noch mit dieser Last leben«, wimmerte sie so sehr, dass ihre letzten Worte kaum zu verstehen waren. »Warum habe ausgerechnet ich überlebt? Das muss die Strafe des Herrn sein.«

»Unsinn! Sag nicht so was.« Emilie strich ihr eine gelockte Haarsträhne aus der Stirn. »Wie kann ich dich nur trösten?«

Lenchen schluchzte und schniefte jetzt so heftig, dass ihr Gesicht so rot wurde wie die blutigen Kratzer auf ihrer Haut. »Es ... es ist nicht möglich, mich zu trösten. Warum fragen Sie das überhaupt, gnädiges Fräulein? Sie müssen mich doch hassen. Er war Ihr Bruder ... Die Herrschaften müssen mich ebenso hassen ... er war ihr Sohn.« Jetzt drehte sich die Mamsell wieder zur Wand und weinte bitterlich.

Emilie blieb noch einen Moment sitzen und strich ihr über die Schultern. Es stimmte – sie könnte sie hassen. Aber das tat sie nicht. Paul hatte die Frauen aus eigenen Stücken zurückbringen wollen. Wie immer war er froh gewesen, eine sinnvolle Aufgabe zu haben. Die Gefahren waren ihm wohlbekannt gewesen. Sie trauerte um ihren Bruder, ja, aber Hass auf Lenchen empfand sie nicht. Was ihre Eltern anging, so wusste sie die Wahrheit nicht. Jeder hatte seine Art, mit Trauer umzugehen. Emilie stahl sich dazu am liebsten in den Stall und weinte heimlich in Gesellschaft ihrer Pferde. So hatte sie es die letzten Tage auch getan. Ihr Vater hingegen hatte einen anderen Weg für sich gewählt. Aus einer alten Kiste hatte er ein Kreuz gezimmert und mit einem Stein Pauls Namen eingeritzt. Dann war er fortgeritten. Emilie war es ein Rätsel, wie er die Stelle, an der ihr Bruder gestorben war, jemals wiederfinden wollte, aber sie hatte ihn auch nicht danach gefragt. Er wäre sowieso gegangen.

Nach einem letzten Blick auf ihre Mutter, die nach wie vor schlief, verließ sie das Gutshaus durch den pfeilergetragenen Eingang. Sofort zerrte der Wind an ihr und drängte sich wie scharfe Klingen durch jede Lücke ihrer Kleidung. Auf der steinernen Treppe mit dem geschwungenen Balustersäulengeländer lag bereits so viel Schnee, dass die einzelnen Stufen kaum mehr zu erahnen waren. Emilie hauchte sich in die hohlen Hände, um sich zu wappnen. Dann hastete sie bei zwanzig Grad Kälte über die Hofanlage. Im Freien konnte sie lediglich noch blinzeln. Der Wind peitschte den Schnee horizontal über den Boden. Selbst auf den Wegen sank sie nun bis zu den Knien ein. Emilie kämpfte sich vor bis zum Stallgebäude und zog mit aller Kraft die Tür hinter sich zu.

Das Pfeifen wurde sofort leiser. Der vertraute Geruch von Stroh und Pferdemist schlug ihr entgegen – eines der wenigen Dinge ihrer Vergangenheit, die geblieben waren. Nach und nach streckten alle Pferde neugierig ihre Köpfe hervor. Ihr Atem zog auch hier in kleinen Wolken nach oben. Es war bitterkalt im Stall, aber der fehlende Wind machte es erträglich.

Emilie bemerkte erleichtert, dass niemand sonst hier war. Sie klopfte sich den Schnee vom Mantel und begann, die Zimny-Pferde zwischen den anderen Flüchtlingstieren ausfindig zu machen und durchzuzählen. Sechs. Ihr Vater hatte Brillant mitgenommen. Abendstern fehlte seit dem Fliegerangriff, wie Emilie mal wieder schmerzlich bewusst wurde.

Muskat stand mit Windfarbe in einer Box und begrüßte sie mit einem Brummeln und Schnauben. Emilie strich ihr über die schwarze Stirn und sah ihr in die dunkelbraunen Augen. Für sie war deutlich zu erkennen, dass die vierjährige Stute sich von den Strapazen bereits erholt hatte. Leider traf das nicht auf alle Pferde zu. Ottilie lahmte so stark vorne rechts, dass sie kaum mehr auftrat. Fanny schien die Trächtigkeit unter diesen schlimmen Umständen sehr zuzusetzen. Sie war von allen tragenden Stuten am weitesten. In nur zehn Wochen würde sie fohlen. Hoffentlich nicht früher, überlegte Emilie besorgt, denn die Anzeichen waren da. Sie ließ das Tier zufrieden und trat nacheinander in die anderen Boxen, begutachtete die Hufe und kleinere Verletzungen.

Zum Schluss ging sie zu Raffinesse, die den Kopf hängen ließ. Das Öffnen der Tür entlockte ihr bloß ein Ohrenzucken. Emilie strich der Fuchsstute mit einer Hand über den Mähnenkamm – dabei fiel ihr Blick auf den Haufen Heu in der Ecke.

»Du hast ja schon wieder nur die Hälfte gefressen.« Raffinesse atmete so tief ein, dass ihr Bauch sich aufblähte. Daraufhin entließ sie den Atem mit einem lauten Schnauben. »Ich weiß, wie du dich fühlst. Du vermisst deine Schwester Abendstern, richtig?«

Emilie nahm jetzt eine dicke Haarsträhne der Mähne zur Hand und begann sie zu verlesen. Die nächsten Worte gingen ihr schwer über die Lippen. »Ich vermisse meinen Bruder auch.« Ohne ihr Zutun zeichnete ihr Kopf Bilder der Vergangenheit. Paul und sie waren Kinder und lagen im sommerwarmen Gras der Zimny-Weiden. Grillen sangen ihre Lieder. Das leise Rupfen der grasenden Pferde drang zu ihnen herüber. Sie schauten in die Wolken und versuchten, etwas darin zu erkennen. Emilie hörte Pauls Lachen, wenn sie etwas Lustiges entdeckten. Es war so ansteckend gewesen!

Wie die Tage zuvor auch überkam Emilie die Traurigkeit plötzlich. Hier, zwischen ihren Pferden, konnte sie sich gehen lassen. Raffinesse wandte ihr den Kopf zu und Emilie schmiegte sich an ihre warmen Nüstern. Das Fell fing ihre Tränen auf. Sie hatte das Gefühl, als weinte die Stute stumm mit ihr.

Nach einer ganzen Weile wischte sich Emilie über das Gesicht. Es wurde längst Zeit, wieder nach ihrer Mutter zu sehen. Sie griff nach dem Tränkeimer, der leer war, weil sich das Wasser darin gleich in Eis verwandeln würde. Es galt, zuerst Schnee hineinzuschippen und diesen dann neben dem Kamin schmelzen zu lassen.

Emilie spürte einen Luftzug.

»Genau das wollte ich gerade machen«, ertönte es vom Eingang her. Johann schloss die Tür.

Sofort schlug Emilies Herz ein bisschen schneller. Auf eine Weise war es unangemessen – hatte sie doch eben noch an Paul gedacht. In Wahrheit aber hatte sie das Gefühl, dass Johanns bloßer Anblick verhinderte, im Inneren nicht selbst zu Eis zu werden.

Er kam lächelnd auf sie zu. »Wir haben seit zwei Tagen kaum ein Wort miteinander gesprochen.«

»Das ist wahr.«

»Wie geht es dir?«

Emilie zuckte die Schultern. »Ich vermisse Paul so sehr. Dazu die Sorge um meine Mutter. Die Pferde. Lenchen … Mir ist das Herz schwer. Wenn doch nur wenigstens mein Vater endlich zurück wäre.«

»Er wird bald wieder hier sein«, versicherte Johann, als wüsste er es tatsächlich.

»Hoffentlich …« Jetzt erst bemerkte Emilie sein Aussehen. »Was trägst du da?«

Johann strich über das Leder seines bodenlangen Mantels. »Der kommt aus dem Schrank von Ferdinand von Borowitz. Er sagte, er sei noch aus dem Ersten Weltkrieg.« Johann stellte den mächtigen Kragen auf, dessen Fellverbrämung bis an den unteren Rand des Mantels reichte. »Ist das wärmste Kleidungsstück, das ich je besessen habe.« Jetzt hielt er ihn weit auf, und sein Gesicht bekam wieder dieses gewisse Grinsen. Er hatte es seit Georgenburg nicht mehr gezeigt. »Es wäre tatsächlich sogar Platz für zwei darin.«

Emilie hatte plötzlich das Gefühl, am Ertrinken zu sein. Und Johann war ihr rettendes Ufer! Ohne zu zögern, ließ sie den Eimer fallen und brachte die drei Schritte hinter sich, die sie trennten. Im nächsten Augenblick wurde sie vom Fell des Mantels und zwei starken Armen umschlossen. Die Wärme und der Duft von Johann hüllten sie ein.

»Was soll nur aus uns werden?«, flüsterte sie.

»Ich wünschte, ich hätte eine Antwort für dich. Aber eines verspreche ich dir: Ich werde alles tun, um dich in Sicherheit zu bringen. Wir werden es schaffen – bis in den Westen.«

»Und was tue ich da? Im Westen …?«

»Du wirst ein neues Leben anfangen. So wie ich auch.« Er sah ihr jetzt in die Augen, ohne sie aus seiner Umarmung zu entlassen.

Emilie hätte nicht sagen können, wer sich wem zuerst näherte. In der Sekunde darauf jedenfalls fühlte sie seinen Kuss auf ihren Lippen. Es war ihr, als kehrte ein Stück Leben in sie zurück. Wie das Aufklaren eines Gewitterhimmels oder das Vogelgezwitscher, wenn man nach einer dunklen Nacht am Morgen das Fenster öffnete.

In diesem Moment flog die Stalltür auf. Pfeifend drückte der Wind den Schnee ins Innere. Er wirbelte bis zu Emilies Füßen, die schnell einen Schritt zurücksprang.

Johann drehte sich schwungvoll um.

Oskar und Brillant waren über und über von weißen Flocken bedeckt, die jetzt auf den Boden fielen. Das Gesicht des Gutsherrn war ernst und blass vor Kälte. Die Hufe klapperten auf dem harten Stallboden, als er sich näherte.

»Oskar. Lass mich bitte erklären …«, begann Johann.

»Ich habe Paul gefunden und ein Kreuz an seinem Todesort aufgestellt«, unterbrach ihr Vater ihn und reichte Johann die Zügel von Brillant. Sein Blick schweifte zu Emilie. »Wie geht es deiner Mutter?«

»Sie … sie schläft.« Es war ein kurzer Moment zwischen ihnen, in dem sie sich bloß ansahen.

Oskar nickte. »Ich gehe jetzt zu ihr. Kümmert euch um Brillant.« Damit verschwand er aus dem Stall.

Emilie wartete nach dem Vorfall ganze zwei Tage lang, doch keine einzige Gelegenheit schien ihr günstig, um mit ihrem

Vater zu sprechen. Immerzu waren sie von unzähligen Menschen umringt. Zudem fand sie nicht die richtigen Worte. Irgendwann aber hielt sie es nicht länger aus und fasste sich ein Herz.

Oskar von Zimny saß neben seiner Frau. Ihre Hand lag in seiner. Sie hatte die Augen an diesem Tag noch nicht geöffnet.

Emilie zog sich einen Hocker heran und setzte sich dicht neben ihren Vater. Sie legte ihre Hand auf die ihrer Eltern, als könnte ihre Mutter ihr so beistehen. »Darf ich bitte mit dir darüber reden«, raunte sie leise.

Ihr Vater sah sie nicht an.

»Das, was du da im Pferdestall beobachtet hast …«

»Emilie«, begann er ebenso leise und klang dabei, als spräche er mit einem Kind. »Ich bin kein Dummkopf. Ich habe eure Blicke längst bemerkt.«

Sie war überrascht. Er klang nicht erzürnt. Warum hatte er nichts gesagt, obwohl er es gewusst hatte?

»Glaube mir, noch vor ein paar Wochen hätte ich dir einen ordentlichen Vortrag gehalten und Johann den Kopf abgeschlagen. Aber heute …« Er machte eine Pause. »Das Leben kann so schnell vorbei sein. Ein Wimpernschlag, und alles, was dich ausgemacht hat, gehört der Vergangenheit an. Nur die Menschen, die einen geliebt haben, erinnern sich noch an dich. Das ist das einzige Erbe, Emilie. Alles, was bleibt.«

Das Gespräch war mit diesen Worten beendet. Sie hielten ihre drei Hände noch eine ganze Weile übereinander.

Emilie fühlte sich ihren Eltern in diesem Moment so nah, dass sie einfach verweilen wollte. Alles um sie herum verschwand. Es gab nur noch die Hände. Und irgendwann verschwand die Wärme aus den Fingern ihrer Mutter. Emilies Atem ging flach. Sie wagte nicht aufzusehen, doch im Augenwinkel erkannte sie, dass das Kinn ihres Vaters zitterte. Da wusste sie, ihre Mutter war gegangen.

Das Ehepaar von Borowitz kam leise herein. Vielleicht hatte ihnen jemand Bescheid gesagt. Wortlos trat die alte Irmela an die Tote heran und legte Wilhelmine von Zimny ein hölzernes Kreuz auf die Brust. Sanft und fein stimmte sie das Ostpreußenlied an, das jeder kannte. Bereits nach den ersten Worten fielen die Menschen in der Wohnstube in den uralten Gesang mit ein.

»Land der dunklen Wälder und kristall'nen Seen, über weite Felder lichte Wunder geh'n.

Starke Bauern schreiten hinter Pferd und Pflug, über Ackerbreiten streicht der Vogelzug.

Und die Meere rauschen den Choral der Zeit, Elche steh'n und lauschen in die Ewigkeit.

Tag ist aufgegangen über Haff und Moor, Licht hat angefangen, steigt im Ost empor.«

Emilie weinte lautlos. Ihre Lippen bewegten sich, aber es kam kein Ton heraus. Sie schloss die Augen und lehnte den Kopf an die Schulter ihres Vaters, der seinen freien Arm um sie legte. Beide hielten die kalte Hand von Wilhelmine noch lange.

Da es keine Särge gab, wurde ihre Mutter über Nacht auf einem großen Tisch aufgebahrt, wo alle in Ruhe von ihrer Herrin, Frau und Mutter Abschied nehmen konnten. Das Begräbnis fand am nächsten Tag statt. Der Boden draußen war noch härter als vor ein paar Tagen. So legten sie Wilhelmine von Zimny in den kleinen Eiskeller unterhalb der Erde, dessen strohgedeckter Eingang sich zwischen zwei großen Linden befand. Sie versperrten die Tür mit einer Mauer aus Steinen. Zum zweiten Mal fertigte ihr Vater ein Kreuz.

GUT SOMMERROTH

EMILIES PFERDE

KAPITEL 23

Henry Sommerroth richtete den Kragen seines hellblau karierten Hemdes. Er stand vor dem Spiegel seines Schlafzimmers, das im seitlichen Flügel des Schlosses lag. Von hier aus konnte er über beide Höfe sehen. Für gewöhnlich liebte er genau das an diesem Eckzimmer und stand gerne am Fenster, um den Blick über den Stammsitz der Familie schweifen zu lassen. Heute erfüllte ihn alles, was er sah, mit innerer Unruhe.

Vor dem Haupthaus, genau unter ihm, wies Babette ein paar Leute an, die Treppenstufen zu fegen und alte Blüten aus den Blumenkübeln zu entfernen. Alles sollte bereit sein für Mojos Käufer Juri Nikolajew und seine Begleiter, die in nicht mal dreißig Minuten die Auffahrt hochkommen sollten.

Rechts, in einiger Entfernung, erblickte er Lizzy, die den Hengst vor seiner Box in der Sonne angebunden hatte und ihm die Mähne einflocht. Das schwarze Fell glänzte, als wäre Mojo gerade durch einen Sommerregen galoppiert. Lizzy war schon bei der letzten Strähne angelangt, da musste sie unterbrechen und schlang die Arme um ihr Pferd. Ihre Schultern bebten so sehr, dass Henry es sogar von seinem Platz aus sah. Alexander trat aus dem Haus und zog Lizzy in seine Arme.

Seine Tochter so zu erleben zerriss Henry fast das Herz. Hatte er nicht einst denselben Schmerz gefühlt? Und seine Mutter Emilie auch? Die Geschichte wiederholte sich tatsächlich – so, wie Marisa es am See zu ihm gesagt hatte.

Obwohl Henry es nicht wollte, ging ihm Teufelchen seit dem Gespräch nicht mehr aus dem Sinn. Dabei musste er sich selbst eingestehen, dass er die Kuh viele Jahre gänzlich aus seinen Gedanken verbannt gehabt hatte. Der Schmerz war wohl einfach zu groß gewesen. Jetzt aber erinnerte er sich in allen Einzelheiten, und es tat noch so weh wie damals.

Wieder sah er sich als kleiner Junge hinter der Küchentür stehen, wo er seine Großmutter Charlotte bei einem Gespräch mit der Köchin belauscht hatte. Die Frau war schockiert gewesen, als sie erfahren hatte, dass Teufelchen zum Erntefest geschlachtet werden sollte. Sogar zu widersprechen hatte sie gewagt – eine unglaubliche Frechheit, für die sie eine Ohrfeige kassiert hatte. Henry selbst war umgehend klar geworden, dass wohl nicht einmal der Allmächtige selbst seine herrische Großmutter würde aufhalten können. Weinend war er in den Stall zu Teufelchen geschlichen, um sich von seiner geliebten Kuh zu verabschieden. Nie wieder in seinem Leben hatte er sich so einsam und machtlos gefühlt.

Henry öffnete eine Schublade, in der die Schatullen mit seinen Uhren und Manschettenknöpfen lagen. Seine Hand griff ganz nach hinten. Er fühlte die raue Box aus Holz. Seit vielen Jahrzehnten hatte er sie nicht mehr geöffnet. Jetzt warf er einen Blick hinein. Die weißen und schwarzen Haare waren noch immer da, und sie sahen aus wie an jenem Tag, da er sie mit zitternden Fingern auf Teufelchens Körper zusammengesucht hatte. Henry holte tief Luft durch den geöffneten Mund und schloss den Deckel wieder. Er brauchte all seine Willenskraft, um die aufwallenden Gefühle zur Seite zu drängen, die ihn zu übermannen drohten.

Erneut schaute er nach draußen. Lizzy war unverändert in Tränen aufgelöst. Doch wenigstens hatte sie Alexander, der mit ihr sprach und sie zu trösten versuchte.

Er selbst hatte damals den Beistand seiner Mutter gehabt. Stundenlang war Emilie auf dem Erntefest bei ihm gewesen, hatte mit ihrem feinen Kleid auf dem dreckigen Boden von Teufelchens leerer Box gesessen und ihn in ihren Armen gewiegt.

Emilie hingegen war ganz allein gewesen, als ihre Pferde abgeholt worden waren. Nicht einmal er selbst hatte sie getröstet – so sehr war er auf seine Eifersucht konzentriert gewesen. Das war Henry gestern schmerzlich bewusst geworden, als Marisa ihn am See gefragt hatte, wohin man die Trakehner gebracht hatte. Er konnte ihr keine Antwort darauf geben. Es hatte ihn nie interessiert. Wie schlimm es für Emilie gewesen war, das Letzte zu verlieren, was die Flucht ihr nicht genommen hatte, wurde ihm erst allmählich klar. Genauer gesagt seit dem Moment, als die Urne von Lenchen gefunden worden war. Charlotte hatte damals eine Beerdigung auf dem Familienfriedhof untersagt. Wenig später war das Aschengefäß aus dem Bestattungsinstitut verschwunden gewesen. Emilie musste sie tatsächlich heimlich gestohlen und bei der Burg begraben haben, um nicht allein zu sein.

Henry stemmte die Arme in die Seiten und legte den Kopf in den Nacken. Er versuchte so, die quälenden Gedanken in seinem Kopf anzuhalten.

Ein Klopfen an der Tür lenkte ihn schlussendlich ab. Es war Philipp.

»Hier bist du. Hast du Marisa irgendwo gesehen?«

Henrys Arme sanken herab. Die Frage verwunderte ihn. Aber wenn er es recht überlegte, war sie ihm heute noch gar nicht begegnet. »Nein. Habe ich nicht.«

»Sie ist nicht in ihrem Haus und auch nicht in der Scheune.«

»Hast du sie schon angerufen?«

»Ja. Sie geht nicht ran.«

»Merkwürdig. Vielleicht weiß Babette, wo sie ist. Ich komme mit runter.«

Auch die Gutsverwalterin war ratlos. Dieses Verhalten sah Marisa nicht ähnlich. Beunruhigt durchquerte Henry das Haupthaus und schaute in alle Räume. Irgendwann betrat er die sorgfältig gemähte Wiese zwischen Schloss und See, wo ein großer Tisch für mehr als zehn Personen stand. Das leichte Tuch darauf wehte im lauen Wind. Zwei helle Schirme legten alles in einen angenehmen Schatten. Sein Blick fiel auf Caroline, die einen silbernen Champagnerkühler zurechtrückte, der umringt war von langstieligen Gläsern.

Als sie Henry bemerkte, winkte sie ihn heran.

Je näher er kam, desto weniger konnte er sich vorstellen, auf Mojos Verkauf mit Champagner anzustoßen. Seine Kehle war wie zugeschnürt.

»Wie es scheint, hast du an alles gedacht.«

»Fast«, nickte sie und legte abschließend einen edel glänzenden Stift auf den Platz am Kopfende bereit. »Für die Unterschriften. Jetzt ist alles fertig. Ich hoffe, Lizzy und Mojo sind es auch?«

»Ja, aber es geht ihr nicht gut, wie du dir denken kannst.«

Caroline zog ihren Rock mit einer wippenden Hüftbewegung ein Stück nach unten und zupfte an den Ärmeln ihres Blazers. »Es ist die richtige Entscheidung, Henry. Für Sommerroth. Es dreht sich immer nur um das Gut!«

»Was ist mit der Familie?«

»Die hat nun schon Jahrhunderte überdauert. Glaubst du, es ging dabei stets friedlich zu? Man muss bereit sein, Opfer zu bringen, Henry. Und heute ist so ein Tag. Niemand sagt, dass das leicht ist.« Sie schritt auf ihn zu und legte ihm aufmunternd die Hände auf seine Oberarme. »Du bist das Oberhaupt dieser Sommerroth-Generation. Du musst dafür sorgen, dass der Stammsitz auch für nachfolgende Jahrgänge erhalten bleibt.

Dabei kann nicht ständig auf den Einzelnen geschaut werden. Vergiss nicht, dass die Familie noch aus vielen Menschen mehr besteht als aus uns.«

Babette erschien an der Terrassentür. »Sie kommen!«, rief sie über den Rasen.

Caroline gab ihr ein Zeichen und wandte sich wieder an Henry. »Der Verkauf von Mojo wurde per Mehrheit beschlossen. Du hast diese Regel selbst aufgestellt – und zwar aus gutem Grund. Wenn du jetzt zögerst, weil Lizzy traurig ist, wird in Zukunft das Chaos auf Sommerroth regieren.«

Henry wusste, Caroline hatte recht damit. Gerade in schwierigen Zeiten dienten Regeln der Ordnung. Es musste sein.

Neben ihr und Philipp trat er aus dem Eingang, als ein großer schwarzer Wagen über den Kies rollte. Dahinter hielt das Fahrzeug eines Tierarztes, in dem sich allem Anschein nach ein halbes Labor befand. Zum Schluss befuhr der Pferdetransporter die Auffahrt – ein schwarzer Truck, in dem auch die beiden Pferdepfleger wohnen konnten, die Mojo auf dem Weg in sein neues Zuhause begleiten würden.

Henry sah Juri Nikolajew aus der schwarzen Limousine steigen und sich das Jackett zuknöpfen. Danach kam er mit ausgestreckter Hand auf ihn zu.

»Baron Sommerroth, es ist mir eine Ehre.« Kein russischer Akzent war zu hören.

»Die Freude ist ganz auf meiner Seite, Herr Nikolajew. Ich hoffe, die Anreise war angenehm.«

»Durchaus, durchaus. Wir hatten keine Probleme.« Nun nahm er Carolines Hand und küsste sie. »Baroness, ohne Ihr Zutun wäre es nie zu diesem erfreulichen Treffen gekommen.«

»Und natürlich dank des Zutuns von Margot Freifrau von Lierhausen – unserer gemeinsamen Freundin«, ergänzte Caroline lächelnd.

»Ja. Sie schwärmte mir vor von der Schönheit Sommerroths.«
Er blickte sich fasziniert um. »Ich muss sagen, sie hat nicht
übertrieben.«

»Sehr freundlich von Ihnen. Ich hoffe, die Reparaturen
am Dach des Haupthauses trüben diesen Eindruck nicht. Der
Sturm hat uns etwas zugesetzt.« Sie zeigte nach oben, von wo
leise Stimmen und ein Hämmern zu hören waren. »Im Garten
habe ich alles für eine Erfrischung bereitstellen lassen, Herr
Nikolajew. Wenn Sie mögen ...« Caroline machte eine entsprechende Geste.

»Wundervolle Aussichten, Baroness. Aber erst die Arbeit,
dann das Vergnügen. Ich kann es nicht erwarten, das Prachttier
mit eigenen Augen zu sehen. Wenn es nicht allzu unhöflich
ist, würde ich meine Tierärzte gerne bereits mit den üblichen
Ankaufsuntersuchungen beginnen lassen.«

»Wie Sie wünschen«, sagte Caroline.

Henry beobachtete, wie sehr sie sich in der Rolle als
Wortführerin gefiel. Seine Schwägerin hatte das Zepter schon
immer in der Hand halten wollen, und nun war es ihr auf
Umwegen gelungen. Auf ihn selbst wirkte es befremdlich.
Schließlich hatte er eigentlich seinen Kindern die Geschäfte
überlassen und nicht ihr.

Juri Nikolajew blickte zu Henry und Philipp. »Alles nur
Formalitäten natürlich. Ich gehe davon aus, dass Wild Mojo in
einem hervorragenden Zustand ist und wir in weniger als zwei
Stunden mit ihm den Hof verlassen.«

»Selbstverständlich. Dort drüben kommt der Hengst.«
Henry wies auf die Fliederallee. Gerade als Mojo von Alexander
hindurchgeführt wurde, kam Wind auf und ließ lilafarbene und
weiße Blütenblätter auf ihn regnen.

»Außergewöhnlich!« Der Käufer war sichtlich beeindruckt.
»Er ist noch schöner als auf allen Bildern und Videos.«

Alexander übergab den Tierärzten den Führstrick. Mojo tänzelte und schnaubte aufgeregt, als die beiden Männer ihn begutachteten.

Herr Nikolajew entschuldigte sich für einen Moment und sprach mit seinen Männern auf Russisch.

»Wollte Lizzy nicht dabei sein?«, fragte Henry Alexander leise, der sich jetzt zu ihm, Philipp und Caroline gesellte.

»Sie meint, sie kann das nicht mit ansehen«, gab Alexander ihm zur Antwort.

»Ist Marisa bei ihr?«

»Nein.« Alexander schüttelte den Kopf. »Ist sie denn nicht hier?«

Caroline mischte sich ein, bevor Henry darauf reagieren konnte. »Es sind diejenigen hier versammelt, die für Mojos Verkauf gestimmt haben. Diejenigen, die dagegen waren, sind nicht hier. Ich finde, damit hat alles seine Richtigkeit.«

Obwohl es formal stimmte, was Caroline aussprach, fühlte es sich dennoch falsch an. Unentwegt schaute Henry sich um – in der Hoffnung, Marisa doch irgendwo zu entdecken.

Nachdem einer der beiden Tierärzte Mojo Blut abgenommen hatte und damit im Wageninneren verschwand, steuerte der zweite auf Alexander zu. »Wir brauchen die Papiere des Hengstes.«

»Natürlich, kein Problem. Ich … ich habe sie bei mir im Haus liegen. Es musste noch eine Impfung nachgetragen werden.« Er joggte los Richtung Wirtschaftshof und zückte dabei sein Handy.

Der Veterinär sah auf seine Zettel und fragte Henry: »Wo haben wir Platz und einen ebenen Untergrund für die Beugeprobe?«

»Ist Ihnen die Auffahrt recht?«

Der Mann spähte zur Allee und nickte. »Das dürfte gehen.« Er lief zurück, sagte etwas auf Russisch und deutete auf die Auffahrt.

Wieder sah Henry sich verstohlen nach Marisa um. Dabei lenkte eine Bewegung sein Augenmerk auf das Fachwerkhaus seiner Tochter.

Beeke öffnete gerade die Tür. Am Arm des Mädchens trat Emilie heraus – in einem dunkelroten Mantel und einem geblümten Kopftuch. Ihr Blick war für drei Sekunden auf Mojo gerichtet. Ihr Gesicht wirkte dabei unendlich traurig.

»Entschuldigt mich bitte«, bat Henry, der sich freute, dass seine Mutter kräftig genug war, um das Bett zu verlassen. Lächelnd eilte er auf Emilie zu. »Mutter, geht es dir besser?«

»Es geht mir schlechter denn je«, antwortete sie mit erstaunlich klarer Stimme. »Aber meine Gedanken sind nicht mehr wirr, falls du das meinst.«

Ihre Antwort warf zu viele Fragen auf für diesen Augenblick. Später würde er sich danach erkundigen. »Jetzt gerade ist es natürlich ungünstig, aber heute Abend würde ich gern in Ruhe mit dir sprech...« Erst jetzt registrierte er den Koffer, der im Flur stand. Beeke nahm den Haltegriff in beide Hände und wuchtete ihn hinter Emilie nach draußen. »Was hast du vor?«

»Du hast gewonnen, Henry. Mit dem heutigen Tag ist alles vorbei.«

»Was ist vorbei?« Der Boden unter ihm schien plötzlich zu schwanken.

In diesem Augenblick rollte ein Taxi langsam die Auffahrt hinauf.

»Ich reise ab. Für mich gibt es hier auf Sommerroth nichts mehr zu tun.«

»Was? Nein ...!« Ihre Worte trafen ihn wie ein Schwall kaltes Wasser. Sein Blick ruckte zu Beeke, die die Schultern zuckte.

»Ich konnte sie nicht davon abhalten.«

»Aber wo willst du denn hin, Mutter? Wann sehe ich dich wieder?«

Sie lächelte. Es war kein Spott darin. Nur ruhige Ernsthaftigkeit. »Ich denke nicht, dass wir uns wiedersehen werden. Dies ist unser Abschied, Henry.«

Der Fahrer stieg aus. »Taxi für Emilie von Sommerroth?«

Sie hob die Hand, und der Mann kam herbei, um ihren Koffer zum Auto zu tragen.

Henry fühlte sich, als würde er fallen. Ihm wurde schlagartig klar, dass er die Zeit, die seine Mutter hier gewesen war, ungenutzt hatte verstreichen lassen. In ihrer gemeinsamen Sanduhr fiel nun das letzte Korn.

»Warte … bitte, gib mir noch eine letzte Chance. Wir haben gar nicht geredet …«

»Dafür ist es jetzt zu spät, mein Sohn. Du hast dich entschieden«, lehnte sie ab und schaute eindringlich zu Mojo. »Ich bin zu alt, um die Schmerzen der Vergangenheit noch einmal zu durchleben.«

Er sah sie an sich vorbeigehen. In einer letzten Hoffnung, sie doch noch aufhalten zu können, fragte er: »Was ist mit Marisa? Willst du dich nicht wenigstens von ihr verabschieden?«

Emilie stieg ins Taxi. »Wenn jemand meinen Fortgang versteht, dann sie. Wir sind uns sehr ähnlich, Henry. Du solltest häufiger auf sie hören. Leb wohl.« Sie zog die Tür hinter sich zu und nickte dem Fahrer zu. Das Taxi fuhr los.

In diesem Augenblick kam Philipp an seine Seite gelaufen. Henry fühlte die Hand seines Sohns auf seiner Schulter.

»Wo will sie hin? Hast du sie etwa einfach gehen lassen?«, fragte er fassungslos.

»Nein. Schlimmer noch. Ich habe sie vertrieben.« Henry sagte es, ohne den Blick vom Taxi zu nehmen. Der beige Wagen war schon auf der Mitte der Auffahrt, als das Motorengeräusch eines weiteren Autos ihn die Straße hinabblicken ließ. Der blaue Kombi war viel zu schnell. Statt zu bremsen, hielt der Wagen direkt auf Gut Sommerroth zu und schoss geradezu durch das Torhaus.

»Marisa«, stieß Philipp hervor. »Was tut sie da?«

Mit quietschenden Reifen zwang sie das Taxi zu bremsen, indem sie ihren Wagen kurzerhand auf der Auffahrt querstellte. Danach sprang sie vom Fahrersitz, ohne den Motor abzustellen. Die Handflächen nach vorne gereckt, schrie Marisa: »Stopp!«

In dieser Sekunde rannte Henry los.

* * *

»Ist die verrückt?«, schimpfte der Taxifahrer, der eine Vollbremsung hatte machen müssen. »Fast wären wir zusammengeknallt.«

Emilie sah, wie Marisa auf sie zu stolperte. Noch im Laufen zog sie sich die Sonnenbrille von der Nase und schleuderte sie achtlos ins Gras. Ihre Enkelin schien zu einigem bereit, um sie aufzuhalten.

»Stopp! Bitte … fahr nicht, Oma Emilie! Ich muss dringend mit dir reden.«

»Können Sie einen Moment warten?«, bat sie den Taxifahrer, der ihr durch den Rückspiegel zunickte. Dann stieg sie aus.

Marisa schien sich etwas zu beruhigen, als sie das bemerkte. Und auch Emilie gestand sich ein, dass sie froh war, sich doch noch von ihrer jüngsten Enkelin verabschieden zu können. Hier, auf der Allee, war sie ihr nach vielen Jahren der Trennung wiederbegegnet. Jetzt war dies der Ort ihres Lebewohls.

Marisa erreichte Emilie atemlos und mit roten Wangen. »Du darfst nicht gehen.«

»Ich muss, Kind. Sei nicht traurig darüber. Sei lieber froh, dass wir diese Zeit noch hatten.« Es rührte sie, dass Marisa so stark für sie empfand. Auch Emilie liebte ihre Enkeltochter sehr.

Marisas Augen füllten sich mit Tränen. Trotzdem begann sie zu lächeln. »Ich weiß jetzt, wer Mojo wirklich ist.«

Emilie stockte. Das war völlig unmöglich!

»Ich weiß es«, wiederholte sie nickend.

Ihr Blick war so eindringlich, dass Emilie schwieg. Sie konnte es in Marisas Gesicht ablesen: Es war die Wahrheit. Sie wusste es tatsächlich!

»Du hast deine Pferde nach Hunnesrück gebracht, wo die letzten lebenden Trakehner nach dem Krieg in Sicherheit waren. Dort hat man mit ihnen weitergezüchtet und so die Blutlinie deiner Pferde bewahrt.« Sie wischte sich die Augenwinkel. »Und zwar so lange, bis du durch Lizzy einen Nachfahren deiner Pferde nach Sommerroth zurückbringen konntest. Wild Mojo ist mit Wildmuskat verwandt, oder?«

Emilie sah im Augenwinkel, dass Henry und Philipp hinzugekommen waren.

»Wie hast du das herausgefunden?«

Marisa lächelte, obwohl ihr die Tränen unaufhörlich über die Wangen liefen. Dann trat sie einen Schritt zur Seite und gab den Blick frei auf ihr Auto, wo sich jetzt die Hintertür öffnete.

»Durch den Mann, der sich all die Jahre in Hunnesrück um deine Pferde gekümmert hat. Er behauptet, ich sei dir wie aus dem Gesicht geschnitten.«

Emilie sah einen Greis aussteigen. Ihre Hand mit dem Löffelring zitterte, als sie sich diese auf den Mund presste. »Krzysztof!«

»Emilie!«, antwortete er ebenso ergriffen.

So wie sie selbst stützte auch er sich auf einen Stock. Sie erkannte ihn dennoch mit Leichtigkeit – nicht zuletzt an seinem wettergegerbten Gesicht, das er schon früher gehabt hatte. Seit er mit ihren Pferden nach Hunnesrück gegangen war, hatte sie ihn nicht mehr gesehen. Damals war sein Versprechen gewesen, Muskats Nachfahren nur mit den reinsten Trakehnern zu kreuzen, bis ein ganz besonderes Pferd geboren werden würde. Mojo war dieses Pferd – und der Hengst sollte das ostpreußische Blut vor fünf Jahren zurück nach Sommerroth bringen!

351

Emilie betrachtete Krzysztof, der mit kleinen Schritten näher kam. In ihrer Erinnerung waren sie beide plötzlich wieder jung. Sie befanden sich nicht hier, sondern auf der Zufahrt von Gut Zimny. Krzysztofs Schultern waren breit von der Arbeit, und auf seinem Kopf ruhte wie stets die schwarze Mütze von damals. Emilie hörte jetzt wieder die Störche Ostpreußens klappern und roch den Duft des zarten Wiesenschaumkrauts, das in den feuchten Ebenen ihrer Heimat gewachsen war.

Sie fassten einander an den Händen und konnten eine Weile nicht sprechen. Stirn an Stirn, die Augen geschlossen, beweinten sie die Vergangenheit, die keiner sonst kannte.

Irgendwann blickte Emilie auf. Der junge Mann von damals war verschwunden. Sie waren wieder alt, und das bewegte Leben, das hinter ihnen lag, spiegelte sich in ihren Gesichtern.

»Dass ich dich noch einmal sehen darf«, sagte sie dankbar. »Mein guter, guter Freund über ein ganzes Leben hinweg.«

»Was haben wir nicht alles durchgestanden?«, erwiderte er. »Das Blut von Muskat und Windfarbe hat bis heute überdauert – fünfundsiebzig Jahre nach dem Krieg.«

Sie nickte traurig. »Aber hier endet ihre Geschichte. Wir müssen jetzt wohl loslassen, Krzysztof. Mojo wird gerade verkauft.« Sie sah auf zu Henry, der sich vorsichtig näherte. Alles an ihm hinterließ den Eindruck, als stünde vor ihm ein Geist.

»Krzysztof! Herrgott, wie lange haben wir uns nicht mehr gesehen?«

»Beinahe ein Menschenleben lang, würde ich sagen. Es ist schön, wieder hier zu sein.«

»Ist es wahr, was ich eben gehört habe?«

»Jedes Wort davon. Das Pferd auf Ihrem Hof ist Emilies Erbe.«

Energische Schritte, die sich vom Haupthaus näherten, ließen alle zusammenfahren. »Baron von Sommerroth, was ist denn hier los?«, verlangte Juri Nikolajew zu wissen und deutete fragend auf die Auffahrt, die nach wie vor versperrt war.

Caroline kam ihm hinterher – die Handflächen entschuldigend aneinandergelegt. »Vielleicht sollten wir doch zuerst eine Erfrischung im Park zu uns nehmen. In der Zwischenzeit wird sich hier alles klären.«

Henry schüttelte den Kopf. »Nein, Caroline.«

Emilie nahm wahr, wie ihr Sohn sich gerade aufrichtete und das Kinn ein Stück hob. Kein einziges Mal, seit sie wieder hier war, hatte sie ihn so gesehen.

Er wandte sich nun dem Mann neben Caroline zu. »Es tut mir sehr leid, Herr Nikolajew. Aber Mojo steht nicht länger zum Verkauf.«

»Wie bitte? Das kann unmöglich Ihr Ernst sein, Baron.«

Henry blickte verständnisvoll, aber entschlossen. »Ich bin mir durchaus bewusst, dass das für Sie unglaublich klingt. Natürlich werden all Ihre bisherigen Kosten von uns übernommen.«

Caroline ging dazwischen. Ihr Gesicht war zornig. Sie zischte: »Henry, darf ich dich kurz unter vier Augen sprechen?«

»Das ist nicht nötig, Caroline. Meine Entscheidung steht fest.«

»Offenbar muss ich dich daran erinnern, dass du dieses Recht nicht mehr innehast. Der Verkauf wurde bereits entschieden, und zwar von denen, die die Geschäfte des Guts führen. Du repräsentierst lediglich!«

»Dann nehme *ich* hiermit meine Stimme zurück«, erklärte Philipp. »Und ich hoffe, ich entscheide mich gerade richtig.«

»Tust du, mein Sohn.« Henry hieb ihm dankbar die Hand auf die Schulter. »Du wirst es nicht bereuen.«

»Ist das Ihr letztes Wort, Baron?«, grollte der russische Käufer.

»Ich fürchte, ja.«

Juri Nikolajew drehte sich auf den Hacken herum und schnipste seine Leute hinter sich her.

»Sind hier jetzt alle verrückt geworden?«, rief Caroline fassungslos. Sie zeigte zum Schloss. »Der nächste Sturm wird das

Dach komplett abdecken. Es muss repariert werden. Oder sollen wir etwa unter freiem Himmel übernachten?«

Emilie lachte kurz auf. »Lass dir gesagt sein, auch das kann man überleben. Und noch vieles mehr. Aber davon hast du keine Ahnung.«

Caroline erwiderte nichts und stampfte davon.

Emilie schaute ihr hinterher. Sie fühlte keinen Triumph über ihre alte Rivalin, sondern vielmehr die Schwere der Vergangenheit. Sie war des Streitens so müde.

Kurz darauf ertönte der laute Hufschlag von Mojos Eisen auf der Auffahrt. Alexander hatte den Hengst von den Tierärzten entgegengenommen.

Emilie schritt an allen vorbei und hielt auf ihn zu. Wortlos nahm sie Alexander den Führstrick aus der Hand. Mojo senkte den Kopf zu ihr herunter. Sie strich dem Hengst über die Stirn und sah ihm in die großen dunklen Augen. Dabei erkannte sie Muskat in ihm, die ihr einst das Leben gerettet hatte. Emilie legte ihre Wange an seine Nüstern, wo sie den tiefen Atem des Pferdes spürte. Sie konnte die Tränen nicht länger zurückhalten.

»Wenn ihr nur wüsstet, was nötig war, um dieses Trakehnerblut zu retten.«

»Erzähle es uns«, bat Marisa sanft und sah sie dabei flehend an.

»Ja«, stimmte auch Henry mit ein. »Ich möchte alles darüber wissen. Bitte erzähl uns von deiner Vergangenheit.«

Emilie fühlte, wie die erbarmungslosen Erinnerungen des Winters 1945 an die Oberfläche drängten. Noch nie hatte sie mit jemandem über den schlimmsten Teil ihrer Flucht aus Ostpreußen gesprochen. Jene Tage verbargen sich tief in ihrer Seele – und das nicht grundlos. »Ich weiß gar nicht, ob ich das kann.«

Krzysztof trat zu ihr und Mojo. »Doch. Du kannst es. Sie sollten davon erfahren. Und ich bin ja da. Wir erzählen es einfach gemeinsam.«

Gutshaus Borowitz und Frisches Haff

Emilies Überleben

Kapitel 24

Sie hatten zu lange gewartet!

Johann, Oskar und Emilie saßen im Schlafzimmer der Borowitz' um den Volksempfänger. Wie jeden Abend hörten sie den verbotenen Schweizer Radiosender Beromünster, der als unparteiisch galt. Die Stimme wurde ständig durch Rauschen und Knacken unterbrochen, und doch verstanden alle, dass jetzt geschehen war, womit so schnell niemand gerechnet hatte: Die Rote Armee hatte ihre Kriegstaktik vom Ersten Weltkrieg wiederholt. Sie war in kürzester Zeit weit ins Land eingedrungen und hatte es so von Warschau aus bis in die Stadt Elbing im Westen Ostpreußens geschafft. Was das bedeutete, war unmissverständlich klar.

»Wir sind eingekesselt«, stieß Emilie erschrocken hervor und schlug sich die Hand vor den Mund. Für einen Augenblick bekam sie kaum mehr Luft und begann zu japsen.

Irmela von Borowitz fasste sie an den Schultern und führte Emilie zum Fenster, das sie einen Spalt öffnete. »Atmen, Kind. Tief durchatmen.«

Der Schwall kalter Luft verhinderte, dass Emilie die Besinnung verlor. Die blitzenden Punkte vor ihren Augen verschwanden. Ihr Brustkorb hob und senkte sich wieder in längeren Zügen. Sie hörte den allgegenwärtigen Kanonendonner in der Ferne. War es Einbildung, oder kam er tatsächlich aus einer anderen Himmelsrichtung, fragte sich Emilie, da sie den Feind nun westlich von sich wusste. Langsam drehte sie sich um. Der Wind fegte ihr in den Nacken.

Johann stand auf und begann im Kreis zu laufen. Seine rechte Faust war geballt. »Ich fasse es nicht! Seit Wochen herrscht für die Bevölkerung Fluchtverbot. Man solle sich nicht sorgen, hieß es. Und nun ist die Rote Armee einfach bis Elbing durchmarschiert. Die verdammte Wehrmacht hatte den Russen nichts mehr entgegenzusetzen.«

»Dabei verwette ich meinen Kopf darauf, dass Gauleiter Koch und alle Parteifunktionäre, die uns stets das Leben schwer gemacht haben, als Erste getürmt sind«, spie Oskar verächtlich aus. Wütend rieb er sich das stoppelige Kinn. Seine Augen lagen tief in den Höhlen. Er schien die letzten Tage um Jahre gealtert.

Emilie hielt sich weiterhin mit beiden Händen an der Fensterbank fest. Ihre Knie waren butterweich. Ein Teil von ihr kämpfte das Gefühl nieder, sich zu ihrer Mutter in den Eiskeller legen zu wollen. »Wo sollen wir hin, wenn Ostpreußen jetzt vom Rest Deutschlands abgeschnitten ist? Ist unsere Flucht hier etwa beendet?«

»Es gibt noch einen Weg«, sagte Ferdinand von Borowitz plötzlich und stellte das Radio ab. Daraufhin ging er zu einer vierschübigen Barockkommode aus glänzendem Nussholz. Er räumte die erste Schublade leer. Ein doppelter Boden kam zum Vorschein. Neben Schmuck und Dokumenten lagen dort mehrere Messtischblatt-Karten. Knisternd entfaltete er eine von ihnen auf dem Bett. Er zeigte auf die Ostsee. »Und zwar der Weg über das zugefrorene Frische Haff.«

Emilie dachte im ersten Moment, der Mann erlaube sich einen bitteren Scherz mit ihnen. Zögernd kam sie näher und beobachtete, wie er mit einem Bleistift eine deutliche graue

Linie von Gut Borowitz gen Norden an die Küste zog. Kurz verharrte die Mine dort. Dann fuhr der Bleistift über das Wasser hinaus.

Emilie bekam eine Gänsehaut. Sie bildete sich ein, die Kälte des Eises unter ihren Füßen zu spüren. Der bloße Gedanke, vielleicht mehrere Tage auf gefrorenem Wasser zu laufen, nahm ihr erneut die Luft.

»Diese Karte habe ich für unsere Gutsleute anfertigen lassen. Jetzt kann sie euch helfen. Wenn ihr tut, was ich euch rate, habt ihr noch eine Möglichkeit zu entkommen.« Der Finger des Gutsherrn legte sich auf den Punkt auf der Linie, wo Land und Wasser zusammentrafen. »Ich vermute, dass sehr bald mehrere Treckwege über das Eis existieren werden – hier in Frauenburg ganz gewiss. Es liegt von hier keine dreißig Kilometer weit entfernt. Dort geht ihr aufs Eis. Euch bleibt keine andere Wahl mehr.«

Emilie starrte auf die Karte und erinnerte sich. Ein einziges Mal war sie zur Sommerfrische am Haff gewesen. Das Lagunengewässer von achtzig Kilometer Länge war ihr endlos vorgekommen. Wäre da nicht am Horizont in weiter Ferne der schmale Landstreifen gewesen, der das Haff von der Ostsee trennte – die zwei Kilometer breite Nehrung.

Ferdinand von Borowitz richtete sich auf. Der Bleistift rollte langsam vom Bett und kam mit einem hellen Klimpern auf dem Boden auf. Er hatte wohl Emilies ängstlichen Blick bemerkt.

»Bei diesen Temperaturen wird auf dem Haff bereits eine tragfähige Schicht Eis liegen. Ihr quert das Wasser und gelangt über die Nehrung im Norden nach Danzig.«

Johanns Kiefermuskeln spielten, wie immer, wenn er angestrengt nachdachte. Seinem Gesicht nach zu urteilen wog er gerade das Risiko ab. »Es wird unendlich kalt werden auf dem Haff. Der Wind wird von nichts aufgehalten. Zudem sind wir tagsüber für Tiefflieger sehr gut zu sehen. Wir können uns nirgendwo vor ihnen verstecken.«

Seine Worte machten Emilie klar, was für eine Hölle auf sie wartete.

Johann ergriff die Karte dennoch und faltete sie zusammen. »Aber wir müssen es versuchen. Und wir sollten noch heute aufbrechen. Wenn das deutsche Radio erst davon berichtet, dass Ostpreußen eingeschlossen ist, wird es kein Vorankommen auf den Straßen mehr geben. Zehntausende werden zum Haff ziehen.«

»Ich gebe dir recht.« Oskar stand auf. Die Hände auf dem Rücken verschränkt, trat er ans Fenster, wo das unerbittliche Schneetreiben eher schlimmer denn besser zu werden schien. »Ottilie lahmt. Sie kann keinen Wagen mehr ziehen. Und Fanny zeigt deutliche Zeichen einer verfrühten Geburt. Wir sollten sie beide hierlassen.«

»Ausgeschlossen«, stieß Emilie jetzt mit einer Heftigkeit aus, die sie selbst überraschte. »Ich werde kein einziges unserer Pferde zurücklassen.«

»Sei doch vernünftig, Emilie«, sagte Oskar streng und drehte sich zu ihr um. »Ottilies Bein schwillt nicht mehr ab. Bei den Explosionen muss sie etwas getroffen haben. Und Fannys Euter bildet sich schon aus – zehn Wochen vor dem Geburtstermin. Wenn wir sie mitnehmen, wird zumindest das Fohlen qualvoll sterben. Vielleicht sogar beide.«

Emilie fiel es unsagbar schwer, das zuzugeben, aber ihr Vater hatte recht. Sie nickte stumm.

»Wir werden uns um eure Pferde kümmern«, versicherte ihr Irmela von Borowitz. »Falls deutsche Soldaten sie nicht vorher beschlagnahmen oder Russen sie stehlen, könnt ihr sie eines Tages wieder zu euch holen. Aber nun solltet ihr euch wirklich schnellstens aufmachen.«

Ihr Ehemann nickte zustimmend. »Wir haben in der Remise noch einen langen Vierspänner. Nehmt ihn und lasst eure beiden Wagen und alles Gepäck hier zurück. So seid ihr schneller und nicht in der Gefahr, auf dem Eis getrennt zu werden.«

Emilie stieg gegen Mittag auf Muskat. Zu elft verließen sie bei minus zwanzig Grad Gut Borowitz Richtung Norden. Der Eiswind blies unerbittlich und trieb Schneeflocken aus dem Osten wie Pfeilspitzen vor sich her.

Oskar ließ die Peitsche knallen. »Vorwärts«, brüllte er unaufhörlich gegen den Sturm an. Windfarbe, Kabinett, Brillant und Raffinesse legten sich schwer in die Riemen, um den Wagen durch den Tiefschnee zu ziehen. An den eisenbeschlagenen Rädern klebte armdick das Eis. Kaum hatten sie Fahrt aufgenommen, fuhren sie sich wieder unter dem Gewicht des Wagens fest, sodass die Pferde unter großer Kraftanstrengung erneut anziehen mussten. Auf diese Weise brachten sie mühsam Kilometer für Kilometer hinter sich. So ging über Äcker, Wiesen und Wege, deren Grenzen oft nicht mehr zu erkennen waren.

Die Karte von Ferdinand von Borowitz erwies sich bald schon als großer Vorteil, wie Emilie feststellte. Mit ihrer Hilfe konnten sie die am stärksten befahrenen Straßen umgehen und an dem stockenden Flüchtlingstreck vorbeiziehen, der rechter Hand schemenhaft als schwarze Perlenkette durch die schneegeschwängerte Luft auszumachen war. Sie selbst ritt auf Muskat stets vorweg. Trotz des Protests ihres Vaters hatte sie darauf bestanden, denn die Sicht betrug zeitweise nur wenige Meter. Zu Pferd konnte sie vorab den Weg erkunden, sodass ihr Gespann nicht versehentlich auf einen zugeschneiten Graben zuhielt. Doch ohne den Schutz des Spitzdachs, das die Männer in aller Eile auf den Wagen gezimmert hatten, war sie dem Wetter hilflos ausgeliefert. Weder der Pelzmantel von

Irmela noch das Schaffell auf ihrem Sattel oder die dick einge-fetteten Stiefel halfen gegen die klirrende Kälte. Selbst Muskat zitterte am ganzen Körper, doch sie mussten dringend weiter. So trieb Emilie ihre Stute querfeldein gegen den brüllenden Schneesturm an. Vereinzelnd boten ihr alte, große Bäume etwas Schutz, in deren Windschatten sie kurz verharrte, um sich zu orientieren. Ihre Augen mussten sich sehr anstrengen, um die helle Schneedecke auf Vertiefungen abzusuchen. Der tosende Sturm machte sie fast taub für andere Geräusche.

Wohl auch deshalb entdeckte Emilie die von Westen heran-nahenden sowjetischen Panzer erst, als diese sich am Horizont abzeichneten.

»O Gott, nein!« Ruckartig riss sie an Muskats Zügeln. Die Stute lief so erschrocken rückwärts, dass sie fast fiel. Emilie zwang sie hinter einen dicken Eichenstamm. Die Rotarmisten hatten sie eingeholt!

Wie Schlitten schienen die Panzer über den Schnee zu glei-ten. An ihren stählernen Außenhäuten klebten Soldaten in wei-ßer Kleidung wie die Schneeflocken an Emilies Pelz. Jetzt erst trug der Wind das furchtbare Kettenrasseln und Gedröhne zu ihr herüber, das von ihnen ausging. Die Panzer durchbrachen einen Weidezaun und fuhren über Bäume und Büsche hinweg. Nichts in ihrem Weg ließ sie die Geschwindigkeit reduzieren. Mit Entsetzen begriff Emilie, was das Ziel der Stahlmonster war: der Flüchtlingstreck!

Statt zu bremsen, schwenkten ihre schlanken Geschützrohre jetzt aus. Erste Schreie drangen aus der Menge. Dann flammte es gleißend orange aus den vorderen Spitzen der Rohre. Unter ohrenbetäubendem Lärm zersprengten Panzergranaten den Treck. Die Wagen explodierten und Menschen wurden in die Luft gerissen. Eine Salve nach der anderen entlud sich, bis alles in einer grau-weißen Wolke verschwand. Jetzt beschleunigten die Panzer. Wer noch nicht durch den Beschuss getötet worden war, geriet nun unter die zermalmenden Ketten. Die Schreie von Mensch und Tier mischten sich mit dem Geräusch zerberstenden Holzes. Die Soldaten sprangen von den Panzern und schossen auf alles, was sich noch bewegte.

Emilie war wie erstarrt. Nur im Augenwinkel sah sie Johann herbeirennen. Er riss ihren Fuß aus dem Steigbügel, stellte seinen hinein und schwang sich hinter Emilie auf Muskat. Die Zügel wurden ihr aus den Händen gezogen.

»Festhalten«, sagte er und trat Muskat in die Seiten. Im gestreckten Galopp stoben sie über die weiße Wüste. Eine Gischt aus Pulverschnee bedeckte ihre Gesichter.

Emilie erblickte den Vierspänner vor sich im rasenden Galopp. Die eigentlich erschöpften Pferde waren bereits panisch vom Lärm, und sie wurden von ihrem Vater noch weitergepeitscht.

Erst als sie sicher sein konnten, dass die Russen sie nicht bemerkt hatten, schlugen sie wieder den Weg nach Norden ein. Es gab keine Worte für das unfassbare Grauen, das eben passiert war. Deshalb schwiegen alle über das Erlebte.

Emilie führte den Treck weiter an. Das Erfüllen dieser Aufgabe lenkte sie ab und machte die Todesangst für sie ein bisschen erträglicher. Gerade gab sie ihrem Vater wieder ein warnendes Handzeichen, damit er nicht in die Schneeverwehung eines Grabens fuhr, als sich plötzlich ein gellender Schrei gegen den pfeifenden Sturm durchsetzte.

Emilie trieb Muskat sofort zurück Richtung Wagen. Es war Agnes. Piotr hatte es nicht geschafft. Der kleine Junge war trotz vieler Lagen Stoff und Fell in den Armen seiner Mutter erfroren. Agnes klagte und weinte. »*Ja nie idę dalej. Położę się ż moim synem na śnieg żeby umrzeć. Potem się wszystko skończy.*« Sie wollte nicht mehr weiter, sondern sich an Ort und Stelle mit ihrem Kind in den Schnee legen.

Krzysztof redete auf sie ein und zerrte sie immer wieder auf ihre Füße. Irgendwann gelang es ihm, seine Frau zur Vernunft zu bringen. Wimmernd stieg sie zurück auf den Vierspänner und wog ihr Kind in den Armen, als schlafe es bloß.

Sie erreichten einen Wald – der letzte vor Frauenburg, das nur noch wenige Kilometer entfernt lag. Hier, im Schutz eng beieinanderstehender Bäume, schufen sie ein Grab für das Kleinkind. Nach einer kurzen Andacht, die Oskar sprach, während alle weinten und ihnen die Tränen auf den Wangen gefroren, ging es unerbittlich weiter.

Ab jetzt war ein Ausweichen auf die Felder sinnlos. Zu Tausenden strömten die Menschen aus allen Richtungen zum Haff. Es entstand ein unbeschreibliches Gedränge aus aufgefahrenen Fuhrwerken, die verkeilt in der einsetzenden Dämmerung ausharrten. Das Vorwärtskommen bestand nur aus wenigen Schritten. Dann wieder Warten, dass ein zerbrochener Wagen aus dem Weg geräumt wurde oder eine Wehrmachtseinheit passierte, und wieder ein paar Schritte. Manch ein Pferd hatte sich so lange durch meterhohen Schnee gekämpft, dass kein Peitschenhieb mehr half. Unter einem letzten Stöhnen knickten die Vorderbeine ein, und das Tier starb an Ort und Stelle vor Erschöpfung.

Es wurde Nacht, doch niemand von Gut Zimny dachte an Schlaf. Emilies müde Augen spielten ihr immer häufiger einen Streich. Sie hörte jemanden den Namen Zimny sagen, drehte sich um und konnte nicht erkennen, wer es war. Als Nächstes bemerkte sie ein Gesicht in der Menge, das ihr bekannt vorkam. Sie blinzelte, um schärfer zu sehen. Da war es auch sofort wieder verschwunden. Ein Schaudern lief ihr über den Rücken. Emilie schüttelte den Kopf. Einbildungen, sagte sie sich.

Und schließlich erreichten sie das Ufer des Frischen Haffs, an dem sich bereits Berge von zurückgelassenen Kisten, Körben und Wannen türmten. Hufschmiede patrouillierten am Treck entlang. Sie nahmen den Pferden die Eisen herunter, wenn sie keine Stollen darin hatten – andernfalls hätten sie keinen Halt auf dem Eis gehabt.

Ein Soldat sprang in den Wagen vor Emilie und entriss einer Frau den Koffer. »Das ist zu viel Gewicht. Lasst allen Hausrat zurück. Werft ihn raus. Schafft Platz für Flüchtlinge, die zu Fuß unterwegs sind.« Er schleuderte den Koffer fort, sodass er aufsprang und zahlreiche Fotografien vom Wind aufgewirbelt wurden. Die Frau schaute ihrer Habe scheinbar gleichgültig nach. Ihre Augen waren leer. Das eigene Leben schien alles zu sein, was sie überhaupt noch kümmerte.

Nur mehr drei Fuhrwerke standen jetzt vor ihnen und warteten darauf, dass die Gendarmerie das Zeichen zur Abfahrt gab.

Emilies Herz klopfte beim Anblick der Eisfläche so stark, dass sie meinte, andere müssten es hören. Alles in ihr schrie geradezu, dass es Wahnsinn war, auf das Haff zu gehen. Noch zwei Wagen! Sie besah sich die endlose weiße Fläche, von der sie wusste, dass sie sich über viele Kilometer erstreckte. Tannenbäume waren ins Eis gerammt worden, um eine Fahrspur abzustecken. Über all das fegte so ein starkes Schneetreiben, dass die Soldaten mit ihren Sturmlaternen, die die Trecks leiteten, sich schräg dagegenstemmen mussten. Nur noch ein Wagen! Emilie holte tief Luft, bis es in ihren Lungen brannte. Die Pferde vor ihr zogen an, so gut sie noch konnten, doch auf dem Eis fanden sie trotz abgenommener Eisen wenig Halt. Dennoch erreichte der Vorwagen bald einen Abstand von ungefähr fünfzig Metern. Genug, um das Gewicht zu verteilen.

»Jetzt ihr!«, schrie der Soldat Emilie an und winkte sie mit dem Arm zum Haff. »Los! Los! Zügig voran. Und nicht die Fahrspur verlassen.«

Emilie musste Muskat energisch treiben. Doch der Instinkt ihrer Stute setzte ein, und sie weigerte sich. Der Soldat wurde unruhig und hielt auf sie zu. Emilie zog schnell ihren

Handschuh aus und legte ihre Finger auf den verschneiten Hals mit dem schwarzen Fell. »Ich fürchte mich auch«, gestand sie. »Aber ich brauche dich jetzt, Muskat! Geh …!« Bevor der Soldat der Stute einen Schlag auf die Kruppe versetzen konnte, nahm Muskat ihren ganzen Mut zusammen und machte einen Satz auf das Eis. Aus den Nüstern laut prustend besah sie den fremden Untergrund und tat die ersten vorsichtigen Schritte. »Gut gemacht!«, stieß Emilie hervor und nahm die Zügel wieder mit beiden Händen auf. Es kam ihr vor, als hörte sie das Knirschen und Knacken unter sich ungewöhnlich laut. Doch das Eis hielt. Emilie sah zurück. Der Vierspänner wurde nun von Krzysztof geführt. Johann und ihr Vater liefen neben Windfarbe und Brillant her und hielten sie am Zaumzeug.

So glitten sie in die schwarze Nacht hinein, in der es nichts zu geben schien außer Kälte und Wind. Zu Anfang lief der Weg übers Haff noch geordnet ab, doch je weiter sie kamen, desto mehr Chaos machte sich breit. Vorne staute es sich, was hinten aufgrund der Dunkelheit niemand bemerkte. Die Wagen fuhren aufeinander auf. Soldaten schwenkten ihre Laternen.

»Anhalten. Nicht weiterfahren!«, drang es durch die Luft. »Ihr müsst euch verteilen, sonst brecht ihr ein.«

Alle, die das hörten, waren bereits zu weit gefahren. Ein Umdrehen war längst unmöglich. Das Eis begann bedrohlich zu knacken.

»Zurück!«, brüllte jetzt auch Johann gegen das Tosen des Sturms an. »Wir stehen zu dicht beisammen. Wasser ist auf dem Eis. Geht auseinander, schnell!«

Es dauerte nicht lang, da wallte Panik auf. Pferde liefen rückwärts in andere Fuhrwerke hinein. Ein Handwagen wurde dazwischen zerquetscht. Geschrei schallte durch die Nacht und das Geräusch von spritzendem Wasser. Jetzt verließen die ersten Gespanne die abgesteckte Fahrspur, um der Gefahr aus dem Weg zu gehen.

Ein Soldat hielt seine Laterne in den Schneesturm. Der gelbliche Schein fiel auf einen vorbeiziehenden Heuwagen und einen Landauer, die beide aufs offene Eis fuhren. »Kehrt um! Dort sind Bombeneinschlagstellen mit nur dünnem Eis. Ihr könnt sie nicht sehen!«

Kaum hatte er das ausgesprochen, brach das hintere Gefährt krachend ein. Frauen kreischten schrill aus dem Inneren des geschlossenen Wagens, der zur Falle wurde. Das Blubbern und Platschen der kämpfenden Pferde währte nicht lang. Kurze Zeit später waren sie einfach im schwarzen Wasser verschwunden.

Die Soldaten feuerten jetzt Schüsse in die Luft und stellten so die Ordnung wieder her. Langsam ging es voran. Und nach einer weiteren Stunde ebbte endlich der Schneesturm ab. Der Wind ließ nach, bis er lediglich ein Streicheln auf der Haut war. Es wurde leise auf dem Eis. Keiner der Tausenden von Menschen sagte auch nur ein Wort. Das Knirschen der Wagenräder und Hufe und das Knacken des Eises waren die einzigen Geräusche.

Emilie schaute in den unendlichen Himmel, der im Süden rot und violett gefärbt war. Ein wunderschöner Anblick eigentlich – hätte sie nicht gewusst, dass dort Ostpreußen brannte. Nördlich von ihr herrschte rabenschwarze Nacht. Sterne funkelten am Firmament. Ab und zu wurde das Eis für ein paar Minuten in verschiedenen Farben erleuchtet, wenn in der Ferne Markierungsbomben an Fallschirmen zu Boden schwebten. Die Wagen und Pferde warfen dann lange Schatten, was alles noch gespenstischer wirken ließ.

In diesem Licht bemerkte Emilie zum ersten Mal die Menschenzüge der anderen Treckwege rechts und links von sich. Träge und ebenso stumm zogen sie zur Nehrung. Waren sie echt oder eine Einbildung? Sobald das Licht der Leuchtschirme erloschen war, konnte Emilie es nicht mehr mit Gewissheit sagen. Der stundenlange Kampf gegen ihre Müdigkeit ließ ihre Lider immer wieder zufallen. Sie schlief tatsächlich auf Muskat ein, bis eine Hand sie am Bein berührte.

»Emilie!«

Sie schreckte hoch. Es war Johann.

»Geh in den Wagen und schlaf ein wenig. Ich nehme Muskat und sehe nach, was los ist. Dort drüben, wo es sich wieder staut, leuchten seltsame grüne Lichter auf.«

»Ist gut.« Sie ließ sich von ihm runterhelfen und stolperte mit steifen Beinen auf den Vierspänner zu.

Als ihr Vater sie bemerkte, half er ihr hoch. Sie setzten sich einander gegenüber, und weil sie das Gesicht des anderen nicht sehen konnten, nahmen sie sich bei den Händen. Leise Schnarchgeräusche drangen aus dem Wageninneren zu ihnen herüber.

»Wie geht es dir, Emilie?«, fragte ihr Vater sanft.

»Ich bin schrecklich müde.«

»Sobald wir die Nehrung erreicht haben, können wir in den Wald fahren und eine Nacht ausruhen.«

Sie nickte, obwohl er es nicht sehen konnte. »Und wie geht es dir?«

Seine Daumen streichelten ihre Finger. »Ich vermisse deine Mutter und denke immerzu an sie. Manchmal ist es, als würde sie neben mir sitzen. Und dann fällt es mir wieder ein.« Oskar drückte Emilies Hände jetzt. »Es gibt nur eines, das mir Trost spendet. Sie hat ihr ganzes Leben in Ostpreußen verbringen dürfen und ist auf ostpreußischem Boden zur Ruhe gebettet.«

»Ja, so hätte sie es sich gewünscht«, sagte Emilie und schluckte einen Kloß hinunter. Daraufhin dachte sie an Paul. Sie hatte ihren Vater nie gefragt, ob es ihm möglich gewesen war, ihren Bruder richtig zu beerdigen. Vielleicht hatte er nur ein Schneegrab erhalten, das im Frühling taute und seine verwesten Überreste freigab. Sie wollte es auch nicht wissen. Die Bilder in ihrem Kopf waren schrecklich genug. »Ich habe das

Gefühl, gar nicht richtig um unsere Toten getrauert zu haben. Ich fühle mich schuldig deswegen.«

»Das ist der Krieg. Das eigene Überleben kostet unendlich viel Kraft. Wir werden um unsere Toten trauern, wenn wir erst einmal angekommen sind.«

»Und wo wird das sein?«

»Ich schätze in Perlin, wo hoffentlich Ernst Ehlert mit seinen Trakehnern sein wird. Oder auch bei Martin Heling. Unsere Freunde werden uns helfen. Von dort aus sehen wir weiter.«

»Was ist, wenn keiner von ihnen ankommt? Und wir nicht wieder zurück nach Ostpreußen können? Hast du darüber mal nachgedacht?«

»Das habe ich, Emilie«, sagte er, und seine Stimme klang plötzlich fester, als sie es erwartet hatte. »Sollte unsere Heimat für immer verloren sein, haben wir noch unsere Pferde. Wir werden wieder mit ihnen züchten, und ganz gleich, wie schwierig der Anfang vielleicht werden wird, so wird das edle Blut unserer Trakehner überzeugen. Du darfst nie die Hoffnung verlieren, ja? Versprich mir das.«

»Wie kann ich dir das versprechen?« Ihre Stimme wurde brüchig. »Woher soll ich meine Hoffnung denn nehmen?«

Ihr Vater zog seinen Mantel aus, worunter er seine alte lederne Koppeltasche trug. Oskar reichte sie ihr und legte ihre Hand darauf.

Emilie fühlte die abgenutzte Oberfläche, die noch warm von seinem Körper war. Sie wusste, was er darin verwahrte: die Papiere der Zimny-Pferde. Erst auf Georgenburg hatte sie sie ihm wieder ausgehändigt.

»Hier drin ist der Stolz unserer Familie, wie du weißt. Ich gebe die Tasche jetzt dir, damit du weißt, wofür du durchhältst. Egal, was passiert. Und jetzt versprich es!«

»Ich verspreche es«, antwortete sie schließlich. Es schien ihm wichtig zu sein, und mit der Tasche fühlte sie tatsächlich einen

Funken Zuversicht. Emilie drückte auch seine Hände. So verweilten sie, bis die Morgendämmerung einsetzte. Die Öffnung des Wagens stand nach Osten gerichtet, wo der Himmel sich ganz langsam hell verfärbte. Emilie sah dem Schauspiel zu, das so viel Schönes hatte und doch auch den Schrecken der Nacht offenbarte. Auf dem schneeweißen Grund hoben sich die Leichen der verendeten Pferde ab. Viele hatten gebrochene Beine, alle waren starr gefroren. Hinter ihnen waren noch immer die Wagen angespannt, und manchmal saßen darin Mütter und Kinder, die ohne ihr Pferd nicht weiterkonnten.

Die Stille wurde von dem Entsichern einer Waffe jäh unterbrochen. Ohne jede Vorwarnung erschien vor der Wagenöffnung eine Gestalt.

»Endlich habe ich Sie aufgespürt!«, grollte eine Stimme.

»Wittko!«

Emilie hielt unverändert die Hände ihres Vaters. Schlagartig war sie hellwach. Ihr ganzer Körper begann zu beben.

»Nein!«, entfloh es ihr. Wie konnte das sein? Wie hatte er sie hier gefunden? Plötzlich fiel es ihr ein: Sie hatte sein Gesicht in der Menge gesehen, und sie hatte ihn reden gehört. Es war keine Einbildung gewesen!

»Steig aus dem Wagen, von Zimny! Deine Flucht ist ein für alle Mal vorbei.«

»Das dürfen Sie nicht«, protestierte Emilie jetzt. »Mein Vater hat nichts getan.«

Wittko funkelte sie böse an. »Du kleines verzogenes Gutsherrntöchterchen hast mir gar nichts zu sagen. Dein Vater ist ein flüchtiger Volkssturmmann. Und zudem ein Defätist. Er gehört vor den Volksgerichtshof, und genau dorthin wird das Greifkommando hinter mir ihn auch bringen.« Er wies auf ein paar finster aussehende Männer in einem Militärauto. Jetzt grinste er Oskar an. »Das heißt, wenn Sie nicht zufällig auf dem Weg dorthin verloren gehen und doch nach Sibirien ins Straflager kommen.«

Emilie wusste, diese Drohung war ernst gemeint. Und das wäre sein Todesurteil! Was konnte sie bloß tun? Ihre Gedanken rasten.

Der Ortsgruppenleiter zuckte mit seiner Waffe. »Steigen Sie endlich aus, von Zimny.«

Oskar sprang vom Wagen. »Sie werden nie aufgeben, oder, Wittko?«

»Nein. Ich hätte Sie bis zum Tag des Jüngsten Gerichts gejagt. Und wenn ich auf dem Weg dahin alle Menschen mit Namen von Zimny auch als Defätisten vor Gericht hätte zerren müssen – das wäre es mir wert gewesen, um Sie endlich zu erwischen.«

Emilie zitterte vor Verzweiflung und Wut. Wo war nur Johann? Hinter ihr hörte sie Lenchens verzweifeltes Wimmern.

»Nicht auch noch der gnädige Herr. Oh, guter Gott, steh uns bei …«

»Wo bringen Sie meinen Vater hin? Ich will es wissen!«, verlangte Emilie und sprang ebenso vom Wagen.

»Zurück!«, forderte Wittko und zeigte mit seiner Pistole jetzt auf sie.

»Nein!«, schrie ihr Vater. In seinem Gesicht stand zum ersten Mal die pure Angst. »Geh zurück in den Wagen, Emilie. Sofort!«

»Wenn ich nicht weiß, wohin du gebracht wirst, komme ich eben mit.«

»Emilie«, stieß Oskar jetzt aus. »Rede keinen Unsinn. Tu, was ich sage!«

Sie reagierte nicht auf ihren Vater. Stattdessen presste sie entschlossen die Lippen zusammen und setzte einen Fuß vor den anderen. Sie hatte bereits ihre Mutter und ihren Bruder verloren. Niemals würde sie einfach zuschauen, wie dieser Mann ihren Vater mitnahm. Sie starrte in das schwarze Rohr vor ihren Augen. Wittko kam langsam auf sie zu.

»Wohin ich ihn bringe, geht dich nichts an. Und jetzt behindere nicht länger meine Arbeit.«

»... es ist eine Brücke aus Baumstämmen. Sie führt über eine Eisbrecherstraße. Wahrscheinlich haben sie darüber Nachschub versch...« Johann umrundete den Wagen. »Was geht hier vor sich?«, rief er und sprang von Muskat, während die Stute noch lief. »Emilie!«

»Ah, da haben wir ja den Mann mit dem Sonderauftrag. Sofort stehen bleiben, sonst könnte mir der Finger ausrutschen.« Sein Kinn ruckte zu Johanns Gürtel. »Her mit der Waffe! Heute steht mir niemand mehr im Weg. Ich werde Oskar von Zimny nicht noch einmal laufen lassen.«

Johann blieb nichts anderes übrig, als seine Pistole über das Eis zu Wittko zu schleudern. Dieser fing sie mit dem Fuß ab und steckte sie ein.

»Besten Dank. Und jetzt zurück – alle beide.«

Emilie rührte sich nicht vom Fleck, aber Johanns Hände griffen ihre Oberarme fest und zogen sie ein paar Schritte nach hinten.

»Nein, lass mich. Ich werde mit meinem Vater gehen ...«

Wittko sah zufrieden aus.

»Ich kenne dich so gut wie keiner sonst, meine Tochter.«

Die Stimme ihres Vaters ertönte plötzlich von weiter weg. Emilie drehte sich um und sah, dass er unbemerkt ein paar Meter nach hinten aufs Eis gegangen war.

»Du würdest niemals aufhören, mich zu suchen – ganz gleich, wie lange es dauert. Aber so kannst du kein neues Leben anfangen.«

Emilie erstarrte. Jede Faser ihres Körpers schien einen Warnschrei auszustoßen.

Wittko richtete die Waffe jetzt wieder auf ihn. »Stehen bleiben, von Zimny!«

Oskar blickte jetzt zu Johann. »Bring sie hier raus und beschütze sie mit deinem Leben. Das ist mein letzter Wunsch.«

Johanns Hände schlossen sich wie Eisen um Emilies Glieder.

Oskar breitete die Arme aus und ließ sich nach hinten fallen. Sein Körper durchbrach die dünne Eisschicht eines Bombeneinschusslochs. Das dunkle Wasser schlug über ihm zusammen und verschlang ihn wie ein hungriges Tier.

»Neeeeeeein!« Emilies Stimme überschlug sich. Sie schrie und schrie. Dabei zerrte sie an Johanns Armen, die sie unverändert umschlossen hielten. Sie bekam ihren Körper nicht frei. Ihre Beine gaben nach.

Ein leises Motorenbrummen drang in diesem Augenblick durch die Luft. Stetig wurde es lauter. Dann erschienen die Flugzeuge am Himmel.

Wittko steckte seine Waffe weg und rannte zu dem Militärwagen. »Weg von hier, schnell!«, befahl er dem Mann hinterm Steuer, der sofort umdrehte und mit Höchstgeschwindigkeit über das Eis zurückschoss.

Die ersten Flugzeuge legten sich auf die Seite und stürzten sich hinab Richtung Haff.

Emilie hörte die Schreie der Menschen auf dem Eis. Sie liefen wild auseinander, dabei gab es keinen einzigen Ort, wo sie sich hier verstecken konnten.

Johann zerrte sie auf die Beine und hinüber zu Muskat. »Steig auf. Du darfst kein unbewegtes Ziel sein. Reite los!«

Im nächsten Moment krachten die ersten Bomben auf das Eis. Alles wankte und bebte.

Muskat erschrak und sprang zur Seite, bevor Emilie ganz oben war. Sie verlor ihre Steigbügel. Die nächsten Bomben fielen auf die matt glänzende Fläche um sie herum und ließen diese wie Glas zersplittern. Wasser schoss mehrere Meter in die Höhe und wurde auf das Eis geschwemmt. Muskat rannte kopflos davon.

Ohne Pause explodierten Bomben inmitten der Fuhrwerke. Kisten und Koffer flogen durch die Luft. Die Menschen liefen schreiend auseinander. Pferde stiegen vor Schreck, und ganze Treckwagen versanken binnen Sekunden.

Emilie hörte von irgendwoher das wütende Rattern einer Flak. Dennoch kamen die Flieger ungehindert zurück und warfen die nächsten Bomben. Muskat änderte andauernd ruckartig die Richtung und verlor mehrfach fast den Halt. Emilie riegelte an den Zügeln, damit die panische Stute endlich langsamer wurde und sie nicht zusammen auf das Eis stürzten. Doch es war zwecklos.

Die Flieger zogen wieder hoch und kehrten um. Jetzt kamen sie von Westen und gingen erneut in den Sinkflug. Diesmal setzten sie Maschinengewehre ein. Unter furchtbarem Knattern zogen sie ihre Todeslinien durch den Treck und durchbohrten alles, was ihnen im Weg war. Getroffene Körper sanken in die offenen Wasserkrater, wo sie eine Weile schwammen. Pferde wieherten vor Schmerz und brachen in ihrem eigenen Blut zusammen.

Muskat raste noch immer unkontrolliert und Emilie hatte bisher keinen ihrer Steigbügel zurück, als direkt vor ihnen eine Bombe die Eisdecke durchschlug. Selbst auf dem Pferderücken konnte Emilie die ungeheure Wucht spüren, die durch den Boden ging. Das Wasser umspülte die Beine der Stute, die schlitternd eine Vollbremsung zu machen versuchte. Kurz bevor sie beide im eiskalten Wasser verschwanden, drehte Muskat auf der Hinterhand. Emilie packte im letzten Moment ein Büschel der schwarzen Mähne. Fast wäre sie gefallen. Doch sie blieb oben. Ihr Sitz war nun schief. Sie hatte auch die Zügel verloren. »Muskat! Halt an!« Die Rappstute war wie von Sinnen. Emilie traf eine Entscheidung. Ihre Finger lösten sich, sie ließ sich fallen. Der Aufprall war hart und schmerzhaft. Ihr Kopf dröhnte. Da wurde alles um sie herum schwarz.

KAPITEL 25

Emilie erwachte von der starken Erschütterung einer Bombe, die unweit von ihr explodierte. Der Boden, auf dem sie bäuchlings lag, bäumte sich auf und senkte sich. Wenig später sah sie die Flieger am Himmel in den aufziehenden Wolken verschwinden.

Das Weinen und Schreien der Menschen wurde wieder lauter. Es war fast schwerer zu ertragen als die Bomben.

Emilie hörte sich selbst stöhnen. Auf ihr drauf und um sie herum lagen die zersplitterten Holzfragmente eines Leiterwagens und drückten sie schwer aufs Eis. Muskat war fort. Ohne sonst einen Muskel zu rühren, blickte sie umher. Wie durch ein Wunder befand sich in vielleicht zwanzig Metern Entfernung der Zimny-Wagen!

Das Vierergespann steckte mit der hinteren Hälfte schon im Wasser. Krzysztof zerrte an dem Dach, um eine Öffnung zu schaffen und die Leute im Inneren herauszuziehen. Die vier Pferde zerrten und schrien in Panik. Johann peitschte sie an. Windfarbe, Kabinett, Raffinesse und Brillant taten, was sie konnten, doch das Wasser zog sie ständig zurück.

Emilie wollte schreien, aufspringen, helfen. Doch sie war wie am Boden festgefroren. Keines ihrer Glieder rührte sich auch nur einen Millimeter.

Dann brach das Eis unter den Vorderrädern mit einem lauten Krachen ein. Raffinesse und Brillant, die hinten angespannt waren, befanden sich bereits bis zu ihren Bäuchen im Wasser. Emilie konnte das Weiße in ihren Augen sehen – so sehr waren sie in Panik. Windfarbe und Kabinett versuchten verzweifelt, Halt auf dem Eis zu finden, doch trotz der Stollen zog das schwere Gewicht des Wagens sie weiter nach hinten.

Krzysztof zerrte jetzt Lenchen aus dem Wagen und schleuderte sie auf das Eis, nur um gleich wieder hineinzugreifen. Er bekam seine Frau zu fassen – aber bloß mit einem Arm. Wieder rutschte der Wagen ein Stück tiefer. Agnes' Finger glitten aus seinen. Er schrie. Sie weinte.

Emilie sah, wie Johann ein Messer zückte. Er begann die Riemen der Pferde zu durchschneiden. Dabei brüllte er Krzysztof zu: »Komm vom Wagen. Jetzt!« Der Pole aber griff erneut ins Wasser. Der Leiterwagen war schon fast versunken – ebenso wie die beiden hinteren Pferde. Im letzten Moment schaffte Johann es, Windfarbe freizuschneiden. Durch die fehlende Zugkraft eines Pferdes rutschte der Wagen noch tiefer. Johann brüllte Krzysztof nochmals zu: »Verschwinde jetzt. Er wird nicht länger halten.« Dabei sprang er rüber zu Kabinett. So schnell seine Finger konnten, schnitt er das Leder durch. Der letzten Riemen peitschten durch die Luft, und Kabinett galoppierte mit Windfarbe davon.

Der Wagen ging binnen von Sekunden unter. Krzysztof wollte noch aufs Eis springen, doch der Sog und die Körper der beiden nachziehenden Pferde rissen ihn mit sich. Sie alle gingen unter im laut blubbernden Wasser. Dann waren sie fort.

Emilie wurde wieder ohnmächtig.

* * *

Das nächste Mal, als sie erwachte, blies es ihr warm ins Gesicht. Wieder und wieder. Emilie fühlte ein paar borstige Haare auf der Haut, die sie kitzelten. Um sie herum war es still.

Sie öffnete die Augen unter großer Anstrengung und erblickte eine schwarze Pferdenase. Es war Muskat. Sie war zu ihr zurückgekehrt. Windfarbe und Kabinett standen zitternd daneben.

Wieder blies Muskat ihr ins Gesicht. Wie lange tat sie das schon? War sie deshalb noch am Leben? Emilie wusste, wenn sie jetzt nicht aufstand, würde sie sterben.

Prüfend bewegte sie einen Finger. Es dauerte, bis es ihr auch mit den anderen gelang. Sie musste ihre Hand vom Eis losreißen, so wie den Rest ihres Körpers. Es fiel ihr unendlich schwer, ihre übrigen Glieder zu bewegen, so steif gefroren war sie. Ein Knie, danach einen Arm. Alles ging furchtbar langsam. Nur zwei Worte hallten unentwegt durch ihren sonst leeren Kopf: *Steh auf! Steh auf!*

Die zersplitterten Holzstücke rutschten ihr eines nach dem anderen vom Körper. Irgendwann ruhte ihr Gewicht tatsächlich auf ihren tauben Füßen. Ihr wurde schwindelig. Emilie schwankte und konnte gerade noch Muskats Mähne greifen. Von dem Wunsch getrieben, sich wenigstens ein bisschen aufzuwärmen, ging sie näher zu ihrer Rappstute und umarmte sie. Obwohl das Pferd selbst zitterte, strahlte es dennoch eine Leben spendende Wärme aus. Muskat stand ganz still. Emilies Körper begann langsam zu tauen.

Regungslos blickte sie derweil hinüber zum Schlachtfeld. Überall lagen Leichen und Trümmerteile. Die letzte Habe der Menschen hatte sich auf dem Eis verteilt und war teilweise festgefroren. Die Bombenkrater waren bedeckt mit Toten, deren Gesichter bereits blau waren. Und zwischen all diesem Leid zog der Treck ganz hinten einfach weiter. Wie konnte das sein? Es erschien Emilie unsagbar herzlos. Gleichzeitig wusste sie, die Menschen hatten keine andere Wahl.

Emilie kam der Zimny-Wagen in den Sinn. Dort, wo er sich zuletzt befunden hatte, klaffte nur noch ein großes Loch im Eis. Ein paar einzelne Gegenstände schwammen an der Oberfläche. Obwohl sie Muskats Wärme nicht verlassen wollte, setzte sie jetzt einen Fuß vor den anderen, um zur Öffnung zu gelangen. Sie musste es tun.

Zunächst trat sie zu Kabinett und ruhte sich mit ihrem Arm um den Pferdehals kurz aus. Dann schaffte sie es zu Windfarbe. Die Stute wollte ihre Seite wohl nicht mehr verlassen und ging mit ihr bis kurz vor das Wasserloch. Der Boden war hier voller weißer Risse, sodass Emilie sich nicht weiter traute. Ihr Blick haftete an dem, was auf dem Wasser lag und schon durch eine dünne Schicht Eis fixiert war.

Sie sah den hölzernen Deckel eines Vorratstopfes, den sie seit ihrer Kindheit kannte. Er hatte eine gelbe Blume in der Mitte. Sie wusste genau, wo in der Speisekammer von Gut Zimny er gestanden hatte. Rechtes Regal, drittes Brett. Jetzt lag er hier im Wasser, als wäre er bedeutungslos. Daneben schwammen ein leerer Futtersack und das Fragment eines Flechtkorbs, in dem die Brote immer zum Feld gebracht worden waren. Emilie fühlte den gedrehten Weidenhenkel noch in ihren Fingern, da sah sie tatsächlich die schwarze Mütze von Krzysztof.

Kurz schloss sie die Augen. Fast wären ihre Beine eingeknickt. So gut wie niemals hatte sie ihn ohne die Mütze gesehen. Emilie hätte sie am liebsten an sich genommen und für immer bewahrt. Doch das Wasser gab sie nicht her.

Ihr Kinn begann zu zittern. Sie und die letzten drei Zimny-Pferde waren ganz allein.

Noch eine Weile starrte Emilie auf das Wasserloch und verlor jedes Zeitgefühl. Sie überlegte, sich einfach hineinzustürzen.

So wären sie und ihr Vater wieder vereint. Emilie wusste ohnehin nicht, wie sie jemals ohne ihn und seine Liebe weiterleben sollte. Oder mit der Schuld, die sie trug! Sie hatte Wittko schließlich in der Menge gesehen und ihn reden gehört. Vielleicht wäre ihr Vater noch am Leben, hätte sie auf ihre Sinne vertraut.

Ein leises Schnauben von Windfarbe lenkte Emilies Blick vom Wasserloch ab. Sie schaute zu ihrer erschöpften Stute, die ihr selbst jetzt nicht von der Seite wich. Tapfer hatte sie sich durch den Tiefschnee und danach übers Eis gekämpft. Emilie war klar, ihr Freitod wäre ebenso der sichere Tod für ihre Tiere. So entschied sie sich doch fürs Leben, um für Windfarbe, Muskat und Kabinett zu sorgen. Dabei wusste sie, dass das Gesicht von Fritz Wittko und die Angst, dass er sie finden könnte, sie für immer verfolgen würde.

Die Mähnen ihrer Pferde waren bereits steif gefroren, da hob Muskat aufmerksam den Kopf. Bevor Emilie sich umdrehen konnte, hörte sie knirschende Schritte hinter sich.

»Du lebst. Du lebst!«

Sie drehte sich um.

Johann kam langsam auf sie zu. Seine erschrockenen Augen tasteten sie ab. Dann erst umschloss er sie mit seinen Armen – so vorsichtig, als befürchtete er, sie könnte zerbrechen.

»Ich habe gedacht, ich sehe dich niemals wieder.«

Emilie weinte tränenlos in seinen warmen Mantel. Sie wusste nicht, wie lange sie so dagestanden hatten, aber irgendwann führte er sie über das Eis zu einem umgestürzten Heuwagen. Dort saß Lenchen. Das Gesicht der Mamsell hatte den Ausdruck eines Totenschädels. Und plötzlich kam hinter dem Wagen auch Krzysztof hervor – in einem blutgetränkten Mantel, der nicht sein eigener war. Sein Anblick war für Emilie so unglaublich, dass sie zwei Schritte zurückwich. Dabei drang es rau aus ihrer Kehle: »Das … das kann nicht sein. Ich habe dich untergehen sehen!«

Entgegen allen Standesregeln fielen sie sich in die Arme. Auch Lenchen kam hinzu und wurde mit eingeschlossen.

»Fräulein Emilie!«

»Dem Herrn sei Dank!«

Alles in ihr wollte in Tränen der Erleichterung ausbrechen, doch ihr Körper konnte nicht mehr weinen.

Johann drängte: »Wir müssen hier weg. Die Flieger kommen sicher bald zurück.«

Wenig später stieg Emilie auf Muskat.

Krzysztof half Lenchen auf Kabinett und entschied: »Ich werde laufen und dich führen.«

Johann zog sich auf Windfarbe, die nur noch die Reste des zerschnittenen Fahrzaums trug. Es musste reichen.

So schlossen sie sich dem gespenstischen Treck nach Norden an. Ihr Weg brachte sie zu dem Knüppeldamm, den Johann vor Stunden ausfindig gemacht hatte. Über den dreißig Meter langen, schwankenden Untergrund aus Fichtenstämmen gelangten sie auf den letzten Abschnitt des Haffs und hielten auf die Nehrung zu. Obwohl mittlerweile schneegeschwängerte Wolken aufgezogen waren, hatte der Himmel seine Last noch nicht freigegeben.

Emilie konnte bis zum Treckweg im Osten sehen, dessen Flüchtlinge von Alt-Passarge aus gestartet waren. Zunächst ein traurig vertrautes Bild aus Menschen und Wagen. Dann aber entdeckte sie plötzlich eine große Herde Trakehner auf dem Eis, die an allen vorbeizog. Die Menge der Pferde ließ keinen Zweifel zu – es musste sich um Trakehner aus einem der vier Landesgestüte handeln. Rastenburg, Braunsberg, Marienwerder oder Georgenburg.

Emilie verfolgte die Tiere mit den Augen, solange es ging. Irgendwann fielen aber doch die ersten kleinen Flocken und tanzten federleicht in der Luft, als könnten sie sich nicht entscheiden, wo sie hinfallen wollten.

Vor ihren Augen erschien jetzt die Nehrung mit ihrem Wald und ihren Dünen. Wie anders hatte Emilie sich diesen Moment noch bei Anbruch des Tages vorgestellt. Seite an Seite hatte sie mit ihrem Vater das rettende Ufer betreten wollen. Jetzt war sie ohne ihn hier, musste ihn für immer im Wasser des Haffs zurücklassen.

Je näher sie kamen, desto mehr geriet der Treck ins Stocken. Über den Landstreifen führte lediglich eine schmale Straße, und diese mussten sich alle Flüchtenden mit der Wehrmacht, den Kolonnen der Kriegsgefangenen und bald auch noch mit der Trakehnerherde teilen. Es staute sich schon ein ganzes Stück vor dem Ufer, und Emilie saß eine weitere Stunde zitternd auf Muskat. In winzigen Schritten näherten sie sich der verstopften Straße, da fiel ihr ein offener Jagdwagen mit zwei schwarzen Hengsten davor ins Auge. Er hob sich deutlich von den bäuerlichen Gespannen ab, die ihn umringten. Sie kannte den Kutscher. Es war Herr Gallinat aus Georgenburg. Hinter ihm saßen Martin Heling und seine Frau Anna.

Die Landstallmeisterfrau entdeckte Emilie als Erste und zog hektisch am Ärmel ihres Mannes. Dabei stand sie auf und vergaß alle standesgemäße Zurückhaltung. Sie begann zu schreien und zu winken. »Emilie! Emilie von Zimny!«

In diesem Moment wusste sie, es hatte einen Fluchtbefehl für Georgenburg gegeben, und sie würden ihren Weg nach Westen im Schutze eines großen Trecks fortsetzen können. Noch einmal sah sie zurück aufs Eis, als könnte sie ihrem Vater so berichten: *Wir werden es schon schaffen! Mach dir keine Sorgen, Vater.* Könnte er doch nur hier bei ihr sein – und bei Muskat, bei Kabinett, bei Windfarbe.

GUT SOMMERROTH

EMILIES NEUANFANG

KAPITEL 26

Das Feuer im Kamin von Sommerroth hatte wärmespendend geknistert, und doch war es, als bedeckten Emilies Worte alles und jeden im Raum mit einer Schicht aus Eis und Schnee.

Marisa hatte die ganze Nacht hindurch gefroren. Neben ihrem Vater war sie unter eine Decke geschlüpft und hatte seinen Arm dabei ganz festgehalten – so, als drohte er selbst im schwarzen Wasser des Frischen Haffs unterzugehen. Krzysztof war Emilie nicht von der Seite gewichen, und so manches Mal, wenn ihre Stimme versagt hatte, war er eingesprungen. Alle hatten geweint – selbst Caroline. Nur Lizzy war eigenartig stumm geworden, als es um die Pferde gegangen war und um Oskars und Emilies rätselhafte Gabe, die sie im Krieg einige Male gerettet hatte. Marisa war aufgefallen, dass ihre Schwester und ihre Großmutter sich auf eine seltsame Weise angesehen hatten.

Auch noch zwei Tage später hallte das Erzählte in Marisa nach. Ähnlich erging es wohl den anderen. Als sie den Hof überquerte, erschien ihr ganz Sommerroth stiller. In der Ferne sah sie Emilie und Lizzy auf der Bank am Reitplatz sitzen. Sie unterhielten sich seit Stunden, und irgendetwas sagte Marisa, dass sie weitergehen und sich nicht einmischen sollte. Noch nicht jedenfalls!

385

Sie hatte ohnehin zu tun, denn die Schleierkraut-Hochzeit rückte mit großen Schritten näher. Und wenn auf Sommerroth eines gewiss war, dann die Tatsache, dass das nächste Brautpaar schon in den Startlöchern stand. Ihr Weg führte Marisa an den Stallungen vorbei. Der Duft von Heu und Stroh lag in der Luft, da vernahm sie ein ungewohntes Gekicher. Es lenkte ihren Blick zur Scheune, wo der grasgrüne Lieferwagen von Falk Jeppson stand. Er hatte haufenweise rote Rosen für die Hochzeit dabei, und Babette nahm sie entgegen. Spielerisch überreichte er ihr eine der Blumen, indem er sie sich quer zwischen die Zähne steckte. Babette lachte und versetzte ihm einen leichten Schlag mit der gerollten Lieferliste.

Lächelnd wandte sich Marisa ab. Sie freute sich für die beiden, aus denen tatsächlich ein Paar zu werden schien. Mit diesem schönen Gedanken hielt sie auf den Haupthof zu, wo sie Marks mattschwarzen Wagen bemerkte. Er parkte direkt vor ihrem Fachwerkhaus.

Das Öffnen der Beifahrertür entließ eine weiße Wolke in die Luft. Marisa wedelte mit der Hand. »Sag mal, rauchst du wieder? Du hattest doch aufgehört.« Sie stieg dennoch ein. Andernfalls wäre er sicher mit ins Haus gekommen, wo sie ihn so schnell bestimmt nicht wieder losgeworden wäre.

»Gelegentlich. Wenn ich gestresst bin.« Er wirkte ungewohnt ernst. »Ich habe von der Sache mit Mojo und deiner Großmutter gehört. Philipp hat sie mir erzählt. Bewegende Geschichte.«

Er zog so stark an seiner Zigarette, dass Marisa an dem Wort *gelegentlich* Zweifel bekam. »Ja. Da hast du recht. Ich habe das Gefühl, es wird alles auf Sommerroth verändern. Vielleicht bilde ich es mir ein, aber irgendwie scheinen wir jetzt schon näher zueinander gerückt zu sein.«

Wieder zog er an seiner Zigarette. »Leider nicht alle, Marisa.« In seiner Stimme klang keine Spur des sonstigen

Sarkasmus mit. Es war ungewohnt, ihn so zu erleben. Er holte einen großen weißen Umschlag aus dem Seitenfach der Tür hervor. »Hier. Die Scheidungspapiere.«

Marisa nahm das Kuvert entgegen. Obwohl sie so oft danach gefragt hatte, fühlte es sich jetzt seltsam an. Vielleicht lag es an den Umständen auf Sommerroth. »Danke«, sagte sie knapp und zeigte dann auf seine Zigarette. »Darf ich auch?«

Er reichte sie ihr wortlos rüber.

Der erste Zug tat weh im Hals. Marisa hatte ewig nicht mehr geraucht. Dennoch nahm sie noch einen und lehnte sich nach hinten, da ihr schwindelig wurde. »Genauso haben wir uns kennengelernt, weißt du noch? Rauchend im Auto.«

»Hab ich nicht vergessen. Auf der Hochzeit von meinem und Philipps Schulfreund Joris.«

»Und meiner Freundin Inken. Du warst der furchtbare Trauzeuge und hast die schlimmste Rede gehalten, die ich bis heute gehört habe.« Sie sah zu ihm. »Jede Peinlichkeit zwischen Kindergarten und Studium wurde von dir ausgebreitet. Ich dachte, die Braut rennt schreiend weg.«

Er grinste – zum ersten Mal. »Ich war halt jung und betrunken.«

»Allerdings! Philipp und Joris haben mich angefleht, dich von der Party fernzuhalten, bis du wieder nüchterner bist.«

»Das hast du geschafft. Wir haben sicher eine ganze Schachtel in deinem zerbeulten Golf verqualmt.«

»Sogar eine Dankeskarte haben die beiden mir nach der Hochzeit geschrieben.«

»Ich hätte denen vielleicht auch eine Dankeskarte schreiben sollen. Schließlich hast du mich am Ende der Nacht geküsst.«

»Du hast *mich* geküsst.«

»Quatsch. So was mache ich nicht beim ersten Date.« Kurz hatte er wieder seinen schelmischen Ausdruck im Gesicht und lehnte den Kopf jetzt auch ans Leder des Sportsitzes. »Im

Gegensatz zu uns sind die beiden noch heute ein Paar. Irgendwas haben sie richtiger gemacht als wir.«

Seine Worte taten ihr weh. »Mark. Du wirst mir immer etwas bedeuten.«

»Hör auf damit.« Er griff nach seinem Kaffeebecher aus der Mittelkonsole und nahm einen großen Schluck. »Du weißt doch, Worte sind nicht so mein Ding«, sagte er rau und reichte ihr den Becher rüber.

Marisa wollte ihn nehmen, doch er glitt ihr aus den Fingern und der Inhalt ergoss sich auf ihre Jacke. »Mist!«, schimpfte sie.

»Mein Auto …!«, rief er. Mark holte Taschentücher hervor und tupfte den Kaffee vom Leder und nicht von ihr.

»Verdammt, gib schon her. Schnell …« Sie riss ihm die Packung aus den Händen und griff in ihre Jacke. Wie befürchtet hatte der Kaffee das Ledermäppchen mit Emilies Foto getroffen. Sofort holte sie es heraus und legte es zwischen zwei saubere Tücher, die sich gleich bräunlich verfärbten. »So eine Scheiße!«, fluchte sie ungehalten.

»Was ist das?«

»Ein altes Bild.« Vorsichtig lüftete sie das obere Taschentuch. Fast traute sie sich nicht, das Desaster anzusehen – aus Angst davor, dass nichts mehr zu erkennen wäre. Das Foto lag verkehrt herum auf ihrer Handfläche. Marisa starrte es an. Etwas stand auf der Rückseite geschrieben.

»Wie übel ist es?«, fragte Mark, der noch mit dem Sitz beschäftigt war.

»Das kann nicht wahr sein.«

»Klingt übel …«, setzte er nach. »Gibt es keinen Abzug davon?«

»Warum bin ich nie darauf gekommen, es umzudrehen?«

»Was?«

Marisa sah Mark ins Gesicht. Sie lachte auf und gab ihm übermütig einen Kuss auf die Lippen. »Danke!«

»Wofür war der denn?«

Sie nahm den Umschlag und presste ihn an Marks Brust. »Hier, halt den mal. Das hat noch Zeit.«

»Wie bitte …?«

Marisa rannte bereits über den Kies der Auffahrt. Dabei rotierten die Gedanken in ihrem Kopf. Was, wenn sich bestätigte, was sie vermutete? Sie eilte ins Schloss und stieß die Tür des Gartenzimmers auf. Niemand war hier. Das bunte Licht der Bleiverglasung fiel auf den Boden. Ihr Blick flog zum Regal mit den zig Bänden der Adelsbücher. Noch einmal zog sie das Foto hervor, auf dessen Rückseite zwei Worte geschrieben waren: Gut Zimny.

Ihr Herz klopfte so heftig, dass sie ihr Blut in den Ohren rauschen hörte. Jetzt war sie dem letzten Geheimnis von Emilie auf der Spur. Bis heute hatte sie darüber geschwiegen, was es mit diesem Foto und ihrer Herkunft auf sich hatte.

Langsam schritt Marisa die Regale entlang, in denen die Sammelleidenschaft von Caroline deutlich wurde. Eine gläserne Vitrine hütete den kompletten »Gothaischen Genealogischen Hofkalender«. Die ersten Bände stammten noch aus dem sechzehnten Jahrhundert. Das nächste Regal füllte das »Genealogische Handbuch des Adels«, unterteilt in seine Unterreihen: »Adelige Häuser«, »Freiherrliche Häuser«, »Gräfliche Häuser« und »Fürstliche Häuser«. Wo sollte sie anfangen? Marisa überlegte noch, da fiel ihr Blick auf ein Buch, das besonders abgegriffen aussah und im ersten Moment gar nicht zu den anderen passen wollte. »Der polnische Adel und die demselben hinzugetretenen andersländischen Adelsfamilien«, las sie leise den sperrigen Titel.

Mit zitternden Fingern zog sie den schmucklosen grauen Einband heraus und schlug das Buch auf. Als sie beim Buchstaben Z angekommen war, fuhr ihr Finger die Zeilen entlang. Ziman … Zymirsky … Zimny! Marisa musste sich setzen.

Ihre Beine waren weich geworden. Erst danach konnte sie weiterlesen. »Zimny. Auch Cimny. Ostpreußen 1542. Führten um 1600 den Adelsbeweis. Wappen in Rot mit goldenem Querbalken. Oben ein Hufeisen, unten ein Storch«, sprach sie leise vor sich hin.

Als die Tür hinter ihr knarrte, sah sie hoch. Langsam legte sie das aufgeschlagene Buch neben das Foto vor sich auf den Tisch. Marisa brauchte sich nicht umzudrehen. Sie spürte die Gegenwart von Caroline wie den kalten Luftzug im Nacken.

»Es war mir immer klar, dass du irgendwann dahinterkommst.«

»Du hast es also all die Jahre gewusst«, schloss Marisa.

Die Hackenschuhe klangen laut auf den Fliesen. Caroline ging aber nicht zum Tisch, sondern zu einer der bunten Fensterscheiben. Ihre Hände waren auf dem Rücken verschränkt. Sie schaute zum Park. »Und nun? Was wirst du mit dieser Erkenntnis tun?«

Marisa fühlte die Wut in ihrem Bauch. Im Zeitraffer zogen jene Momente durch ihre Gedanken, in denen Caroline die angeblich bäuerliche Herkunft von Emilie betont hatte, um sie herabzusetzen.

»Die Frage ist ja wohl eher, was alle anderen mit dir tun werden, wenn sie erst die Wahrheit wissen.«

»Gar nichts!« Schwungvoll drehte sie sich um und funkelte Marisa böse an. Langsam kam sie auf sie zu und stützte sich mit den Handflächen auf der Tischplatte ab. »Weil du nichts sagen wirst.«

Marisa sprang auf. »Wie kannst du dir da so sicher sein?«

»Ganz einfach, weil ich in dem Fall sehr wahrscheinlich das Gut verlassen müsste und deine Brüder ihre Entscheidungsgewalt wiederbekämen. Und jetzt überleg mal ganz scharf: zwei junge Männer im Ausland, denen Sommerroth nichts bedeutet. Glaubst du wirklich, dass das die beste Wahl ist?«

Marisa schwieg. So sehr es ihr auch missfiel, an Carolines Worten war etwas Wahres dran. Langsam setzte sie sich wieder.

»Halte von mir, was du willst, Marisa. Aber eines kannst du mir nicht nachsagen: dass ich nicht alles für das Gut und den Leumund der Familie tun würde.« Sie richtete sich wieder auf, zog am Saum ihres Jacketts und nahm ihre übliche damenhafte Haltung an. »Nennen wir es beim Namen. Die Männer unter diesem Dach standen von jeher hinter den Frauen an, was dich und mich automatisch an die Spitze der Familie befördert. Wir zwei sollten versuchen, miteinander auszukommen – wenigstens geschäftlich, zum Wohle Sommerroths.«

Marisa lehnte sich zurück. Der Korbstuhl unter ihr knirschte nur wenig lauter als ihre Zähne, die sie vor Wut fest aufeinanderbiss. Bei dem Gedanken, Caroline trotz dieses Wissens weiterhin ertragen zu müssen, wurde ihr speiübel.

»Wie hast du es herausgefunden? Emilie hatte ihren Mädchennamen genauso geheim gehalten wie ihre Herkunft – und zwar bis heute!«

Caroline zupfte an ihrem Pony. »Es war schlussendlich ein dummer Zufall. Ich entdeckte einen Brief vom Volksbund Deutscher Kriegsgräberfürsorge. Emilie hatte im Geheimen nach einer alten, im Krieg verschollenen Tante aus Hamburg suchen lassen. Einer gewissen Paulina von Zimny. Der Weg zu den Adelslexika war daraufhin nicht mehr weit.«

Marisa konnte es nicht fassen. Da hatte Emilie ihr Geheimnis so lange gehütet, und dann verriet sie ein schlichter Brief. »Hast du sie je darauf angesprochen?«

Carolines Gesichtsausdruck wurde verächtlich. »Natürlich!«

»Was hat sie gesagt?«

»Sie flehte mich geradezu an, ihr Geheimnis zu wahren. Du kannst dir denken, wie verstörend diese Bitte anfangs für mich war. Ein ›von‹ im Namen ist schließlich nichts, für das man sich schämen müsste.«

Marisa verfolgte Caroline mit den Augen, die jetzt zum Fenster schritt und wieder hinaussah. Erst nach einer Weile erzählte sie weiter.

»Emilie erklärte mir, dass sie nach der Flucht nach Schleswig-Holstein noch lange gefürchtet habe, von Fritz Wittko aufgespürt zu werden. Jahre später, als dieser Mann sicher schon tot war, hatte sie ihr ganzes Leben bereits auf dieser Lüge aufgebaut. Nun fürchtete sie, dass Henry sie dafür verachten würde, bekäme er heraus, dass sie ihm all die Jahre die Unwahrheit gesagt hatte. Ich versprach schlussendlich, ihr Geheimnis zu wahren. Unter einer Bedingung.«

»Welche?«, fragte Marisa und atmete plötzlich flach.

»Ihre ostpreußischen Pferde sollten Sommerroth verlassen.«

Marisa war, als bekäme sie kurzzeitig keine Luft mehr. »Du bist also daran schuld?«, hauchte sie. »Wie konntest du das tun? Du ... du bist ein Monster.«

»Blödsinn!«, donnerte Caroline jetzt. »Diese Gäule haben Sommerroth immer nur geschadet. Schon Charlotte erzählte davon, dass man nach dem Krieg Hannoveraner oder Holsteiner haben wollte. Keine Trakehner aus Ostpreußen. ›Bauernpferde‹ hat man sie genannt.«

»Das sind sie aber nicht!«

»Sie passten nicht hierher, Marisa. Die von Sommerroths tragen holsteinisches Blut in sich.« Caroline atmete durch und beruhigte sich ein wenig. »Wie dem auch sei: Ich hatte immer nur das Beste für das Gut im Sinn.«

Marisa fühlte eine Schwere auf sich, als hätte sie selbst das Leben ihrer Großmutter geführt. Wie belastend mussten die Jahre für sie gewesen sein? Und wie allein musste sie sich gefühlt haben? »Emilie hatte trotz ihrer Herkunft keinerlei Macht und kaum Besitz«, gab Marisa nun zurück. »Dennoch hast du sie ständig degradiert. Wozu?«

Caroline trat ein zweites Mal an den Tisch heran. Sie nahm das Foto und betrachtete es kurz. »Fressen und gefressen werden, Marisa.« Jetzt sah sie ihr in die Augen. »Was glaubst du wohl, wer mehr Einfluss auf Charlotte gehabt hätte, wenn erst herausgekommen wäre, dass Emilie und ich gleicher Herkunft sind? Die adlige Frau ihres Sohnes und Mutter ihres Enkels? Oder ich, die ich bloß ein geduldeter Dauergast auf Sommerroth war? Ich trage ja nicht mal diesen Namen.« Caroline warf das Bild zurück auf die Tischplatte, wo es sich ein paarmal drehte. Sie stoppte das Kreisen abrupt mit dem Zeigefinger. »Am Ende geht es eben ausschließlich ums Überleben.« Sie rauschte an ihr vorbei aus dem Zimmer.

Marisa hörte, wie Carolines Schritte leiser wurden und irgendwo im Schloss verschwanden. Sie selbst blieb noch einen Moment im Gartenzimmer sitzen und dachte nach. Einen anderen Ausweg als den von Caroline vorgeschlagenen fand sie nicht. Sie würde weiterhin mit ihr auskommen müssen – jedenfalls vorerst.

Irgendwann nahm sie das Foto nochmals zur Hand und musterte es – diesmal mit anderen Augen. Sie wusste jetzt mit Gewissheit, dass es das Elternhaus von Emilie war. Hatte sie an diesem Ort auch die letzten dreißig Jahre verbracht? Marisa wollte es glauben! Ihre Augen flogen über die Gesichter der knienden Instleute und Hofgänger, der Hausmädchen und Knechte. Sie schaute Lenchen an und Krzysztof. Bei Wilhelmine und Oskar, die beide auf so tragische Weise ihre letzte Ruhe in Ostpreußen gefunden hatten, hielt sie inne. Es hatte etwas Tröstliches, dass ihr Ableben wenigstens nicht umsonst gewesen war. Jenes Versprechen, das Emilie ihrem Vater einst auf dem Eis gegeben hatte, wurde durch den verhinderten Verkauf von Mojo gehalten. Er sollte nämlich ein Zuchtpferd werden, damit der Schatz aus Ostpreußen nicht verloren ging. Jetzt war er ebenso der Schatz von Gut Sommerroth.

MECKLENBURG UND GUT SOMMERROTH

EMILIES ZUKUNFT

Kapitel 27

Der Weg über Westpreußen nach Pommern, durch die zerbombte Mark Brandenburg bis in das nicht minder zerstörte Mecklenburg hatte noch fünf lange und entbehrungsreiche Wochen gedauert. Doch Emilie, Johann, Krzysztof und Lenchen waren der Roten Armee entkommen und auf Schloss Perlin zum Treck von Ernst Ehlert gestoßen.

Mittlerweile war es Frühling geworden – fast Sommer. Die Vögel sangen hell aus ihren kleinen Kehlen, und die klapperdürren Zimny-Pferde konnten junges kräftiges Gras auf den Weiden fressen. Mit ihnen liefen zwei gesunde braune Stutfohlen. Zu Emilies unendlicher Überraschung hatten weder Kabinett noch Windfarbe auf der Flucht verfohlt.

Doch die vermeintliche Sicherheit in Mecklenburg erschien mit jedem Tag brüchiger. Emilie beobachtete sorgenvoll, wie seit April das Donnergrollen des Krieges von allen Seiten stetig lauter wurde und eine Flut von Flüchtlingen im Ort Zuflucht suchte. Im Mai waren die Amerikaner nach Perlin gekommen und im Juni hatten die Briten übernommen. Als sie im Dorf schließlich die Kunde hörte, Mecklenburg würde noch in diesem Monat an die Russen übergeben werden, war eines unmissverständlich klar: Sie mussten hier weg!

Emilie wanderte bereits das fünfte Mal um den kreisrunden Rasen der Auffahrt des rankenbewucherten Schlosses. Sie ignorierte die vielen Menschen um sich herum. In ihren Händen hielt sie zwei Telegramme.

Eines war von Martin Heling.

> +++ Baldige Ankunft in Celle. +++ Schicken
> Sie meine Zuchtpferde nach. +++

Sie ließ das Papier nachdenklich sinken. Es war so weit! Martin und Anna Heling hatten beim Abschied in Brandenburg versprochen, Emilie ein Telegramm zu schicken, sobald sie ihr Ziel in Celle erreicht hatten. Für den Fall, dass die Zimny-Pferde einen Unterschlupf brauchten, sollte Emilie sie als Zuchtpferde aus Georgenburg ausgeben.

Jetzt las sie das zweite Telegramm – sicher bereits zum zehnten Male, seit man es ihr vor zwei Stunden überreicht hatte.

> +++ Ich erwarte Sie allein in Hamburg. +++
> Verbleibe mit der Hoffnung, dass Sie Ihre
> Pferde gut unterbringen konnten. +++

Die Zeilen kamen von Paulina, einer alten kinderlosen Tante, die den bereits verstorbenen Bruder ihres Vaters Oskar geheiratet hatte. Sie war gewillt, Emilie aufzunehmen, obwohl sie einander noch nie getroffen hatten. Allerdings nur Emilie!

Während sie nachdachte, formten ihre Finger die Papiere zu Rollen. Was hier stand, war die Antwort auf die Frage: Wohin? Und doch war Emilie das Herz dabei schwer. Sie starrte auf den sandigen Boden, der bei jedem ihrer Schritte eine kleine Staubwolke entließ. Emilie war schon bei der siebten Runde auf der Auffahrt, als sie auf ihre Armbanduhr sah. Es war genau mittags. Was für ein Glück!

Kurz entschlossen ließ sie das Schlösschen Perlin hinter sich und trat durch die Toreinfahrt mit ihren gemauerten Steinpfosten an den Seiten. Bald tauchte die Weide vor ihr auf, wo die Zimny-Pferde mit denen anderer Flüchtlinge zusammenstanden.

Muskat trabte als Erste zum Zaun, als sie Emilie entdeckte. Die weichen Nüstern fuhren ihr frech durch die Haare. Emilie sog den erdigen Geruch der Rappstute ein und zwirbelte ihr dabei eine Strähne aus dem Schopf. Jetzt kamen Windfarbe und Kabinett hinzu – gefolgt von ihren Fohlen Winterzeit und Kornblume. Alle fünf sahen Emilie mit ihren dunklen Augen an, als wüssten sie von ihrem inneren Kampf. Emilie streichelte das Fell der Braunen und dann das der Fuchsstute. Die Fohlen stupsten neugierig ihre Nasen vor, nur um sie gleich wieder verschreckt zurückzuziehen. Emilie lachte darüber. Auf einmal schien alles ganz klar.

Sie schüttelte den Kopf und murmelte: »Ohne euch wäre ich gar nicht mehr am Leben. Ich gehe nirgendwohin, wo ihr mir nicht folgen könnt!« Sie riss die beiden Telegramme in der Mitte durch. Sogleich fühlte sie Erleichterung, obwohl sie nun wieder am Anfang ihrer Überlegungen stand. Bald aber würde Johann kommen, wie jeden Tag um diese Zeit. Sie trafen sich hier, um wenigstens kurz allein sein zu können auf dem vollgestopften Gut. Vielleicht wusste er Rat.

Während sie wartete, lehnte sie sich mit dem Rücken gegen einen der Zaunpfosten und streckte ihr Gesicht gen Himmel. Durch die Blätter des Baums über ihr schien die Sonne in Flecken auf sie nieder. Ein leichter warmer Wind wehte, der ihr Gesicht liebkoste. Erst ein Kribbeln am Ohr ließ sie die Augen wieder öffnen.

Johann hatte sich angeschlichen und eines der weichen Gräser dazu benutzt, sie zu necken. Und er war noch nicht damit fertig.

Lachend drehte Emilie den Kopf zur Seite, sodass ihre gewellten Haare flogen.

Johann folgte ihr mit seinen Gräsern. Im nächsten Augenblick jedoch hielt er ihr Gesicht in seiner großen Hand und küsste sie.

Das Wissen darum, dass sie hier völlig alleine waren, ließ sie sich albern benehmen – fast wie Kinder. Emilie liebte diese Momente hier am Zaun, in denen sie sich lebendig und frei fühlte. Wären sie doch nur ewig! Kein Krieg, kein Leid, keine Sorgen. Doch die Augenblicke der Unbeschwertheit währten nie lange, so wie auch jetzt.

Johann lehnte sich neben sie an den Zaun und zerriss Stück für Stück den Grashalm, mit dem er Emilie eben noch gekitzelt hatte.

»Was ist das?« Er sah auf die Papiere in ihren Händen.

»Hier, lies selbst.«

Er hielt die Teile zusammen und überflog die Zeilen.

»Darf ich davon ausgehen, dass du weder die eine Möglichkeit noch die andere in Betracht ziehst, wenn du alles zerreißt?«

»Richtig. Lenchen und Krzysztof sind jetzt meine Familie. Ich werde sie nicht zurücklassen. Und meine Pferde schon gar nicht! Es war Vaters Wille, dass ich sie rette und weiter mit ihnen züchte. Sie sind in gewisser Weise alles, was ich noch von ihm habe.«

»Bist du dir ganz sicher? In Hamburg könntest du …«

»Ich gehe nicht ohne sie!«, unterbrach Emilie ihn entschlossen. »Sie alle brauchen mich und meinen Schutz. Ich kann ihnen das nicht antun.«

Johann nickte nur. »Du hast recht.«

Emilie atmete tief durch. Sie wusste, die kommende Zeit würde nicht einfach werden. Die Bedingungen für Trakehner waren gerade ungünstig. Mehr als einmal hatte sie es mittlerweile erlebt, dass Ostpreußens Pferde in diesem Teil des Landes nicht gern gesehen waren. Sie galten als teures Spielzeug der ostelbischen Junker oder als Bauerngäule. Beides war unbeliebt, und die Menschen hier bevorzugten ihre eigenen Holsteiner und Hannoveraner – ganz besonders zu Zeiten, wo das Futter ständig knapper wurde. Man hörte Stimmen, die forderten, alle ankommenden Trakehner sofort schlachten zu lassen. Emilie hatte Angst um ihre Pferde. »Ich frage mich immer, was mein Vater wohl an meiner Stelle tun würde.« Sie sah Johann von der Seite her an. Sein Gesicht wurde vom Sonnenlicht angestrahlt.

Er schob sich die glänzenden blonden Haare zurück und legte dabei den Kopf in den Nacken. Ein tiefes Ein- und Ausatmen war zu hören. »Das kann ich dir nicht sagen, Emilie. Aber nicht nur du hast ihm etwas versprochen. Auch ich habe ihm mein Wort gegeben. Und ich werde es halten.«

Er wirkte mit einem Mal sehr ernst.

»Was meinst du damit?«, wollte sie wissen.

»Ich versprach, dich zu beschützen.« Johann stieß sich vom Zaun ab und stellte sich vor Emilie auf. Entschlossen nahm er ihre Hände. »Wir gehen in meine Heimat, nach Schleswig-Holstein.«

Emilie verengte die Augen und legte den Kopf schief. »Gut Sommerroth? Du wolltest doch nie wieder dorthin zurück.«

»Ich weiß. Ich habe meine Meinung geändert.«

»Was ist der Grund?«

»Du bist der Grund!«

Diesen Worten folgte eine Pause, in der sie einander einfach nur ansahen. Der Wind wehte lau und ließ ein paar feine Haarsträhnen vor ihren Gesichtern tanzen.

Emilie konnte Johanns Herz selbst durch seine Hände stark klopfen fühlen. Plötzlich sank er auf ein Knie.

»Emilie von Zimny, mir ist noch nie ein Mensch begegnet, der so wundervoll ist wie du. Ich möchte mit dir zusammen sein und für dich sorgen, bis ans Ende unserer Zeit. Der Gedanke, auch bloß einen Tag ohne dich zu sein, ist für mich unerträglich. Bitte erweise mir die Ehre und werde meine Frau.«

Seine schönen Worte umflogen sie wie ein aufgescheuchter Schwarm Zitronenfalter. Emilies Körper begann zu kribbeln, als sie sah, wie er etwas aus seiner Tasche hervorholte. Es war ein Ring – gefertigt aus dem Ende eines verzierten Silberlöffels.

»Der Hufschmied hat mir geholfen. Wenn die Zeiten sich bessern, bekommst du einen richtigen Ring. Vorausgesetzt, deine Antwort lautet Ja.«

Lachend zog sie ihn hoch zu sich und fiel ihm um den Hals. »Ja, ja, ja! Ich will«, sagte sie. »Und wehe, du besorgst einen anderen Ring. Keinen möchte ich lieber als genau diesen.«

Johann wirbelte sie herum und steckte ihr dann feierlich den Ring an den Finger.

Emilie hob die Hand vor ihre Augen und empfand ihn augenblicklich als das schönste Schmuckstück auf der ganzen Welt. Ein langer Kuss unter dem rauschenden Blätterdach grüner Linden und mit ihren Pferden im Rücken krönte ihre Verlobung.

* * *

Am nächsten Tag verließen sie Perlin mit einem einfachen Heuwagen, den Ernst Ehlert ihnen als Verlobungsgeschenk überlassen hatte. Emilie hatte dem Landstallmeister versprechen müssen, dass sie einander bald wiedersehen würden. Auf ihre Frage, wie sie ihn finden sollte, hatte er gemeint: »Die Trakehner werden dafür sorgen, Fräulein Emilie. Ihr Leistungswille und ihre Ausdauer werden überzeugen, bis man im ganzen Land von ihnen spricht. Dort, wo die besten Trakehner sind, da werde auch ich sein.« Emilie hoffte, dass er recht behielt.

Muskat und Windfarbe zogen kräftig an und trabten im Gleichschritt über die trockenen Wege. Kabinett war hinten angebunden, und die Fohlen folgten tapfer bei Fuß.

Vielleicht war es die Glückseligkeit über ihren Liebesschwur, die Emilie statt der allgegenwärtigen Zerstörung eher die blauen Seen, den weiten Himmel und die saftig grünen Weiden bemerken ließ. Irgendwann wurde das flache Land hügelig. Je weiter sie fuhren, desto verlassener wurde es um sie herum.

»Wir sind bald auf Sommerroth«, kündigte Johann an und gab Krzysztof ein Zeichen, damit er nach rechts fuhr. Sie bogen ein in eine Allee, die Emilie an ihre Heimat erinnerte.

Lenchen ging es scheinbar ähnlich. Mit Tränen in den Augenwinkeln sah sie zu Emilie und rang sich dennoch ein Lächeln ab. »Heute ist ein Freudentag, gnädiges Fräulein. Wollen wir keine traurigen Tränen vergießen. Nur die von Herzen.«

Das Dorf am Ende der Allee war winzig klein. Sechs Höfe umschlossen eine uralte Feldsteinkirche, die mit einem kurzen trutzigen Türmchen auf einer Erderhöhung stand.

Im Innern schlug Emilie kühle Luft entgegen, die nach dem Holz der blassblauen Kirchenbänke roch. Sie vermischte sich mit dem Rauch der abgebrannten Kerzen, die ein junger Geistlicher gerade ausblies. Die Sonntagsandacht schien beendet.

Johann grinste, als er den Mann hinter dem Altar erblickte. »Hat Gott etwas Zeit für eine Trauung übrig?«, scherzte er.

»Johann von Sommerroth!«, stieß der Kirchenmann ungläubig aus. »Bist du es wirklich?«

»Wer sonst, mein Freund? Ich bin wieder da, und jetzt werde ich bleiben.« Er fiel dem Mann in die Arme.

Emilie erfuhr, dass Erik der Sohn des Pfarrers auf Sommerroth war. Johann und er kannten einander seit Kindertagen, weshalb der Geistliche nur zu gern das Amt der Trauung übernahm.

»Möge Gott euch segnen, ihr zwei, die ihr vor ihm eins geworden seid. Möge er euch begleiten auf eurem neuen gemeinsamen Lebensweg. Möge er euch stets genug an Gütern, Glück und Zufriedenheit schenken, auf dass ihr gut leben und mit anderen teilen könnt …«

Während er noch sprach, wusste Emilie schon, dass sie sich hinterher an kein einziges Wort erinnern würde. Sie und Johann sahen sich unentwegt in die Augen. Hatte der Krieg sie auch von fast allem getrennt, was einem Menschen lieb und teuer war, so waren es dennoch diese Umstände gewesen, die sie und Johann zusammengebracht hatten. Wenig später gaben sie einander das Jawort und nahmen die guten Wünsche ihrer Trauzeugen Krzysztof und Lenchen entgegen. Emilie legte ihren Namen ab, und sie wusste, wenn sie vor Wittko sicher sein wollte, würde sie ihn für immer verschweigen müssen.

Bald darauf fuhr der Heuwagen aus dem Dorf mit der Kirche, von dem Emilie nicht einmal wusste, wie es hieß. Es waren die letzten Häuser, die sie sah, bis sie das gewaltige Anwesen von Johanns Familie in der Ferne erblickte. Muskat und Windfarbe trabten durch das Torhaus und die eichengesäumte Auffahrt entlang. Das weiße Haupthaus glich in allem eher einem Schloss. Überall standen reetgedeckte Nebengebäude, zwischen denen Frauen, Greise und Kinder umherliefen.

»Willkommen zu Hause, Baronin von Sommerroth«, sagte Johann, nahm ihre Hand und küsste sie. »Ich hoffe, du bist bereit für das, was jetzt kommt.«

»Ich bin bereit!«

Die Ankunft des Sommerroth-Sohnes blieb nicht lange geheim. Eine blonde Frau stieß einen schrillen Schrei aus, als sie ihn erkannte, und hastete so schnell ins Haus, dass sie fast über ihre eigenen Röcke stolperte. Sie verschwand durch die Tür des Herrenhauses, vor dem Krzysztof die Pferde anhielt.

Johann war gerade ausgestiegen, als eine ältere Frau mit einem hochgeschlossenen Kleid und einem viel zu großen Hut heraustrat. Sie sah ihn und presste sich die Hand auf das Herz.

»Mein Junge! Du bist wieder da.« Jetzt schlug sie klatschend die Hände zusammen und sah gen Himmel. »Dem Herrgott und allen Engeln sei Dank.«

»Hallo, Mutter«, antwortete Johann und verbeugte sich knapp.

Sie lief zu ihm, berührte ihn an Brust, Wange und Schultern, als müsse sie sich überzeugen, dass er echt war.

»Wenn ich das deinem Vater und deinem Bruder schreibe, werden sie es kaum glauben. Aber nun komm erst einmal rein und erzähle mir, wo du all die Zeit gewesen bist.« Sie nahm seinen Arm und sagte gleichzeitig zu der blonden Frau: »Gib den Flüchtlingen Bescheid, wo in der Scheune sie sich einrichten können.«

Johann räusperte sich und blieb stehen. »Mutter ...« Er ließ ihren Arm los und ging zurück zum Pferdewagen.

Emilie empfing seinen aufmunternden Blick, als er ihr herunterhalf. An seiner Seite trat sie vor Charlotte von Sommerroth.

»Darf ich vorstellen? Das ist meine Frau. Ich hoffe, ihr werdet euch gut verstehen.«

Emilie lächelte.

Die Hausherrin nicht. Sie sah aus, als hätte sie etwas Bitteres im Mund, das sie nicht ausspeien konnte. Von oben bis unten musterte sie Emilie. In ihren Augen funkelte der blanke Hass.

»Wie bitte?«, zischte sie ungehalten, ohne den Blick von Emilie zu nehmen. »Das ist jetzt nicht dein Ernst, Johann!«

Er hat nicht übertrieben, dachte Emilie bei sich. Es würde nicht leicht für sie auf Sommerroth werden.

»Guten Tag, Schwiegermutter. Mein Name ist Emilie, und ich komme aus dem schönen Ostpreußen.«

EPILOG

Marisa verließ das Gartenzimmer, denn sie entdeckte Krzysztof und Emilie, die den Weg Richtung Kapelle entlangschlenderten. In den letzten drei Tagen waren sie unaufhörlich zusammen gewesen. Marisa kam es vor, als würden sie beide jünger werden, je mehr sie sich aus ihrer gemeinsamen Vergangenheit erzählten. Das Niederpreußisch, was sie dabei sprachen, war für sie noch immer kaum zu verstehen.

»Darf ich euch vielleicht begleiten?«

»Aber jern, Marjellchen«, sagte Krzysztof in seinem Dialekt.

Marisa wusste bereits, wohin sie gingen. Emilie hatte ihr am Morgen gesagt, dass sie Johann besuchen wollten. So umrundeten sie die kleine Kapelle und betraten die Holzbrücke, die über den Burgbach führte. Dahinter lag ein verschlungener Weg. Er brachte sie zum uralten Dorffriedhof.

Marisa war schon lange nicht mehr hier gewesen. Sie öffnete Krzysztof und Emilie die Holzpforte. Das Knarren scheuchte ein paar Spatzen auf, die zwitschernd zu den Ästen einer Trauerweide davonflatterten. Der Baum schirmte jenen Winkel des Friedhofs ab, der seit über fünfhundert Jahren den Mitgliedern der Familie Sommerroth gebührte. Das Betrachten der Kreuze und Grabsteine hier glich einer Reise durch die Zeit. Vor einem schlichten Stein, der den Anschein erweckte, als hätte ihn jemand rein zufällig auf die Erde gestellt, blieben sie stehen. Bloß ein einzelner Name stand darauf geschrieben: »Johann.«

Emilie legte ihre Hand auf den Namen. Ihr Löffelring glänzte dabei im Sonnenlicht. »Sieh mal, wen ich dir mitgebracht habe, mein Liebster.«

Krzysztof zog die Mütze vom Kopf. Mit mühsamen Bewegungen kniete er sich hin. Seine schwielige Hand griff in die schwarze Erde. Er schien stumm zu beten.

Emilie schwieg und streichelte den Stein mit ihrem Daumen.

»Warum ist er so schlicht?«, fragte Marisa leise.

»Dein Großvater hat nie viel auf seinen Stand gegeben. Für ihn waren alle Menschen gleich. Ich wollte damals, dass sein Grab das zeigt.« Kurz versank sie in Gedanken. Nach einer Weile sagte sie: »Die Jahre mit ihm waren die schönsten meines Lebens. So schwer die Zeit auf Sommerroth manchmal auch war, ich würde alles noch einmal genauso machen, nur um wieder mit Johann zusammen zu sein.«

Marisa war ergriffen von der Innigkeit dieses Geständnisses. »Wie ist er gestorben?«

Krzysztof stand wieder auf. Er sah kurz zu Emilie und schüttelte leicht den Kopf.

»Das erzähle ich dir ein anderes Mal, Marisa. Es ist leider eine traurige Geschichte, und wir haben die letzten Tage genug geweint.«

»Vielleicht hast du recht.« Marisa drängte nicht weiter. Sie war nach der Nacht vor dem Kamin selbst nicht sicher, wie viel Schmerz sie gerade noch ertragen konnte. Aber irgendwann würde sie danach fragen.

Emilie widmete sich noch einmal dem Stein. Sie wischte etwas Sand fort. Und plötzlich lachte sie auf. »Er schimpft mit mir. Ich kann es hören.«

»Was sagt er denn?«, wollte Krzysztof wissen.

»Ich soll zu ihm kommen.« Emilie antwortete Johann, als könnte sie ihn sehen. »Noch habe ich hier zu tun, aber du sollst nicht ohne Gesellschaft sein.« Daraufhin trat sie zu Krzysztof. »Wollen wir?«

»Du bist dir ganz sicher? Es gibt kein Zurück.«

»Es hätte schon vor langer Zeit passieren sollen.«

Marisa erkannte, wie Krzysztof die Urne von Lenchen unter seiner Jacke hervorholte und sie Emilie überreichte. Sie hätte wohl schockiert sein müssen, aber bei ihrer Großmutter überraschte sie so schnell nichts mehr.

Emilie wartete, bis ein Windstoß die hängenden Äste der Trauerweiden zum Schwingen brachte, dann öffnete sie die Urne und entließ die Asche mit einer schwungvollen Bewegung in die Luft. Ein Wirbel erfasste den grauen Staub. Er trug ihn davon und verteilte ihn hauchfein auf den Gräbern von Sommerroth. »Endlich ist ihr Gerechtigkeit widerfahren«, sagte sie und legte sich die Hand auf das Herz. »Ruhe in Frieden, Lenchen.«

»Ruhe in Frieden«, sagte jetzt auch Krzysztof.

NACHWORT

Die Geschichte um Marisa und das Gestüt Sommerroth ist
Fiktion. Schriftliche Nachweise darüber oder gar den uralten
Familiensitz selbst sucht man deshalb leider vergebens in
Schleswig-Holstein – wenngleich es dort zahlreiche wunder-
volle Gutshöfe gibt, die mir als Inspiration dienten.

Etwas anders verhält es sich mit den historischen
Rückblenden um Emilie, die übrigens nach meiner
Urgroßmutter Emilie Auguste Wilhelmine Sehls benannt
worden ist. Für diese Abschnitte habe ich mich einiger realer
Persönlichkeiten, Begebenheiten und Orte bedient, auf die ich
kurz eingehen will.

Das Hauptgestüt Trakehnen mit seinen sechzehn
Vorwerken und weit über tausend Pferden hat es selbstverständlich gegeben. Es war das größte Gestüt Europas, wo Züchter
und Berühmtheiten aus aller Welt ein- und ausgingen und ge-
sellschaftliche Höhepunkte wie Jagden und Pferdeauktionen an
der Tagesordnung waren. Heute heißt der Ort Jasnaja Poljana
(»Helle Lichtung«), und vom einstigen Glanz der historischen
roten Backsteinbauten, der Wäldchen, Seen und Alleen ist trau-
rigerweise nicht mehr viel geblieben. Krieg und Armut haben
das meiste nach 213 Jahren des Bestehens zerstört – jedoch

nicht alles. Der »Verein der Freunde und Förderer des ehemaligen Hauptgestüts Trakehnen« hat sich der Sanierung und
Restaurierung des Schlosses angenommen, in dem der letzte
Landstallmeister Dr. Ernst Ehlert mit seiner Familie lebte und
von wo aus sie – wie im Buch beschrieben – am 17. Oktober
1944 flüchteten.

Die Geschichte von Dr. Ernst Ehlert hat mich tief berührt.
Während meiner Recherchen wurde immer wieder deutlich,
was dieser Mann für ein herausragender Hippologe und Züchter
gewesen sein muss. Unter keinem anderen Landstallmeister
sollen Trakehner ähnlicher Qualität hervorgegangen sein wie
unter seiner Leitung. Umso tragischer erscheint mir das sinn-
lose Zerstören seines Lebenswerkes. Vieles hätte verhindert
werden können, wenn Flucht und Fluchtplanung nicht bis
zur letzten Sekunde von der politischen Führung verboten gewesen wären. So wie ungezählte andere Ostpreußen legten auch
Ernst Ehlert und seine Pferde eine Strecke von 1.000 bis 1.500
Kilometer zurück, um vor der Roten Armee zu fliehen. Dabei
kam es tatsächlich zum Zwischenhalt auf Georgenburg, die die
zehn Herden aus Trakehnen mit dem von mir beschriebenen
Gewaltritt an nur einem Tag erreichten. Davor und danach ließ
Ernst Ehlert nichts unversucht, seine edlen Pferde unter unvor-
stellbaren Schwierigkeiten auf die Gestüte westlich der Oder zu
verteilen. Dennoch mussten er sowie zahlreiche andere Züchter
miterleben, wie die mühsam geretteten, kostbaren Schützlinge
nach und nach dem Feind oder den Besatzungsmächten in die
Hände fielen oder sogar im Schlachthaus und somit auf dem
Teller endeten. Man sagt, der Landstallmeister hätte sich nie
ganz davon erholt. Obwohl es sein Wunsch war, einst zurückzukehren, sah Ehlert Trakehnen nie wieder. Er lebte bis zu seinem
Tod im Jahre 1957 auf dem Gestüt Hunnesrück.

Über die Anzahl der geretteten Pferde habe ich viele unter-
schiedliche Zahlen gefunden. Der Trakehner-Verband schreibt,

dass von den 1944 zur Zucht registrierten 25.000 Stuten und 1.500 Hengsten nicht einmal 1.000 nach Deutschland gelangten. Davon nur siebenundzwanzig Stuten vom Hauptgestüt Trakehnen! Die meisten der wunderschönen ostpreußischen Pferde waren vorher an Kälte, Erschöpfung und Verletzungen gestorben. Viele wurden gestohlen oder beschlagnahmt und nach Russland verschleppt. Und selbst die letzten 1.000 Trakehner, die durch die Kriegswirren zunächst über das ganze Land verteilt waren, befanden sich im Westen nicht in Sicherheit. Um Futter für einheimische Pferde zu sparen, wurden zahlreiche Trakehner auf Anweisung der Besatzungsmächte getötet – ungeachtet ihrer wertvollen Blutlinien und zum Entsetzen der machtlosen Ostpreußen! Trotzdem hat die vielleicht älteste deutsche Pferderasse knapp überlebt.

Martin Heling hatte einen großen Anteil an der Rettung. Zusammen mit den Mitgliedern der ehemaligen Ostpreußischen Stutbuchgesellschaft gründete er im Jahre 1947 den Verein »Verband der Züchter und Freunde des Warmblutpferdes Trakehner Abstammung e. V.«. Es entstand ein kleines Gestüt auf dem Vorwerk Erichsburg nahe Hunnesrück, wo Ernst Ehlert die Leitung erhielt. Hier kümmerte er sich um einen Restbestand von fünfzig Stuten und vier Hengsten, die später den Grundstein für die westdeutsche Trakehnerzucht legten. Das Gestüt galt als Anlaufstelle der weit verstreuten Privatzüchter, die ihre letzten Stuten in Erichsburg unterstellen durften. Als Bezahlung verpflichtete man sie, dem Trakehner-Verband jedes zweite Fohlen zu überlassen – ein kluger Schachzug, der schließlich zum Anwachsen der Herde führte und das Überleben der Rasse sicherte.

Nun zu Emilie: Auch wenn ich sie mir ausgedacht habe, ist einiges, was sie im Buch erlebt, angelehnt an die Erzählungen meiner Großmutter. Die Rede ist zum Beispiel von dem fürchterlichen Schreien der ungemolkenen Kühe und den entsetzlichen Begegnungen der Flüchtlingstrecks mit den russischen Panzern. Ich gestehe ehrlich, viele dieser Geschichten kamen mir als Teenager zu schrecklich vor, als dass sie wirklich passiert sein könnten. Dann stieß ich in den zahlreichen Zeitzeugenberichten auf die gleichen Beschreibungen ... Bei den Szenen im Schnee auf der Flucht hatte ich stets die Stimme meines Großvaters im Ohr. Er erzählte oft davon, wie sein Schiff vor Narvik im Eiswasser sank. Als nahezu einziger Überlebender hatte er es geschafft, sich ans Ufer zu kämpfen, wo das Land mit Schnee bedeckt war. Um nicht von Tieffliegern entdeckt zu werden, sah er sich gezwungen, durch ein dunkles Flussbett zu laufen. Schließlich fand er eine Hütte mit Frauenkleidern darin, die ihm schließlich das Leben retteten. Trotz aller Schrecken konnte er über diese Geschichte immer lachen. Ich höre es noch heute. Ebenso höre ich ihn sein liebstes Schimpfwort »Lump« benutzen, das ich deshalb an einer Stelle im Roman verwendet habe. Er sagte es zum Beispiel dann, wenn er auf den Gauleiter Koch schimpfte.

Erich Koch lebte noch lange. Obwohl er am 9. März 1958 in Warschau wegen Mordes und Beihilfe zum Mord in 400.000 Fällen und wegen Verbrechen gegen die Menschlichkeit für schuldig befunden und zum Tode verurteilt wurde, kam es wegen seiner schlechten Gesundheit nicht zur Vollstreckung. Bis ins Jahr 1986 lebte er mit vielen Privilegien in Gefangenschaft und starb mit neunzig Jahren im Gefängnis von Barczewo, dem früheren Wartenburg. Seine Strafe bezog sich nur auf die Kriegsverbrechen gegen polnische Staatsbürger. Für die Verbrechen an den Deutschen in Ostpreußen musste er nie vor Gericht.

DANK

Dieses Buch ist meinen Großeltern gewidmet. Sie hießen Gertrud Gerda Frieda Patzlaff und Herbert Oskar Walter Pahnke. Ihnen möchte ich zuerst danken, denn sie haben mir über viele Stunden ihre bewegte Fluchtgeschichte erzählt. Leider kann ich ihnen nicht mehr sagen, wie sehr die Tonaufnahmen mir geholfen haben, denn beide sind heute nicht mehr unter uns. Dennoch hatte ich beim Schreiben oft das Gefühl, sie stünden direkt an meiner Seite.

Des Weiteren möchte ich den vielen Zeitzeugen danken, die den Mut hatten, ihre Erlebnisse während der Vertreibung aus Ostpreußen und auf der Flucht über das zugefrorene Haff mit allen furchterregenden Einzelheiten zu erzählen und so der Nachwelt zu hinterlassen. Unter Tränen habe ich ihre Berichte gelesen und zahlreiche Dokumentationen angesehen. Ich hoffe, meine Erzählung wird der Wahrheit gerecht.

Auch ein großer Dank geht an die Mitglieder einiger Gruppen in den sozialen Medien, die mir stets unentgeltlich bei der Recherche behilflich waren – beispielsweise beim Entziffern von Texten in Sütterlin- und Kurrentschrift. Ebenfalls möchte ich einem anonymen Experten danken, der sich im Internet »Kleinschmid« nennt. Viele Stunden hat er für mich in der

Vergangenheit der früheren Ostgebiete geforscht, mich mit den Ergebnissen sprachlos gemacht und mir so geholfen, geschichtliche Zusammenhänge besser zu verstehen.

Auch meiner Schwester Vanessa Baldewein möchte ich für ihren Einsatz danken, der zum einen nach vielen Jahren »Licht ins Dunkel« gebracht hat und mir zum anderen zu einer überraschenden Wendung im Plot verhalf. Sie und ich wissen, was damit gemeint ist.

Mein nächster Dank geht an die Pferde, die in meinem Leben eine wichtige Rolle gespielt haben – allen voran meine Stute Ravenna. Ihr Charakter war die Grundlage für die Stute Muskat. Und auch wenn wir zwei heute leider nicht mehr über Wiesen und Felder galoppieren können, so habe ich beim Schreiben stets an sie gedacht. In meinem Leben gab und gibt es noch zahlreiche andere unvergessene Pferde: Kobold, Basco, Welli, Svandis, Aspen, Cody … Ihnen allen sind die Textteile gewidmet, die sich mit der Geschichte der Trakehner beschäftigen. Denn diesen Pferden verdanke ich, dass die entsprechenden Szenen in meinem Buch Lebendigkeit bekamen. Übrigens: Der Name Windfarbe ist nicht aus meiner Feder. Er entstammt der Fantasie meiner damals gerade mal fünfjährigen Tochter Minu, die ich nach einem Pferdenamen fragte. Großartige Idee, mein Schatz!

Ein weiterer Dank geht an meinen Verlag Tinte & Feder – im Speziellen an Lena Woitkowiak, die an die Idee des Romans geglaubt hat und mich durch das richtige Gespür dazu motivierte, die historischen Teile im Buch auszubauen. Ebenfalls danke ich der Redakteurin dieses Buchs, Angela Kuepper, die mich zu meinem großen Glück bereits über viele Bücher lang begleitet und immer ihr ganzes Herz in die Bearbeitung meiner Geschichten steckt. Einen herzlichen Dank auch an Gaby Hoffmann, die diesem Buch im Feinlektorat den letzten Schliff verliehen hat. Außerdem möchte ich selbstverständlich die wundervollen Frauen meiner Literaturagentur um Lianne Kolf erwähnen. Jede Einzelne von ihnen steht mir unerschütterlich mit professionellem Rat und freundschaftlichen Worten zur Seite. Danke!

Zu guter Letzt ist es mir ein Bedürfnis, meinen Kindern und natürlich meinem Mann Andrew zu danken. Alle drei mussten in den letzten Wochen viel Geduld beweisen, denn dieser Roman ist während der Coronakrise entstanden, als Kindertagesstätten und Schulen geschlossen blieben. Ihre Unterstützung war für mich von unschätzbarem Wert.

Zeitfracht Medien GmbH
Ferdinand-Jühlke-Straße 7
99095 Erfurt, Deutschland
produktsicherheit@kolibri360.de

Druck:
CPI Druckdienstleistungen GmbH
im Auftrag der
Zeitfracht Medien GmbH
Ein Unternehmen der Zeitfracht - Gruppe
Ferdinand-Jühlke-Str. 7
99095 Erfurt